KB060798

옐로페이스

옐로페이스
YELLOWFACE

R. F. 쿠앙 장편소설

신혜연 옮김

문학사상

에릭과 재닛에게

1

   내가 아테나 리우의 죽음을 지켜보았던 그날 밤, 우리는 아테나가 넷플릭스와의 계약에 성공한 것을 축하하던 중이었다.
   우선, 이 이야기를 이해하려면 아테나에 대해 두 가지를 알아둘 필요가 있다.
   일단, 아테나는 모든 것을 가졌다. 대학을 졸업하자마자 대형 출판사와 여러 권의 출간 계약을 맺었고, 창작 워크숍으로 유명한 대학에서 석사학위를 받았다. 명망 있는 예술 창작 센터에 자기 자리가 있었으며, 수상 후보 이력이 내 장바구니 목록보다 길었다. 스물일곱 살의 나이에 이미 세 권의 소설책을 출간한 데다, 출간할 때마다 점점 더 크게 성공했다. 아테나에게 넷플릭스와의 계약은 인생을 뒤바꿀 만큼의 사건은 아니었다. 자랑거리가 하나 더 늘어난 것에 지나지 않았다.

졸업 후 문단의 스타가 되기 위해 내달리는 도중에 얻은 부수적인 특전일 뿐이었다.

둘째, 아마도 이런 상황 때문일 수 있겠지만, 아테나는 친구가 거의 없었다. 아직 서른 살이 채 안 된, 젊고 장래가 유망한 우리 또래 작가들은 무리를 지어 다니는 경향이 있었다. 소셜미디어에 널린 게 그들 패거리의 흔적이었다. 서로의 미출간 원고를 발췌해 인용하며 신나게 떠들어댔고(이 원고 너무 좋아 미치겠다!), 표지가 공개되면 있는 대로 요란을 떨었으며(진짜 멋져, 죽여주네!), 세계 각지의 문학 모임에서 여럿이 찍은 사진을 인스타그램에 올리곤 했다. 하지만 아테나의 인스타그램에서는 다른 이들의 사진을 좀처럼 찾아보기 힘들었다. 그녀는 일과 관련된 정보를 정기적으로 업데이트했고 7만 명의 팔로워에게 특유의 유머를 전했지만, '@'로 다른 이들을 소환하는 일은 거의 없었다. 유명 인사의 이름을 들먹이거나 동료 작가의 책을 과장되게 추천하지도 않았고, 여느 햇병아리 작가들처럼 필사적으로 공공연히 친분을 과시하지도 않았다. 나 외에 다른 친구를 입에 올린 적도 없었다.

나는 그냥 냉담한 성격 탓이라고 생각했다. 말이 안 될 정도로 터무니없이 큰 성공을 거두었으니 그저 그런 사람들과는 어울리고 싶지 않을 법도 하다고 생각했다. SNS에서 인기 있는 사람들이나, 현대 사회의 문제에 대해 고상한 논평을 나눌 만한 동료 유명 작가들하고만 교제할 것 같았다. 프롤레타리아 친구를 사귈 시간은 없을 터였다.

하지만 최근에 나는 새로운 가설을 떠올렸다. 나만큼이나 다른 친구들도 아테나를 참아주기 힘들어하고 있을 거라는 가설이었다. 어쨌든 모든 면에서 자신보다 나은 사람과 친구로 지내기는 힘든 일이다. 끊임없이 자신이 누군가보다 못하다는 사실을 견뎌낼 사람은 없다. 내가 지금 이 자리에 있다는 건, 어쩌면 내가 그만큼 한심하다는 뜻일지도 몰랐다.

그날 밤, 그 시끌시끌하고 지나치게 비싼 루프톱 바에 있었던 사람은 아테나와 나, 둘뿐이었다. 아테나는 자기가 그 시간을 즐기고 있음을 증명하기라도 하려는 듯 신나게 칵테일을 들이켰다. 나도 마구 마셔댔다. 그녀가 죽기를 바라는 나쁜 마음을 가라앉히기 위해서였다.

아테나와 나는 어쩌다 친구가 된 사이였다. 예일대학 신입생 시절 같은 기숙사의 같은 층에서 지냈고, 생각이라는 걸할 수 있게 된 이후 작가의 꿈을 품고 있었던 우리는 모든 글쓰기 세미나에서 마주쳤다. 둘 다 초기에 같은 문학잡지에 단편소설이 실린 적이 있었고, 졸업하고 몇 년 후에는 같은 도시로 이주했다. 아테나는 조지타운대학의 특별연구원 자격으로 와 있었고, 나는 화초에 잊지 않고 물을 주기로 하고 공과금만 내는 조건으로 엄마 사촌이 소유한 아파트를 빌려 살았다. 소문에 의하면, 아메리칸대학 초청 강연에 감명받은 교수진이 그녀를 위해 문예창작 강사 자리를 마련해줬다고 한다. 우리는 결코 마음이 잘 맞는다거나 깊은 결속감 같은 걸 느끼는 친구 사이는 아니었다. 그저 늘 같은 장소에서 같은 것을 했기 때문에, 친하게 지내는 게 편리한 것뿐이었다.

우리는 출발점(나탈리아 게인스 교수님의 〈단편소설 개론〉)이 같았다. 하지만 우리의 경력은 졸업 이후 완전히 다른 방향으로 흘러갔다.

티치 포 아메리카*에서 1년 동안 일하면서 심심해 죽을 것 같았던 나는 넘쳐나는 영감을 주체하지 못해 소설을 한 편 썼다. 매일 일과가 끝나면 집으로 돌아와 어릴 때부터 하고 싶었던 이야기를 신중하게 써나갔다. 슬픔과 상실, 자매애에 관한 풍부한 묘사와 은근히 매혹적인 느낌을 가미한 청소년소설이었다. 제목은 '플라타너스 너머'로 지었다. 원고는 50여 군데의 저작권사로부터 퇴짜를 맞았다. 그러다 마침내 에버모어라는 작은 출판사의 공모전에서 채택되었다. 당시의 내겐 당치 않을 정도로 선금이 많게 느껴졌다. 1만 달러가 선지급되었고, 차후 정산을 통해 인세도 받을 수 있다고 했다. 하지만 아테나가 펭귄랜덤하우스와 데뷔작 계약을 하면서 여섯 자리 숫자에 달하는 원고료를 받았다는 사실을 알게 되자 마음이 달라졌다.

에버모어는 내 책의 인쇄를 석 달 앞두고 사업을 접었다. 저작권은 다시 나에게 돌아왔다. 에버모어의 첫 제안 때 계약을

---

* Teach For America. 교육 환경이 열악한 지역에 대학 졸업생들을 배치하여 2년간 학생들을 가르치게 하는 비영리 단체.

맺었던 에이전트가 기적적으로 내 원고를 5대 출판사 중 한 곳에 되팔았다. 선금으로 2천 달러를 받는 조건이었다. 퍼블리셔스 마켓플레이스 사이트에 〈꽤 괜찮은 거래〉라는 기사가 실렸다. 마침내 해낸 기분이었다. 꿈꿨던 명성과 성공이 실현되는 듯했다. 그런데 출간일이 다가오면서 초판 발행 부수가 1만 부에서 5천 부로 줄어들었다. 여섯 개 도시로 예정되었던 북투어는 동북부 지역의 세 곳만 잠깐 들르는 것으로 변경되었다. 약속했던 유명 작가들의 추천사도 없던 일이 되었다. 내 책은 2쇄는커녕 겨우 2천에서 3천 부 정도 팔리는 데 그쳤다. 경제가 어려울 때마다 뒤따르기 마련인 출판업계의 부진 속에 어느 날 담당 편집자마저 해고되고 말았다. 나는 개릿이라는 이름의 남자에게 넘겨졌다. 그때부터 지금까지 그는 내 소설에 힘을 실어주는 데 거의 관심을 보이지 않았다. 종종 그가 나를 완전히 잊은 건 아닌지 궁금했다.

하지만 다들 말하길 이런 과정은 흔한 일이라고 했다. 다들 개같은 데뷔 경험이 있다고, 출판업자들은 다 그런 식이라고 했다. 뉴욕의 출판 시장은 늘 혼란스럽고, 편집자들과 홍보 담당자들은 과로와 저임금에 시달리며, 일은 늘 순조롭게 흘러가지 않는다고 했다. 저 건너편의 잔디는, 실제로 가보니 생각보다 푸르지 않았다. 작가들은 하나같이 책을 냈던 출판사를 싫어했다. 신데렐라 이야기 같은 건 존재하지 않았다. 그저 고된 노동과 끈기, 낮은 확률의 성공 기회를 잡기 위한 분투뿐이었다.

그런데 왜, 누구는 처음부터 벼락출세해 스타의 반열에 오르는 것일까? 아테나는 데뷔 소설이 출간되기 여섯 달 전에 이미 폭넓은 독자층을 가진 출판 잡지에 큼지막하게 실렸다. 관능적인 사진에는 "우리에게 필요한 AAPI* 이야기를 들려줄 출판계의 샛별"이라는 제목이 붙어 있었다. 30개국에 해외 판권이 팔렸고 《뉴요커》와 《뉴욕타임스》 같은 매체에서 비평가들의 격찬을 받으며 데뷔했다. 그리고 몇 주 동안 모든 베스트셀러 목록의 1위 자리를 석권했다. 다음 해의 각종 문학상 수상은 보나 마나였다. 집안 내 모든 죽은 여인들의 유령을 불러낼 수 있는 중국계 미국인 소녀를 주인공으로 한 아테나의 데뷔작 『목소리와 메아리』는 사변소설과 상업소설 사이를 넘나드는 보기 드문 작품이라는 이유로 부커상과 네뷸러상, 휴고상, 세계판타지상 후보에 올랐고 그중 두 개의 상을 받았다. 겨우 3년 전의 일이었다. 아테나는 이후 두 권의 소설을 더 출간했고, 평단은 갈수록 성장하는 작가라고 입을 모았다.

아테나에게 재능이 없다는 말이 아니다. 그녀는 징그러울 정도로 '좋은' 작가였다. 나는 아테나가 쓴 모든 글을 읽었다. 그리고 읽는 동안 질투하기보다는 그녀의 탁월한 재능을 인정하게 되었다. 하지만 아테나의 인기몰이는 명백히 그녀의 글로 인한 것이 아니라 '그녀 자체'로 인한 것이었다. 아테나

---

* Asian American and Pacific Islander. 아시아계와 태평양 제도 출신 사람들.

리우는, 간단히 말하자면, 그냥 멋졌다. 아테나 링 엔 리우라는 이름마저 근사했다. 고전적인 느낌과 이국적인 느낌이 이렇게 완벽한 조화를 이룬 이름이라니, 아테나 부모님의 탁월한 선택에 박수를 보내지 않을 수 없었다. 아테나는 홍콩에서 태어나 시드니와 뉴욕을 오가며 자랐다. 영국 기숙학교를 다닌 덕에 무엇으로도 대체 불가능한 우아한 영국식 억양을 구사했다. 큰 키에 늘씬한 몸매, 전직 발레리나 같은 우아한 몸짓, 도자기처럼 창백한 피부와 길고 풍성한 속눈썹을 가진 그녀는 마치 중국의 앤 해서웨이 같았다.(인종차별적인 말이 아니라, 아테나가 자기 셀피와 한 레드카펫 행사장에서 찍힌 앤의 사진을 나란히 게시하면서 둘의 커다랗고 아름다운 네 개의 눈을 붙여놓고 "쌍둥이 같아!"라는 캡션을 달아놓은 것을 보고 하는 말이다.)

아테나는 정말 믿을 수 없을 만큼 매력적이었다. 말 그대로 끝내줬다.

당연히, 좋은 건 아테나에게 다 갔다. 이 업계의 돌아가는 방식이 그렇다. 승자가 될 작가를 하나 선택한다. 충분히 매력적이고 멋지고 젊은 작가—거기다, 다들 생각하는 대로, '뭔가 조금 다른' 인물이어야 한다. 그리고 그에게 돈과 자원을 아낌없이 투자한다. 완전히 자기들 마음대로다. 아니, 마음대로까지는 아닐지 몰라도 필력과는 아무 관계가 없다. 업계의 실세들은 아름다운 예일대학 졸업생인 동시에 뭐라 규정할 수 없는 묘한 매력을 가진 유색인종 여성 아테나를 선택했다. 반면, 나 준 헤이워드는 그저 갈색 눈, 갈색 머리카락을

13

가진 평범한 필라델피아 출신 여자애에 지나지 않았다. 아무리 열심히 쓰고 아무리 잘 써도, 나는 결코 아테나 리우가 될 수 없었다.

지금쯤이면 우리의 궤도는 서로 벗어나도 한참 벗어나 있어야 했다. 하지만 아테나는 "오늘은 글쓰기가 어때?", "목표 단어 수 다 채웠어?", "마감 무사히 잘 지키길 빌게" 등등 친근한 문자메시지를 계속 보내왔다. "엘 센트로에서 특별 할인 마르가리타 한 잔 어때?", "자이티냐에서 브런치 먹자", "U스트리트에서 시 낭송 대회가 있대" 등등 어딘가를 함께 가자고 청하는 일도 잦았다. 우리는 상대에 대해 정말로 잘 아는 건 아니지만 많은 시간을 함께 보내는, 일종의 피상적인 우정을 나누는 관계였다. 나는 아테나한테 다른 형제자매가 있는지 없는지 몰랐다. 아테나는 내 남자친구에 대해 전혀 알고 싶어 하지 않았다. 그러면서도 우리는 계속 어울렸다. 둘 다 워싱턴에 살고 있으니 편하기도 했고, 나이 들수록 새 친구를 사귀기도 어려웠기 때문이다.

솔직히 아테나가 나를 왜 좋아하는지 알 수 없었다. 아테나는 만날 때마다 나를 꼭 껴안았다. 일주일에 적어도 두 번은 내 소셜미디어 게시물에 '좋아요'를 눌렀다. 적어도 두 달에 한 번은 술을 같이 마셨다. 그것도 아테나가 먼저 제안할 때가 대부분이었다. 나는 아테나한테 뭘 줘야 할지 알 수 없었다. 나는 영향력도 없고, 인기도 없고, 그녀가 나와 보내는 시간을 가치 있게 만들어줄 만한 인맥도 없었다.

솔직히 내가 자기와 견줄 만한 상대가 아니니까 놀아주는 걸지도 모른다는 생각이 들었다. 자신의 세계를 이해해주면 서도 위협적이지 않은 존재. 그녀는 내가 감히 생각할 수도 없을 만큼의 성취를 이뤘으니 내 앞에서 자기가 거둔 승리에 대해 떠드는 게 불편하지 않은 것이다. 모두들 그런 친구를 원하지 않나? 가망 없음을 이미 알고 있어서 절대로 상대의 우월함에 도전할 일이 없는 친구, 동네북처럼 만만한 친구 말 이다.

"그렇게 나쁜 상황은 아닐 거야." 아테나가 말했다. "그냥 페이퍼백을 몇 달 미루자는 것 같은데."

"미뤄진 게 아니야. 취소됐어. 브렛이 그러는데 인쇄 일정 에 도저히… 끼워 넣을 여유가 없대."

아테나가 내 어깨를 두드렸다. "아, 걱정하지 마. 어쨌든 양 장본으로 인세를 더 받을 수 있잖아! 긍정적으로 생각해, 알 았지?"

자기 멋대로 내가 인세를 받고 있을 거라고 넘겨짚다니. 나 는 소리 내어 말하지는 않았다. 눈치 없이 굴지 말라고 한마 디 하고 싶었지만, 그랬다가는 넘치도록 과한 사과를 해올 게 뻔했다. 그걸 견디느니 짜증이 나도 잠깐 참는 편이 나았다.

우리는 루프톱 바 2인용 소파에 앉아 일몰을 바라보고 있 었다. 아테나는 두 번째 위스키 사워를 들이켜고 있었고, 나 는 피노누아를 세 잔째 비우는 중이었다. 우리는 내가 출판사와 겪고 있는 어려움을 놓고 피곤한 대화를 산만하게 이어가고 있었다. 말을 꺼낸 게 정말 후회스러웠다. 아테나가 위로나 조언이랍시고 해주는 말들은 하나같이 불난 집에 부채질하는 거나 다를 바 없었다.

"개릿을 열받게 하고 싶지 않아. 솔직히, 그 옵션을 거부하고 싶어 하는 것 같아. 나랑 끝내려고."

"저런, 스스로 과소평가하지 마." 아테나가 말했다. "그 사람이 네 첫 책 낸 거 아니었어?"

"꼭 그런 건 아니야." 대체 이 얘기를 몇 번째 하는 건지. 아테나는 내 문제에 관한 한 기억력이 금붕어 수준이어서 뭐든 두세 번은 얘기해야 했다. "내 책을 담당했던 편집자가 해고되는 바람에 개릿이 일을 맡게 된 거야. 책 출간 얘기를 나눌 때마다 느끼는 건데, 마지못해 억지로 하는 것 같아."

"세상에, 그럼 한 방 먹여." 아테나가 해맑게 내뱉었다. "한 잔씩 더 할까?"

이곳의 술값은 어처구니없을 정도로 비쌌다. 하지만 아테나가 살 거니까 괜찮았다. 늘 아테나가 샀다. 내 생각에 아테나는 '비싸다'와 '안 비싸다'라는 개념을 제대로 배울 기회가 없었을 것 같았다. 그녀는 예일대학에서 전액 장학금을 받으며 석사학위를 땄고, 은행 계좌에는 수십만 달러가 들어 있었다. 언젠가 뉴욕에서 처음 출판 일을 하게 되면 대략 연봉이 3만 5천 달러라고 말해준 적이 있었는데, 그때 그녀는 눈을 깜빡이며 이렇게 물었다. "그거 많은 거야?"

"이번엔 말벡이 마시고 싶네." 말벡 와인은 한 잔에 19달러였다.

"알았어, 자기."

아테나가 자리에서 일어나 느긋하게 바를 향해 걸음을 옮겼다. 바텐더가 미소를 지어 보이자 그녀는 놀라서 소리를 지르며 마치 자기가 전설적인 영화배우 셜리 템플이라도 되는 양 손을 입에 갖다 댔다. 카운터에 앉아 있던 신사 중 누군가가 아테나한테 샴페인을 한 잔 산 모양이었다.

"맞아요. 우린 축하하는 중이에요." 음악 소리 너머로 기뻐하는 그녀의 우아한 웃음소리가 들려왔다. "그런데 제 친구 것도 한 잔 주시겠어요? 제가 낼게요."

이곳의 그 누구도 내게는 샴페인을 사지 않았다. 언제나 그랬다. 어디를 가든 아테나에겐 매번 관심이 쏟아졌다. 함께 사진을 찍고 사인을 받으려는 열정적인 독자이거나, 남녀 가릴 것 없이 아테나에게서 기막힌 매력을 발견하는 사람들이었다.

"자, 여기." 아테나가 내 옆에 자리 잡고 앉으면서 잔을 건넸다. "넷플릭스 미팅 어땠는지 얘기해줄까? 진짜 미치는 줄 알았다니까. 나, 거기서 〈타이거 킹〉 제작자 만났어. 〈타이거 킹〉 말이야!"

기뻐해주자! 그냥 축하해주고, 오늘 밤을 즐기게 해주자. 나는 속으로 되뇌었다.

사람들은 늘 질투를 아주 날카롭고 기분 나쁘고 불쾌한 감정으로 묘사한다. 쓸데없이 심술궂고 비열한 감정으로. 하지만 알고 보니 질투는, 특히 작가들에게는, 오히려 두려움에 가까웠다. 아테나가 출판 계약을 또 맺었다거나, 수상자 명단에 올랐다거나, 특별판이 출간되었다거나, 해외 판권 계약을 맺었다는 성공적인 소식을 트위터로 접할 때면 심장박동수가 급격하게 치솟았다. 질투는 끊임없이 나 자신을 아테나와 비교하며 패배감을 느끼게 했고, 충분히 좋은 글을 충분히 빨리 써내지 못하고 있으며 앞으로도 계속 그러리라는 예감으로 전전긍긍하게 했다. 아테나가 넷플릭스와 거액에 계약을 맺었다는 소식을 들은 것만으로도 며칠간 좌절에 시달리고, 서점 진열대에서 그녀의 책을 볼 때마다 수치심과 자기혐오에 빠져 허우적거리게 될 터였다.

내가 아는 작가들은 다들 누군가에 대해 이런 식으로 느꼈다. 글을 쓴다는 건 매우 고독한 작업이다. 자신이 쓰고 있는 글이 어떤 가치가 있는지 확신할 수도 없고, 극심한 무한 경쟁에서 뒤처지고 있다는 징후가 조금만 보여도 끝없는 절망의 구렁텅이에 빠진다. 그냥 쓰고 있는 글에 집중하라고, 그들은 말했다. 하지만 다른 이들의 작품이 끊임없이 눈앞에서 펄럭거리고 있는 와중에 그러기란 쉽지 않은 일이다.

자기가 얼마나 담당 편집자를 좋아하는지 아테나가 말하는 걸 듣고 있자니 나 역시 증오에 찬 질투심이 느껴졌다. 그녀의 담당 편집자는 말레나 엔지라는 문학계 거물이었는데, 아테나는 그녀가 자기를 "무명에서 벗어나게" 해줬고 자기가

"뭘 하려는 건지 기술적인 수준에서 제대로 이해"해준다고 했다. 나는 아테나의 갈색 눈을 가만히 바라봤다. 말도 안 되게 긴 속눈썹 때문에 디즈니 영화 속 숲에 사는 동물처럼 보였다. 문득 궁금해졌다. *너처럼 사는 건 어떤 느낌일까?* 불가능하다 싶을 만큼 완벽한 사람, 세상에서 좋은 건 모두 가진 사람으로 사는 기분 말이다. 칵테일 때문인지, 작가로서 내가 가진 과도한 상상력 때문인지, 뱃속에서 뭔가가 뜨겁게 치밀어 오르는 느낌이 들었다. 딸기처럼 빨갛게 칠한 아테나의 입 안에 손가락을 쑤셔 넣어 얼굴을 뜯어내고 오렌지 껍질 까듯 피부를 깨끗이 벗겨내고 그 안에 쏙 들어가 지퍼를 잠그고 싶다는 괴상망측한 충동이었다.

"어떤 느낌이냐면, 그냥 막 흥분돼. 마치 말로 섹스하는 것 같다니까. 그러니까, 정신적인 섹스 말이야." 아테나가 피식 웃고는 귀엽게 코를 찡긋해 보였다. 나는 그 코를 쿡 찌르고 싶은 충동이 일었지만 꾹 참았다. "교정 과정이 편집자랑 섹스하는 것 같다는 생각, 해본 적 있어? 함께 위대한 문학적 아기를 낳는 것 같다는 생각 말이야."

나는 그녀가 취했다는 걸 알아챘다. 두 잔 반 만에 아테나는 고주망태가 되었다. 내가 분명히 내 편집자를 싫어한다고 말했는데, 아테나는 그새 또 잊어버린 모양이었다.

아테나는 술을 자제할 줄 몰랐다. 대학 신입생이 된 지 일주일 만에 알게 된 사실이었다. 이스트 록의 한 선배 집에서 열린 파티에 갔을 때, 변기에 대고 토하는 아테나의 머리카락을 추슬러준 적도 있었다. 아테나는 취향이 고급이었다. 그리고 스카치위스키에 대한 지식을 뽐내길 좋아했다. 별로 안 마셨는데도 이미 뺨은 발그레해지고 말은 횡설수설하기 일쑤였다. 아테나는 취하길 좋아했다. 그리고 술 취한 아테나는 늘 과장과 허풍이 심했다.

아테나의 이런 성향을 처음 알게 된 건 샌디에이고에서 열린 한 만화 박람회에서였다. 우리는 호텔 바의 커다란 테이블에 끼어 앉아 있었다. 옆에 앉은 남자들이 발그레한 얼굴로 크게 웃는 아테나의 가슴을 뚫어지게 바라봤다.(그중 한 녀석은 꼭 트위터에 성희롱범으로 올라오고도 남을 것처럼 생겼다.) "어머, 어떡해." 아테나는 이 말을 연발했다. "난 이런 일엔 준비가 안 돼 있는데. 당황스럽네. 난 준비가 안 됐는데. 이 사람들 혹시 지금 내가 싫어서 이러는 건가? 다들 속으로는 내가 미우면서 말 안 해주는 거 아냐? 혹시 제가 싫으면 싫다고 말해줄래요?"

"싫다니요. 아니에요." 남자들이 아테나의 손을 쓰다듬으며 안심시키듯 말했다. "누가 당신을 싫어하겠어요."

나는 아테나의 이런 행동이 관심을 끌기 위한 계략이라고 생각했다. 하지만 아테나는 나랑 둘만 있을 때도 이렇게 행동했다. 아주 연약하고 쉽게 상처받는 사람으로 변했다. 금방이라도 울음을 터트릴 것처럼 굴었고, 어떨 때는 아무에게도 털어놓은 적 없는 비밀을 용감하게 털어놓을 것처럼 굴기도 했다. 어떤 경우라도 봐주기 힘들었다. 그런 그녀의 모습에서 어쩐지 필사적인 느낌이 들었고, 또 뭘 가지고 사람을 놀라게 할지 알 수 없었다. 그런 행동을 꾸며낼 만큼 영악한 것일 수도 있었고, 어쩌면 그게 진짜 모습일 수도 있었다.

　요란한 음악과 베이스의 진동이 술집 안을 온통 뒤흔들고 있는데도 실내에는 지루함이 흘렀다. 당연했다. 오늘은 수요일 밤이니까. 남자 둘이 다가와 아테나한테 연락처를 주려다가 거부당했다. 이곳에 여자라곤 우리 둘뿐이었다. 이곳 루프톱 바는 불안할 정도로 조용했다. 밀실 공포증이라도 밀려들 듯한 분위기였다. 우리는 그만 잔을 내려놓고 자리에서 일어났다. 슬며시 안도감이 들면서, 이제 오늘은 이걸로 끝이겠구나 하는 생각이 들었다. 그런데 그때 아테나가 나를 자기 아파트로 초대했다. 듀폰트 서클에 있는 아파트였다. 택시를 타면 금세 도착할 수 있는 거리였다.

　"같이 가자." 아테나가 졸라댔다. "바로 이 순간을 위해 엄청난 위스키를 구해놨단 말이야. 꼭 마셔봐야 한다니까."

　나는 피곤했다. 별로 즐겁지도 않았다. 술을 마시니 질투심이 어느 때보다 강하게 치밀어 올랐다. 하지만 아테나의 집이 궁금하긴 했다. 그래서 가겠다고 대답했다.

　끝내주게 멋진 집이었다. 아테나가 부자인 건 알고 있었지만(베스트셀러 인세만도 얼마더라) 9층에 있는 방 두 개짜리 아파트에 들어서고 나서야 나는 그녀가 어느 정도 부자인지 감을 잡을 수 있었다. 그곳에 아테나는 혼자 살면서 방 하나는 침실로, 방 하나는 집필실로 사용하고 있었다. 높은 천장과 광택이 흐르는 원목 바닥, 바닥에서 천장까지 이어진 창, 그리고 모퉁이를 감싸듯 자리한 발코니가 눈에 들어왔다. 아테나는 인스타그램에서 흔히 볼 수 있는, 미니멀리스트 저리 가라 할 정도로 깔끔하면서도 과시적인 스타일로 집을 꾸며놓았다. 매끈한 원목 가구와 여유 있는 책장, 깨끗한 단색조의 카펫이 놓여 있었다. 화분에 담긴 식물들조차 고급스러워 보였다. 칼라테아 화분 아래 가습기가 쉭쉭 소리를 내며 습도를 유지해주고 있었다.

"자, 뭐 마실래? 위스키? 아니면 좀 더 가벼운 거?" 아테나가 와인 냉장고를 가리키며 물었다. 빌어먹을, 이 집에는 와인 냉장고까지 있었다. "리슬링 마실래? 아니면 끝내주는 소비뇽 블랑도 있는데, 꼭 레드와인이 마시고 싶은 게 아니라면 말이야."

"위스키 마시자." 오늘 밤 남은 시간을 견디려면 빨리 취하는 방법밖에 없었다.

"스트레이트? 얼음 타줄까? 아니면 칵테일로?"

나는 위스키 마시는 법에 대해서는 아는 게 없었다. "음, 너 좋을 대로."

"그럼 칵테일로 마시자." 그녀가 쏜살같이 주방으로 사라졌다. 잠시 후 찬장 여닫는 소리, 접시 부딪치는 소리가 들려왔다. 위스키 칵테일이 저렇게 번거로운 음료인 줄은 몰랐다.

"나한테 끝내주는 휘슬피그 18년산이 있거든." 그녀가 큰 소리로 말했다. "정말 부드러워. 토피 사탕이랑 후추를 한데

22

섞은 느낌이랄까. 잠깐만 기다려봐. 곧 맛보게 해줄게."

"알았어. 근사할 것 같아."

아테나는 바로 나타나지 않았다. 용변이 급했던 나는 화장실을 찾아 거실을 어슬렁거리기 시작했다. 화장실에는 어떤 것이 있을지 궁금했다. 아마도 값비싼 아로마테라피 디퓨저나 옥돌이 가득 담긴 바구니가 놓여 있을 것 같았다.

그때 아테나의 집필실 문이 활짝 열려 있는 게 눈에 들어왔다. 근사한 공간이었다. 들여다보지 않을 수 없었다. 아테나의 인스타그램 피드를 통해 본 적이 있어서 바로 알아볼 수 있었다. 아테나는 그곳을 "창조의 궁전"이라고 불렀다. 빅토리아 양식의 레이스 커튼이 늘어진 창문 아래, 우아한 곡선형 다리를 자랑하는 커다란 마호가니 책상이 있었다. 책상 위에는 아테나의 소중한 검은색 타자기가 놓여 있었다.

그래, 아테나는 타자기를 사용했다. 워드나 구글 문서, 스크리브너 같은 글쓰기 프로그램을 쓰지 않고 그저 몰스킨 노트에 휘갈겨 써뒀다가 접착식 메모지에 아우트라인을 정리한 다음 레밍턴 타자기로 초고를 완성해내곤 했다. 그러면 어쩔 수 없이 문장에 초점을 맞추게 된다고 아테나는 주장했다.(인터뷰에서 아테나가 워낙 많이 언급해서 거의 암기할 정도였다.) 그렇게 하지 않으면 한 번에 문단 전체를 요약하게 되어 숲은 살리되 나무를 잃게 된다고 했다.

솔직히 말해서 이런 식으로 얘기하는 사람이 누가 있을까? 누가 이런 식으로 생각한단 말인가?

한 문단 이상 쓰려면 집중력이 흐트러져 트위터로 건너가 딴짓하는 작가들을 위해 못생기고 값비싼 전자식 타자기가 세상에 나왔지만, 아테나는 그런 걸 싫어했다. 원고를 작성하려면 특별한 잉크 리본과 두툼하고 질긴 종이를 따로 구매해야 하는 투박한 빈티지 타자기를 고집했다. "그냥, 화면을 보면서는 글을 쓸 수가 없어서." 아테나는 나한테 그렇게 말했다. "종이에 글자가 찍힌 걸 봐야 해. 그래야 단어가 제대로 쓰였는지 안심할 수 있거든. 그래야 영원할 것 같고 내가 지어내는 모든 이야기가 중요하게 느껴져. 글 안에 오롯이 갇히는 기분이 들고 명확하고 구체적으로 생각하게 돼."

나는 방 안으로 들어갔다. 나는 이런 행동이 실례라는 걸 잊을 정도로만, 딱 그 정도로만 취해 있었다. 타자기의 캐리지에는 종이 한 장이 끼워진 상태였다. 그 위에는 단 두 단어, 'THE END'가 찍혀 있었다. 타자기 옆에는 종이 뭉치가 30센티미터 높이로 쌓여 있었다.

갑자기 옆에서 아테나가 양손에 술잔을 든 채 나타났다.

"아, 그거 제1차 세계대전 프로젝트야. 마침내 다 썼어."

아테나는 글을 완전히 마치기 전에는 작품에 대해 밝히지 않는 걸로 유명했다. 베타 독자들에게 읽히는 법도 없었다. 인터뷰도, 소셜미디어에 슬쩍 정보를 흘리는 일도 없었다. 에이전트도, 편집자도 작업을 다 마치기 전까지는 줄거리조차 알 수 없었다. "무르익을 때까지 충분히 품속에서 다듬어야 살아남을 수 있어." 언젠가 아테나는 나한테 그렇게 말했다. "완성되기 전 세상에 내놓으면, 죽어."(나는 이런 그로테스크한 비유에 아무도 반발하지 않는다는 사실에 충격을 받았다. 하긴 아테나 정도면 무슨 말을 해도 괜찮았을 것이다.) 아테나가 지난 2년 동안 이 작품에 대해 밝힌 내용이라곤 20세기 전쟁사와 관련 있으며 자신에겐 "상당한 예술적 도전"이라는 게 전부였다.

"대박! 축하해."

"오늘 아침에 마지막 페이지까지 타이핑 다 했어." 아테나가 재잘거렸다. "아직 아무한테도 안 보여줬어."

"네 에이전트한테도?"

아테나가 코웃음을 치며 대답했다. "재러드는 사무랑 수표에 사인하는 일만 해."

"꽤 분량이 긴데." 나는 어물쩍 책상 가까이 다가가 첫 페이지에 손을 뻗었다가 곧바로 거뒀다. 바보같이, 아무리 술에 취했어도 그렇지. 남의 물건에 함부로 손을 대서는 안 되지.

하지만 아테나는 나무라는 대신 허락하듯 고개를 끄덕였다. "어떨 것 같아?"

"내가 읽어봐도 괜찮겠어?"

"글쎄, 전부는 말고. 지금 당장은." 그녀가 웃으며 말했다. "엄청 길거든. 일단, 끝내서 너무 기뻐. 이렇게 쌓아놓으니 꽤 보기 좋지? 정말 두툼해. 이번 작품은… 의미가 커."

아테나는 횡설수설하고 있었다. 나만큼이나 취했다. 하지만 그녀가 무슨 말을 하는지 나는 정확히 알 수 있었다. 이 책은 여러 면에서 엄청난 작품이다. 출판계 역사에 한 획을 그을 만한.

내 손가락이 쌓여 있는 종이 뭉치 위에서 맴돌았다. "내가 좀 읽어봐도… 돼?"

"그럼, 물론이지…" 그녀가 힘차게 고개를 끄덕였다. "저걸 밖에 내보내는 상황에 익숙해져야 하거든. 결국 낳아야 할 테니까."

진짜 별난 비유를 계속하고 있었다. 읽어봐야 질투심만 더 하리라는 걸 알지만 거부할 수 없는 유혹이었다. 나는 맨 위에서 열댓 장 집어 들고 대충 훑어보기 시작했다.

뭐야, 너무 좋잖아.

술에 취해 제대로 읽기가 힘들고 자꾸만 눈길이 슬며시 문단이 끝나는 곳으로 달려갔지만, 대충만 읽어봐도 눈부신 작품임을 알 수 있었다. 글에 빈틈이 없고 자신감이 넘쳤다. 데뷔작에서 보였던 유치한 실수 같은 것도 전혀 없었다. 표현이 성숙하고 날카로워져 있었다. 묘사 하나하나, 표현 하나하나가 노래처럼 절묘했다.

내가 쓸 수 있는 그 어떤 글보다 나았다. 이번 생에 이만한 글을 나는 죽어도 쓰지 못할 것 같았다.

"괜찮아 보여?" 그녀가 물었다.

아테나는 초조해하고 있었다. 겁먹은 사람처럼 눈을 크게 뜨고 나를 바라보며 목걸이를 만지작거렸다. 이런 행동을 얼마나 자주 할까? 이럴 때마다 사람들은 얼마나 억지로 찬사를 쏟아부을까?

옹졸한 짓인 줄은 알지만, 아테나한테 확신을 주고 싶지 않았다. 그런 게임의 대상은 그녀를 추앙하는 평론가와 팬들이지 내가 아니니까.

"모르겠는데." 나는 심드렁하게 대답했다. "술에 취해서 못 읽겠어."

아테나는 풀 죽은 듯 보였다. 하지만 아주 잠시뿐이었다. 급히 미소 띤 얼굴로 바뀌는 게 보였다.

"이런, 내가 바보 같은 소리를 했네. 당연히 별로 내키지 않겠지…" 아테나가 눈을 깜빡이며 자기 술잔을, 나를, 그리고 거실을 차례로 돌아보며 말했다. "자, 그럼 그냥… 놀까?"

그래서 내가 여기 온 거 아니었나? 아테나 리우와 그냥 어울려 놀기 위해.

고주망태가 되고 보니 아테나는 충격적일 정도로 시시했다. 인터뷰에서 즐겨 언급하던 하이데거나 아렌트 등 대여섯 명의 철학자들에 대해 자세히 얘기하지도 못했고, 이번에 파리 프라다 쇼에서 게스트 모델로 섰던 재밌는 사건에 대해서도 아무 말 없었다.(그건 순전히 우연이었다. 카페 밖에 앉아 있던 아테나를 쇼 감독이 보고 안으로 초대한 것이었다.) 우리는 유명인들 얘기를 나누며 낄낄거렸다. 아테나는 내 스타일을 칭찬했다. 신발은 어디서 샀으며 브로치는 어디서 구했는지, 귀걸이는 어디 것인지 물었다. 그리고 중고 매장에서 괜찮은 물건을 골라내는 내 기술에 경탄했다. "내 옷의 절반은 탤벗^{미국의 유명 패션 브랜드}에서 산 거야. 난 완전 노인네 취향인가 봐." 나는 내가 가르치는 학생들, 여드름투성이에 흐리멍덩한 눈빛의 아이들 얘기를 늘어놓아 아테나를 웃겼다. 그 애들은 SAT에서 200점만 더 얻으면 아이비리그 하위권에는 당당하게 레거시 입학동문이나 기부자 자녀를 우대하는 정책을 할 수 있을 거라고, 대필 작가를 써서 작성한 에세이는 경험한 적도 없는 고난의 창작을 날조하는 연습이라고 말이다. 우리는 예전의 끔찍했던 데이트 얘기, 대학 다닐 때 알고 지냈던 사람들 얘기, 프린스턴 대학의 두 남자애한테 낚였던 얘기 등을 주고받았다.

우리는 갈비뼈가 아플 정도로 웃다가 결국 아테나의 소파에 대자로 드러누워버렸다. 아테나랑 이렇게 재미있을 줄은 몰랐다. 아테나랑 있으면서 평소의 내 모습을 자연스럽게 내보인 적은 지금까지 한 번도 없었다. 9년 넘게 알고 지낸 사이였지만 나는 늘 아테나 앞에서 조심스러웠다. 내가 생각보다 똑똑하거나 흥미로운 인간이 아니라는 사실을 아테나가 알게 될까 봐 불안하기도 했고, 신입생 시절 있었던 일 때문이기도 했다.

하지만 그날 밤, 오랜만에 처음으로 말을 가릴 필요가 없다고 느꼈다. 빌어먹을 아테나 리우한테 깊은 인상을 남기려고 애쓸 필요가 없었다. 그저 어울려 놀면 될 뿐이었다.

"우리, 이런 시간 더 많이 갖자." 그녀가 말했다. "주니, 정말이지, 어떻게 한 번도 이렇게 논 적이 없었지?"

"그러게." 나는 조금 더 가까워지려고 그렇게 덧붙였다. "어쩌면 서로 너무 좋아하게 될까 봐 두려웠던 게 아닐까."

바보 같은 소리였다. 전혀 사실이 아니었다. 하지만 아테나는 그 말이 무척 마음에 든 기색이었다.

"어쩌면, 그럴지도." 그녀가 말했다. "아, 주니. 인생은 너무 짧은데, 왜 우린 이런 벽을 쌓고 사는 걸까?"

그녀의 눈이 밝게 빛나고 있었다. 그녀의 입술은 촉촉이 젓어 있었다. 우리는 소파에 나란히 앉아 있었다. 너무 가까워 무릎이 서로 닿을락 말락 했다. 순간 아테나가 나한테 몸을 숙여 입을 맞추려는 줄 알았다.(그럼 대체 얘기가 어떻게 되는 거지? 줄거리가 너무 꼬이는데.) 그런데 그때 그녀가 펄쩍 물러앉으며 깍 비명을 질렀다. 내 위스키 잔이 기우는 바람에 술이 그만 바닥으로 쏟아진 것이다. 정말 다행스럽게도 바닥재는 단단한 원목이었다. 비싼 카펫이었다면 큰일 날 뻔했다. 그녀는 웃음을 터트리며 냅킨을 찾으러 주방으로 뛰어갔다. 나는 심장이 너무 뛰어서 진정시키기 위해 술을 한 모금 마셨다.

그러다 갑자기 그 한밤중에 우리는 팬케이크를 만들기 시작했다. 시판되는 믹스 가루를 이용하지 않고 완전히 처음부터 시작했다. 형광 녹색의 판단 잎 추출액까지 특별히 넣었다. 아테나 리우는 '평범한' 팬케이크는 만들지 않는다는 이유에서였다.

"바닐라랑 비슷한데 더 좋아." 그녀가 설명했다. "향기롭고 건강에도 좋아. 숲속에서 숨을 크게 들이마시는 느낌이랄까. 백인들이 아직 판단 잎을 모른다는 게 믿기지 않아."

그녀는 팬 위에서 케이크를 획 뒤집어 내 접시에 담았다.

탄 부분도 있었고 두께가 고르지도 않았지만 놀랍도록 맛있는 냄새가 났다. 그제야 내가 배고파 죽을 지경이라는 사실을 깨달았다. 나는 그냥 손으로 한 장을 먹어 치웠다. 고개를 들어 보니 아테나가 나를 바라보고 있었다. 혐오스러운 모습을 보였나 싶어 순간 멈칫했지만, 그녀는 먹기 대회에 나가도 되겠다며 웃음을 터트렸다. 우리는 엄청난 속도로 반쯤 익은 질척한 팬케이크를 게걸스럽게 먹어 치웠다. 팬케이크 덩어리가 목구멍으로 잘 넘어가도록 중간중간 우유를 꿀꺽꿀꺽 마셔주면서.

"일곱 장." 나는 한숨 돌리며 헐떡이는 채로 말했다. "나, 일곱 장 먹었어. 넌—"

그런데 아테나는 나를 바라보고 있지 않았다. 눈을 찡그린 채 심하게 깜빡이고 있었다. 한 손으로는 목을 잡고 다른 손으로는 필사적으로 내 팔을 치고 있었다. 벌어진 입에서는 말이 아닌 끔찍한 쉿소리가 흘러나왔다.

그녀는 제대로 숨을 쉬지 못하고 있었다.

하임리히, 그래, 나는 하임리히법을 알고 있었다. 하지만 초등학교 졸업 이후로는 생각조차 해본 적이 없었다. 그래도 아테나 뒤로 가서 팔로 허리를 감은 후 배를 손으로 강하게 눌렀다.(빌어먹을! 아테나는 너무 가냘팠다.) 그렇게 하면 팬케이크가 밀려 나올지도 몰랐다. 아테나는 여전히 고개를 흔들며 내 팔을 두드렸다. 팬케이크는 나오지 않고 있었다. 나는 다시 시도했다. 그리고 또 시도했다. 효과가 없었다. 휴대폰을 꺼내 구글에서 '하임리히'를 검색하거나 유튜브 영상을 봐야 할 것 같은 생각이 들었다. 하지만 그럴 여유가 없었다. 그러려면 시간이 한도 끝도 없이 걸릴 게 뻔했다.

아테나가 조리대에 쿵쿵 몸을 부딪쳤다. 얼굴빛이 보라색으로 바뀌었다.

몇 년 전 팬케이크 먹기 대회에서 질식사한 어느 여대생 기사를 읽은 기억이 났다. 그때 나는 선정적인 호기심에 화장실 변기에 앉아 기사 내용을 자세히 읽었더랬다. 정말 갑작스럽고 터무니없고 충격적인 죽음이라는 생각이 들었다. 출동했던 응급구조사의 말로는 팬케이크가 마치 시멘트 덩어리처럼 목구멍에 걸려 있었다고 한다. 시멘트 덩어리라니.

아테나가 내 팔을 홱 잡아당기며 내 휴대폰을 가리켰다. *도와줘.* 그녀의 입 모양이 말하고 있었다. *도와줘, 제발—*

손가락이 계속 떨렸다. 나는 세 번 시도한 뒤에야 휴대폰 잠금을 해제하고 911에 전화를 걸 수 있었다. 휴대폰 너머에서 어떤 응급 상황인지 물어왔다.

"친구랑 있는데, 목에 뭐가 걸렸나 봐요. 하임리히법도 해봤는데, 안 나와요—"

내 옆에서 아테나는 의자 위로 몸을 숙인 채 등받이에 가슴 밑을 부딪치고 있었다. 하임리히법을 직접 해보려는 것 같았다. 그녀의 움직임이 갈수록 거칠어졌다. 마치 의자랑 섹스하는 것처럼 보인다는 말도 안 되는 생각이 들었다. 효과는 전혀 없는 듯했다. 아무것도 입 밖으로 튀어나오지 않았다.

"여보세요, 위치가 어떻게 됩니까?"

아, 젠장, 주소를 모르는데. "모르겠어요. 친구 집이거든요." 나는 기억을 떠올려보려고 애썼다. "음, 타코 가게랑 서점 건너편인데, 정확히는 모르겠어요…."

"더 구체적으로 말씀해주시겠습니까?"

"아, 듀폰트! 듀폰트 서클이요. 음, 지하철역에서 한 블록 떨어진 곳에 멋진 회전문이 있는—"

"아파트 건물입니까?"

"네—"

"아파트 이름이 인디펜던트인가요? 아니면 매디슨?"

"맞아요! 매디슨. 거기예요."

"몇 호입니까?"

모르는데. 나는 아테나한테 고개를 돌렸다. 하지만 그녀는 바닥에 몸을 웅크린 채 보기 끔찍할 정도로 펄떡거리고 있었다. 나는 그녀를 도와야 할지, 나가서 방 번호를 확인해야 할지 잠시 망설였다. 그런데 그때, 기억이 났다. 9층. 발코니에서 듀폰트 서클 전체를 내려다볼 수 있을 만큼 높은 곳.

"9-0-7." 나는 숨을 제대로 쉴 수 없었다. "제발, 빨리 와주세요. 아, 어떡해—"

"구급차가 바로 갈 겁니다. 친구분은 의식이 있나요?"

어깨 너머로 흘깃 봤다. 아테나의 발길질이 멈춰 있었다. 이제 움직이는 건 어깨뿐이었다. 악령이라도 씐 듯 거칠게 들썩이고 있었다.

이제 그마저도 멈췄다.

"여보세요?"

나는 휴대폰을 떨궜다. 눈앞이 빙빙 도는 듯했다. 나는 손을 뻗어 아테나의 어깨를 흔들었다. 아무 반응이 없었다. 그녀는 눈을 크게 부릅뜬 상태였다. 차마 들여다보고 있을 수 없었다. 맥박을 확인하기 위해 그녀의 목에 손가락을 갖다 댔다. 맥박이 전혀 느껴지지 않았다. 휴대폰 너머에서 상담원이 무슨 말인가를 더 했지만, 전혀 알아들을 수 없었다. 내가 지금 무슨 생각을 하고 있는지도 알 수 없었다. 뭔가가 부딪치는 소리가 들리더니 문이 쾅 열리고 응급구조사들이 아파트 안으로 급히 들이닥쳤다. 하지만 그 모든 과정이 분명히 기억나지 않았고, 당혹스러울 정도로 흐릿하기만 했다.

다음 날 이른 아침까지도 나는 집에 가지 못하고 있었다.

사망 경위서를 작성하는 일은 확실히 시간이 오래 걸렸다. 응급구조사들은 클립보드에 공식 보고서를 작성하기 전에 빌어먹을 모든 사항을 세세히 확인했다. 아테나 리우, 27세, 여성, 빌어먹을 팬케이크를 먹다가, 질식해서, 사망.

나는 뒤쪽 주방에 놓인 들것에 주의를 집중하지 않기 위해, 진술하는 동안 앞에 앉은 응급구조사의 눈을 자세히 들여다봤다. 아주 연한 푸른색 눈동자에, 눈썹에는 검은색 마스카라가 덕지덕지 붙어 있었다. 주방에서는 제복을 입은 사람들이 아테나의 몸을 비닐 시트에 넣고 있었다. 하느님 맙소사, 저

건 시신 운반할 때 쓰는 거잖아. 지금 이거 진짜야? 아테나가 정말 죽은 거야?

"이름이 뭐죠?"

"준— 아, 죄송해요, 주니퍼 헤이워드요."

"나이는요?"

"스물일곱 살입니다."

"고인과는 어떻게 아는 사이인가요?"

"우린… 우린 친구예요. 대학 때부터 친구요."

"오늘 밤에 여기서 뭘 하고 있었습니까?"

"축하하는 중이었어요." 콧날이 시큰해지면서 눈물이 핑 돌았다. "우린 축하하는 중이었어요. 아테나가 넷플릭스와 계약을 했거든요. 진짜 행복해했는데."

나는 이 사람들이 나를 살인죄로 체포할까 봐 이상하리만치 겁에 질려 있었다. 하지만 그건 말도 안 되는 생각이었다. 아테나는 질식해서 사망했고, 그 덩어리는(그들은 계속 그걸 덩어리라고 불렀다. 대체 어떤 '덩어리'를 말하는 거지?) 아테나의 목구멍에 그대로 박혀 있었다. 반항한 흔적도 없고, 아테나가 나를 집으로 데려왔고, 우리가 바에서 사이좋게 있는 모습을 사람들이 봤다. 나는 말하고 싶었다. 못 믿겠으면 술집 바텐더한테 전화해보세요. 그 사람이 증언해줄 거예요.

그런데 나는 왜 변호할 궁리를 하는 걸까? 내가 저지른 일이 아니다. 나는 아테나를 죽이지 않았다. 정말 말이 안 되는 상황이다. 이런 걱정을 하는 것 자체가 터무니없는 일이다.

어떤 배심원도 나에게 유죄를 선고할 수는 없다.

마침내 그들은 나를 놓아줬다. 새벽 네 시였다. 경찰관 한 명이(어느새 경찰이 와 있었다. 아마 사망 사건이라서 그런 듯했다) 로즐린에 있는 우리 집까지 태워주겠다고 했다. 차 안에서 우리는 거의 말을 나누지 않았다. 그러다 집에 도착했을 때 그가 조의를 표했다. 나는 대답하지 않았다. 비틀거리면서 집으로 들어가 신발과 속옷을 벗은 후 구강청결제로 입을 헹구고 침대 위로 쓰러지듯 누웠다. 울음이 터져 나왔다. 몸속을 할퀴는 듯한 감정을 어쩔 수가 없었다. 그러다 멜라토닌 영양제 한 알과 수면제 두 알을 먹고 겨우 잠이 들었다.

침대 위에 내동댕이쳐진 가방 안에는 아테나의 원고가 뜨거운 석탄 자루처럼 들어앉아 있었다.

2

애도하려니까 이상했다. 아테나와는 그리 가깝지 않은, 그
저 알고 지내는 친구 사이에 불과했다. 이렇게 말하니까 나쁜
년이 된 기분이지만, 아테나는 나한테 별로 중요한 사람이 아
니었다. 이제 새로운 길을 가야 할 내 삶에 별다른 공허감을
남기지도 않았다. 아빠가 돌아가셨을 때처럼 암담하고 숨 막
히는 상실감 같은 건 느껴지지 않았다. 숨 쉬는 것도 전혀 힘
들지 않았다. 아침마다 뜬눈으로 침대에 누워 과연 일어나 밖
으로 기어 나갈 만한 가치가 있는지 고민하지도 않았다. 어떻
게 세상이 어제와 다름없이 돌아가는지 의아해하며 마주치는
모든 낯선 이들을 원망하지도 않았다.

아테나의 죽음은 내 세계를 깨뜨리지 않았다. 다만 조금…
묘하게 바꿔놓았다. 나는 평상시와 다름없이 지냈다. 아테나

의 일을 깊이 생각하지만 않는다면, 그 기억을 곱씹는 일만 빼면, 썩 잘 지내는 편이라고 할 수 있었다.

하지만 아직 그날의 기억에 머물러 있었다. 나는 아테나가 죽는 걸 목격했다. 처음 몇 주 동안 나를 지배한 감정은 슬픔보다는 엄청난 충격이었나. 그린 일이 실제로 일어나다니. 나는 아테나의 발이 원목 바닥을 계속 때리는 것을, 손가락이 목을 할퀴는 것을 정말로 봤다. 그리고 구급대가 도착할 때까지 시신 옆에서 꼬박 10분을 앉아 있었다. 그녀의 눈이 휘둥그레지고, 고통스러운 빛을 내다가, 뜬 채로 멍해지는 과정을 정말로 봤다. 그 기억들 때문에 울지는 않았다. 고통스럽지도 않았다. 하지만 나는 하루에도 몇 번씩 멍하니 벽을 바라보다가 중얼거리곤 했다. "젠장, 어떻게 이런 일이 있을 수 있지?"

아테나의 죽음은 뉴스거리였다. 적당히 걱정하는 말을 하려는 친구들과(그냥 연락해봤어. 그동안 어떻게 지냈어?) 구미 당기는 얘깃거리를 원하는 지인들로(세상에, 트위터에서 봤어. 너 진짜 그 현장에 있었어?) 내 휴대폰은 쉴 새 없이 울려댔다. 답할 기운도 없었다. 나는 그저 흥분과 역겨움을 느끼며 메시지 앱 구석에 점점 커지는 빨간 숫자들을 바라만 보고 있었다.

로리 언니의 조언에 따라 나는 지역 내 지원 모임을 방문했다. 그리고 슬픔으로 힘들어하는 이들을 전문으로 상담하는 치료사와 약속을 잡았다. 하지만 둘 다 도움이 되기는커녕 더 상태를 악화시켰다. 그들은 존재하지도 않는 우정을 가정했다. 왜 내가 아테나의 일로 더 망가지지 않는지, 왜 후속 조치를 취하지 않는지 설명하는 게 너무 힘들었다. 아테나가 얼마나 그리운지, 또 아테나 없는 하루하루가 얼마나 공허한지 말하고 싶지도 않았다. 문제는, 내 일상이 빌어먹을 아테나가 죽었다는 사실, 그냥 그렇게 떠나버렸다는 기이하고 당혹스러운 사실만 빼면 아무 문제 없다는 점이었다. 그 일에 대해 어떻게 느껴야 하는지조차 알 수 없었다. 그래서 슬며시 우울감이 찾아올 때마다 술을 마시고 음식을 먹어댔다. 몇 주 동안 아이스크림과 라자냐를 먹어댔더니 몸무게가 꽤 늘었다. 상황도 좋지 않았지만, 이것도 좋지 않았다.

사실 나는 내 정신적 회복력에 다소 충격을 받았다.

내가 무너져내린 건 단 한 번, 그 일이 있은 지 일주일이 지났을 때였다. 무엇 때문에 시작했는지 모르겠지만, 그날 밤 나는 몇 시간 동안 하임리히법에 관한 유튜브 영상을 시청하던 중이었다. 내가 했던 방법과 비교하면서 그때 내 손의 위치가 영상과 같았는지, 배를 누를 때 충분히 힘을 줬었는지 기억해보려고 애썼다. 나는 저주받은 운명을 탄식하는 맥베스 부인처럼 계속 큰 소리로 반복했다. 정신을 똑바로 차렸더라면, 제대로 방법을 알고 있었더라면, 주먹을 아테나의 배꼽 부분에 정확히 댔더라면, 목에 걸린 덩어리를 잘 제거했더라면, 다시 숨 쉴 수 있게 했더라면 아테나를 구할 수 있었을 거라고.

아테나가 죽은 건 나 때문이었다.

"아니, 그렇지 않아." 새벽 네 시에 전화해 제대로 말도 못할 정도로 울기만 하는 나한테 로리 언니는 이렇게 말했다. "아니, 절대, 절대 아냐. 잠깐이라도 그런 생각 하지 마, 알겠어? 주니 넌 아무 죄 없어. 그 애는 네가 죽인 게 아냐. 넌 무죄라고. 알겠어?"

나는 아기가 된 기분으로 웅얼거리며 대꾸했다. "응, 알았어. 그래."

그건 내게 당장 필요한 것이었다. 세상은 단순하며, 나쁜 짓을 할 의도가 없었으니 내 잘못은 하나도 없다는 어린아이 같은 맹목적 믿음 말이다.

"괜찮은 거지?" 언니가 힘주어 다시 물었다. "게일리 박사님께 전화해줄까?"

"아니— 아니야, 괜찮아. 박사님께 전화하지 마."

"알았어. 박사님이 네 상태가 다시 나빠지면 전화하라고 하셔서—"

"나빠지지 않았어." 나는 숨을 깊이 들이마셨다. "이 일은 그런 거랑은 상관없어. 나 괜찮아, 언니. 어차피 아테나랑 그렇게 잘 아는 사이도 아니었어. 괜찮아."

뉴스가 나온 후 며칠이 지났을 때, 나는 그날 무슨 일이 있었는지 트위터에 긴 글을 남겼다. 과거에 내가 호기심 때문에 화면을 스크롤하며 읽어댄 수많은 사망 소식들을 짜깁기하는 기분이 들었다. "비극적인 사건", "충격이 가라앉지 않고 있다", "여전히 비현실적으로 느껴진다" 같은 구절을 사용했다. 세세히 쓰지는 않았다. 그건 절대로 용납할 수 없는 일이었

다. 나는 그저 내가 얼마나 충격을 받았는지, 아테나가 나한
테 어떤 의미였는지, 그리고 얼마나 그녀가 그리운지를 썼다.

낯선 이들이 끊임없이 애도를 표해왔다. 자신을 관대하게
대하라고, 그런 충격적인 사건을 겪었으니 심란한 건 당연하
다고 말이다. 그들은 내가 좋은 사람이라고 했다. 포옹을 보
내고 행운을 빌어줬다. 내 심리치료를 위한 모금 사이트를 개
설해주겠다는 제안도 했다. 나는 돈의 유혹에 마음이 흔들렸
지만, 수락하기엔 마음이 편치 않았다. 심지어 앞으로 한 달
간 매일 음식을 해서 차로 가져다주겠다는 사람도 있었다. 그
제안도 받아들이지 않았다. 온라인에서 접근해 오는 사람을
믿기가 꺼림칙했다. 나를 독살하려는 걸지도 모르니까.

내 트윗에는 하루 만에 '좋아요'가 3만 개 달렸다. 트위터
에서 이렇게 많은 관심을 받아본 건 처음이었다. 게다가 대부
분이 파란색 체크 표시가 있는 문학계와 소셜미디어 유명인
들의 것이었다. 팔로워 수가 초 단위로 늘어나는 걸 보고 있
자니 이상하게도 마음이 들떴다. 하지만 곧 역겨움이 몰려왔
다. 단지 지루함을 달래기 위해 자위를 한 뒤에 드는 기분과
흡사했다. 그래서 모든 기기에서 트위터를 차단했다.("정신 건
강을 위해 잠시 쉬어가려고 합니다. 걱정해주신 모든 분께 감사드립
니다.") 그리고 적어도 일주일이 지나기 전까지는 다시 로그인
하지 않기로 맹세했다.

아테나의 장례식에 참석했다. 아테나의 어머니가 추도사를

부탁해서였다. 사고가 있은 지 며칠 후 전화가 걸려왔을 때, 나는 아테나의 어머니라는 말을 듣고 휴대폰을 떨어트릴 뻔했다. 나를 심문하거나 자기 딸을 죽였다고 비난할지도 모른다는 두려움이 엄습했다. 그런데 그녀는 마치 아테나가 내 앞에서 죽은 것이 매우 무례한 일이었다는 듯 계속 사과했다.

장례식은 록빌에 있는 한인 교회에서 진행되었다. 아테나를 중국계로 알고 있던 터라, 그곳이 낯설게 느껴졌다. 하지만 아무래도 상관없었다. 놀랍게도 참석자 중 내 또래는 거의 없었다. 대부분 나이 지긋한 아시아계였는데, 아테나 어머니의 친구들인 듯했다. 단 한 사람의 작가도 눈에 띄지 않았고, 대학 친구들도 보이지 않았다. 아마 이 장례식은 공동체 내에서 치르는 행사인 듯했다. 아테나의 실제 지인들은 아시아계 미국인 작가 단체가 마련한 가상 장례식에 참석했을 수도 있었다.

무척 다행스럽게도 관은 닫힌 상태였다.

추도 연설은 대부분 중국어로 이루어졌다. 나는 어정쩡하게 앉아 주위를 둘러봤다. 누구를 상대로 웃고 고개를 젓고 울어야 할지 알 수 없었다. 내 차례가 되자 아테나의 어머니, 리우 부인이 사람들에게 나를 딸의 가장 친한 친구라고 소개했다.

"준은 우리 아테나가 죽은 그날 밤 거기에 함께 있었던 친구랍니다. 우리 애를 구하려고 최선을 다했고요."

내 눈에서 눈물이 터지는 데는 그 말이면 충분했다. 다행이야. 내 안의 고약하고 냉소적인 목소리가 말했다. 눈물은 내 슬픔을 진짜처럼 보이게 만들어줬다. 대체 지금 내가 여기서 뭘 하는 건지 모르겠다는 속마음을 감춰줬다.

"아테나는 정말 눈부시게 빛나는 아이였어요." 나는 말했다. 그 말은 진심이었다. "늘 사람들의 관심을 끌었어요. 흠 잡을 데 없었죠. 아테나를 바라보고 있으면 마치 태양을 보는 것 같았어요. 너무 밝아서 오래 바라보고 있기 힘들 정도로요."

나는 30분 정도 힘들게 자리를 지키고 있다가 그만 가보겠다는 말을 꺼냈다. 매운 중국 음식, 영어를 할 줄 모르거나 하지 않으려는 노인들을 너무 많이 상대했다. 내가 작별 인사를 고하자 리우 부인이 훌쩍이며 붙잡았다. 그러면서 계속 연락하며 지내자고, 어떻게 지내는지 꼭 안부 전해달라고 부탁했다. 눈물 때문에 번진 그녀의 마스카라가 내 벨벳 블라우스에 꼴사나운 얼룩을 남겼다. 대여섯 번을 빨아도 지워지지 않았다. 결국 나는 옷을 내다 버렸다.

그달에 남아 있는 강의를 전부 취소했다.(나는 베리타스 학원에서 시간제 강사로 SAT 지도 및 온라인 대학 지원용 에세이 대필을 하고 있었다. 전망이 시원찮은 아이비리그 졸업생이라면 누구나 거치는 과정이다.) 상사는 짜증을 냈고, 수업을 예약한 학부모들은 당연히 화를 냈다. 하지만 나는 도저히 교정기 낀 입으로 껌을 질겅질겅 씹어대는 버릇없는 아이들과 창문도 없는 방

안에 앉아서 선다형 독해 문제나 풀고 있을 수가 없었다. 도저히 그럴 수는 없었다. "바로 지난주에 친구가 바닥에서 몸부림치다 죽는 걸 지켜봐야 했어요." 한 학생의 어머니로부터 불만 전화가 걸려왔을 때 나는 쏘아붙이듯 말했다. "그래서 당분간 장례 휴가 예정입니다. 아시겠어요?"

그후 몇 주 동안 나는 밖에 나가지 않았다. 종일 잠옷 차림으로 집 안에 머물렀다. 열두 번도 넘게 음식을 배달시켜 먹었고, 케케묵은 드라마 〈더 오피스〉를 대사가 다 외워질 정도로 보고 또 봤다. 그저 마음을 진정시키기 위해서였다.

책도 읽었다.

아테나는 열광의 대상이 될 만했다. 『최후의 전선』은 말 그대로 걸작이었다.

나는 잠깐 자리 잡고 앉아 토끼 굴 파듯 위키피디아를 검색했다. 이 소설은 제1차 세계대전 당시 영국군에 의해 모집되어 연합군 전선에 보내졌던 14만 중국인 노동자 부대의 알려지지 않은 공헌과 경험을 다루고 있었다. 그들 중 다수가 폭발과 사고, 질병으로 사망했고, 대부분 프랑스에 도착하자마자 혹사와 임금 착취, 더럽고 비좁은 거처와 소통 단절, 다른 노동자들의 공격에 시달렸다. 그중 많은 이들이 집으로 돌아가지 못했다.

농담처럼 회자되는 말이 있다. 진지한 작가들은 다들 어느 시점이 되면 웅장하고 야심 찬 전쟁소설을 쓴다는 것이다. 바로 아테나의 소설이 그렇다는 생각이 들었다. 아테나는 거만

하거나 유치하거나 지나치게 경건한 느낌을 주지 않으면서도, 그 무거운 이야기를 전하는 데 필요한 자신감과 절제되고 시적인 문장력을 갖추고 있었다. 젊은 작가가 쓴 전쟁 서사극은 대부분 대서사극의 단순한 모방으로 치부되는 경향이 있다. 저자는 장난감 말을 탄 아이 취급을 받는다. 하지만 아테나의 전쟁 서사극은 전쟁터에서 바로 울려오는 메아리 같았다. 진짜 사실처럼 느껴졌다.

아테나가 이 작품을 놓고 자기 기량이 진화했다고 말했을 때 그 말이 어떤 의미였는지 분명히 알 수 있었다. 지금까지 아테나가 쓴 소설의 서술 기법은 직선적이었다. 모두, 단일 주인공을 중심으로 제삼자가 과거형으로 서술하는 방식이었다. 하지만 이 작품에서 아테나는 영화 〈덩케르크〉에서 크리스토퍼 놀런 감독이 그랬던 것처럼 어느 특정한 이야기를 쫓아가기보다는 서로 전혀 다른 이야기와 관점들을 겹겹이 배치해 일종의 움직이는 모자이크를 구성함으로써 군중이 일제히 비명을 지르게 만드는 효과를 노렸다. 사실상 영화 같은 연출이었다. 모든 장면이 머릿속에서 다큐멘터리 영화처럼 펼쳐졌다. 다양한 목소리가 과거를 폭로했다.

적절한 주인공 없이는 이렇게 강렬하고 설득력 있는 이야기가 나오기 힘들다. 하지만 아테나의 문장은 무척 매력적이었다. 나는 이야기에 푹 빠져서 노트북에 옮겨 쓰는 대신 읽느라 바빴다. 전쟁소설을 가장한 러브스토리였다. 세부적인 내용이 충격적일 정도로 생생하고 구체적이어서 회고록이 아니라는 게 믿어지지 않았다. 아테나는 단순히 유령들이 귀에 대고 속삭이는 말들을 옮겨 적은 것이 아니었다. 이 소설을 쓰는 데 왜 그토록 오랜 시간이 걸렸는지 이제 이해가 갔다. 일반적으로 보급되었던 털 안감 모자에서부터 그들이 차를 마시는 데 썼던 에나멜 머그잔에 이르기까지, 아테나가 얼마나 자료 조사에 심혈을 기울였는지 알 수 있는 증거들이 문단마다 즐비했다.

그녀에겐 독자가 글에서 시선을 떼지 못하도록 만드는 마술 같은 능력이 있었다. 나는 호리호리한 학생 번역가 아 겅, 원치 않은 일곱 번째 아들로 태어난 샤오 리에게 무슨 일이 벌어질지 궁금해서 참을 수 없었다. 결국 리우 동이 신부가 기다리는 집으로 돌아갈 수 없게 되었을 때는 눈물이 났다.

하지만 손질이 좀 필요했다. 초고와는 한참 거리가 멀었다. 솔직히 제대로 된 '원고'라고 하기 힘들 정도였다. 놀랍도록 아름다운 문장들과 노골적으로 표현된 주제의 결합에 가까웠다. 게다가 "[그리고 그들은 여행을 떠난다—나중에 완성할 것]"과 같은 미완성 부분이 중간중간에 튀어나왔다. 그래도 아테나가 이정표가 될 만한 흔적들을 충분히 남겨놓은 덕분에 나는 그 뒤를 놓치지 않고 따라갈 수 있었다. 모든 게 어디로 향하고 있는지 보였다. 그리고 그건, 정말 근사했다. 그야말로 숨 막히게 아름다웠다.

너무나 멋져서 마무리에 도전하지 않을 수 없었다.

처음에는 그저 재미있었다. 습작을 하는 것 같았다. 고쳐

쓰겠다는 생각도 없었고 빈칸을 채울 수 있을지 확인해볼 생각도 없었다. 그림이 완벽해질 때까지 의미에 변화를 주거나 문장을 미세하게 다듬거나 덧붙이는 기술적 요령을 검토할 계획도 없었다. 그저 중간 장 하나를 선택해 이런저런 작업을 시도해볼 생각이었다. 글에 대해, 그리고 작가에 대해 잘 알고 있어야만 무슨 말을 하려는 건지 알 수 있을 정도로, 아직 완성되지 못한 장면들이 너무 많았다.

어쨌든 나는 계속 글을 고쳐나갔다. 멈출 수가 없었다. 형편없는 초고를 편집하는 게 빈 페이지에 새로 글을 쓰는 것보다 쉽다고들 하던데 정말 그랬다. 나는 자신감이 들었다. 아테나가 툭 던지듯 써놓은 묘사보다 훨씬 적절한 표현이 계속 떠올랐다. 전개가 늘어지는 부분을 찾아서 두서없고 쓸데없는 표현은 가차 없이 잘라냈다. 명확하고 강렬한 음을 오선지에 그리듯 줄거리를 그려나갔다. 깔끔하게 정리하고 잘라내거나 덧붙임으로써 텍스트가 '노래하게' 만들었다.

믿기 힘들겠지만 나는 단 한 순간도 이 글을 내 것으로 만들어야겠다는 생각은 하지 않았다. 자리에 가만히 앉아 죽은 친구의 작품을 이용해 이득을 취하려는 못된 생각이나 하고 있지는 않았다는 얘기다. 정말이다. 이 작업은 마치 내게 주어진 소명 같았고, 신이 정해준 운명처럼 '당연하게' 느껴졌다. 일단 시작하자 아테나의 소설을 완성하고 다듬는 일이 세상에서 가장 당연한 일처럼 여겨졌다.

게다가 누가 알겠는가? 아테나를 위해 책을 출간할 수도 있을지?

나는 정말로 공들여 열심히 작업했다. 매일 새벽부터 자정 넘어서까지 글을 썼다. 이렇게 열심히 써본 적은 처음이었다. 데뷔 소설을 쓸 때도 이 정도까지는 아니었다. 가슴속에서 단어들이 석탄처럼 타오르며 감정을 부채질했다. 곧바로 디 쏟아내지 않으면 나를 삼켜버릴 것만 같았다.

3주 만에 초고를 완성했다. 그리고 새로운 시각을 갖기 위해 일주일간 쉬기로 했다. 그저 많이 걷고 책을 읽었다. 이후 빨간색 펜으로 수정하면서 전체적으로 훑어보기 위해 오피스 디포에 가서 전부 프린트했다. 나는 단어의 소리, 단어의 형태를 느끼기 위해 모든 문장을 입으로 중얼거리듯 읽으면서 천천히 페이지를 넘겼다. 그리고 밤새워 변경 사항을 워드 파일에 다시 정리했다.

아침이 되자 내 에이전트인 브렛 애덤스에게 이메일을 하나 쓰기 시작했다. 정중하지만 조급함이 묻어나는 말투로 다음 작품은 어떻게 되어가고 있는지 묻는 그의 이메일을 무시해버린 지 몇 달 만이었다.

안녕하세요, 브렛.
제 다음 작품 기다리고 계시죠? 사실 제가

나는 잠시 멈췄다가 두 번째 문장을 지웠다.
이 모든 일을 브렛에게 어떻게 설명하지? 만일 이 초고를 아테나가 썼다는 걸 알게 되면 그는 아테나의 에이전트인 재러드에게 연락하지 않을 수 없을 것이다. 그러면 아테나의 유작을 놓고 골치 아픈 협상을 벌이게 될 것이다. 나는 아테나가 책의 마무리를 나한테 맡겼다는 증거 서류를 갖고 있지 않았다. 물론 아테나는 내가 마무리하는 편을 원할 것이다. 세상에 어떤 작가가 자기 작품이 잊히기를 원할까? 하지만 허락받았다는 증거가 없으면 내가 손댄 버전은 전혀 인정받을 수 없을 것이다.

하지만 초고를 아테나가 썼다는 사실을 누가 안단 말인가? 누가 썼느냐가 과연 내가 아니었다면 책이 결코 빛을 보지 못할 수도 있었다는 사실만큼 중요할까?

나는 아테나의 이 엄청난 작품이 조잡한 초고 상태로 인쇄되도록 놔둘 수 없었다. 그럴 수는 없었다. 나는 어떤 친구가 되어야 할까?

안녕하세요, 브렛.

원고를 보냅니다. 우리가 전에 논의했던 것과는 조금 방향이 다르지만, 새로운 목소리를 찾아냈어요. 저는 마음에 드는데, 어떻게 생각하세요?

이렇게 쓴 후, 보내기 버튼을 눌렀다. 이메일 앱에서 휙— 소리가 났다. 나는 노트북을 덮고 책상 저쪽으로 밀어버렸다. 나 자신의 뻔뻔함에 숨을 쉴 수가 없었다.

기다리는 건 너무 힘들었다. 메일을 보낸 건 월요일이었는데, 브렛에게서는 답장이 없었다. 목요일이 되어서야 주말에 한번 읽어보겠다는 말을 전해왔다. 정말 그럴 생각으로 한 말인지, 아니면 귀찮아서 대충 둘러댄 말인지 알 수 없었다. 다음 월요일이 되자 나는 극도로 불안해졌다. 일분일초가 영원처럼 느껴졌다. 집 밖을 수없이 서성였고, 시도 때도 없이 들여다보고 싶은 유혹에 넘어가지 않기 위해 휴대폰을 전자레인지에 넣어버렸다.

내가 브렛을 처음 만난 건 트위터 홍보 이벤트를 통해서였다. 연중 며칠간 작가들이 자신의 책에 대해 트윗을 하고 이벤트 해시태그를 달면, 에이전트들이 해당 해시태그가 달린 트윗 중에서 흥미를 불러일으키는 내용을 찾아보는 방식이었다. 나는 이렇게 썼다.

플라타너스 너머: 제이니와 로즈 자매는 인생 최악의 여름을 보내는 중이다. 아버지는 죽어가고, 어머니는 어디 있는지도 모른다. 두 사람이 가진 거라고는 서로가 전부다. 그리고―뒷마당에 불가사의한 문이 하나 있다. 다른 세계로 통하는 입구다. #성인 #청소년 #소설

브렛이 내 원고를 보고 싶다고 했다. 나는 이미 출간 계약을 맺었다는 말과 함께 거절 의사를 밝혔다. 그런데 일주일

후 그가 챗으로 통화를 제안했다. 너무 격 없이 군다는 인상이었다. "끝내준다", "엄청 흥분된다" 같은 말이 난무했다. 엄청 젊은 사람인 듯했다. 2년 전 해밀턴대학에서 출판 전공으로 석사학위를 받고 졸업했으며 저작권 에이전시에 입사한 지는 몇 달이 채 되지 않았다고 했다. 하지만 평판이 워낙 좋은 에이전시였고 그가 담당하는 고객들의 만족도가 꽤 높은 듯했다. 그래서 나는 그와 계약하기로 했다. 뭐, 그보다 나은 제안을 해온 곳도 없었다.

이후 몇 년 동안 그는 그럭저럭 괜찮았다. 큰 수익을 안겨주지 못하기 때문에 그에게 내가 그리 높은 순위가 아님을 항상 느끼긴 했지만 적어도 이메일을 보내면 주말이 되기 전에 답을 해줬고, 항간에 늘 끔찍한 경험담이 떠도는 인세나 저작권 문제에 대해서도 거짓말은 하지 않았다. 물론 "안녕하세요, 준. 출판사에서 페이퍼백 판을 진행하지 않기로 했습니다. 판매가 잘 안 될 것 같다네요."라든가, "안녕하세요, 준. 오디오북 저작권에 아무도 관심을 보이지 않네요. 지금으로서는 제안을 중단해야겠습니다. 그냥 알려드려야 할 듯해서 소식 전합니다." 같은 무뚝뚝하고 인간미 없는 메일을 받으면 어색하고 당황스러웠다. 또 가끔은 브렛을 떠나 나를 좀 더 사람대접해주는 다른 에이전트를 찾아볼까 하는 생각도 들었다. 하지만 업계에서 단 한 사람의 중재자도 없이 다시 혼자가 된다고 생각하면 끔찍했다.

내 생각에 브렛은 내가 알아서 조용히 그만두기를 바라는 것 같았다. 그의 메일 수신함에 폭탄을 떨어뜨려놓고 그가 어떤 표정을 짓는지 볼 수만 있다면 뭐라도 내놓고 싶은 심정이었다.

마침내 화요일 자정 무렵, 그가 답장을 보내왔다. 짧은 내용이었다.

안녕하세요, 준.

와우, 아주 특별하네요. 이 일에 매달리느라 다른 걸 소홀히 한 거라면 비난할 수가 없겠는데요. 원래 쓰던 스타일과 조금 다르긴 한데, 엄청나게 성장하는 기회가 될 수 있겠어요. 내 생각에 개릿은 이 책을 맡기엔 적합하지 않은 것 같습니다. 더 넓게 생각해보는 게 좋겠어요. 제가 처리할게요.

편집 제안도 별로 할 게 없네요. 몇 가지 첨부했으니까 확인해보세요.

브렛의 편집 제안은 가볍고 한정적이었다. 행 편집을 제외하면 대부분 속도 조절을 위한 정리 작업이었다.(아테나는 자기 글이 가진 소리에 너무 갇힐 우려가 있었다.) 이야기가 좀 더 선형적으로 이어지도록 몇몇 플래시백 장면을 옮겼고, 마지막에 주제를 다시 강조했다. 나는 에스프레소 캔 커피를 들고 자리에 앉아 72시간 동안 수정을 마쳤다. 표현이 쉽게 떠올랐다. 수정 작업은 보통 힘이 빠지기 마련인데, 나는 이 작업이 즐거웠다. 정말이지 몇 년 만에 쓰는 즐거움을 누리고 있

었다. 지금 잘라내고 있는 글이 내 글이 아니라 남의 글이라
서 그런 것일 수도 있었다. 자기 자식을 죽이는 것 같은 기분
을 느낄 필요가 없으니까. 원래 작품이 워낙 훌륭해서일 수도
있었다. 마치 보석을 세공하는 기분, 거친 부분을 갈아내어
더욱 반짝이게 만드는 기분이었다.

그러고 나서 나는 원고를 다시 브렛에게 보냈다. 브렛은 개
릿에게 알리고 그의 결정을 기다렸다. 엄밀히 말해 우선권은
개릿에게 있었다. 우리의 바람대로 개릿은 출간을 브렛에게
양보했다. 파일을 열어보지도 않은 것 같았다. 브렛은 즉시
원고를 여섯 명의 편집자에게 보냈다. 모두 큰 영향력을 가진
출판사에서 결정권을 쥐고 있는 이들이었다.(브렛은 그들을 일
컬어 "반드시 연락해야 할 사람들"이라고 불렀다. 마치 대입 원서라도
넣은 사람처럼 보였다. 전에는 한 번도 내 작품을 그들에게 보낸 적이
없었다.) 우리는 기다렸다.

3주 후, 하퍼콜린스의 한 편집자에게서 책을 내고 싶다는
연락이 왔다. 회의가 열렸고 모든 중요한 사람들이 테이블에
둘러앉아 판권 계약 여부를 논의했다. 그들은 그날 오후 브
렛에게 전화로 제안을 해왔다. 액수를 들은 나는 입이 떡 벌
어졌다. 사람들이 책에 그렇게 많은 돈을 쓰는지 몰랐다. 그
런데 그때 사이먼 & 슈스터에서 관심을 보였다. 그다음엔 펭
귄랜덤하우스와 아마존(브렛의 말에 의하면 아마존에는 제정신인
사람이 없고, 그들은 그냥 판돈을 올리고 싶어 끼어든 거라고 했다),

그리고 용케도 살아남아 존재를 이어가고 있는 작고 명망 있는 출판사들에서도 연락이 왔다. 우리는 판권 경매를 시작했다. 입찰가가 계속 올라갔다. 선금 지불 일정과 차후 보너스, 해외 판권과 북아메리카 판권, 오디오북 판권, 이런 얘기들은 내 데뷔작 판매 때는 언급조차 되지 않았던 것들이었다. 이 모든 과정 끝에 『최후의 전선』은 내가 평생 벌어들이리라 꿈꿔왔던 것보다 더 많은 금액에 에덴프레스에 팔렸다. 수상작을 빠르게 만들어내는 것으로 유명한 중형 출판사였다.

브렛에게서 전화로 그 소식을 전해 들은 나는 눈앞이 빙빙 도는 바람에 바닥에 누워 한참을 일어나지 못했다.

내 어마어마하고 화려한 계약에 관한 기사가 《퍼블리셔스 위클리》에 실렸다. 브렛은 해외 판권과 영화 판권, 혼합매체 배포권에 관심을 보이기 시작했다. 더 많은 돈이 끊임없이 들어올 거라는 사실 말고는 나는 그것들이 무엇을 의미하는지 몰랐다.

나는 엄마와 언니에게 전화를 걸어 자랑했다. 그들은 이 소식의 의미를 잘 몰랐지만 앞으로 몇 년 동안은 내 수입이 안정적일 거라는 사실에 기뻐했다.

나는 베리타스 학원에 전화해 일을 영원히 그만두겠다고 통보했다.

1년에 두 번 정도 만나는 글 쓰는 친구들이 축하한다는 문자메시지를 보내왔다. 딱 봐도 질투가 뚝뚝 묻어나는 메시지였다. 에덴프레스는 공식 트위터 계정에 이 소식을 대서특필

했고, 내 계정에는 수백 명의 팔로워가 새로 생겼다. 나는 베리타스 학원의 동료들과 한잔하러 나섰다. 내가 별로 좋아하지 않는 친구들이고 내 책에 별 관심 없는 이들이지만, 세 잔쯤 마시고 나니 그런 건 중요하지 않았다. 모두가 나를 위해 건배했다.

드디어 해냈어. 드디어 내가 해냈다고! 내내 이 생각이 머릿속을 맴돌았다. 나는 아테나의 인생을 살고 있었다. 마땅히 받아야 할 대우를 받으며 출판을 경험하고 있었다. 나는 유리천장을 깼다. 원하던 걸 다 이뤘다. 그 맛은 상상했던 대로 아주 끝내줬다.

3

나는 지금 당신이 무슨 생각을 하는지 안다. 나를 도둑, 표절자라고 생각하겠지. 그리고 모든 나쁜 일은 틀림없이 인종 문제로 시작되니까 어쩌면 인종차별주의자라고 생각할지도 모르겠다.

하지만 내 말을 들어보라.

생각처럼 그렇게 끔찍하지 않다.

표절은 쉬운 탈출구다. 사람들은 혼자 힘으로 글을 엮어낼 수 없을 때 이 속임수를 쓴다. 하지만 내 경우에는 쉽지 않았다. 나는 원고 대부분을 다시 썼다. 아테나의 초안은 전혀 다듬어지지 않은 혼란스러운 상태였다. 절반쯤 쓰다 만 문장들이 곳곳에 널려 있었다. 때로는 방향을 짐작할 수 없는 단락 하나만 달랑 있어서 완전히 다시 쓸 때도 있었다. 그림 하나를 훔쳐서 내가 그린 척하는 것과는 달랐다. 나는 얼룩덜룩 색이 칠해진 스케치를 전해 받아 원래의 스타일에 맞게 완성했다. 미켈란젤로가 시스티나성당의 벽화를 미완성 상태의 어마어마한 덩어리로 남겨뒀다고 상상해보라. 라파엘로가 그걸 이어받아서 나머지 작업을 해야 했다면 어땠겠는가.

이 프로젝트는 전체적으로 어떤 면에서는 아름답다고 할 수 있었다. 전에 보지 못한 일종의 문학적 공동 작업이었다.

이 원고가 도난당했더라면 어땠을까? 내가 이걸 통째로 팔아넘겼다면 어떻게 됐을까?

아테나가 세상을 떠날 때까지 이 원고의 존재를 아는 사람은 아무도 없었다. 결코 출판될 수 없었을 것이다. 혹 출판된다 하더라도 지금 상태로는 F. 스콧 피츠제럴드의『마지막 거물』처럼 과대평가되는, 하지만 기대에 못 미치는 미완성 초고로만 남을 게 뻔하다. 복수의 저자가 쓴 책에 늘 따라붙는 비판을 동반하지 않고 세상에 나올 기회를 내가 준 것이다. 게다가 내가 쏟아부은 그 많은 시간과 노력이 있잖은가. 책 표지에 내 이름이 들어가지 못할 이유가 뭐지?

무엇보다 나는「감사의 말」에서 아테나한테 감사 인사를 남겼다. 내 소중한 친구, 내게 가장 큰 영감을 준 친구라고.

어쩌면 아테나도 이렇게 되길 원했을지 모른다. 그녀는 늘 이런 비현실적인 문학적 날조에 관심이 많았다. 사람들에게 자신을 남자로 속였던 제임스 팁트리 주니어에 관한 얘기를 즐겨 했고, 많은 독자가 아직도 에벌린 워를 여자로 생각하는 걸 재미있어했다. "사람들은 작가에 대해 수많은 선입견을 품은 상태로 글을 대하거든." 아테나가 전에 한 말이었다. "내가 남자인 척한다면, 또는 백인 여자인 척한다면 내 작품이 어떻게 받아들여질지 가끔 궁금해. 완전히 똑같은 글인데도 아마 하나는 위험한 폭탄, 하나는 굉장한 성공이 되겠지. 왜 그래야 하지?"

따라서 우리는 이것을 아테나의 위대한 문학적 장난으로, 또 어떤 면에서는 독자-작가 관계를 복잡하게 만듦으로써 앞으로 수십 년 동안 학자들에게 맛있는 먹이를 제공하게 될 하나의 시도로 볼 수도 있을 것이다.

그래, 인정한다. 두 번째 가정은 다소 억지스러운 해석이다. 양심의 가책 때문에 늘어놓는 변명처럼 들린대도 어쩔 수 없다. 내가 몇 주 동안 얼마나 극심한 고통에 시달렸는지, 밀려드는 죄책감과 얼마나 끊임없이 싸움을 벌였는지 당신도 이해할 거라고 믿는다.

하지만 사실 나는 무척 신이 나 있었다.

몇 달 만에 처음으로 다시 글을 쓰게 되어 행복했다. 두 번째 기회를 얻은 기분이었다. 다시 꿈을 꾸기 시작했다. 기량을 연마하고 좋은 글을 쓰면 나머지는 업계가 알아서 채워줄 거라는 꿈, 내가 할 일은 종이에 펜을 대는 것이 전부이고 열심히만 쓰면 관계자가 하룻밤 사이에 나를 문단의 스타로 탈바꿈시켜줄 거라는 꿈 말이다.

나는 심지어 예전에 생각했던 아이디어 중 일부를 집적거리기 시작했다. 다시 보니 신선하고 생생하게 느껴졌고, 그것들을 구체화할 방향이 수십 가지 떠올랐다. 가능성이 무궁무진해 보였다. 새로 산 자동차를 모는 느낌, 새로 산 노트북을 켠 느낌이었다. 나는 아테나의 글이 가진 단순명쾌함과 활기를 그럭저럭 흡수해서 내 것으로 만들었다. 카네이 웨스트의 노래 가사처럼 더 단단하고, 더 훌륭하고, 더 빠르고, 더 강해진 기분이었다.

언젠가 어느 성공한 판타지 작가의 강연에 간 적이 있었다. 그녀는 글이 막힐 때면 그걸 극복하기 위해 아주 잘 쓰인 산문을 백 페이지 정도 읽는다고 했다. "좋은 문장을 보면 손가락이 근질거리거든요." 그녀는 말했다. "똑같이 따라 하고 싶어서요."

내가 아테나의 글을 편집하면서 느낀 게 바로 그런 기분이었다. 아테나는 나를 더 나은 작가로 만들었다. 나는 섬뜩할 정도로 아테나의 기술을 빨리 흡수했다. 마치 사람이 죽으면 그 재능은 어딘가로 가야 하는데 그게 결국 나한테 온 것 같았다.

지금 나는 우리 둘 모두를 위해 글을 쓰는 기분이었다. 마치 어떤 큰 뜻을 받드는 느낌이었다.

이만하면 정당성이 충분히 입증되었나? 아니면, 아직도 내가 인종차별주의적 도둑처럼 느껴지는가?

아무래도 좋다. 이렇게 된 상황에서 이게 지금 내가 실제로 느끼는 감정이다.

예일대학에 다니던 시절, 나는 철학과에서 인구윤리학을 전공하는 대학원생과 사귄 적이 있었다. 그가 사고실험에 관해 쓴 논문이 얼마나 말도 안 되는 내용이었던지, 나는 그가 차라리 공상과학소설을 쓰는 편이 낫겠다고 생각하곤 했다. 예를 들면 '미래, 즉 아직 태어나지 않은 사람들에 대해 우리는 어떤 의무가 있는가', 또는 '살아 있는 존재에 해를 끼치지 않는다면 시신을 훼손해도 되는가' 등이었다. 그의 주장 중 일부는 약간 극단적이기까지 했다. 그는 부의 재분배가 최우선적인 고려 사항일 경우에는 고인의 유언을 따를 도덕적 의무가 없으며 가난한 사람들을 위해 묘지를 주거지로 사용하는 것도 도덕적으로 반대할 이유가 없다고 생각했다. 그가 연구한 일반적인 주제는 '어떤 상황에서 누가 마땅히 고려해야 할 도덕적 행위자인가'였다. 그의 논문을 잘 이해할 수는 없었지만, 죽은 사람에게 우리는 빚진 것이 없다는 그의 핵심 주장은 꽤 설득력이 있었다.

특히 그 죽은 사람이 도둑이거나 거짓말쟁이라면 더더욱.

젠장, 그냥 솔직히 말하겠다. 아테나의 원고를 갖는 일은 내겐 마치 일종의 보상, 즉 아테나가 내게서 빼앗아 간 것에 대한 보상처럼 여겨졌다.

4

출판은 느리게 진행된다. 그러다 어느 순간 멈춘다. 판권 경매에 참여하고, 거래를 협상하고, 담당 편집자가 될지도 모르는 이들의 전화를 처리하고, 출판사를 선택하는 등의 흥미진진한 순간이 회오리바람처럼 정신없이 몰아친다. 하지만 나머지는 그저 휴대폰을 노려보며 새로운 소식을 기다리는 게 다반사다. 대부분의 책은 출간되기까지 2년 정도가 걸린다. 인터넷에서 우리가 접하는 굵직한 기사들(출간 계약 체결! 영화화 결정! TV 방영 확정! 후보작 선정!)은 많게는 몇 달, 적게는 몇 주 전에 결정된 공공연한 비밀이다. 흥분과 놀라움은 사회적 영향력을 고려해 모두 인위적으로 꾸며진다.

『최후의 전선』은 내가 계약서에 서명한 후 열다섯 달이 지나기 전까지는 출간되지 않을 터였다. 그때까지는 계속 제작

중일 터였다.

나는 계약한 지 두 달 후 편집자로부터 수정 사항에 대한 연락을 받았다. 에덴프레스의 내 담당 편집자는 다니엘라 우드하우스라는 여자였다. 굵고 낮은 목소리에 간단명료하고 유창한 말솜씨를 가진 그녀는 첫 통화 내내 나를 위협하기도 하고 흥미를 불러일으키기도 했다. 나는 이 편집자가 작년에 어느 콘퍼런스에서 업계의 성차별이 여전히 장애물로 남아 있다고 주장한 동료 여성 패널에게 "한심하다"고 말해서 공연한 소란을 일으켰던 기억이 났다. 그 이후 인터넷상의 온갖 유명 인사들이 그녀를 여성의 적으로 낙인찍었고, 그녀에게 공개적으로 사과하거나 자리에서 물러날 것을 요구했다.(그녀는 둘 다 하지 않았다.) 이 일은 그녀의 경력에 전혀 영향을 미치지 않은 듯 보였다. 그녀는 작년에만도 세 권의 베스트셀러를 탄생시켰다. 살기 넘치고 관능적인 어느 주부의 내면생활을 다룬 소설과, 전설적인 명성을 얻기 위해 말 그대로 악마와 거래하는 한 클래식 피아니스트를 다룬 스릴러, 그리고 레즈비언 양봉가의 회고록이었다.

처음에 나는 에덴프레스와 계약하기를 망설였다. 5대 출판사(하퍼콜린스, 펭귄랜덤하우스, 아셰트, 사이먼 & 슈스터, 맥밀런)가 아닌 독립출판사였기 때문이다. 하지만 브렛은 중형 출판사여야 작은 물의 큰 물고기가 될 수 있는 거라고, 첫 출판사에서 느껴보지 못한 배려와 관심을 받게 될 거라고 나를 설득했다. 과연, 개릿과 달리 다니엘라는 정말로 나를 귀하게 대해줬다. 내가 이메일을 보내면 그날 안에, 어떨 때는 한 시간도 지나기 전에, 그리고 늘 상세하게 답장을 보내줬다. 내가 중요한 사람이 된 기분이었다. 그녀는 이 책이 엄청난 인기를 얻을 거라고 단언했다. 나는 그 말이 진심임을 알 수 있었다.

편집 스타일도 마음에 들었다. 수정 제안은 대부분 조금 더 명확하게 써달라는 간단한 요청이었다. 미국 독자들이 이 부분의 의미를 알까요? 이 회상 장면은 적절한 시점에 그 인물을 아직 만나기 전인 앞 장에 배치하는 게 어떨까요? 이 대화는 절묘하네요. 그런데 이야기의 진행 방향과 어떻게 어우러지나요?

솔직히 나는 안도감이 들었다. 마침내 누군가가 아테나의 헛소리에 대해, 혼란을 의도한 문장 구조와 문화적 암시에 대해 말을 꺼내고 있었다. 아테나는 독자가 "공들여" 읽게 만들기를 좋아했다. 문화적 설정에 대해 "텍스트를 독자에게 가깝게 만들 필요를 느끼지 못한다. 독자에겐 구글이 있으니 그거면 완벽하게 텍스트에 가까이 다가갈 수 있다"라고 쓴 적도 있었다. 그녀는 번역을 전혀 덧붙이지 않고 중국어로 문구 전체를 입력하기도 했다. 타자기로는 한자 입력이 불가능하므로 그 자리를 공백으로 두고 손글씨로 작성했다. 그 중국어들을 인터넷으로 찾아보느라 나는 몇 시간을 광학문자판독기 OCR와 씨름해야 했다. 그러고도 절반은 해석하지 못했다. 아테나는 가족 구성원들을 영어가 아닌 중국어로 지칭했기 때문에, 해당 인물이 삼촌인지 육촌인지 정확히 알 수가 없었다.(지금까지 중국의 친족 명명 체계 관련 안내서를 수십 편 읽었지만 젠장, 도무지 무슨 소린지 아직도 모르겠다.)

아테나는 다른 소설도 다 이런 식으로 작업했다. 그녀의 팬들은 이런 전략을 매우 탁월하고 진정성 있다며 칭송했다. 영어의 백인우월주의에 맞서는 디아스포라 작가로서 필연적인 개입이라는 것이었다. 하지만 그것은 좋은 기교가 아니다. 글의 자율성을 방해하고 글에 접근하기 어렵게 만든다. 확신컨대 이런 요소들은 전부 아테나와 그녀의 독자들을 실제보다 똑똑하다고 느끼게 만들기 위한 서비스 요소였다.

"기발함, 냉담함, 박식함"은 아테나의 브랜드나 마찬가지였다. 하지만 그 "상업적인 동시에 눈을 뗄 수 없을 정도로 흥미로우면서 문학성까지 갖춘" 작품이 이제 내 것이었다.

가장 힘든 부분은 모든 인물을 놓치지 않고 따라가는 것이었다. 우리는 혼란을 줄이기 위해 열두 개에 달하는 이름을 변경했다. 장이라는 성을 가진 인물이 두 명 있었고, 심지어 리라는 성을 가진 인물은 네 명이었다. 아테나는 이 네 명의 인물에게 각기 다른 이름을 붙여 구분했는데 그 이름들은 아주 가끔 사용되었다.('아 겡', '아 주'라는 별명인 듯한 이름과 '다 리우', '샤오 리우'라는 이름이었다.) 리우가 성이라고 생각했던 나로서는 당황하지 않을 수 없었다. 다는 뭐고 샤오는 또 뭐란 말인가? 그 많은 여성 인물에는 왜 샤오라는 이름이 붙은 걸까? 만일 그게 성이라면, 그들은 다 가족관계란 말인가? 근친상간에 관한 소설이었나? 하지만 쉽게 해결하는 방법이 있었다. 모든 인물마다 고유한 이름을 부여하는 것이다. 그래서 나는 문화적으로 적절한 이름을 찾기 위해 중국의 역사와 아기 이름이 나오는 사이트를 몇 시간씩 뒤졌다.

우리는 수천 단어에 달하는 불필요한 배경 설명을 잘라냈다. 아테나는 줄기가 뿌리처럼 땅속으로 뻗어나가 줄기와 뿌리의 구별이 사실상 어려운 리좀Rhizome 방식을 즐겨 사용했다. 말하자면 10년 혹은 20년 전으로 훌쩍 거슬러 올라가 인물의 어린 시절을 탐색한다든가, 관련 없는 중국의 시골 풍경을 묘사하는 데 긴 분량을 할애한다든가, 줄거리와 별 관련성 없는 인물들을 소개하고는 다시는 등장시키지 않는 식이었다. 등장인물의 삶에 느낌을 더하고 독자들에게 그들이 어디서 왔고 어떻게 연결되어 살아가는지 보여주고자 그랬다는 걸 알 수 있었지만, 그 정도가 너무 지나쳐서 중심 서사에 대한 주의를 흐트러뜨렸다. 독서는 즐거운 경험이어야지 따분해서는 안 된다는 게 내 생각이었다.

우리는 언어도 순화했다. '짱깨'와 '노가다' 같은 말은 모두 삭제했다. 다니엘라는 다음과 같은 의견을 보내왔다. 아마 전복적인 느낌을 주려고 그렇게 쓰셨겠지만 요즘 같은 시대에는 그런 차별적 언어가 필요하지 않아요. 저희는 독자를 자극하고 싶지 않습니다.

백인 등장인물들도 일부 순화했다. 아테나의 원래 초고는 곤혹스러울 정도로 편향적이었다. 프랑스군과 영국군은 만화처럼 인종차별적인 모습으로 그려졌다. 연합군 전선 내에서의 차별에 대해 지적하려는 건 알겠지만, 이 장면들은 믿기 힘들 정도로 너무 진부했고 독자들을 이야기 밖으로 내쫓았다. 대신 우리는 백인 불한당 중 하나를 중국인으로 바꾸고 말 많은 중국인 노동자 하나를 인정 많은 백인 농부로 바꿨다. 이 작업은 아테나가 너무 가까워서 보지 못했을 복합성, 즉 인간적인 느낌을 작품에 더해줬다.

원래의 초고에서는 영국군의 학대로 여러 명의 노동자가 자살에 이르고, 한 사람은 영국군 대위의 대피호 안에서 목을 맨다. 시신을 발견한 대위는 통역을 통해 다른 노동자들에게 말한다. 정 죽고 싶으면 각자 자기 대피호에서 죽으라고, 우리는 우리 대피호가 엉망진창이 되는 걸 원치 않는다고. 이 장면은 실제 역사 기록에서 곧바로 따온 것이 분명했다. 아테나의 원고에는 여백에 다음과 같은 메모가 손글씨로 쓰여 있었다. *이 일에 관한 내 생각―이런 얘기를 무슨 수로 지어낼 수 있겠어. 맙소사.*

이 장면은 정말 강렬했다. 나는 처음 읽을 때 얼어붙는 듯한 공포감을 느꼈다. 하지만 다니엘라는 이 장면이 지나치게 과장된 것 같다며 이렇게 평했다. *군인이니까 투박하고 거칠어야 하는데, 이 장면은 마치 비극 포르노 같아요. 이야기 전개 속도를 위해 잘라내죠?*

다니엘라와 내가 가장 많이 바꾼 부분은 책의 마지막 3분의 1이었다.

여기서는 정말 전개가 느려지네요. 다니엘라의 평이었다.

베르사유조약에 대해 이 모든 내용이 다 필요할까요? 좀 부적절한 것 같아요. 초점이 중국의 지정학적 문제는 아니잖아요?

아테나가 쓴 원래 초고는 마지막 부분이 참기 힘들 정도로 경건했다. 아테나는 독자들의 머리를 강타하기 위해 여기에다 더욱 마음을 끄는 이야기를 남겼다. 중국인 노동자들이 잊히고 무시당하는 무수한 장면을 넣은 것이다. 중국인 노동자들은 전투 중 사망해도 유럽 군인들 근처 땅에 묻힐 수 없었다. 전투에 직접 참여한 게 아니기 때문에 포상도 받을 수 없었다. 게다가 아테나는 제1차 세계대전이 끝난 후에도 중국 정부가 베르사유조약에서 여전히 먹잇감이 되어 산둥반도를 독일에서 다시 일본으로 할양한 사실에 가장 큰 분노를 표출하고 있었다.

하지만 누가 이 모든 내용을 이해하겠는가? 주인공이 없다면 공감하기 어려운 이해관계였다. 마지막 40페이지는 흥미진진한 전쟁 이야기라기보다는 역사 논문에 가까웠다. 마치 무슨 졸업논문을 급히 갖다 붙인 것처럼 생뚱맞게 느껴졌다. 아테나는 늘 그렇게 훈계하듯 구는 구석이 있었다.

다니엘라는 그 부분을 다 잘라내길 원했다. 아 겡이 배를 타고 고향으로 향하는 장면으로 소설을 끝맺자는 것이었다. 앞서 나왔던 매장 장면의 여세를 이어받아 마무리하기에 좋은, 강렬한 이미지였다. 나머지 부분은 작가 후기나 출간에 맞춰 발표하는 책 소개문에 넣을 수도 있을 것이다. 아니면 페이퍼백 판에 추가 자료로 넣거나 북클럽에 제공하는 안도 생각해볼 수 있다.

나는 다니엘라의 제안이 훌륭하다고 생각했다. 그래서 가차 없이 잘라냈다. 그러고 나서 약간의 솜씨를 부렸다. 아 겡의 귀향 장면 뒤에 짧은 에필로그를 추가한 것이다. 한 노동자가 1918년 독일 황제 빌헬름 2세에게 세계 평화를 간청하며 쓴 편지에서 가져온 문장이었다. 저는 온 인류가 한 가족으로 살아가는 것이 하늘의 뜻이라고 확신합니다.

다니엘라는 이런 나의 방향 전환에 답을 보내왔다. 정말 좋네요. 놀라울 정도로 함께 일하기가 편해요. 대부분의 작가들은 자신이 창조해낸 인물을 죽이자고 하면 아주 별나게 굴거든요.

이 말에 나는 환하게 웃지 않을 수 없었다. 나는 내 편집자가 나를 좋아해주기를 바랐다. 함께 일하기 편한 작가라고, 고집스러운 디바가 아니라고, 자신이 요청하면 어떤 변경도 가능하다고 생각해주길 바랐다. 그러면 앞으로도 나와 출간 계약을 맺을 가능성이 커질 테니까.

우리는 지금 권력에 영합하는 것이 아니었다. 우리는 책을 더 낫게, 더 이해하기 쉽게, 더 간결하게 만들고 있었다. 원래의 작품은 독자가 스스로 멍청하다고 느끼게 했고, 가끔은 소외감마저 들게 했다. 전체적으로 흐르는 독선적인 분위기 때문에 독자에게 좌절감을 안겨줄 가능성이 컸다. 아테나의 글에서는 그녀의 온갖 짜증스러운 점이 악취처럼 풍겼다. 반면에 내가 쓴 새로운 버전은 누구나 공감할 만한 이야기, 누구든지 그 안에서 자신의 모습을 볼 수 있는 그런 이야기였다.

편집 과정은 4개월에 걸쳐 세 번 이루어졌다. 편집이 끝날 때쯤 나는 아테나가 끝낸 부분은 어디고 내가 시작한 부분은 어딘지, 무엇이 아테나가 쓴 이야기고 무엇이 내가 쓴 이야기인지 구분하기 힘들 정도로 이 프로젝트에 익숙해졌다. 나는 필요한 조사를 계속했다. 아시아인 인종차별 정치와 전선에서의 중국인 노동자의 역사에 관한 책을 열 권도 넘게 읽었다. 소설 속의 모든 단어, 모든 문장, 모든 문단을 거의 다 외울 정도로 읽고 또 읽었다. 젠장, 아마 아테나보다 내가 이 소설을 더 많이 읽었을지도 모른다.

이 모든 경험을 통해 내가 배운 것은 나도 쓸 수 있다는 사실이었다. 다니엘라가 가장 마음에 들어 하는 구절 중 일부는 내가 독창적으로 쓴 것이었다. 예를 들면, 한 가난한 프랑스인 가족이 자신들의 집에서 100프랑을 훔친 혐의로 중국인 노동자들을 부당하게 고발한다. 민족과 나라에 대해 좋은 인상을 주고 싶었던 노동자들은 자신들에게 아무 죄가 없음이 명백한데도 자기들끼리 200프랑을 모아 프랑스인 가족에게 전달한다. 아테나의 초고에서는 부당한 고발에 대해 간단히 언급하고 지나갔지만, 나는 중국인의 선함과 정직함이 돋보이는 훈훈한 장면으로 바꾸어놓았다.

끔찍한 데뷔를 경험한 후 내동댕이쳐졌던 확신과 열정이 순식간에 되살아나기 시작했다. 나는 말을 다루는 데 능하다. 지금까지 10년 동안 글쓰기를 공부해왔으니까. 직접적이고 효과적인 문장을 만들려면 어떻게 해야 하는지, 독자가 끝까지 이야기에 몰입하게 하려면 어떻게 이야기를 구성해야 하는지 나는 잘 안다. 이런 기술을 익히기 위해 몇 년 동안 공을 들였다. 이 소설의 핵심 아이디어는 내 것이 아닐지 몰라도, 이 소설을 부활시킨 사람, 거친 원석을 다듬어 다이아몬드로 만든 사람은 바로 나였다.

문제는 내가 이 소설에 얼마나 많은 걸 쏟아부었는지 아무도 모른다는 점이었다. 초고를 아테나가 썼다는 사실이 새어 나간다면 세상 사람들은 내가 한 작업의 결과물, 내가 써낸 그 모든 아름다운 문장을 보면서도 아테나 리우만 생각하게 될 것이다.

이런 사실을 누가 꼭 알아야 할 필요가 있을까?

거짓말을 감추는 가장 좋은 방법은 드러내는 것이다.

소설이 출간되기 오래전, 그러니까 소설의 초안이 리뷰어와 책 전문 블로거들에게 공개되기 전에 나는 미리 기초를 다져놓았다. 아테나와의 관계를 절대 비밀로 하지 않았고, 지금까지도 은근히 감추거나 하지 않았다. 어쨌든 지금 나는 아테나가 사망할 당시 곁에 있었던 사람으로 알려져 있다.

그래서 나는 우리의 관계를 이용했다. 인터뷰 때마다 아테나의 이름을 언급했다. 아테나의 죽음에 대한 나의 슬픔은 원작의 초석이 되었다. 맞다. 세부적인 부분은 조금 과장했다. 분기에 한 번쯤 마시던 술은 한 달에 한 번, 때로는 일주일에 한 번으로 바뀌었다. 휴대폰에 저장된 우리 둘이 같이 찍은 사진은 단 두 장. 아테나 옆에 선 내 모습이 너무 초라해 보여서 절대 공개하고 싶지 않았지만, 흑백으로 변환한 후 감동적인 헌사와 함께 인스타그램에 게시했다. 우리는 서로의 작품을 모두 읽고 종종 아이디어를 주고받았으며, 그녀는 내게 가장 큰 영감을 준 사람이고, 내 초안에 대한 아테나의 의견은 내가 작가로 성장하는 발판이 되어줬다는 것이 내가 대중에게 들려주고자 하는 말이었다.

생각해보라. 우리 사이가 가까워 보일수록 이 소설이 그녀의 작품과 닮았다는 사실이 덜 이상하게 보이지 않을까? 이 프로젝트 곳곳에는 아테나의 지문이 묻어 있었다. 나는 그것들을 깨끗이 지워내지 않았다. 그러는 대신에 왜 그런지 설명했다.

"데뷔작이 완전히 실패로 돌아간 후 글을 쓰기가 정말 어려웠어요." 나는 《북 라이엇》에 이렇게 밝혔다. "글을 계속 쓰고 싶은지도 알 수 없었고요. 그때 다시 시도해보라고 설득한 사람이 바로 아테나였어요. 모든 자료 조사를 도와줬죠. 중국에 관한 1차 자료들을 찾아줬고, 의회도서관을 뒤지는 일도 도와줬어요."

이건 거짓말이 아니다. 사이코패스의 말처럼 들릴 수도 있겠지만, 맹세코 아니다. 소셜미디어에 숨어 있는 난폭한 무리가 오해하지 않도록, 그저 사실을 약간 과장해 그림을 올바르게 볼 수 있도록 만든 것뿐이었다. 게다가 기차는 이미 출발했다. 이 시점에서 진실을 털어놓는다면 책은 완전히 망할 게 뻔했다. 아테나의 유산에 차마 그런 짓을 할 수는 없었다.

의심하는 사람은 아무도 없었다. 냉담했던 아테나의 성격이 이번에는 도움이 되었다. 장례식 이후 트위터 추도문을 읽어본 바에 따르면 아테나에겐 다른 친구들이 더 있었지만, 모두 다른 주와 다른 대륙에 흩어져 있는 탓에 이곳에서 정기적으로 어울리는 사람은 없었다. 따라서 우리의 관계에 대한 내 말에 반박할 수 있는 사람은 아무도 없었다. 세상은 내가 아테나 리우의 가장 친한 친구였다고 믿을 준비가 된 것처럼 보였다. 누가 알겠는가? 어쩌면 정말 그랬을지도?

그리고 맞다. 지나치게 냉소적인 말일 수 있지만, 우리가 친구였다는 사실은 미래의 그 어떤 비방도 끔찍한 짓으로 만들어버릴 수 있다. 누구라도 내가 아테나의 작품을 모방했다고 비난하는 순간, 아직 애도에서 벗어나지 못하고 있는 친구를 공격하는 셈이 된다. 그러면 그는 괴물 취급을 받을 게 뻔하다.

아테나는, 죽은 뮤즈다. 그리고 나는 그 영혼에 사로잡혀 그녀의 목소리를 환기하지 않고는 글을 쓸 수 없는, 여전히 그녀를 잃은 슬픔에서 헤어나지 못하고 있는 친구다.

자, 이래도 내가 좋은 이야기꾼이 아닌가?

나는 아시아계 미국인 작가 단체의 연례 워크숍에 아테나의 이름으로 장학기금을 조성했다. 아테나가 학생일 때 한 번의 여름을, 그리고 초청 강사로 세 번의 여름을 보낸 곳이었다. 그곳의 책임자인 페기 챈은 내가 아테나에 관해 뭔자 혼란스럽고 의심스러운 기색을 감추지 않았다. 하지만 내가 많은 돈을 기부하려는 걸 깨닫고는 재빨리 어조를 바꾸었다. 그 이후 그녀는 내 책에 대한 모든 소식을 리트윗하고 "축하합니다!", "읽고 싶어서 못 기다리겠어요! #힘내라준!" 같은 메시지와 함께 내 트윗을 여기저기에 뿌려댔다.

그녀의 그런 열정이 나는 약간 불편했다. 그녀의 다른 피드가 거의 다 출판계 내에서의 인종차별주의와 비주류 작가들에 대한 부당 대우에 관한 것이라 특히나 더 그랬다. 하지만, 만일 그녀가 나를 이용하려는 거라면 나도 곧바로 그녀를 이용할 생각이었다.

그동안 나는 내 할 일에 집중했다.

아테나의 초고에 인용된 모든 자료의 출처를 조사하고 확인한 결과, 나는 중국인 노동자 부대에 대해 누구 못지않은 전문가가 되었다. 표준 중국어를 독학으로 공부하려고도 해봤지만, 아무리 노력해도 지렁이가 기어가는 것 같아서 도저히 알아볼 수 없었고 성조는 교묘하게 장난치는 것 같아 포기할 수밖에 없었다.(하지만 괜찮다. 중국어를 잘하지 못한다고 인정한 아테나의 인터뷰 내용을 찾아냈으니까. 아테나 리우도 원어로 쓰인 자료를 읽지 못하는 마당에 내가 그래야 할 필요가 있을까?)

나는 구글에 내 이름과 아테나 이름, 그리고 두 이름을 함께 넣어 알리미를 설정했다. 검색 결과는 출간 관련 발표가 대부분(출간 계약을 크게 다룬 기사와 아테나의 작품을 돌아보는 내용, 그리고 가끔 내 작품이 어떻게 아테나의 영향을 받았는지를 다룬 기사 등)으로 별다른 내용은 없었다. 문학계 우정의 역사에 대해 길고 세심하게 적은 글도 있었는데, 글쓴이는 간지럽게도 나와 아테나를 톨킨과 루이스, 브론테와 개스켈에 비교했다.

몇 주 동안 모든 것이 결백하게 느껴졌다. 누구도 내가 어떻게 세부적인 자료들을 얻었는지 궁금해하지 않았다. 아테나가 무엇을 공들여 작업 중이었는지 아는 사람도 전혀 없는 듯했다.

그러던 어느 날,《예일 데일리 뉴스》의 머리기사 제목을 보고 간이 떨어지는 줄 알았다.

"예일대학, 아테나 리우의 초고 메모 입수"라고 쓰여 있었다. 첫 번째 단락은 이랬다. "고인이 된 소설가이자 예일대학 졸업생인 아테나 리우의 노트가 곧 스털링 기념도서관 말린 문학 아카이브에 맡겨질 예정이다. 리우의 어머니 퍼트리샤 리우가 기증한 것으로, 그녀는 딸의 노트가 모교에서 기념될 수 있게 된 것에 감사를 표했다…."

젠장. 젠장, 젠장, 젠장.

아테나는 저 멍청한 몰스킨 노트에 모든 아이디어의 아우트라인을 적은 것이다.

아테나는 그 과정을 공개적으로 밝힌 적도 있었다. "저는 모든 브레인스토밍 과정과 조사 내용을 손으로 적습니다." 그녀는 그렇게 말했다. "더 좋은 생각을 떠올리고, 주제와 연관

관계를 파악하는 데 도움이 되거든요. 손으로 적는 물리적인 행위를 통해 어쩔 수 없이 생각의 속도가 느려지고, 따라서 내가 적고 있는 모든 단어의 잠재성을 검토하게 되니까요. 그렇게 채워진 노트가 예닐곱 권이 되면 타자기를 꺼내서 그때부터 제대로 초고를 작성하기 시작합니다."

왜 노트까지 챙길 생각을 못 했을까. 바로 책상 위에 놓여 있었는데. 적어도 세 권은 됐는데. 그중 두 권은 심지어 원고 옆에 펼쳐져 있었다. 그날 나는 너무 당황한 상태였다. 그 노트들도 아테나의 다른 소지품들과 함께 그냥 창고에 처박힐 거라고 생각했다.

그런데 공공 아카이브라니? 이런, 젠장. 누구든 아테나에 관한 논문을 쓰는 사람이(확신컨대 아마도 많을 것이다) 『최후의 전선』의 바탕이 된 메모들을 곧 발견하게 될 것이다. 그 메모들은 광범위하고 상세할 게 분명하다. 그건 결정적인 증거가 될 테고, 그럼 이 모든 계략은 끝이다.

마음을 진정시키고 차분히 생각할 시간이 없었다. 싹을 잘라버려야 한다. 심장이 빠르게 뛰는 게 느껴졌다. 나는 휴대폰을 꺼내 아테나의 어머니에게 전화를 걸었다.

리우 부인은 정말 아름다웠다. 아시아 여자들은 나이를 먹지 않는다는 말은 진짜였다. 나이가 분명 오십대 중반일 텐데, 삼십대 이상으로는 보이지 않았다. 우아하고 아담한 체격과 날렵한 광대뼈를 보니 아테나의 요염한 미모가 누굴 닮은 건지 짐작할 수 있었다. 장례식 때는 너무 울어서 얼굴이 부어 있었기 때문에 그녀가 얼마나 매력적인지 알아채지 못했다. 지금 가까이서 보니, 그녀는 자신의 딸과 구별하기 힘들 정도로 닮았다.

"준, 만나서 정말 반가워요." 그녀가 현관에서 나를 껴안으며 말했다. 말린 꽃에서 나는 그런 향기가 났다. "어서 들어와요."

나는 주방 식탁에 자리를 잡았다. 그녀는 앉기 전에 김이 모락모락 나는 향기로운 차 한 잔을 따라서 내 앞에 놓았다. 그리고 가느다란 손가락으로 자신의 찻잔을 감쌌다.

"아테나에 관해 얘기하고 싶어서 온 거 알아요."

너무나 직설적이어서 순간 내가 한 짓을 그녀가 알고 있는 건 아닐까 하는 의심이 들었다. 지금의 그녀는 장례식에서 만났던 그 따뜻하고 호의적인 여성과는 완전히 달랐다. 하지만 그때, 피로에 지쳐 축 처진 입과 눈 밑의 그늘이 눈에 들어왔다. 나는 그녀가 그저 하루를 견뎌내기 위해 노력하고 있다는 것을 깨달았다.

나는 소소하게 나눌 얘깃거리를 준비해 왔다. 아테나에 관해, 예일대학에 다니던 시절에 관해, 슬픔에 관해, 그리고 밤 사이 인생의 기둥 하나가 사라져버렸을 때 매일 매 순간을 견디는 것이 얼마나 힘든지에 대해.

하지만 그런 얘기를 꺼내는 대신 곧바로 추적에 돌입했다. "아테나의 공책을 말린 아카이브에 기증하실 거라는 기사를 읽었는데, 맞나요?"

"그런데요." 그녀가 고개를 살짝 옆으로 기울이며 대답했다. "별로 좋은 생각이 아닌 것 같나요?"

"아니, 아니요, 리우 부인. 제 말뜻은, 저는 그냥… 왜 그런 결정을 내리셨는지 혹시 말씀해주실 수 있을까요?" 뺨이 달아오르는 게 느껴졌다. 그녀와 시선을 마주칠 수 없었다. 나는 시선을 떨군 채 말을 이었다. "그러니까, 말씀하고 싶지 않으시면 대답 안 하셔도 돼요. 저도 잘 알거든요. 정말 말하기 힘든 일이고, 그리고, 저를 그렇게 잘 아시는 것도 아니니까…."

"몇 주 전에 해당 프로젝트를 담당하는 사서한테서 이메일을 받았어요." 그녀가 말했다. "마저리 치라는 아주 좋은 여자분이었어요. 통화해보니 아테나의 작품을 아주 잘 알고 있는 것 같더군요." 그러고는 한숨을 쉬고 차를 한 모금 마셨다.

어떤 까닭인지 리우 부인의 영어 실력이 무척 뛰어나다는 생각이 계속 머리를 맴돌았다. 특유의 억양이 느껴지긴 했지만 심하지 않았고, 풍부한 어휘와 복잡하고 다양한 문장 구조를 구사했다. 아테나는 항상 자기 부모님이 영어 한 마디도 못 하는 상태로 미국에 이민 왔다는 사실을 유난스럽게 떠들어댔는데, 내가 듣기에 리우 부인의 영어는 아주 괜찮은 편이었다.

"음, 난 이런 일들에 대해 잘 몰라요. 하지만 공공 아카이브는 사람들이 아테나를 오랫동안 기억하게 할 좋은 방법 같았어요. 아테나는 정말 뛰어난 아이였고—물론, 친구니까 당신도 잘 알겠지만요—사고방식이 정말 흥미로웠죠. 난 문학을 연구하는 학자 중에 아테나한테 관심을 가질 만한 분이 있을 기라고 확신해요. 아테나도 좋아할 거예요. 학자들이 자기 작품에 대해 글을 쓸 때마다 늘 감격했거든요. 그 애는 그게 대중의 숭배보다 더… 인정받고 있다는 증거라고 했어요. 어쨌든, 그걸 내가 중요한 일에 잘 쓰고 있는 건지 모르겠네요."

리우 부인이 한쪽 구석을 향해 고개를 끄덕여 보였다. 그 시선을 따라가던 나는 순간 숨이 멎는 줄 알았다. 노트들이 바로 거기에, 큼지막한 종이 상자 안에 아무렇게나 쌓인 채, 커다란 쌀자루와 매끈하고 줄무늬 없는 수박처럼 보이는 것들 아래 선반에 놓여 있었다.

엉뚱한 상상이 밀려들기 시작했다. 저걸 움켜쥐고 뛰쳐나가버릴까? 무슨 일이 벌어졌는지 리우 부인이 깨닫기 전에 반 블록 정도는 갈 수 있을 것 같은데. 부인이 자리를 비운 틈에 기름을 붓고 태워버리는 건 어떨까? 그럼 내가 아테나의 원고를 훔쳤다는 걸 아무도 눈치채지 못할 텐데.

"뭐라고 쓰여 있는지 혹시 읽어보셨나요?" 나는 조심스럽게 물었다.

리우 부인이 또 한 번 한숨을 내쉬었다. "아니요. 그럴까 생각했지만, 나한테는 그게… 너무 고통스러운 일이라서요. 아테나가 살아 있을 때도, 아테나의 소설을 읽는 게 나한테는 힘든 일이었어요. 아테나는 자기 유년기와 우리가 들려준 이야기, 그리고… 우리의 과거, 우리 가족의 과거를 너무 많이 소재로 삼았어요. 첫 소설을 읽고 나서 깨달았죠. 이런 기억을 누군가 다른 사람의 관점에서 보는 게 무척 힘들다는 것을요." 울음을 참는 듯 그녀의 목이 꿀렁거렸다. 옷깃을 만지며 그녀가 말을 이었다. "그 애한테 그 모든 고통을 줄 필요가 있었을까 싶어요."

"이해합니다. 저희 가족도 제 작품에 대해 마찬가지로 느끼거든요."

"아, 그래요?"

아니, 거짓말이다. 왜 그런 말을 했는지 모르겠다. 우리 가족은 내가 무엇을 쓰든 신경도 쓰지 않는다. 할아버지는 내가 예일대학에 다닐 때 쓸 데도 없는 영문학 학위에 4년이나 돈을 내야 하는 거냐며 불평해댔고, 엄마는 지금도 한 달에 한 번 전화해서 법률이나 컨설팅 등 진짜 돈벌이가 될 만한 일을 시도하고 있는지 어쩐지 확인한다. 로리 언니는 내 데뷔 소설을 읽기는 했지만, 전혀 이해하지 못했다. 언니는 두 자매가 왜 그렇게 서로를 못살게 구냐고 계속 물었는데, 나는 너무 당황스러웠다. 왜냐하면 그 자매는 우리의 모습을 그린 것이었기 때문이다.

하지만 리우 부인이 지금 원하는 건 공감과 위로였다. 그녀에겐 적절한 말이 필요했다. 그리고 말은 내가 무엇보다 잘하는 것이었다.

"가족들이 너무 가깝게 느끼는 주제니까요. 저도 소설에 제 삶을 많이 그려 넣거든요." 이 말은 사실이었다. 내 데뷔 소설은 자전소설에 가까웠다. "그리고 전 순탄한 어린 시절을 보내지 못했기 때문에, 그래서 읽기 힘든 이유도 있을 거예요… 그러니까 제 말은, 자기들의 실수를 다시 생각나게 하니까 좋아하지 않는 거예요. 다른 시선을 통해 다시 보는 게 싫은 거죠."

리우 부인이 힘차게 고개를 끄덕였다. "이해가 가네요."

비집고 들어갈 여지가 보이는 듯했다. 너무 선명해서 이렇게 쉬워도 되나 싶은 느낌이 들 정도였다.

"오늘 부인과 얘기를 나누고 싶었던 것도 그 때문이에요." 나는 숨을 깊이 들이마셨다. "솔직히 말씀드릴게요, 리우 부인. 아테나의 노트를 일반인들이 접근할 수 있는 곳에 보관하는 건 좋은 생각이 아닌 것 같아요."

리우 부인이 미간을 찡그렸다. "왜죠?"

"따님의 글쓰기 과정에 대해 얼마나 아시는지 모르겠지만…."

"잘은 몰라요. 아니, 거의 모릅니다. 작업이 끝날 때까지는 작품에 관해 얘기하는 걸 싫어했어요. 말만 꺼내도 예민하게 굴었죠."

"네, 바로 그거예요. 아테나는 글을 쓰는 동안 이야기를 절대 공개하지 않았어요. 무척 고통스러운 역사를 그려내는 이야기였으니까요. 그에 관해 아테나와 얘기한 적이 있어요. 아테나는 과거의 상처를 헤집고 벗겨내서 다시 피 흘리게 만드는 것이나 마찬가지라고 했죠."

우리는 사실 글쓰기에 대해 사적으로 얘기를 나눈 적이 없었다. 아테나가 인터뷰에서 상처를 헤집는 것에 관해 말한 부분을 내가 읽은 것뿐이었다. 하지만 아테나가 작업 중인 자기 작품에 대해 그렇게 생각한 건 사실이었다.

"자기가 말하고 싶은 방식으로 완성하기 전까지, 서사를 완벽하게 통제하게 될 때까지는 누구에게도 그 고통을 보여주기 싫다고 했어요. 다듬고 다듬어서 자기 마음에 드는 판본으로 완성한 후에야 공개했죠. 그 노트들은 아테나만의 독창적인 생각들이에요. 가공되거나 여과되지 않은 순수한 생각 그 자체죠. 제가 보기엔… 글쎄요, 그것들을 공공 아카이브에 기증하는 건 아테나의 그런 작업 성향을 훼손하는 일이라는 생각이 들어요. 아테나의 시신을 전시하는 거나 마찬가지랄까요."

표현이 좀 지나친 듯했지만, 효과는 바로 나타났다.

"어머나!" 리우 부인이 손을 입에 갖다 대며 내뱉었다. "이럴 수가, 믿어지지 않아요─"

"물론, 결정은 부인께 달린 거지만요." 나는 급히 덧붙였다. "저 노트들을 어떻게 처리할지 정하는 건 전적으로 부인의 권리예요. 저는 그냥, 아테나의 친구로서, 말씀드려야 한다고 생각했습니다. 제 생각에 그건 아테나가 원하는 바가 아닐 것 같아서요."

"그렇군요." 리우 부인의 눈이 붉어지면서 눈물이 그렁그렁 차올랐다. "고마워요, 준. 생각지도 못했어요…." 그녀는 잠시 말없이 찻잔만 바라봤다. 그러다가 눈을 꾹 감았다 뜨고 나를 흘깃 올려다봤다. "그럼, 당신이 가져가겠어요?"

나는 움찔했다. "제가요?"

"여기에 두려니 마음이 아파서요." 리우 부인의 어깨가 축 늘어졌다. 온통 지친 듯 보였다. "그리고 아테나랑 잘 알던 사람이니까…." 그녀가 고개를 저으며 말을 이었다. "이런, 내가 지금 무슨 말을 하는 거죠? 부담스럽게. 아니에요, 못 들은 걸로 하세요."

"아뇨, 괜찮아요. 그럴 수 있죠…."

가져가겠다고 하는 게 좋을까? 그럼 『최후의 전선』에 관한 아테나의 기록을 완전히 손에 넣을 수 있을 텐데. 게다가 또 뭐가 더 있을지 누가 알겠어? 어쩌면 다른 소설에 관한 아이디어가 있을지도 모르잖아? 어쩌면 초고 전체가 들어 있을지도?

아니야, 욕심부리지 않는 게 좋겠어. 나는 원하는 걸 이미 갖고 있다. 더 원하다가는 꼬리를 밟힐 위험이 있다. 리우 부인은 신중하게 처신하겠지만, 《예일 데일리 뉴스》에서 내가 아테나의 기록물을 모두 갖고 있다고 보도한다면, 아무리 악의는 없다 하더라도, 무슨 일이 벌어질지 누가 알겠어?

그리고 나는 지금 내 경력 전체를 아테나의 작업을 손봐서 구축하려는 게 아니다. 『최후의 전선』은 두 유형의 천재성이 우연히 만나 행복한 결과를 낳은, 이례적인 사건이다. 지금부터는 어떤 작품을 내놓든 모두 내가 직접 쓴 나만의 작품이 될 것이다. 그러니 이런 유혹은 필요 없다.

"제가 가져갈 수는 없어요." 나는 부드러운 어조로 말했다. "마음이 불편할 거예요. 혹시 다른 가족에게 맡기면 어떨까요?"

내가 바라는 건 리우 부인이 저것들을 다 태워서 그 재를 아테나의 뼛가루와 함께 뿌려버리는 것이다. 그러면 지금부터 몇십 년이 흘러도 호기심 많은 친척이든 누구든 기록을 뒤져 다시 들먹이는 일은 없을 것이다. 하지만 이런 생각을 전하되 부인이 스스로 해냈다는 생각이 들게 만들어야 했다.

"다른 가족은 없어요." 리우 부인이 다시 고개를 저었다. "아무도요. 그 애 아빠가 중국으로 돌아간 뒤로는 쭉 아테나와 나, 우리 둘뿐이었어요." 그녀가 훌쩍이며 말을 이었다. "그래서 말린 측 사람들한테 가져가라고 한 거예요. 적어도 내가 지고 가야 할 책임을 덜어줄 테니까요."

"저는 그냥 공공 아카이브가 믿음이 가지 않아요. 그들이 뭘 들춰낼지 어떻게 알겠어요?"

리우 부인의 눈이 휘둥그레졌다. 갑자기 매우 불안해 보였다. 그녀가 무슨 생각을 하고 있는지 궁금했다. 하지만 캐묻지 않는 게 가장 좋다는 사실을 나는 잘 알고 있었다. 이미 여기에 온 목적은 다 이뤘다. 나머지는 부인의 상상력에 맡길 생각이었다.

"맙소사," 그녀가 다시 탄식했다. "믿어지지 않아요⋯."

속이 뒤틀렸다. 리우 부인은 무척 괴로워 보였다. 맙소사. 내가 지금 무슨 짓을 하고 있는 거지? 순간 이곳에서 벗어나고만 싶어졌다. 빌어먹을 노트들. 완전히 엉망진창이었다. 내가 감히 여길 올 생각을 했다는 게 믿기지 않았다.

"리우 부인, 부담을 드리려던 건 아니었어요—"

"아닙니다." 그녀가 탁 소리가 나도록 찻잔을 내려놓으며 말했다. "아니에요. 당신 말이 맞아요. 딸애의 영혼을 보란 듯 전시하지는 않겠어요."

나는 그녀를 조심스럽게 지켜보며 숨을 내쉬었다. 내가 이긴 건가? 이렇게 쉬워도 되나?

"그게 부인의 결정이라면—"

"네, 그게 내 결정입니다." 내가 말리기라도 할 것 같았는지 그녀가 내 눈을 쏘아보며 대답했다. "아무도 아테나의 노트를 볼 수 없게 하겠어요. 아무도요."

나는 소소한 대화를 나누며 30분 정도 더 머물다가 그 집을 나섰다. 장례식 이후 내가 어떻게 지냈는지, 『최후의 전선』이 어떤 소설인지, 아테나가 나한테 얼마나 많은 영감을 줬으며 내가 얼마나 내 작품을 아테나가 자랑스러워하길 바라는지 얘기했다. 하지만 부인은 관심이 없었다. 정신이 딴데 가 있는 듯했다. 내가 이미 거절했는데도 차를 더 마시겠냐고 세 번이나 물었다. 간절히 혼자 있고 싶으면서도 예의상 그만 가달라는 말을 못 하는 게 분명했다.

마침내 가려고 자리에서 일어나는데, 부인이 종이 상자들을 가만히 응시하고 있는 게 보였다. 그 안에 무엇이 있을지 두려운 듯한 모습이었다.

그후 몇 주 동안 나는 아테나 리우 컬렉션에 관해 새로 올라온 소식이 있는지 보기 위해 말린 아카이브 웹페이지를 계속 확인했다. 하지만 아무것도 올라오지 않았다. 1월 30일이 되었지만 별일 없이 지나갔다. 아테나의 노트를 대중에게 공개하기로 한 날짜였다.

어느 날《예일 데일리 뉴스》웹사이트에 들어갔다가 원래의 기사가 아무런 언급 없이 내려진 걸 발견했다. 애초부터 존재하지 않았던 것처럼 URL이 깨져 있었다.

5

그 주 수요일에 새로운 홍보팀, 마케팅팀과의 첫 화상회의가 있었다.

너무 긴장했는지 토할 것처럼 속이 불편했다. 지난번 홍보 담당자와의 끔찍했던 경험이 떠올랐다. 킴벌리라는 이름의 파리한 금발 여성이었는데, 팔로워가 5명 정도에 불과해 보이는 블로거들의 인터뷰 요청만 섭외해 왔다. 사람들이 실제로 들어본 적 있는 웹사이트 게재 등 더 많은 것을 요구하면, 그녀는 이렇게 대꾸하곤 했다. "알아는 보겠는데, 도움이 될지는 따져봐야 해요." 다른 사람들과 마찬가지로 킴벌리 역시 내 데뷔작이 성공 가능성이 없음을 진작부터 알고 있었다. 다만 내 얼굴에 대고 말할 용기가 없던 것뿐이었다. 내 이름 준June의 철자도 제인Jane으로 잘못 입력할 때가 많았다. 출판사를 떠날 때 그녀는 나한테 회신 불가능한 퉁명스러운 짧은 메일 하나만 보냈다. "함께 일할 수 있어서 즐거웠습니다."

하지만 이번에는 모두가 놀라울 정도로 열정적이었다. 홍보를 맡은 에밀리와 디지털 마케팅 담당 제시카는 시작부터 자신들이 내 원고를 얼마나 좋아하는지 이야기했다. "이 소설은 훨씬 연륜 있는 작가의 작품에서나 볼 수 있는 진지함이 물씬 풍겨요." 제시카가 칭찬의 말을 쏟아냈다. "여성 독자들이 정말 좋아하는 역사소설과 남성 독자들이 좋아하는 군사소설 중간쯤에 아주 좋은 위치를 선점할 수 있을 것 같아요."

나는 충격을 받았다. 제시카는 내 소설을 진짜로 읽은 듯했다. 이런 경우는 처음이었다. 킴벌리는 내가 쓴 작품이 소설인지 회고록인지조차 늘 혼동하곤 했는데.

다음은 마케팅 전략에 대한 안내가 이어졌다. 압도감이 들 정도로 포괄적인 전략이었다. 그들은 페이스북과 굿리즈 광고를 언급했고, 누가 관심이나 있을지 확실치 않은데도 지하철역 광고까지 염두에 두고 있었다. 또한 서점 진열에도 투자를 아끼지 않았다. 이는 출간과 동시에 전국의 반스 & 노블 서점 방문객들이 내 책을 가장 먼저 보게 된다는 의미였다.

"이번 책은, 틀림없이 이번 시즌에 가장 주목받는 책이 될 거예요." 제시카가 장담했다. "그렇게 만들기 위해 있는 힘을 다하고 있답니다."

나는 할 말을 잊었다. 이런 게 바로 아테나의 삶이었던 거야? 처음부터 당신 책은 성공할 거라는 말을 듣는 그런 삶?

제시카는 내가 언제까지 홍보용 자료를 넘겨줘야 하는지, 날짜와 기한을 정하는 것으로 마케팅 계획을 마무리했다. 잠시 침묵이 흘렀다. 에밀리가 펜으로 딸깍, 뒤이어 두 번 딸깍 딸깍 소리를 냈다.

"그럼 이제, 마지막으로 우리가 묻고 싶은 건 포지셔닝 문제예요."

나는 대답해야 한다는 것을 깨달았다. "그렇군요— 죄송한데, 그게 무슨 뜻인가요?"

에밀리가 제시카와 눈길을 주고받았다.

"그러니까, 제 말은, 이 소설의 배경이 주로 중국이잖아요." 제시카가 말했다. "최근에 나눈 대화에서도 말씀드렸지만, 아시다시피—"

"문화적 진정성!" 에밀리가 불쑥 끼어들었다. "온라인에서 오가는 말들을 확인하고 계시는지 모르겠네요. 도서 관련 블로거들과 트위터 계정들이 요즘은 꽤… 까다롭습니다…."

"우린 그냥 혹시 모를 잡음을 미연에 방지하고 싶을 뿐이에요." 제시카가 말했다. "그러지 않으면 걷잡을 수 없어지거든요."

"저는 자료 조사에 어마어마한 시간을 들였어요." 내가 말했다. "이건, 아시다시피, 대충 상투적인 내용을 가지고 쓴 소설이 아니에요. 그런 책이 아니라고요—"

"물론이죠." 에밀리가 부드러운 어조로 말했다. "하지만 작가님은… 그러니까, 작가님은…."

에밀리가 무슨 말을 하려는지 알았다. "제가 중국인이 아니라는 거군요." 나는 퉁명스럽게 대답했다. "그걸 묻고 있는 게 맞나요? 이건 내 목소리도, 뭣도 아니라는 거네요. 그게 문제인 거죠?"

"아니요, 전혀요. 우린 그냥 만반의 준비를 하려는 것뿐이에요. 그리고 작가님은 누군가 다른… 사람이 아니잖아요?" 에밀리는 말을 마치자마자 움찔했다. 하지 말았어야 할 말임을 깨달은 모양이었다.

"전 백인이죠." 나는 분명하게 밝혔다. "백인인 내가 이런 이야기를 썼기 때문에 우리가 곤란해질 거라는 얘기가 하고 싶은 건가요?"

나는 이런 식으로 말한 걸 곧바로 후회했다. 지나치게 직설적이고 방어적이었다. 내 마음속의 불안감을 드러낸 셈이 되었다.

에밀리와 제시카가 눈을 빠르게 깜빡이며 상대가 먼저 입을 열길 바라는 듯 서로를 쳐다봤다.

"물론 아니죠." 마침내 에밀리가 입을 뗐다. "당연히, 그냥 누구나 무슨 말이든 할 수 있는 거잖아요. 우린 그저 독자들이 이 작품을 신뢰하게 만들려면 포지셔닝을 어떻게 해야 할지 고민하는 것뿐이에요."

"글쎄요. 독자들은 이 작품을 믿어도 돼요." 내가 말했다. "책에 쓰인 말들을 믿고 읽어도 된다고요. 이 작품에 쏟아부은 피와 땀이 얼만데요."

"그럼요, 물론이죠." 에밀리가 말했다. "그게 다 거짓이란 말이 아니에요."

"그럼요, 당연히 아니죠." 제시카가 동조했다.

"다시 말하지만, 우린 누구나 어떤 이야기라도 할 수 있어야 한다고 생각해요."

"우린 검열관이 아닙니다. 그런 건 에덴프레스의 문화가 아니에요."

"맞아요."

그러더니 에밀리가 지금 내가 머무는 곳은 어딘지, 앞으로 어디를 여행하게 될 건지 같은 이야기를 꺼내며 화제를 돌렸다. 그후 회의는 내가 한 말의 의미를 바로잡기도 전에 꽤 급하게 마무리되었다. 에밀리와 제시카는 내 작품을 맡게 되어 얼마나 기쁜지, 나를 만나서 얼마나 반가운지, 그리고 나와 함께 일하기를 얼마나 고대하고 있는지 다시 한번 말했다. 그러고는 사라졌다. 내 앞에는 빈 화면뿐이었다.

기분이 끔찍했다. 나는 브렛에게 메일을 보내 내가 느끼는 불안을 몽땅 털어놓았다. 한 시간 후 답장이 왔다. 출판사 측에서는 그저 확실하게 하고 싶은 거라고, 내 포지셔닝을 정확히 하고 싶어 그러는 것이니 걱정하지 않아도 된다고 했다.

나중에 알고 보니 그들은 나를 "세계적인" 작가로 만들고 싶은 거였다. 그다음 월요일에 제시카와 에밀리가 자신들의 계획을 상세히 담은 긴 이메일을 보내왔다. "작가님의 배경이 매우 흥미롭다고 생각합니다. 그래서 독자들에게 알리면 좋겠어요."

그들은 내가 어릴 적 살았던 모든 장소(건설 기술자인 아빠의 끝없는 여행길에 머물렀던 남미와 중부 유럽, 미국 내 6개 도시)를 강조했다.(에밀리는 '노마드'라는 말을 정말 좋아했다.) 새로 작성한 작가 소개문에서, 그들은 내가 아시아 근처에는 가본 적이 없는데도 평화봉사단에서 보낸 1년을 매우 흥미롭게 다루었다.(나는 고등학생 때 스페인어를 배운 덕분에 멕시코에 머무른 적이 있었다. 하지만 위장을 약해지게 만드는 바이러스에 감염되어 치료 문제로 떠나서 그나마 오래 있지도 않았다.) 그리고 '준 헤이워드'라는 이름 대신 '주니퍼 송'이라는 이름으로 출간할 것을 제안했다.("데뷔작은 우리가 기대하는 시장에 내놓을 수준이 아니었으니까, 완전히 새롭게 시작하는 편이 나아요. 그리고 주니퍼라는 이름은 정말, 정말 독특해요. 무슨 이런 이름이 있죠? 별에서 따온 이름 같기도 하고.") 아무도 '송'과 '헤이워드'가 어떻게 다르게 인식되는지 이야기해주지 않았다. '송'이 중국 이름으로 받아들여질 수도 있다고 솔직하게 털어놓은 사람도 없었다. '송'은 사실 우리 엄마가 1980년대 히피였던 시절에 생각해낸 가운데 이름인데, 하마터면 나는 '주니퍼 세레니티 헤이워드'라는 이름을 갖게 될 뻔했다.

에밀리는 내가 《일렉트릭 리터러처》에 저자 소개와 필명에 관한 글을 투고하는 데 도움을 줬다. 그 글에서 나는 나의 배경과 내 삶에 끼친 어머니의 영향력을 기리기 위해 주니퍼 송이라는 이름으로 자기 쇄신을 하기로 했다고 밝혔다. "준 헤이워드라는 이름으로 발표한 데뷔작 『플라타너스 너머』는 아버지의 죽음으로 인한 슬픔에 뿌리를 둔 작품이었다." 나는 이렇게 썼다. "주니퍼 송이라는 이름으로 쓴 『최후의 전선』은 내가 창작 여정에서 한 단계 발전했음을 상징한다. 내가 글쓰기를 좋아하는 가장 큰 이유가 이것이다. 글쓰기는 자신을 재창조할 기회를 끝없이 제안하고, 자신에 대해 이야기하도록 권한다. 우리는 글쓰기를 통해 우리의 모든 유산과 역사를 인정하게 된다."

나는 거짓말하지 않았다. 중요한 건 그것이다. 나는 중국인인 척하지도 않았고, 내가 하지 않은 인생 경험을 지어내지도 않았다. 지금 우리가 하는 건 사기가 아니다. 단지 독자들이 나와 내 이야기를 진지하게 받아들이도록, 누가 무엇을 쓸 자격이 있는지에 대한 낡은 선입견 때문에 내 작품을 선뜻 집어들지 못하는 일이 없도록, 자격을 제대로 증명하려는 것이다. 혹시라도 억측을 하거나 각각의 점들을 잘못된 방식으로 결합하는 사람이 있다면, 그건 나보다 그들에 대해 더 많은 걸 말해주는 게 아닐까?

편집 쪽 일은 더 매끄럽게 진행되었다. 다니엘라는 내가 고친 내용을 마음에 들어 했다. 세 번째 교정지를 넘겨주면서 다니엘라가 나한테 요청한 건 약간 행을 편집하고 드라마티스 페르소나이를 추가하면 어떻겠냐는 것이었다. 드라마티스 페르소나이는 독자들이 누가 누군지 잊지 않도록 짧은 설명을 곁들여 모든 등장인물을 목록화하는 것을 일컫는 고급 용어다. 다음은 교열 담당자의 일이었다. 교열 담당자는, 내 경험에 의하면, 독수리의 눈을 가진 초인간적 괴물이다. 그들은 육안으로는 발견하기 힘든 반복적인 오류들을 포착해낸다.

그런데 교열이 마무리되기 일주일 전, 우리는 뜻밖의 문제에 직면했다.

다니엘라가 난데없이 이메일을 보내왔다. "안녕하세요, 작가님. 잘 지내시죠? 출판 준비를 시작한 지 벌써 6개월이나 지났다는 게 믿어지시나요? 의견을 여쭙고 싶은 일이 있어서 연락드립니다. 캔디스가 중국인이나 중국인 디아스포라에 속한 이야기 검수자를 쓰면 어떻겠냐고 제안해와서요. 절차상 조금 늦은 감은 있지만, 작가님을 위해 저희가 이 일을 알아봐드릴까요?"

이야기 검수자는 보수를 받고 원고에 대해 문화 관련 자문과 비평을 제공하는 독자를 말한다. 예를 들어 백인 작가가 쓴 책에 흑인이 등장한다고 치자. 그때 출판사는 흑인 이야기 검수자를 고용해 혹시라도 책에 의식적으로나 무의식적으로나 인종차별적인 표현이 있는지 확인한다. 인종차별적 비유와 고정관념을 썼다는 이유로 백인 작가들이 비난받는 사례가 점점 많아짐에 따라, 이런 방식이 몇 년 전부터 점점 더 인기를 끄는 중이었다. 트위터에 끌려다니지 않을 수 있는 좋은 방법이긴 하지만 때로는 역효과를 낳기도 했다. 주관적인 의견 하나 때문에 어쩔 수 없이 출판을 철회해야 했던 끔찍한 이야기의 주인공을 나는 적어도 두 명은 알고 있었다.

나는 바로 답장을 보냈다. "왜 그래야 하는지 모르겠군요. 저는 제가 한 조사에 꽤 만족합니다."

곧바로 알림음과 함께 수신함에 답장이 도착했다. "캔디스의 글을 첨부합니다: 저는 반드시 그 역사와 언어를 잘 아는 독자를 고용해야 한다고 생각합니다. 준은 중국인 디아스포라가 아니에요. 실수를 잘 포착해낼 수 있는 독자와 함께 중국어 문구와 명명 관습, 본문의 인종차별적 묘사를 확인하지 않으면 정말 큰 문제가 생길 위험이 있어요."

나도 모르게 신음이 새어 나왔다.

다니엘라의 보조편집자인 캔디스 리는 에덴프레스에서 나를 좋아하지 않는 유일한 사람이었다. 그녀는 내가 그걸 불평할 근거를 절대 만들지 않았다. 이메일은 영락없이 정중했고, 소셜미디어에서는 내가 책에 관해 올리는 모든 게시물에 '좋아요'를 누르고 리트윗했으며, 화상회의 중에는 늘 미소 띤 얼굴로 인사했다. 하지만 그건 다 가식이라고 나는 장담할 수 있었다. 뭔가 거북한 표정과 퉁명스러운 말에서 느껴지는 게 있었다.

캔디스는 아테나를 잘 아는 것 같았다. 어쩌면 그녀는 저임금과 과로에 시달리며 출판사 하급 직원으로 살아가는 작가 지망생 중 하나일지도 몰랐다. 중국에서 영감을 받아 쓴 자기 원고가 있기에, 그래서 자기가 이루지 못한 큰 성공을 거둔 나를 질투하는 것일 수도 있었다. 안다. 이 출판계에서 그건 지극히 보편적인 메커니즘이다. 하지만 그건 내 알 바가 아니었다.

"다시 말하지만, 저는 이 책을 준비하면서 한 조사에 매우 만족하고 있습니다. 이 시점에서 검수 작업 때문에 일정을 미룰 필요는 없다고 생각해요. 특히 먼저 책을 읽어줄 독자들에게 가제본 보내는 일정도 빠듯하잖아요."

이게 끝이면 좋았을 것이다. 그런데 한 시간 후, 메일 수신 알림음이 다시 울렸다. 두 배나 긴 캔디스의 메일이었다. 수신인은 나와 다니엘라, 그리고 홍보팀 전체였다.

여러분,

이번 프로젝트에서 이야기 검수자를 쓰는 것을 제가 얼마나 중요하게 느끼는지 다시 한번 강조하고 싶습니다. 지금의 출판계 분위기를 보면 독자들은 자신의 영역 밖 이야기를 쓰는 작가를 틀림없이 의심스러운 눈으로 볼 겁니다. 그럴 만한 이유가 충분하죠. 출간 일정이 늦어지긴 하겠지만, 이야기 검수는 문화적 전유, 더 심하게는 문화적 착취라는 비난으로부터 작가를 보호해줄 겁니다. 그리고 작가가 선한 의도로 중국인 디아스포라 공동체에 관해 작품 속에서 표현했음을 보여주는 계기가 될 겁니다.

맙소사. 문화적 전유? 문화적 착취? 이 여자, 대체 왜 이러는 거야?

나는 캔디스의 메일을 브렛에게 전달하며 물었다. "이 여자, 그만 좀 하라고 해줄 수 있어요?" 에이전트는 이런 격한 상황에서 매우 훌륭한 중재자다. 내 손에 피를 묻힐 필요 없이 대신 칼을 휘둘러준다. "꽤 분명하게 제 생각을 밝힌 것 같은데, 왜 아직도 이 문제로 저를 괴롭히는 거죠?"

브렛은 외부에 검수를 맡기는 대신 캔디스에게 그 일을 맡기면 어떻겠냐고 제안했다. 하지만 캔디스는 자신은 중국계 미국인이 아니라 한국계 미국인이며, 브렛의 그런 주제넘은 제안은 미묘한 인종차별적 공격에 해당할 수 있다고 퉁명스럽게 답했다.(이 부분에서 나는 캔디스가 전적으로 인종차별적 공격에 대항하기 위해 존재하는 사람이 아닌가 하는 결론을 내렸다.) 다니엘라가 상황을 무마하기 위해 불쑥 끼어들었다. 물론 그들은 기본적으로 저자인 나의 판단을 따를 것이었다. 이야기 검수자를 고용할지 말지는 전적으로 내 선택에 달린 문제였고, 나는 원치 않음을 분명히 밝힌 상태였다. 우리는 원래의 출간 일정을 고수하게 될 터였다. 문제가 될 만한 건 하나도 없었다.

그다음 주에 캔디스가 자신의 어조에 대해 사과하는 메일을 보내왔다. 다니엘라가 참조되어 있었다. 이건 진정한 사과가 아니었다. 실은 엄청나게 강한 수동 공격이었다. "편집과 관련해 제가 드린 제안에 기분이 상하셨다면 죄송합니다. 아시다시피, 저는 그저 『최후의 전선』 출간을 최대한 돕고 싶을 뿐이에요."

눈을 굴리며 생각해보니 쉬운 길을 택하는 편이 나을 것 같았다. 나는 전투에서 이미 이겼다. 불쌍한 보조편집자를 괴롭혀봤자 좋을 게 없다. 나는 간단하게 답장을 보냈다.

사과해줘서 고마워요, 캔디스.

다니엘라는 비공개 글을 통해 캔디스가 이번 프로젝트에서 제외되었음을 알려왔다. 나는 더 이상 그녀를 상대할 필요가 없었다. 앞으로 『최후의 전선』에 관한 모든 소통은 다니엘라와 에밀리, 제시카를 직접 통하면 된다.

"이런 문제로 신경 쓰게 해서 정말 미안합니다." 다니엘라는 이렇게 썼다. "캔디스는 확실히 이 프로젝트에 열정적이었어요. 그게 판단에 영향을 미쳤던 것 같네요. 작가와의 관계에서 선을 지키는 것에 대해 캔디스와 진지한 대화를 나눴다는 걸 알아주셨으면 좋겠습니다. 다시는 이런 일이 없을 거예요."

다니엘라가 너무 미안해하는 것 같아서 순간 내가 과했나 싶어 당황스럽고 불안해졌다. 하지만 마침내 이번만큼은 출판사가 확실히 내 편이라는 사실을 확인한 안도감에 비하면 아무것도 아니었다.

내가 아는 평범한 누군가가 갑자기 유명인이 되는 모습, 세련되고 가식적인 외모로 수십만 명의 사람들이 잘 아는 인물로 바뀌어가는 걸 본 적이 있는가? 고등학교 때 친구가 음악

가로 큰 성공을 거둔다든가, 섭식장애를 앓는 금발 여자애였던 대학 신입생 때 친구가 스타 배우가 된다든가 말이다. 대중화의 메커니즘에 대해 궁금해한 적이 있는가? 어떻게 그는, 당신이 알고 있는 그 현실의 인물이 아닌 마케팅과 대중화의 요소가 되어 팬들에 의해 소비되고 칭송받는 인물이 되는 걸까? 팬들은 그를 잘 안다고 생각하지만 실은 그렇지 않다. 하지만 팬들은 그 또한 이해하며 상관없이 그를 찬양한다.

나는 대학 졸업 이후 이 모든 일이 첫 소설책 출간을 앞둔 아테나한테 일어나는 걸 지켜봤다. 아테나는 예일대학에서 주목받는 학생이었으며, 비밀 발렌타인 페이스북 그룹에서 수많은 사랑의 맹세를 받은 교내 셀럽이었다. 하지만 아직 위키피디아에 소개되거나 일반 독자가 이름만 들어도 눈을 번쩍 뜰 정도로 유명한 건 아니었다.

그런데 《뉴욕타임스》가 "예일대학 졸업생, 랜덤하우스와 거액에 출간 계약 체결"이라는 제목의 기사를 대대적으로 실으면서 상황이 바뀌었다. 기사 중앙에는, 젖꼭지가 비칠 정도로 얇고 목이 깊게 파인 블라우스 차림으로 스털링 기념도서관 앞에서 찍은 아테나의 사진이 실렸다. 그들은 당시 예일대학에 다니고 있던 한 유명 시인의 말을 인용해 "에이미 탄과 맥신 홍 킹스턴을 잇는 훌륭한 소설가"라고 아테나를 추켜세웠다. 그때부터 모든 것이 달라지기 시작했다. 아테나의 트위터 팔로워 수는 다섯 자리 중반까지 치솟았고 인스타그램 팔로워 수는 여섯 자리를 기록했다. 《월스트리트저널》, 《허프포스트》와 끝내주는 인터뷰를 하기도 했다. 진료 예약이 있어 택시를 타고 가는데, 라디오에서 수정처럼 맑고 누구와도 견줄 수 없는, 때로는 의심스러울 정도로 가식적이고 영국식 억양이 감도는 아테나의 목소리가 흘러나와서 깜짝 놀란 적도 있었다.

신화 만들기, 페르소나 만들기가 동시에 시작되었다. 아테나의 출판팀이 생각하기에 가장 시장성이 크다고 본 모습과 상당한 신자유주의적 착취가 짝을 이루었다. 복잡한 메시지는 인상적인 어구로 바뀌었고, 작가 이력은 기발하고 이국적인 내용으로만 구성되었다. 사실 이런 건 성공한 작가라면 누구에게나 있을 수 있는 일이다. 하지만 그 원래의 인물이 친구라면 얘기가 달라진다. 기분이 묘했다. 아테나 리우가 레밍턴 타자기로만 글을 쓰는 건 사실이지만, 그건 대학 4학년 때 한 유명 강사에게서 아이디어를 얻은 후부터였다. 열여섯 살때 전국 글쓰기 대회 결선 진출자였던 것도 맞지만, 알다시피 문장을 좀 쓸 줄 아는 고등학생이라면 한 번쯤은 그런 대회에 참가하게 된다. 겨우 빌리 아일리시의 노래 가사나 표절하는게 예술인 줄 아는 또래 아이들을 이기는 건 전혀 어려운 일이 아니다. 아테나 리우는 천재이자 차세대 작가이자 동시대의 목소리였다. 언론에서는 아테나 리우가 가장 아끼는 여섯권의 책(프루스트의 책은 항상 포함된다), 아테나 리우가 추천하는 적당한 가격의 노트 브랜드 목록까지 소개했다.(아테나 리우는 몰스킨 노트만 사용하지만, 형편이 좋지 않은 분들은 이 브랜드들도 알아보시라!)

"이거 진짜 뜻밖이다." 나는 《코스모폴리탄》 최신호에 실린 사진 링크와 함께 아테나한테 문자를 보냈다. "코스모폴리탄 독자들이 문학을 좋아하는 줄은 몰랐네."

"하하 그러게!" 아테나가 답했다. "표지에 실린 여자도 전혀 못 알아보겠더라. 에어브러시로 내 얼굴을 날려버렸어. 내 눈썹은 저렇지 않은데."

"완전 하이퍼리얼이야." 그때를 돌아보니 보드리야르를 인용한 건 꽤 멋지긴 했다.

"맞아." 아테나가 다시 답했다. "아테나 0, 아테나 1. 난 일종의 예술 작품이야, 만들어진 존재. 아테나 델 레이."

그래서 내가 소설을 발표할 차례가 되었을 때, 나는 출판계가 나와 『플라타너스 너머』에도 그와 똑같이 해줄 거라는 터무니없는 기대를 했다. 내가 손가락 하나 까딱하지 않아도 잘 돌아가는 기계가 내 페르소나를 구축해줄 거라고, 홍보팀에서는 자신들이 섭외한 주요 미디어 인터뷰에 나설 때 내가 어떤 옷을 입고 무슨 말을 해야 할지 친절하게 알려줄 거라고 말이다.

대신에 내 출판사는 나를 늑대 밥이 되도록 놔두었다. 자기 홍보에 관해 내가 배운 거라고는 작가 메신저 툴 '슬랙'에서 데뷔 작가들과 대화하던 중에 알게 된 게 전부였다. 다들 나만큼이나 어쩔 줄 몰라 했고, 인터넷 구석구석에서 건져낸 해묵은 블로그 게시물을 들이댔다. 우리에겐 자신이 작가임을 소개하는 웹사이트가 필요했지만 그걸 제작하려면 워드프레스가 나을지, 스퀘어스페이스가 나을지 알 수 없었다. 뉴스레터를 발행하면 책이 잘 팔릴지, 아니면 돈 낭비일지. 전문가에게 사진을 맡겨야 할지, 아니면 아이폰 셀카 모드로 찍어도 충분할지. 작가로서만 사용할 트위터 계정을 새로 만들어야 할지, 거기에 영양가 없는 포스팅을 해도 될지. 다른 작가들과 대놓고 불평해도 될지, 그러면 망할지, 아니면 사람들 눈에 더 잘 띄게 될지. 트위터에서 대놓고 투덜거리는 게 여전히 멋있어 보일지, 아니면 '디스코드' 메신저에서만 투덜거려야 할지. 우리는 아는 게 아무것도 없었다.

말할 것도 없이, 세간의 이목을 끄는 인터뷰는 결코 현실로 나타나지 않았다. 팔로워 500명 정도의 팟캐스트를 운영하는 마크라는 사람으로부터 초대받은 게 그나마 가장 근접한 경험이었다. 그런데 나는 그 초대에 응한 걸 곧바로 후회했다. 그는 현대 장르소설의 과도한 정치 이슈화에 대해 포효하기 시작했고, 그때부터 나는 그가 혹시 나치 추종자가 아닌지 걱정되기 시작했다.

하지만 이번에는 출판사로부터 훨씬 많은 지원을 받았다. 에밀리와 제시카는 내 모든 질문에 답할 준비가 되어 있었다. 나는 내 모든 소셜미디어 플랫폼에서 적극적으로 활동해야 했다. 모든 게시물에는 사전 주문 링크를 포함해야 했다. 트위터 알고리즘은 링크가 있는 트윗의 노출 빈도를 줄이도록 만들어져 있지만 글 아래, 또는 자기소개란에 링크를 넣으면 그럴 위험을 피할 수 있었다. 음, 별점 리뷰는 사실상 아무 의미도 없었다. 하지만 아무리 인위적인 광고라도 광고는 광고이기 때문에 나는 그것들을 떠벌려야 했다. 게다가 온갖 수단을 동원해 리뷰어들에게 책을 보낸 상태였고, 우리는 그들 중 적어도 일부는 긍정적인 반응을 보일 거라고 기대했다. 음, 어쩌면 《뉴요커》에 작가 프로필이 실리지 않을 수도 있다. 하지만 다음에는 이야기를 나눌 수 있을지도 모른다.

이제는 돈도 있었다. 그래서 새로운 저자 프로필을 찍기 위해 사진작가를 고용했다. 예전 사진은 로리 언니의 대학 친구가 찍어준 것이었다. 우연히 같은 지역에 있던 멜린다라는 아마추어 사진작가였는데, 그녀는 온라인에서 내가 본 금액의 일부만 받겠다고 했다. 나는 제니퍼 이건, 도나 타트 같은 유명한 여성 작가들의 사진에서 풍기는 관능적이고 신비로우며 진지한 분위기를 내기 위해 다양한 방식으로 얼굴을 일그러뜨렸다.

아테나는 사진 속에서 늘 모델 같았다. 얼굴을 감싸며 찰랑거리는 머리카락, 도자기처럼 창백하게 빛나는 피부, 남들은 모르는 재밌는 얘기를 알고 있다는 듯 입꼬리가 살짝 올라간 도톰한 입술, 나를 유혹해보라고 말하는 듯한 아치형 눈썹까지. 외모가 아름다우면 책을 파는 데 큰 도움이 된다. 나는 오래전부터 내가 특정한 각도와 조명에서만 그럭저럭 봐줄 만하다는 사실을 알고 있었기 때문에, 차선책을 택했다. '아주 심각하게 제대로 고문당하는 모습'을 연출하는 것이었다. 하지만 이런 생각을 카메라로 구현하는 건 어려웠다. 멜린다가 보내온 결과물을 보고 나는 질겁하지 않을 수 없었다. 사진 속의 나는 재채기를 가까스로 참고 있는 모습, 아니면 화장실에 가고 싶어 죽을 지경인데 차마 말을 못 하는 모습이었다. 나는 다시 찍고 싶었다. 이번에는 저 앞에 거울을 두어 내가 무슨 짓을 하고 있는지 볼 수 있게 하고서 말이다. 하지만 멜린다의 시간을 허비하게 만들기 싫어서 그나마 제일 사람답게 나온 사진을 골랐다. 그리고 수고한 대가로 그녀에게 50달러를 건넸다.

이번에는 워싱턴에 있는 케이트라는 전문 사진작가에게 500달러를 투자했다. 촬영은 그녀의 스튜디오에서 이루어졌다. 그곳에서 그녀는 내가 태어나 처음 보는 온갖 조명 장비를 사용했다. 나는 그것들이 내 여드름 흉터를 깨끗이 지워주기를 바랄 따름이었다. 케이트는 활기 넘치고 친절하며 전문가다웠다. 지시는 명확하고 직접적이었다. "턱 당겨요. 얼굴의 긴장을 조금 풀어주세요. 이제 제가 농담을 건넬 건데, 그냥 하고 싶은 대로 하세요. 렌즈는 신경 쓰지 말고요. 좋아요. 아, 좋아요."

며칠 후 그녀가 워터마크가 표시된 사진 몇 장을 보내왔다. 나는 사진 속의 내 모습이 너무 예뻐서 놀랐다. 특히 밖에서 찍은 사진이 좋았다. 오후 햇살 아래 멋지게 그을린 나는 어떤 인종이라고 딱히 규정하기 힘든 모습이었다. 조용히 옆을 향한 시선은 심오하고 비밀스러운 생각으로 가득 차 있음을 암시하는 듯했다. 나는 정말 제1차 세계대전 당시 중국인 노동자 부대에 관한 이야기를 제대로 담아낼 법한 작가처럼 보였다. 딱 봐도 주니퍼 송 같았다.

에밀리의 제안으로, 나는 소셜미디어에 존재감을 구축하기 시작했다. 지금까지 나는 제인 오스틴에 관한 시답잖은 글과 농담을 무작위로 트윗해왔다. 팔로워가 거의 없었기 때문에 어떤 글을 올리든 중요하지 않았다. 하지만 이제는 출간 계약으로 관심이 집중되는 상황이라 좋은 인상을 주고 싶었다. 블로거와 평론가, 독자들이 나를 괜찮은 사람으로, 그러니까 올바른 이슈에 관심을 기울이는 사람으로 알아주기를 바랐다.

나는 어떤 커뮤니티 인물들을 팔로우하고 어떤 대화에 참여해야 할지 알아보기 위해 아테나와 그 이웃들의 트위터 피드를 연구했다. 버블티와 MSG, BTS, 그리고 〈진정령陈情令〉*이라는 드라마 시리즈에 관한 열띤 논평을 리트윗했다. 반중화인민공화국이지만 친중 성향을 내보이는 게 중요하다는 사실을 알게 되었다.(하지만 그 둘의 차이가 뭔지 정말 모르겠다.) 리틀 핑크와 탱키**라는 말의 의미, 그리고 양쪽 다 무심코라도 리트윗하면 안 된다는 사실도 알게 되었다. 나는 중국 신장에

---

* 막강한 권력을 가진 가문에 맞서 싸우는 두 청년의 모험과 브로맨스를 다룬 중국의 웹드라마.

** 리틀 핑크(little pink)는 온라인상에서 젊은 중국 민족주의자들을 일컫는 용어이고, 탱키(tankie)는 공산주의 정권의 정책을 지지하는 강경파 공산주의자를 뜻하는 멸칭이다.

서 일어나고 있는 일을 비난했다. 그리고 홍콩 편을 들었다. 내가 이런 문제에 목소리를 내기 시작하자 하루에 수십 명씩 팔로워가 늘어났다. 내 팔로워 중 상당수가 유색인종이었고, 또 자기소개란에 #BLM과 #FreePalestine* 같은 해시태그가 달린 것을 보니 올바른 방향으로 잘 가고 있는 것 같았다.

이런 식으로 나의 공적 페르소나가 만들어지게 되었다. 『플라타너스 너머』를 쓴 무명작가 준 헤이워드는 이제 안녕이었다. 반갑다, 주니퍼 송! 매우 뛰어나고 불가사의했던 고 아테나 리우의 가장 친한 친구이자 이번 시즌 최대 히트작 작가여.

『최후의 전선』이 출간되기 전 몇 달 동안, 에덴프레스의 홍보팀은 미국 전역에 이 책을 알리기 위해 최선을 다했다.

그들은 에덴프레스의 다른 유명 작가들에게 가제본을 보냈다. 무척 바쁠 텐데도 몇몇 베스트셀러 작가는 "매혹적이네요!", "설득력 있는 목소리군요" 같은 호평을 보내줬다. 다니엘라는 이 평들을 책 표지에 넣기로 했다.

표지 디자인은 1년 전에 완성되었다. 당시 다니엘라는 핀터레스트에서 디자인을 위한 아이디어를 모아달라고 부탁해왔다.(저자들은 보통 디자인 주제나 개략적인 디자인 아이디어에 관

---

* BLM은 Black Lives Matter(흑인의 목숨도 소중하다)의 약어로 흑인 인권운동 슬로건이며, FreePalestine은 팔레스타인의 독립을 지지한다는 의미다.

한 설명을 구하지만, 그 외에는 자신이 표지 디자인에 대해 아는 게 없음을 인정하고 전문가들이 알아서 하도록 놔둔다.) 나는 구글에서 중국인 노동자 부대 사진을 둘러보다가 노동자들이 담긴 멋진 흑백사진을 몇 장 발견했다. 그중에 특히 매력적인 사진이 한 장 있었는데, 여덟 명의 노동자가 카메라 주위에 모여 환하게 웃고 있는 사진이었다. 나는 그것을 다니엘라에게 보내며 물었다. "이 사진 어때요? 퍼블릭 도메인이라 저작권 문제도 없을 거예요."

하지만 다니엘라와 미술 담당 부서에서는 그 사진의 분위기가 적절하다고 생각하지 않았다. 그녀는 이렇게 답장을 보내왔다. "우린 이 책이 실화 바탕의 역사책처럼 보이길 원치 않아요. 표지에 그 사진을 넣는다고 쳐요. 만일 작가님이라면 서점 안을 거닐다가 그 책을 사시겠어요?"

결국 우리는 좀 더 현대적인 주제를 택하기로 했다. '최후의 전선'이라는 제목은 커다란 블록체로 인쇄해 넣고, 배경은 불타고 있는 프랑스 마을이 연상되도록 이중 크롬 처리를 하기로 했다. "우린 대담하고 서사적이며 낭만적인 느낌을 강조하는 색을 원해요." 다니엘라는 이렇게 썼다. "그리고 책날개 가장자리에 한자가 들어가 있는 게 보이실 거예요. 독자들은 그걸 보고 뭔가 다른 걸 기대하게 될 겁니다."

겉표지는 장대하고 진지하며 매력적으로 보였다. 지난 10년간 출판된 제1차 세계대전을 다룬 소설들은 하나같이 다그런 느낌이 있었다. 또한 새롭고 흥미로우며 독창적이기도 했다. 나는 다니엘라에게 답장을 썼다. "완벽하네요. 정말 완벽해요."

출간일이 가까워지자 굿리즈, 아마존, 페이스북, 인스타그램 등 어디서나 광고가 눈에 띄기 시작했다. 심지어 전철역에도 광고가 붙었다. 그들이 나한테 말해주지 않았거나 내가 듣고도 잊어버린 게 분명했다. 프랜코니아-스프링필드행 전철에서 내렸을 때 맞은편 벽에 내 책 표지가 도배하다시피 붙어 있는 걸 보고 나는 너무 놀라서 그대로 얼어붙었다. *저게 내 책이랍니다. 저건 내 이름이고요.*

"최후의 전선," 내 뒤에 서 있던 한 여자가 친구에게 큰 소리로 읽어줬다. "주니퍼 송 지음. 어때?"

"괜찮아 보이는데?" 남자가 말했다. "알아보자."

"그래." 여자가 대답했다. "봐서."

그 순간 한 줄기 기쁨이 갑자기 밀려들었다. 판타지 드라마의 여배우 흉내를 내는 듯한 진부한 행동이었지만, 나는 두 주먹을 쥐고 폴짝 뛰었다.

좋은 소식이 계속 쌓여가고 있었다. 브렛이 해외 판권 판매와 관련된 소식을 메일로 보내왔다. 해당 국가는 독일, 스페인, 폴란드, 러시아였다. "프랑스는 아직이지만, 계속 노력 중입니다." 브렛은 이렇게 썼다. "그런데 프랑스에서는 원래 다들 애를 먹어요. 프랑스인이 당신을 좋아한다면 그건 당신이 뭔가 잘못하고 있는 거라는 말도 있잖아요."

『최후의 전선』은 "여름에 읽기 좋은 최고의 책 10권", "기대되는 데뷔작"과 같은 제목으로 온갖 종류의 목록에 오르기 시작했다. 놀라운 사실은 《팝슈거》여성을 위한 라이프스타일 매체가 꼽은 "여름 해변 필독서 15권"에 오른 것이었다. 나는 농담으로 트위터에 이런 글을 올렸다. "모든 이가 해변에서 제1차 세계대전에 관한 소설을 읽고 싶지는 않겠지만, 당신이 만일 나처럼 괴짜라면 이 목록이 마음에 들 것이다!"

내 책은 심지어 저명한 공화당 정치인의 딸로 유명한 어느 예쁘장한 백인 공화당 지지자가 운영하는 전국적인 독서 클럽에서 추천 도서로 선정하기도 했다. 이 일은 내게 도덕적 불편감을 안겨줬지만, 독서 클럽 독자층이 주로 공화당을 지지하는 백인 여성들이라면 내 소설 덕분에 그들의 세계관이 넓어질 수도 있지 않을까?

영국에서는 리드어홀릭스 북박스에 선정되었다. 책 구독 산업이 그렇게 큰 줄 몰랐는데, 귀여운 상자에 책을 담아 보내는 리드어홀릭스 같은 구독 서비스는 한 달에 수만 명의 고객이 찾는 게 분명했다. 『최후의 전선』의 리드어홀릭스 북박스 에디션은 책의 가장자리를 도련하지 않은 특별한 판형으로 제작되었다. 그리고 동물성 원료를 사용하지 않은 비건 가죽 토트백과 수집 가치가 있는 다양한 옥 십이지상 열쇠고리(특별 비용을 부담하면 온라인으로 성격 퀴즈를 풀고 자신의 띠와 성격을 확인할 수 있다), 지속 가능한 방식으로 생산되는 대만산 녹차와 함께 배송될 예정이었다.

반스 & 노블 서점은 친필 사인 에디션을 만들기로 했다.

그건 출간 4개월 전 아무것도 인쇄되지 않은 속표지가 제본되지 않은 상태로 여덟 개의 어마어마한 상자에 담겨 우리 집으로 배달된다는 의미였다. 내가 사인을 마치면 나중에 책에 삽입되는 방식이었다. 수천 장의 종이에 사인하는 일은 영원히 끝나지 않을 것만 같았다. 2주 내내 나는 와인과 사인의 밤을 보내야 했다. 오른쪽에 산처럼 쌓인 종이 더미와 메를로 와인 한 병을 놓고 TV 앞에 앉아 〈블링블링 엠파이어〉 시리즈를 시청하며 큼지막한 필기체로 '주니퍼 송'이라고 적어 넣으면서.

이게 베스트셀러가 될 거라는 신호일까? 나는 궁금했다. 아마도 맞는 것 같았다. 내 책이 출판사에 얼마나 중요한지 왜 아무도 즉시 말해주지 않았을까? 『플라타너스 너머』가 출간되기 전에는, 내가 홍보에 땀을 쏟으면 쏟을수록 출판사가 그만한 보상을 해주길 바라며 블로그 인터뷰와 팟캐스트에 필사적으로 매달렸었다. 하지만 이제 알겠다. 작가의 노력은 책의 성공과 아무 관련이 없다. 베스트셀러는 선택되는 것이다. 당신이 무엇을 하든 그건 중요하지 않다. 그저 과정에서 주어지는 혜택을 즐기기만 하면 된다.

출간 두 달 전, 가제본 리뷰가 쏟아져 나오기 시작했다.

나는 세로토닌을 조금이라도 얻기 위해 밤마다 굿리즈에 새로 올라오는 리뷰를 훑어보는 게 버릇이 되었다. 굿리즈를 절대 들여다보지 말라고들 하지만, 그 조언을 따르는 작가는 없다. 책에 대한 반응이 어떤지 알고 싶은 충동을 억누를 수가 없기 때문이다. 어쨌든 『최후의 전선』은 압도적이었다. 리뷰 평점이 평균 4.89로 어마어마했고, 좋은 평점을 준 리뷰들의 반응이 엄청나게 긍정적이어서 간혹 양면적인 평과 함께 별 세 개를 준 리뷰가 눈에 띄어도 당황스럽지 않았다.

하지만 어느 날 밤, 나는 심장이 멎을 뻔했다.

별 한 개. 『최후의 전선』에 최초로 별 한 개짜리 리뷰가 달린 것이다. 작성자 이름은 '캔디스리'였다.

말도 안 돼. 나는 그저 우연의 일치인지 궁금한 마음에 작성자의 프로필을 클릭했다. 이럴 수가. 캔디스 리는 뉴욕에 거주하며 출판 분야에서 일하는 사람이었다. 좋아하는 작가는 코맥 매카시와 메릴린 로빈슨, 줌파 라히리. 굿리즈에서는 별다른 활동을 하지 않는 듯했다. 마지막 리뷰는 2014년에 남긴 것으로, 어느 시집에 대한 것이었다. 이는 이것이 우연이 아니라는 것을 의미한다. 어쩌다 실수로 별점을 낮게 준 게 아니다. 캔디스는 일부러 로그인 해서 내 책에 별 한 개를 준 게 분명했다.

손이 떨려왔다. 나는 별점이 보이도록 화면을 저장해서 편집자에게 보냈다.

안녕하세요, 다니엘라.

굿리즈를 보지 말라고 한 거 알지만, 친구가 이걸 보내줘서 봤는데 조금 걱정되네요. 캔디스의 직업의식에 문제가 있는 것 같아

요. 원한다면 얼마든지 한가할 때 내 작품을 리뷰할 권리가 있다
고 생각하지만, 검수와 관련해서 그런 일도 있었고... 아무래도 고
의로 이런 것 같아요.

다니엘라는 아침에 가장 먼저 내게 답장을 보내왔다.

알려줘서 고마워요. 정말 전문가답지 않은 행동이네요. 내부적으
로 처리할게요.

나는 그녀의 이메일 어조를 잘 알고 있어서 다니엘라가 얼
마나 짜증이 났는지 알 수 있었다. 퉁명스럽고 딱딱 끊어지는
문장에, 맺음말도 없었다. 정말 화가 났다는 의미였다.
　잘됐어. 속에서 뜨거운 설욕의 감정이 소용돌이쳤다. 캔디
스는 당해도 싸다. 검수 문제는 차치하더라도, 대체 얼마나
정신병자면 작가의 감정을 이렇게 가지고 놀 수 있을까? 책
을 내는 게 얼마나 스트레스가 많고 두려운 일인지 모른단 말
이야? 나는 내가 이 아침 에덴프레스의 사무실에 일으킨 혼
란을 상상하면서 잠시 느긋함을 즐겼다. 업계는 지금도 충분
히 힘든 상황이므로 동료에 대해 절대 대놓고 말하지는 않겠
지만, 나는 그 나쁜 년이 해고당하기를 바랐다.

6

몇 달이 몇 주가 되고, 몇 주가 며칠이 되더니, 마침내 책이 나왔다.

지난번, 나는 책 판매 개시일은 대부분의 작가에게 극도로 비참한 날이라는 비싼 교훈을 배웠다. 일주일 전에는 뭔가 대단한 일이 벌어지기를 손꼽아 기다리는 기분이 된다. 팡파르와 비평가들의 호평이 즉각 쏟아질 것만 같고, 내 책이 모든 판매 순위 1위로 급상승해 그대로 머물 것만 같다. 하지만 사실 이 모든 게 엄청난 실망으로 돌아온다. 서점 안을 거닐다 서가에서 자기 이름을 발견하는 건 재미있다. 그건 사실이다.(책이 주요 신간이 아니라서 표지도 내보이지 못한 채 다른 책들 사이에 묻혀 있거나, 설상가상으로 아예 서점에서 찾아보기 힘든 경우는 제외하고.) 하지만 그 외의 경우, 즉각적인 피드백이 거의 없다. 독자가 책을 샀더라도 아직 다 읽지 못했을 것이고, 대부분의 판매는 사전에 예약 주문으로 이루어지기 때문에 아마존이나 굿리즈는 물론이고, 한 달 전부터 미친 사람처럼 계속 들락거린 사이트에도 눈에 띄는 움직임은 없다. 마음속에서는 온갖 희망과 에너지가 부글부글 끓어오르지만, 그중 어떤 것도 쏟아부을 곳이… 없다.

자신의 책이 완전히 망했을 때만큼 참담한 순간은 없다. 내 책의 판매량을 다른 작가의 판매량과 비교할 때, 확인차 동네 서점에 들렀는데 팔리지 않은 사인본이 여전히 서가에 있는 게 보일 때, 마음속에는 날이 갈수록 수천 가지의 실망감이 켜켜이 쌓인다. 편집자로부터 이따금 "판매량이 예상했던 것보다 약간 낮지만, 곧 오를 거라고 봅니다"라는 메일이 오지만, 곧 헤아릴 수 없는 완전한 침묵이 뒤따른다. 두려움과 실망감이 점점 커진다. 고통도 커진다. 결국 작가가 될 수 있다고 믿었던 자신이 바보 같다고 느끼기 시작한다.

『플라타너스 너머』의 출판 과정을 거치면서, 나는 기대하면 안 된다는 것을 배웠다.

하지만 이번엔 특별하게 느껴졌다. 나는 아테나 같은 작가들이 경험한 세상은 얼마나 월등하게 다른 세상인지 다시 배웠다. 책 출간일 아침, 에덴프레스에서 샴페인이 가득 든 거대한 상자를 우리 집으로 배달시켰다. 축하합니다. 상자에 붙은 쪽지에는 다니엘라의 손글씨로 이렇게 쓰여 있었다. 작가님은 이걸 받을 자격이 있어요.

포장을 뜯고 병 하나를 꺼내 들고 셀카를 찍었다. 그리고 "바로 오늘이네요! 감사하고, 어리둥절하고, 긴장돼요. 업계 최고의 팀을 만나서 행복합니다."라는 캡션과 함께 인스타그램에 올렸다. 그 피드는 한 시간 만에 2천 개의 '좋아요'를 받았다.

하트가 쌓이는 것을 보니 출간일에 늘 그토록 원했던 세로토닌이 넘쳐흐르는 느낌이었다. 오전 내내 모르는 사람들이 축하 게시물에, 책 리뷰에, 반스 & 노블 서점 신간 코너에 놓인 내 책을 찍은 사진에 나를 태그했고, 지역 독립서점에서는 책 추천 태그를 걸었다. 한 서점에서는 말 그대로 피라미드처럼 책을 쌓아놓고 다음과 같은 캡션을 단 후 나를 태그했다. "출간 첫날 최후의 전선 100권을 팔기로 결심! 지켜봐주세요!"

일반적으로 소셜미디어는 책의 인기를 측정하기에는 좋지 않은 기준으로 여겨진다. 예를 들어, 트위터는 더 넓은 도서 구매 생태계를 반영하지 않으며, 자주 눈에 띄는 책은 작가 측의 과도한 트위터 활동이 그 이유일 수 있다. '좋아요'와 팔로워 수가 반드시 판매량과 일치하는 건 아니다.

하지만 떠들썩한 이 모습은 뭔가를 알리는 신호가 아닐까? 내 책은 NPR과 《뉴욕타임스》, 《워싱턴포스트》에 소개되었다. 『플라타너스 너머』 때는 《커커스리뷰》에 서평이 실린 것만으로도 감지덕지했었다. 서평이라기보다는 줄거리 요약이나 마찬가지였는데 말이다. 한편 사람들은 하나같이 『최후의

113

전선』이 히트작이 될 걸 아는 것처럼 떠들어댔다. 내가 궁금한 건 이게 출판 시장을 좌우하는, 결정적이지만 눈에 띄지 않는 요인인가 하는 것이었다. 어떤 책이 타당한 이유 없이 히트작이 되는 이유가 사람들의 결정 때문이라면, 이런 현상을 그 근거로 볼 수 있을 것이다.

제멋대로 생각해본 것이긴 하지만, 나한테는 맞는 말인 것 같아서 기뻤다.

그날 밤, 워터프런트 근처의 독립서점 폴리틱스 앤드 프로즈에서 출간 기념행사가 예정되어 있었다. 다른 작가의 북토크를 보러 열 번 방문한 적이 있는 곳이었다. 전직 대통령이나 유명 인사들이 북투어를 열고 강연도 하는데 몇 년 전에는 힐러리 클린턴이 낭독하는 걸 보기도 했다. 아테나도 데뷔작의 출간 기념행사를 이곳에서 치렀다. 에밀리가 이곳을 예약했다고 말했을 때, 나는 화상회의 화면에 대고 꺅 소리를 지르고 말았다.

나는 서점 문을 통과하기 전에 마음을 단단히 먹었다. 『플라타너스 너머』 때 출판사에서 나를 위해 여러 도시의 서점을 도는 투어를 마련해줬지만, 청중이 열 명 이상인 적은 한 번도 없었다. 문장을 읽는 도중에, 질의응답 중간에 사람들이 하나씩 자리를 비우는 상황을 견뎌내기란 정말 고통스러운 일이었다. 행사가 끝난 후 판매되지 않은 채 쌓여 있는 책 더미에 사인하느라 앉아 있어야 하는 건 더 힘들었다. 최악은 서점 매니저가 괜히 근처를 맴돌며 휴일이라 사람이 없다는 둥, 사람들이 다 쇼핑하러 간 모양이라는 둥, 행사를 알릴 시간이 부족해서 참석자 수가 적은 것 같다는 둥, 당혹스러운 잡담을 늘어놓는 것이었다. 두 번째 북투어를 마친 후 나는 그만하겠다고 말하고 싶었다. 하지만 북투어를 취소하는 건, 희망을 품는 게 자신에게 어울리지 않으며 멍청한 짓이라는 걸 깨달으면서 시시각각 가라앉는 마음으로 행사 시간을 견디는 것보다 더 치욕적인 일이었다.

하지만 그날 밤 서점 안은 꽉 차 있었다. 서 있을 공간도 없어서 통로에 책상다리로 앉아 있는 사람들도 있었다. 나는 하마터면 다시 밖으로 나갈 뻔했다. 이게 현실일 리 없다는 생각에 입구에서 휴대폰을 꺼내 시간과 날짜가 맞는지 확인했다. 혹시 샐리 루니아일랜드 출신의 베스트셀러 작가의 행사와 섞인 게 아닐까? 그런데 서점 매니저가 나를 보고 안쪽으로 안내하더니 물 한 병과 박하사탕 몇 개를 건넸다. 그제야 실감이 났다. 이건 실수가 아니라 진짜였다. 이 사람들이 다 나를 보러 온 거였다.

앞으로 내가 걸어가는 동안 사방에서 박수 소리가 울려 퍼졌다. 서점 매니저가 나를 소개했다. 나는 연단에 올라섰다. 다리가 떨려왔다. 살면서 이렇게 많은 사람 앞에 서본 건 처음이었다. 다행히 질의응답 전에 낭독이 예정되어 있어서 잠시 마음을 가다듬을 수 있었다. 나는 책 중간에서 발췌한 부분을 선택했다. 독립적인 짤막한 글이어서 청중이 쉽게 집중할 수 있을 듯했다. 더 중요한 건 그 장면은 내가 쓴 부분이

거의 다라는 사실이었다. 그 장면이 담고 있는 건 바로 나의 문장, 나의 탁월함이었다.

"아 룽이 속한 부대의 병사들을 지휘하도록 배속된 영국인 장교는 이 외국인들이 언제라도 반항할까 봐 끊임없이 두려움에 시달리는 듯했다." 목소리가 떨렸다. 하지만 마음은 차분했다. 기침을 하고 물을 한 모금 마신 후 다시 읽기 시작했다. 괜찮아. 할 수 있어. "동료 장교가 그의 부대에 대해 조언했다. '가둬두는 게 좋을 거야. 일은 잘하지만 성가시게 굴 수 있거든.' 그래서 그는 그들에게 허가 없이 어떤 이유로도 철조망 밖으로 나갈 수 없다는 지시를 내렸다. 아 룽은 프랑스에서의 처음 몇 주 동안은 경보종과 철조망 주위를 조심스럽게 어슬렁거리며 보냈다. 자기는 전쟁을 지원하러 온 건데 왜 죄수 취급을 받는지 궁금했다."

행사는 잘 진행되고 있었다. 공간을 장악하고 있을 때는 그냥 안다. 특유의 숨죽인 침묵과 팽팽한 긴장감이 느껴진다. 마치 모든 청중의 가슴에 갈고리가 걸려 있고 자신이 그 줄을 팽팽하게 당기고 있는 듯한 기분이다. 내 목소리는 부드러웠다. 또렷하고 매력적이었다. 약간 떨리긴 했지만 연약하고 인간적이면서도 침착하다는 인상을 주기에 충분했다. 게다가 오늘을 위해 선택한 회색 레깅스에 갈색 부츠, 딱 붙는 버건디색 터틀넥 스웨터 차림의 내 모습은 꽤 괜찮아 보였다. 최고의 젊은 작가, 문학계 스타가 바로 나였다.

낭독을 마치자 열렬한 박수가 쏟아졌다. 질의응답도 순조로웠다. 질문들은 대체로 "이런 특정 분야의 역사적 주제 연구와 본업의 균형을 어떻게 유지하셨나요?"처럼 과시할 기회를 주거나, "그렇게 어린 나이에 큰 성공을 거두셨는데, 마음을 어떻게 다잡으시나요?", "엄청난 출간 제의를 받은 후에 압박감이 들지는 않으셨나요?" 등 노골적으로 추켜세워주는 것들이었다.

나는 재미있고 분명하며 사려 깊고 겸손하게 대답했다.

"제가 뭐라도 균형을 유지하고 있기는 한 건지 잘 모르겠습니다. 아직도 오늘이 무슨 요일인지 모르겠고, 조금 전에는 제 이름도 까먹었어요."

객석에서 웃음이 터져 나왔다.

"물론 대학생 시절에는 순 엉터리 글만 썼습니다. 대학생은 대학생으로서 느끼는 그 세계 외에는 뭘 써야 할지 모르니까요."

웃음소리가 더 커졌다.

"역사소설에 대한 제 접근법을 말씀드리자면, 사이디야 하트먼의 비판적 우화화 기법에서 아이디어를 얻었다고 할 수 있습니다. 정상적이지 않은 것을 글로 씀으로써 우리가 추상적으로 느끼는 역사 기록에 공감과 사실성을 주입하는 방식이죠."

사람들은 깊은 인상을 받은 듯 생각에 잠긴 모습으로 고개를 끄덕였다.

그들은 나를 사랑한다. 내게서 눈을 떼지 못하고 있다. 나를 위해 이곳에 와서 내 말을 한마디도 놓치지 않으려고 귀 기울이고 있다. 그들의 관심은 온통 '나'에게 쏠려 있다.

나는 처음으로 내가 해냈다는 사실, 게다가 잘됐다는 사실을 실감했다. 선택받은, 출판계에서 중요하게 여겨지는 이들 가운데 하나가 된 것이다. 나는 사람들과 교감하면서 기분이 한없이 고양되었다. 그들이 웃으면 같이 웃었고, 질문을 받으면 생각나는 대로 자유롭게 대답했다. 미리 준비해 온 부자연스러운 답변은 잊었다. 완전히 즉흥적으로 대응하고 있었지만 내 입에서 나오는 말은 다 재치 있고, 사랑스럽고, 매력적이었다. 한마디로 압도적이었다.

그런데 그때, 그녀가 눈에 들어왔다.

바로 그곳 맨 앞줄에, 살아 있는 모습으로, 자신의 그림자를 드리우고 있었다. 환영은 절대 아니었다. 그렇다기엔 너무나 진짜 같고 현실적인 모습이었다. 특유의 진녹색 숄을 걸치고서 호리호리한 몸을 숙인 채 앉아 있었다. 그렇게 앉아 있으니 가늘고 연약한 어깨가 한층 우아해 보였다. 그녀는 플라스틱 접이식 의자에 느긋하게 등을 기대며 윤기 흐르는 레게 머리를 어깨 너머로 넘겼다.

아테나였다.

귀에 심장 뛰는 소리가 천둥처럼 들려왔다. 나는 헛것이 보이는 것이길 간절히 바라며 여러 번 눈을 깜박였다. 하지만 눈을 뜰 때마다 여전히 그녀는 그 자리에서 딸기처럼 붉은 입술로 기대에 찬 미소를 띤 채 나를 바라보고 있었다. 스틸라스테이 올 데이. 어처구니없게도 불쑥 립스틱 브랜드가 떠올랐다. 책 출간 전, 멍청한 《보그》에 실린 아테나의 메이크업 팁 특집 기사를 열 번도 넘게 읽은 탓에 보자마자 알아봤다. 베소 셰이드 컬러.

진정하자. 분명 다른 사람일 것이다. 자매일 수도 있고, 사촌이든 쌍둥이든 똑같이 닮은 누군가일 수도 있다. 하지만 아테나에겐 여자 형제가 없었다. 친척도 없었다. 리우 부인은 그 점을 분명히 밝혔다. "아테나와 나, 둘뿐"이라고.

마법의 주문이 깨졌다. 현기증이 나고 입이 바싹 말랐다. 남은 질의응답 내내 말이 더듬더듬 제대로 나오지 않았다. 나는 청중에 대해 갖고 있던 통제력을 잃었다. 누군가가 예일대학에서 어떤 수업이 『최후의 전선』에 영향을 미쳤는지 물어왔지만, 나는 대학 때 들은 수업의 어떤 이름도 기억해낼 수 없었다.

나는 아테나가 사라졌기를, 다만 내 상상력이 만들어낸 가짜이기를 바라며 계속 객석을 내려다봤다. 하지만 그때마다 그녀는 내 입에서 나오는 말 한마디 한마디를 평가라도 하는 듯 특유의 차분하고 오묘한 시선으로 그 자리에 앉아 있었다.

드디어 행사가 끝났다. 나는 정신을 잃지 않으려고 필사적으로 노력하며 박수갈채 속에 자리에 앉았다. 서점 매니저가 사인을 받으려고 사람들이 줄을 선 테이블로 나를 안내했다. 나는 억지로 미소를 지으며 독자들에게 차례로 인사를 건넸다. 미소를 짓고, 눈을 맞추고, 사소한 대화를 나누고, 내 이름과 사인받는 사람의 이름을 틀리지 않고 책에 쓰는 일은 기술이 필요했다. 미리 연습을 해둔 터라, 운이 좋은 날이었다면 한두 번 어색한 침묵은 있었을지 몰라도 잘 처리할 수 있었을 것이다. 하지만 나는 실수를 연발했다. "오늘 저녁은 어떠셨나요?"라는 질문을 두 번이나 한 사람에게 했고, 어느 고객에 겐 이름을 쓰다가 망쳐서 서점에서 무료로 책을 교환해줬다.

나는 아테나가 손에 책을 들고 내 앞에 나타날까 봐 겁이 났다. 줄 선 사람들 가운데 아테나의 진녹색 숄이 보이는지 계속 목을 빼고 살펴봤지만, 이미 사라진 듯했다.

아무도 눈치채지 못한 걸까? 아테나를 본 사람은 나뿐인가?

뭔가 잘못되었다는 걸 서점 직원이 눈치챘다. 그들은 나한 테 상의도 없이 줄을 선 사람들에게 급히 다가가 시간이 늦었으니 질문을 짧게 해달라고 부탁했다. 행사가 끝났을 때도 저녁이나 술을 함께하자고 묻지 않았다. 그저 와줘서 고맙다는 말과 악수가 전부였다. 서점 매니저가 우버 택시를 불러주겠다고 했고, 나는 감사히 받아들였다.

집에 돌아온 나는 신발을 벗어 던지고 침대에 몸을 웅크리고 누웠다.

심장이 뛰고 숨이 가빴다. 머릿속이 시끄럽게 윙윙거렸다. 마치 내 몸속으로 끌려 들어갔다가 나오는 것처럼 뒷골이 당겼다. 공황발작이 시작되려는 것 같았다. 아니, 시작되려는 것이 아니라 절정에 달해 있었다. 이미 한 시간 전부터 약하게 시작되었고, 사적인 공간에 들어오자 증상은 이제 최대치로 나타나고 있었다. 가슴이 조여왔다. 시야가 흐려지다가 바늘만 한 구멍처럼 좁아졌다.

나는 간신히 게일리 박사가 가르쳐준 체크리스트를 떠올려봤다. 지금 눈에 보이는 건? 한쪽 구석에 내 파운데이션과 마스카라 자국이 묻은 베이지색 이불. 지금 느껴지는 냄새는? 행사 가기 전에 점심으로 먹으려고 주문했는데 너무 긴장돼서 안 먹고 식탁 위에 남겨둔 한국 음식 냄새, 그리고 코끝에 감도는 막 세탁한 시트의 산뜻한 세제 냄새. 지금 들려오는 소리는? 바깥에서 들려오는 차 소리, 고막을 울리는 내 심장 소리. 지금 입에서 나는 맛은? 퀴퀴한 샴페인 맛. 지금 보니 오늘 아침부터 샴페인 한 병이 반쯤 빈 채 계속 방치되어 있는 게 눈에 들어왔다.

온통 다시 우울하게 만드는 것들뿐이었다. 머릿속은 여전히 정신없이 바빴고, 속은 여전히 메스껍고 불편했다. 어떻게든 욕실로 가서 샤워하고 화장도 지워야 했지만, 너무 어지러워서 일어날 수가 없었다.

나는 휴대폰으로 손을 뻗었다.

트위터를 열어 아테나 이름과 내 이름을 차례로 검색해보고, 그런 다음 우리 둘 다의 이름을 함께 검색해봤다. 이름만 넣고도 해보고, 성만 넣고도 해봤다. 이름과 성을 다 넣기도 하고, 해시태그로도 검색하고, 해시태그 없이도 해봤다. 폴리틱스 앤드 프로즈 서점도 검색해보고, 내가 아는 모든 서점 직원의 트위터 아이디로도 검색했다.

하지만 아무것도 찾을 수 없었다. 아테나를 본 사람은 나뿐이었다. 트위터에서는 다들 그 행사가 얼마나 훌륭했는지, 내가 얼마나 열정적이고 논리정연했는지, 『최후의 전선』이 얼마나 재미있는 책인지 얘기하고 있었다. '준+아테나'로 검색한 결과는 딱 하나였다. 한 시간 전 행사장에 왔던 누군가가 올린 것 같았다.

오늘 밤 주니퍼 송의 『최후의 전선』 낭독은 정말 멋졌다. 그녀가 왜 이 책을 친구에게 바치는 경의의 표시라고 하는지 분명히 알 수 있었다. 정말이지, 주니퍼 송이 자신의 창작 과정에 대해 말할 때는 마치 아테나 리우의 유령이 그곳에 우리와 함께 앉아 있는 것처럼 느껴졌다.

7

그다음 주 수요일에 내 책이 《뉴욕타임스》 베스트셀러 순위 3위를 차지했다. 다니엘라는 다음과 같은 소식을 메일로 전해왔다. "준, 축하합니다! 당연한 일이라 놀라울 건 없지만 궁금해하실까 봐 공식 자료 보내드립니다. 해내셨어요:)"

몇 분 후, 브렛이 관련 내용을 덧붙였다. "야호!"

홍보팀의 에밀리는 트위터에 멋진 홍보자료를 올렸다. 이후 트윗과 인스타그램 포스트, DM이 한바탕 쏟아져 나왔다. 에덴프레스는 공식 트위터 계정에서 여자 둘이 샴페인 병을 놓고 폴짝폴짝 뛰는 GIF와 함께 나를 태그했다. "뉴욕타임스 베스트셀러 작가, 주니퍼 송!"

세상에!

어떻게 이런 일이!

이게 바로 내가 원한 것이었다. 재주문 수량을 보고 내 책이 베스트셀러 목록에 오를 가능성이 그렇지 않을 가능성보다 크다고 짐작하고는 있었지만, 흰 종이에 검은 글씨로 인쇄된 증거를 보니 격한 기쁨의 감정이 밀려왔다. 바로 여기에 내 성공을 입증하는 증거가 있다. 나는 베스트셀러 작가다. 내가 해낸 것이다.

나는 30분 동안 꼬박 책상 앞에 앉은 채로 점점 더 많은 축하 메시지가 흘러들어오는 휴대폰을 멍하니 바라봤다. 누군가에게 전화를 걸어 이 기쁨을 소리쳐 알리고 싶었다. 하지만 누구에게 걸어야 할지 알 수 없었다. 엄마는 신경 쓰지 않을 게 뻔했다. 아니, 신경 쓰는 척은 하되 쓸데없는 질문으로 내 기분만 더 나빠지게 만들 터였다. 로리 언니는 기뻐해주겠지만, 이게 얼마나 큰 성취인지 이해하지 못할 가능성이 컸다. 통화 내역 네 번째에 있는 사람은 전 남자친구였다. 업무차 워싱턴에 잠깐 들렀다며 어떻게 한번 해볼 속셈으로 전화를 걸어온 흔적이었다. 당연히 그는 연락 대상이 아니었다. 작가 친구들과는 허물없이 이런 자랑을 할 정도로 친하지 않았고, 작가가 아닌 친구들에겐 말해봤자 만족스러울 리 없었다. 이런 일에 대해 잘 아는 사람, 이게 얼마나 대단한 일인지 정말로 이해하는 사람이 필요했다.

나는 곧 깨달았다. 내가 가장 먼저 전화했을 사람, 이 소식을 있는 그대로 이해해줄 사람, 옹졸한 질투나 가식적인 지지를 보이지 않을 사람은 바로 아테나뿐이었다.

축하해. 나는 아테나의 유령에게 말했다. 지금은 이런 관대함을 부릴 여유가 있었다. 지난번 책을 낭독할 때 눈에 거슬렸던 그녀의 모습은 이제 맹렬한 기쁨에 밀려 저 기억 뒤편으로 사라져버렸다. 그날 아테나가 눈에 보인 걸 신경성 환각 증상 탓으로 돌리기는 어렵지 않았다. 아예 그런 일이 일어났다는 사실을 잊는 건 더 쉬울 것이다.

나는 이 소식을 트위터 공개 계정에 올렸다. 베스트셀러 목록에 오른 것이 내게 얼마나 큰 의미인지에 대해, 그리고 출판계에서 오랫동안 고군분투한 끝에 마침내, 마침내 성공한 것에 대해 긴 글을 남겼다. "하룻밤 사이에 다 베스트셀러 작가가 되는 건 아니다." 나는 현명한 척했다. "어떤 사람은 꿈과 희망을 품고 오랜 세월 힘들게 노력해야 한다. 나도 언제나 나의 때가 오기를 바랐다. 지금이 바로 그때인 것 같다."

'좋아요'와 축하한다는 반응은 내 공허감을 채우는 데 꼭 필요했다. 나는 알림음이 울릴 때마다 세로토닌이 분출되는 걸 즐기며 컴퓨터 화면 앞에 앉아 늘어나는 숫자를 지켜봤다.

갑자기 소변이 마려웠다. 나는 억지로 화면에서 눈을 뗐다. 일어선 채로 베이크드 & 와이어드에서 당일 세일 중인 열두 개들이 컵케이크 한 상자를 주문했다. 케이크가 도착하자, 나는 바닥에 앉아 포크로 컵케이크를 퍼먹었다. 맛있게 느껴질 때까지.

『최후의 전선』은 다음 주에는 6위를, 그다음 주에는 10위를 차지했다. 그리고 한 달 내내 그 자리를 고수했다. 내가 우연히 베스트셀러 작가가 된 게 아니라는 의미였다. 책은 꾸준히 잘 팔렸다. 출판사의 투자가 성과를 거둔 것이다. 어떤 기준으로 봐도 나는 크게 성공한 작가였다.

모든 것은 변한다. 나는 이제 완전히 다른 급의 작가가 되었다. 그다음 달에 초청받은 문학 행사만도 여섯 개였다. 몇 번 참석해보니 내가 그런 자리를 꽤 즐긴다는 걸 알게 되었다. 나는 원래 이런 행사를 싫어한다. 대규모로 작가들이 모이는 자리(시상식이나 콘퍼런스, 컨벤션)는 고등학교 입학 첫날과 비슷하다. 심지어 더 나쁘다고도 볼 수 있다. 멋진 사람들은 실제로도 멋진 데다, 책이 충분히 팔리지 않고 홍보도 제대로 안 되어 있고 작가 대접을 받을 만큼 호평을 받지도 못했다는 이유로 대화에 끼지 못하는 것보다 굴욕적인 일은 없기 때문이다. 처음 문학 콘퍼런스에 갔을 때의 일이다. 나는 중학생 시절부터 좋아했던 작가에게 수줍게 인사했다. 그는 눈을 가늘게 뜨고 내 이름표를 보더니, "어, 처음 보는 이름 같군요" 하고는 곧바로 등을 돌려버렸다.

그런데 지금 나는 갑자기 사람들이 아는 척을 해올 만큼 중요한 사람이 되었다. 이제는 바에 가면 남자들이 수작을 걸고 술을 샀다.(술집에서 하는 문학 행사를 바 콘퍼런스라고 부르는데, 자신의 발전과 인쇄 부수를 놓고 겨뤄보기를 1년 내내 기다려온 사람들을 위한 자리다.) 한 소형 출판사 편집자는 화장실에서 나를 구석으로 몰더니 내 작품의 팬이라며 말을 걸어왔다. 영화사 에이전트들은 내게 명함을 주며 연락 달라고 부탁했다. 첫 소설 실패 후 내내 나를 무시했던 작가들은 세상에 둘도 없는 친구처럼 굴기 시작했다. 어머, 잘 지냈어요? 시간 참 빠르죠? 안녕, 다음에 나올 내 책 추천사 좀 부탁해도 될까요? 편집자를 소개받을 수 있을까요?

출판계 파티라고 해도 무방할 이번 여름 북 콘퍼런스에서, 나는 뉴욕 재비츠센터 주변에서 열린 여러 뒤풀이 모임에 초대받았다. 그곳에서 중요한 업계 사람들을 끊임없이 만나고 소개받았다. 그러다 다니엘라와 그녀가 관리하는 베스트셀러 작가 세 명과 어울리게 되었다. 관능적인 금발의 웨이트리스가 초자연적 범죄에 맞서 싸우며 지저분한 술집에서 뱀파이어와 사랑을 나누는 베스트셀러 시리즈를 쓴 마니 킴벌, 최근 〈투데이 쇼〉에 출연해 서른 살도 되기 전에 부유하고 영향력 있는 CEO가 된 자신의 회고록을 소개한 젠 워커, 내가 어릴 때부터 타깃미국의 대표적인 대형 마트 매장 진열대에서 보아온 멋진 로맨스 소설의 작가 하이디 스틸이었다.

"나만 그렇게 느끼는 건가요, 아니면 데뷔 작가들이 실제로 점점 젊어지는 건가요?" 마니가 물었다. "다 어린애들 같아 보이네요."

"요즘은 다들 대학 졸업 즉시 출간 계약을 하더군요." 하이디가 고개를 저으며 말을 받았다. "준, 나쁜 의도로 한 말 아니니까 기분 나쁘게 듣지 말아요. 내가 참여하는 로맨스 소설 모임엔 대학 2학년생도 있어요. 아직 술도 못 마시는 나이잖아요."

"과연 그게 현명한 걸까요?" 젠이 물었다. "전두엽이 다 발달하지도 않은 애들한테 출간 계약서를 들이미는 거 말이에요. 그런 애 하나가 사인받으려고 줄 서 있다가 나한테 추천사를 부탁하더군요. 믿어지세요? 들어본 적도 없는 제목에다 들어본 적도 없는 작은 출판사더라고요. 그것도 가제본을 들고 와서는 말이에요. 활짝 웃으면서 당연히 내가 수락할 거라고 믿는 눈치더라고요."

마니가 몸서리를 치며 물었다. "그래서 뭐라고 말씀하셨어요?"

"가방에 책 넣을 자리가 없다고 했죠. 그랬더니 에이전트한테 연락해서 전자책으로 보내주겠다는 거예요. 당연히 내가 그걸 열어볼 리 없죠." 젠이 획— 소리를 내며 말했다. "당장 휴지통에 넣어버렸어요."

모두가 키득거렸다.

"재치 있게 잘 넘기셨군요." 하이디가 말했다.

"너무 심하게 대하진 마세요." 마니가 말했다. "마케팅 지원이 없으니 얼마나 힘들겠어요. 불쌍하죠."

"맞아요, 정말 안됐어요." 다니엘라가 한숨을 쉬며 말했다. "저는 그런 소형 출판사에서 좋은 소설을 가져다가 결국 늑대들한테 던져주는 꼴을 보는 게 너무 싫어요."

"끔찍한 일이죠." 젠이 말했다. "에이전트들은 알아야 해요. 이 업계가 얼마나 잔인한지."

"정말, 그래요."

우리는 모두 고개를 끄덕였다. 그리고 자신이 그 불행한 무리의 일원이 아니라는 사실에 안도하며 와인을 홀짝거렸다. 대화는 최근 수석편집자 한 명만 빼고 직원 절반을 해고한 어느 독립출판사 얘기로 옮겨 갔다. 소속 작가들은 눈앞에 닥진 위기에서 행운을 시험하든지, 권리를 반환하고 다른 출판사로 떠나든지 해야 하는 상황이었다. 이제야 안 사실인데, 다른 사람의 불행을 놓고 추측하며 소문을 떠벌리는 일은 무척 재미있었다.

"중국인 노동자 부대에 대해서는 어떻게 관심을 가지게 된 거예요?" 마니가 내게 물었다. "작가님 책을 읽기 전에는 들어본 적이 없거든요."

"대부분 그럴 거예요."

나는 마니가 내 책의 내용을 알고 있다는 데 고취되어 우쭐해졌다. 그녀가 책의 내용에 대해 어떻게 생각하는지는 더 묻지 않기로 했다. 작가들 사이에서는 누군가가 자신의 책을 읽었는지, 아니면 그냥 읽은 척하는 건지 궁금해하지 않는 것이 예의니까.

"예일에 다닐 때 동아시아 역사 강의를 들은 적이 있어요. 교수님이 토론 수업 때 그 내용을 인용하셨는데, 그걸 다룬 영문 소설이 하나도 없다는 게 놀라웠어요. 그래서 문학작품 목록에 그 내용이 반드시 들어가게 해야겠다고 생각했죠."

앞부분은 사실이었다. 하지만 뒷부분은 그렇지 않았다. 수업 대부분을 일본 미술사, 실은 기괴한 일본 포르노 책을 읽으며 보냈기 때문이다. 하지만 이런 질문을 받을 때는 이렇게 변명하는 게 편했다.

"그게 바로 내가 쓰는 접근 방식이에요." 하이디가 놀라며 큰 소리로 말했다. "역사에서 틈을 찾는 거죠. 아무도 이야기하지 않는 내용을요. 그래서 사업가와 몽골 여자 사냥꾼의 서사적 판타지 로맨스를 쓰게 됐죠. 『독수리 소녀』라고, 내년에 출간 예정인데 다니엘라한테 얘기해서 한 권 보내라고 할게요. 영어권 독자들에게 어떤 관점이 먹히지 않는지 생각해보는 건 매우 중요해요. 아시죠? 우리는 서발턴*의 목소리, 억눌린 이야기를 위한 공간을 만들어야 합니다."

"맞아요." 하이디가 서발턴이라는 말을 알고 있는 것에 나는 조금 놀랐다. "우리 같은 작가들이 없으면 그런 얘기들은 영영 묻히게 되고 말 거예요."

"그럼요, 그렇고말고요."

행사가 끝나갈 무렵, 나는 외투를 돌려받으려고 줄을 서다가 예전 편집자와 맞닥뜨리고 말았다. 그는 마치 친한 친구라도 만난 양 나를 안으려고 다가왔다. 마치 내 첫 책을 잔혹하게 학살한 적도 없고, 실패하게 놔둔 적도 없고, 나를 냉혹한 바깥세상에 내버린 적도 없는 사람 같았다.

---

* subaltern. 주류 지배 이데올로기에서 배제되어 잉여적 위치에 존재하는 하위 주체들을 통칭하는 용어. 이탈리아 사상가인 안토니오 그람시가 처음 사용했다.

"축하합니다, 준." 그가 활짝 웃으며 인사를 건넸다. "성공한 모습을 보니 정말 좋네요."

작년에 나는 혹시 우연히라도 개릿과 마주치면 무슨 말을 할지 종종 생각하곤 했다. 그와 일할 때는 늘 하고 싶은 말이 있어도 참았다. 돌이킬 수 없는 관계가 될까 봐, 그가 나에 대해 함께 일하기 힘든 작가라고 소문내고 다닐까 봐 두려워서였다. 나는 그가 나를 얼마나 주눅 들게 했는지 그에게 직접 말하고 싶었다. 그 퉁명스럽고 쌀쌀맞은 이메일을 보고 출판사가 내 작품을 이미 포기했음을 확신했다고, 당신의 무관심에 글쓰기를 거의 포기할 뻔했다고 말하고 싶었다.

하지만 최고의 복수는 잘나가는 모습을 보이는 것이다. 개릿이 출판한 책들은 고전을 면치 못하고 있었다. 마치 구명정이라도 되는 양 붙들고 있는 이미 고인이 된 유명 작가들의 문학적 유산에서 나온 책들을 제외하면, 그는 한 작품도 베스트셀러 목록에 올리지 못하고 있었다. 다시 경기가 침체기에 들어서게 된다면, 그가 일자리를 잃는다 하더라도 놀라운 일은 아니다. 게다가 나는 그의 등 뒤에서 은밀히 도는 소문을 알고 있었다. 주니퍼 송이 개릿 매킨토시가 관리하는 작가 중 하나였대. 그런데 『최후의 전선』을 그냥 놔줬다지 뭐야? 어쩜 그렇게 멍청할 수가 있지?

"고마워요." 순간 나도 모르게 말이 불쑥 튀어나오고 말았다. "에덴프레스에서 해주는 지원에 아주 만족하고 있어요. 다니엘라는 정말 끝내주더군요."

"그렇죠. 맞아요. 하퍼콜린스에서 같이 인턴으로 일한 사이라서 잘 압니다."

그는 더 자세히 늘어놓지 않고 기대에 찬 눈빛으로 나를 보며 미소만 지었다.

나는 그가 나와 잡담이나 나눌 작정임을 알아챘다. 섬뜩했다. 나는 그에게 굳이 깊은 인상을 남길 필요가 없는 거였다. 나는 나 자체로 이미 인상적인 거였다. 그는 다만 나와 함께 얘기하고 있는 모습을 사람들에게 보이고 싶은 것뿐이었다.

"그렇군요." 나는 굳은 미소를 지으며 대꾸했다. "맞아요, 정말 대단해요." 그 순간, 짜증이 난 데다 칼을 비틀고 싶은 기분이 들어 이렇게 덧붙이고 말았다. "아시다시피, 다니엘라는 제 비전을 제대로 이해하고 있어요. 그것도 놀랍도록 협조적인 방식으로요. 지금까지 이렇게 기민한 상대와 일해보긴 처음이에요. 제 성공은 다 다니엘라 덕분이랍니다."

개릿이 드디어 낌새를 알아챈 모양이었다. 갑자기 그의 표정이 가라앉았다. 우리는 몇몇 사소한 얘기를 나누고 별거 아닌 소식(나는 지금 뭔가 새로운 작업을 하는 중이라는 소식, 그는 막 어떤 작가와 계약을 마쳤는데 무척 기대 중이라는 소식)을 주고받았다. 그러다 그가 자리를 뜰 구실을 댔다.

"미안하지만 그만 가봐야겠네요. 영국 측 담당자가 자리를 뜨기 전에 인사해야 할 것 같아서요. 주말 동안만 시내에 머물거든요."

나는 어깨를 으쓱해 보인 후 손을 흔들었다. 멀어져가는 그의 모습을 보면서, 나는 그가 그렇게 영원히 내 인생에서 사라져주기를 바랐다.

다음 해 1월, 나는 『최후의 전선』에 대한 첫 인세 지급 명세서를 받았다. 차후 정산 금액이 포함되어 있었다. 이는 판매수익이 선금을 제하고도 남을 만큼 크다는, 그리고 지금부터는 모든 판매량에 대해 일정 퍼센티지의 인세를 받게 된다는 뜻이었다. 이 명세서만 놓고 본다면, 판매량은 놀라운 수준이었다.

지금까지는 선금으로 받은 돈을 쓰기가 조심스러웠다. 이 돈을 쓰기 시작하면 정말 빨리 바닥난다는, 언제 또 수입이 들어올지 모른다는, 첫 성공작에 비할 만한 다른 책을 또 계약한다는 보장이 없다는 경고성 이야기를 워낙 많이 읽어서 잘 알고 있었다. 하지만 이번 달에는 마음껏 즐겼다. 우선 새 노트북을 샀다. 마침내 맥북 프로를 손에 넣었다. 이제 200쪽이 넘는 워드 문서 파일을 열려고 할 때마다 컴퓨터에서 이상한 소리가 나거나 버벅거리는 일은 없을 것이다. 집도 더 좋은 아파트로 이사했다. 아테나가 살았던 듀폰트 서클의 집만큼 고급은 아니지만 누가 와서 보더라도 상속받은 재산이 있다고 생각할 만큼 좋은 집이었다. 이케아에 가서는 가격표도 보지 않고 마음껏 골라 주문했다. 추가금을 지불하고 태스크래빗에 배송과 조립 서비스를 신청했더니 잘생긴 졸업반 대학생 둘이 왔다. 나는 그들이 내게 추파를 던지고 장난 거는 걸 받아줬다. 그리고 후하게 팁을 줬다.

술 진열장도 하나 들였다. 이제 나도 집에 술 진열장이 있는 사람이 되었다.

그리고 남은 학자금 대출 전액에 해당하는 수표를 써서 침을 발라 봉투를 붙인 후 교육부에 보냈다. 이제 남은 인생은 학자금 갚으라는 이메일을 받을 일이 없다. 고마워라! 건강보험에도 가입했다. 치과에 갔다가 새로 발견한 충치의 치료에 수천 달러가 넘는 비용이 든다는 말을 듣고도 눈 한 번 깜짝 않고 돈을 냈다. 아픈 곳이 전혀 없는데도 검진차 주치의에게 진료를 받았다. 나는 그럴 여유가 되니까.

위스키를 마실 때마다 아테나와 그 멍청한 위스키 칵테일이 어쩔 수 없이 떠올랐지만, 좋은 위스키를 사들이기 시작했다. 홀 푸드 마켓유기농 식품 전문 체인점에서 장을 보기 시작했다. 그리고 그곳에서 파는 할라페뇨 옥수수빵에 푹 빠졌다. 중고품 할인점 대신 유명 브랜드 아웃렛에서 옷을 구매하기 시작했다. 온라인 쇼핑몰에서 산 저렴한 액세서리는 전부 버렸다. 그리고 윤리적인, 지속 가능한 방식으로 생산되는 보석이 아닌 건 뭐든 착용을 중단했다.

납세 기한이 다가오길래 회계사인 로리 언니에게 일 처리를 부탁했다. 올해 비고용 수입에 대한 세금 청구서를 보냈더니 몇 분도 안 돼 답장이 왔다. "세상에, 이거 진짜야?"

"당연하지." 나는 다시 이메일을 보냈다. "글 쓰는 일이 꽤 짭짤하다고 내가 말했잖아."

선행도 시작했다. 아시아인 공동체에 긍정적인 공헌을 하고 싶다는 말은 거짓말이 아니었다. 나는 약속한 대로 아시아계 미국인 작가 단체에 2천 달러를 기부했다. 인세가 지금처럼 괜찮으면 매년 계속 기부할 생각이었다. 멘도로 일헤달라는 '작가를 위한 요정 대모'의 요청도 기꺼이 받아들였다. 무명작가들이 업계의 우여곡절을 잘 헤쳐나갈 수 있도록 출판 경험이 있는 작가를 짝지어주는 지도 프로그램이었다.

나의 관대함을 널리 전파할 수 있어서 기뻤다. 아테나는 동료 유색인종 작가들을 위해 사다리를 내려주려는 노력을 절대 하지 않았다. 오히려 그들을 성가시다고 생각했다. "수신함이 작가 지망생들이 보낸 메일로 매일 꽉꽉 차고 있어. 인종적 배경이 얼추 비슷하다는 이유로 내가 몇 시간씩 들여 편지를 써 보내줄 줄 아나 봐." 아테나는 거만한 말투로 불평하곤 했다. "'안녕하세요, 리우 작가님. 저는 고등학교 2학년인데, 같은 아시아계 미국인 여성으로서 정말 존경합니다.' 이런다니까? 자기 따위가 뭐라도 되는 줄 아나 봐. 이런 애들이 쌔고 쌨어."

아테나는 아시아계 미국인 작가들이 떼거리로 자기를 우러러보는 게 그냥 짜증스러운 정도가 아닌 듯했다. 정말로 그들이 경멸스러운 것 같았다. 언론에서 그녀의 소설과 비교하는 신간을 내가 화제로 올릴 때마다 아테나는 몹시 기분 나빠 했다. 독창성도 없고, 너무 안간힘 쓴 티가 나고, 소수민족이라는 틈새시장의 입맛에 너무 맞춰져 있다는 게 이유였다. "뭔가 다른 걸 좀 써보라고!" 아테나는 이렇게 불평하곤 했다. "아무리 좋은 얘기라도 그렇지, 이미 나와 있는 이민자 얘기를 누가 원해. 아이고, 점심 도시락 냄새가 안 좋대? 눈 모양 가지고 놀린다고? 맙소사, 전에 다 읽은 내용이잖아. 도대체가 독창성이 없어."

어쩌면 하이랜더 증후군이었는지도 모르겠다. 전에 책에서 읽었는데, 소외된 집단에 속한 사람은 일원 중 누군가가 성공하기 시작하면 위기감을 느낀다고 한다. 나도 그랬던 경험이 있다. 어린 나이에 데뷔하자마자 성공을 거둔 작가들 얘기를 기사로 접할 때마다 나는 차라리 눈을 도려내고 싶었다. 어쩌면 아테나는 누군가 자기를 대신하거나 능가할까 봐 두려웠는지도 모른다.

하지만 나는 아테나보다는 나은 사람이 될 작정이었다. 적어도 나는 다른 여자들을 돕는 여자다.

나는 에미 조라는 소녀와 짝이 되었다. 에미는 내 책을 얼마나 좋아하는지 모른다며 호들갑스러운 메일을 보내왔다. 에미가 사는 곳이 샌프란시스코여서, 우리는 줌을 통해 첫 멘토링 시간을 가졌다. 청순하고 어려 보이는 예쁜 얼굴이 마치 귀여운 토끼 같기도 하고, 이빨 없는 아테나 같기도 했다. 나는 본능적으로 이 아이를 품속에 넣고 보호해주고픈 충동을 느꼈다.

에미는 자기가 지금 쓰고 있는 소설 작업에 관해 얘기했다.

1990년대 미국 중서부에서 성장한 한국계 미국인 동성애자 소녀의 성장소설로, 대부분 자기 경험을 바탕으로 하고 있다고 했다. "영화 「반쪽의 이야기」랑 조금 비슷해요. 혹시 보셨나요?" 에미는 문장 하나를 마칠 때마다 머리카락을 귀 뒤로 넘기는 사랑스러운 습관이 있었다. "사실 좀 걱정이 돼요. 아시겠지만, 출판계에서는 이런 얘기에 별로 관심이 없잖아요. 전 어릴 때부터 지금까지 서가에서 이런 책을 본 적이 없어요. 그러니까, 음, 강렬한 스릴러라기보다는, 조용하고 성찰적인 소설에 가까운데… 잘 모르겠어요."

"내 생각엔 걱정하지 않아도 될 것 같은데. 지금은 오히려 아시아계인 게 더 좋아."

그녀가 눈썹을 찡그렸다. "진심으로 하는 말씀이세요?"

"그럼, 물론이지. 다양성이야말로 지금 제일 잘 팔리는 주제야. 편집자들은 소외된 목소리를 몹시 갈망하고 있거든. 남과 다르다는 사실만으로도 많은 기회를 얻게 될 거야, 에미. 무슨 뜻이냐면, 동성애자인 아시아계 여성? 그건 출판계가 원하는 모든 조건에 들어맞는다는 거야. 다들 네 원고를 보면 군침을 흘릴걸."

그녀가 초조한 듯 웃으며 말했다. "글쎄요, 그랬으면 좋겠네요."

"할 수 있는 한 최고의 글을 써서 내. 그럼 히트 칠 거야. 내가 약속해."

출판사에 문의한 건 어떻게 되어가는지(부분적인 질문은 많은데 아직 확실한 제안은 없음), 자기 원고에 대해 어떻게 생각하는지(이야기를 풀어가는 목소리에는 확신이 서는데 타임라인이 너무 많이 겹치는 건 아닌지 고민임), 나는 에미와 조금 더 얘기를 나누었다.

끝낼 시간이 가까워지자, 에미가 목소리를 가다듬으며 물었다. "음, 여쭤봐도 될지 모르겠는데, 혹시 백인이세요?"

놀란 기색이 얼굴에 드러난 모양인지, 에미가 급히 사과했다. "죄송해요. 이렇게 말하면 어떨지 모르겠지만, 음, 그냥, 송이라는 이름이 조금, 모호해서요. 그냥 알고 싶었어요."

"백인 맞아." 목소리가 의도했던 것보다 쌀쌀맞게 나왔다. 대체 무슨 뜻으로 묻는 거야? 내가 아시아계가 아니면 좋은 멘토가 될 수 없다는 건가? "송은 내 가운데 이름이야. 엄마가 지어주셨어."

"그렇군요." 에미가 대답했다. 그러고는 다시 머리카락을 귀 뒤로 넘기며 덧붙였다. "음, 멋지네요. 그냥 여쭤봤어요."

8

물론 나를 비방하는 사람들도 있었다. 책이 인기를 끌면 끌수록 그 책에 대한 공격도 커지는 법이다. 루피 카우르의 시에 대한 혐오감이 밀레니엄 세대의 특징이 된 게 바로 그런 이유에서였다. 굿리즈에 달린 리뷰는 대부분 별 다섯 개였지만, 별 한 개짜리 독설도 있었다. "독창성이라곤 찾을 수 없는 쓰레기 같은 이민자 이야기." 이런 리뷰도 있었다. "백인 여성 착취를 다룬 눈물 나는 이야기의 또 다른 반복에 불과하다. 복붙하고 이름만 바꿨는데, 짜잔, 베스트셀러가 됐네." 너무 개인적이라 도저히 객관적이라고 보기 힘든 리뷰도 있었다. "진짜 거만하고 역겨운 년. 예일대 나왔다고 뻐기기는. 킨들 세일이라 구매했는데, 반드시 내가 쓴 299센트 전부 다 돌려받고 말겠어."

처음으로 트위터에서 안 좋은 후기("광고 때문에 어쩌다 읽었는데, 이 작가의 글은 다신 안 읽을 거다")에 태그되었을 때, 나는 북 콘퍼런스 뒤풀이 파티에서 친구가 된 마니 킴벌과 젠 워커에게 문자를 보냈다. 그때 그들은 출판계에서 길을 찾다가 어려운 일이 생기면 언제든 연락하라며 내게 전화번호를 알려줬다. 이후 '에덴의 천사들'이라는 뻔뻔스러운 이름을 붙인 우리 그룹 채팅방은 내가 힘도 얻고 업계에서 떠도는 소문도 전해 듣는 믿을 만한 소식통이 되었다.

"사람들이 온라인에서 무례하게 구는 거, 어떻게 극복해요? 정말 의기소침해지게 만드네요. 저한테 개인적 앙심이 있는 사람들처럼 굴어요. 제가 자기 개를 걷어차기라도 한 것처럼요."

"규칙 1: 리뷰는 읽지 않는다." 마니는 꼭 나이 많은 여자처럼 이상한 말투로 대답했다. 의도한 것인지, 오타인지는 전혀 알 수 없었다. "들려줄 좋은 말이 있었다면 자기 책을 썼겠죠. 그런 사람들, 그냥 불쌍하고 힘없는 중생들이에요."

"그냥 자기 반향실에 갇혀 소리 지르게 놔두세요." 젠은 이렇게 썼다. "분노를 표출하는 게 그 사람들한테는 일종의 유대감을 일으키는 행동이거든요. 말 그대로 세로토닌이 치솟는 거죠. 그에 관한 연구도 있어요. 그 사람들한테 휘둘리지 말아요. 다 겁쟁이들이니까."

좋은 조언이었다. 배짱이 두둑해서 자신에 대해 사람들이 어떻게 생각하는지 신경 쓰지 않을 수 있다면 얼마나 좋을까.

하지만 나는 굿리즈에 올라오는 장광설과 악의적인 트위터 글, 잘난 척하는 레딧 게시물을 계속 꼼꼼히 들여다보고 있었다. 구글 알리미가 부정적인 기사를 알려올 때마다 독선적인 악평일 게 뻔한데도 계속 클릭했다.

나도 어쩔 수 없었다. 세상이 나에 대해 어떻게 얘기하는지 알 필요가 있었다. 디지털 세상에서 내가 어떻게 인식되고 있는지 윤곽을 그려야 했다. 피해 정도를 알아야 얼마나 걱정해야 할지 가늠할 수 있으니까.

가장 널리 유포된 악평은 《로스앤젤레스 리뷰 오브 북스》에 실린 아델 스파크스-사토라는 평론가의 비평이었다. 사실 나는 그의 비평을 좋아했다. 모두가 "한 세대를 대표하는 목소리"라고 외치는 소설이 실은 자기애적 헛소리라고 지적하는 데 능하기 때문이었다. 그녀는 아테나의 데뷔작에 대해 가혹한 비평을 쓴 적도 있었다.("이 소설에서 리우는 서정적이고 자신을 타자화하는 문장을 엄청난 관찰로 착각하는 초보자의 함정에 빠지고 말았다. 유감스러운 일이지만, 아시아인도 얼마든지 오리엔탈리스트일 수 있다. 내가 읽은 바에 의하면, 아테나 리우는 황인종이라는 자신의 정체성을 극복할 필요가 있어 보인다.") 그런 그녀가, 이번에는 나를 추격하고 있었다.

"『최후의 전선』에서, 주니퍼 송은 잊힌 역사를 발굴할 절호의 기회를 놓치고 대신 중국인 노동자 수천 명의 고통을 신파와 백인 구원의 장으로 이용한다." 그녀는 이렇게 썼다. "예를 들면, 기독교 선교사들을 이용해 젊고 문맹인 중국인 남자들을 해외에서 죽을 때까지 일하도록 회유한 문제를 추궁하거나, 중국인들을 고분고분하게 길들이고 협력하게 하도록 프랑스에서 대규모로 고용된 이들이 누구인지를 물을 수도 있었다. 하지만 그녀는 선교사들이 노동자들을 개종시키는 데 큰 역할을 했다며 부끄러운 줄도 모르고 칭찬한다. 『최후의 전선』은 새로운 지평을 열었다고 하기 힘든 소설이다. 오히려 내가 역사 착취 소설이라고 부르는 일련의 소설들, 즉 『헬프』나 『대지』와 같은 부류에 속한다고 볼 수 있다. 문제가 많은 과거를 백인들의 오락을 위한 재미있는 배경 정도로 사용한, 진정성 없는 가짜 이야기다."

마음대로 떠들라지. 아델이 대체 누군데 나한테 진정성이 어쩌고 하면서 가르치려 드는 거야? '사토'라는 이름은 일본식 아닌가? 중국인으로 사는 것과 일본인으로 사는 것이 얼마나 다른지에 관한 담론도 있지 않나?

나는 '에덴의 천사들' 단톡방에 글을 남겼다. "아델이라는 이 빌어먹을 나쁜 년을 진정시킬 수 없을까요?"

마니 욕 비슷한… 뭐 그런 말을 해주면 되려나?
젠 비평가는 원래 다른 사람들을 끌어내리는 방식으로 독자층을 구축해요. 그들로서는 유일하게 자신을 정당화하는 방식이거든요. 아주 좋지 않은 문화죠. 말려들지 말아요. 우린 그런 저질이 아니니까.

킴벌리 덩이라는 어떤 UCLA 학생은 "『최후의 전선』에서 발견한 문화적 오류들!!!"이란 제목으로 12분짜리 유튜브 영상을 올렸다. 이 영상은 일주일 만에 조회수 10만 회를 기록했다. 호기심에 조금 들여다보니 모욕감이 들기는커녕 실망스러웠다. 온통 쓸데없는 문제 제기들뿐이었다. 예를 들면 "중국인 병사들은 휴일에 민스파이 같은 건 먹지 않았을 것이다."(그들이 언제 뭘 먹었는지 자기가 어떻게 알아?), 또는 명명 규칙에 대한 인신공격적인 주장("아 케이? 무슨 홍콩 범죄영화 같은 데서 가져온 이름인가요?"). 이런 것들은 아테나가 직접 쓴 부분이었다. 댓글들도 하나같이 "오오 뭐야 이 여자는", "맙소사 꺼져 킴벌리", "ㅋㅋㅋ 이 백인 여자 대단한데" 같은 쓸데없는 말뿐이었다. 나중에 킴벌리는 뻔뻔스럽게도 나한테 인스타그램 DM을 통해 자기 유튜브 채널에 초대 손님으로 출연해줄 수 있냐고 물었다. 나는 내 홍보 담당자인 에밀리를 통해 연락하라고 한 후 에밀리에겐 킴벌리의 연락을 받지 말라고 지시하는 과정에서 조금은 복수하는 기분이 들었다.

샤오 첸이라는 온라인 선동가는 『최후의 전선』이 출판되지 말았어야 했다는 글을 올렸다. 아테나가 워낙 그에 대해 심하게 불평했기 때문에, 내겐 샤오 첸이라는 이름이 꽤 익숙했다. 샤오 첸은 작년 《복스》에 기고한 글 〈디아스포라 소설은 충분하다〉로 입소문을 탄 적이 있었다. 그는 그 글에서 근본적으로 현재 중국계 미국인 소설가 중 가치 있는 작품을 쓰는 사람은 하나도 없다고 주장했다. 그들 중 누구도 천안문광장에서 일어난 대학살 사건이나 문화혁명 시대를 겪어본 적이 없으며, 표준 중국어도 할 줄 모르는 천방지축 베이 에리어샌프란시스코만 인접 지역 꼬맹이들이 아시아인의 정체성을 버블티와 BTS에 대한 집착으로 축소해놓는 바람에 디아스포라 문학작품의 급진적인 힘이 희석됐다는 것이다. 나는 그가 트위터에서 다른 작가들과 격하게 옥신각신 싸우는 걸 본 적이 있었다. 그는 "중국어 좀 배워", "입 닥쳐, 세뇌당한 서방의 꼭두각시들아"라는 말을 상대에게 쏘아붙였다. 그의 수법은 텍스트의 잘못된 부분을 작가의 '있지도 않은' 심리적 문제 탓으로 돌리는 것인 듯했다. 샤오 첸은 내가 『최후의 전선』을 쓴 이유가 나 역시 〈진정령〉 시리즈의 퀴어 팬픽을 쓰는 많은 백인 여성 중 하나이기 때문이라고 썼다. 여성스러운 외모의 아시아 남성을 무턱대고 숭배할 뿐만 아니라, 중국 역사가 무슨 구석에 놓아둘 명나라 시대 화병인 양 흥미롭고 반짝이는 덩어리만 찾아서 쓰면 된다고 생각한다는 것이다.

솔직히, 나는 그의 독설에 웃음이 나왔다. 어떤 비평들은 정말 상처가 될 정도로 냉혹하고 거만한 데 비해 그의 비평은 너무나 감정적이고 격했다. 오직 그 자신의 불안과 끝도 정체도 모를 분노만 드러낼 뿐이었다. 나는 그가 지하실에서 노트북 앞에 구부정하게 앉아 아무도 없는 데다 대고 으르렁거리고 침을 뱉는 모습을 상상했다. 만일 샤오 첸이 나를 직접 만난다면 어떻게 할지 궁금했다. 얼굴에 주먹을 날리려나, 아니면 바보 같은 말이나 몇 마디 얼버무리다 슬그머니 도망가려

나. 그와 같은 사람들은 늘 온라인에서나 용감하지, 실제로는 그렇지 않다.

젠 저런 사람들은 그저 여자가 성공하는 꼴을 못 봐주겠어서 저러는 거예요.

마니 가장 심각한 건 여성 혐오주의죠. 〈진정령〉 시리즈는 또 뭔가요?

소설 200쪽에 모든 비평가가 집착하는 장면이 하나 있었다. 모든 부정적인 서평에서 최소 세 번째 문단을 넘기기 전에 이 장면을 언급했다. 아테나가 쓴 초고에서 확장시킨 인물이자 YMCA 선교사의 17세 딸인 애니 워터스가 노동자들이 묵는 숙소를 혼자 방문해 성경책과 크리스마스 비스킷을 나눠 주는 장면이다. 몇 달 동안 아내는커녕 여자 비슷한 사람도 보지 못한 그들은 당연히 애니에게 추파를 던진다. 애니는 금발에 날씬하고 얼굴도 예쁘다. 그들은 애니에게서 눈을 떼지 못한다. 그러다 한 사람이 뺨에 뽀뽀해도 되냐고 묻는다. 크리스마스였기 때문에 애니는 수줍게 허락한다.

나는 이 장면이 감동적이라고 생각했다. 언어와 인종은 다르지만 전쟁 중에도 따뜻한 순간을 공유하는 사람들의 이야기니까. 이 장면은 또한 다니엘라가 처음 이 소설에 가졌던 불만, 즉 남성 중심적이라는 문제를 해결해준 부분이기도 하다. 그때 다니엘라는 이렇게 지적했다. 남자다움을 과시하는 전쟁 이야기의 시대는 끝났어요. 우리는 여성의 관점을 더욱 부각해야 해요.

아테나의 초고에는 뽀뽀하는 장면이 포함되어 있지 않았다. 그 원고에서 애니는 노동자들을 더럽고 무서운 폭력배라고 생각하는, 온실 속 화초처럼 자란 까다로운 소녀였다. 그녀는 노동자들에게 냉랭히 "메리 크리스마스"라고 말하고는 철조망 끄트머리에 비스킷을 두고 소심하게 도망친다. 마치 그들이 기회만 있으면 개처럼 목줄을 끊고 달려와 자기를 공격하기라도 할 것처럼 말이다.

아테나는 중국인 노동자들이 자기편한테서 받은 온갖 인종차별을 지적하고 싶었던 게 분명하다. 하지만 그런 부분이 전체적으로 너무 많았다. 너무 지루하고 반복적인 느낌을 줬다. 대신에 인종 간 사랑의 가능성을 보여주는 장면을 포함하면 어떨까? 우리 모두 배후에서 인종차별에 반대할 수는 없는 걸까?

이건 분명 인종차별에 대해 내가 할 수 있는 가장 예술적인 선택이었다.

아델 스파크스-사토는 이렇게 썼다. "주니퍼 송은 프랑스인 여성과 중국인 노동자 사이의 인종을 초월한 로맨스에서 제기될 만한 현실적인 문제를 탐색하는 대신, 중국인 노동자들을 백인 여성에 대한 욕망을 통제하지 못하는 동물적인 생명체로 그렸다."

샤오 첸은 이런 메시지를 보냈다. "백인 여자들은 우리가 정말 자기들하고 한번 자고 싶다는 생각에 사로잡혀 있다고 생각하는 건가??? 어떻게 그렇게 오만할 수가 있지? 내 말 믿어도 좋아, 주니퍼. 당신은 그렇게 섹시하지 않아."

킴벌리 덩은 느릿한 말투로 이렇게 전했다. "다음 영상에서는 노란색 마스크와 하얀색 눈물을 특징으로 하는 애니 워터스 화장법을 알아보겠습니다."

이로 인해 '애니 워터스 밈'이 생겨났다. 별 특징 없는 평범한 백인 여성의 사진에 책에서 가져온 캡션을 달아놓았다. "애니는 날씬하고 어렸다. 머리카락은 떠오르는 태양 같았고 눈망울은 마치 바다 같았다. 그녀가 스쳐 지나갈 때면 남자들은 그녀에게서 눈을 떼지 못했다." 이런 밈 대부분에는 나를 싫어하는 사람들이 온라인을 뒤져 찾았을 법한, 실물보다 못한 사진이 사용되었다.

나는 이것이 얼마나 터무니없이 잔인하고 성차별적인지 지적하고 싶었지만, '에덴의 천사들'은 침묵이 가장 좋은 방어라고 장담했다. "악플러들에게 당신이 상처 입은 걸 알리면 그들이 이기는 거예요." 젠이 말했다. "자기들이 당신을 휘두르고 있다고 생각하게 만들지 말아요."

글을 내리라고 직접 요구할 수 없기 때문에, 나는 종종 샤워하면서 혼자 그들과 논쟁을 벌이곤 했다.

나는 샴푸 통에 대고 말했다. "사실, 중국인들이 차별받았다고 해서 그들이 인종차별주의자가 아닌 건 아닙니다. 실제로 중국인 노동자들이 아랍인이나 모로코인과 잘 어울리지

147

않았다는 사실이 기록으로 남아 있어요. 제 소식통에 따르면, 중국인들은 그들을 '검은 악마'라고 부르곤 했다고 합니다. 인종 간 갈등은 확실히 존재해요."

내가 서양 선교사들을 미화했다는 비난에 대해서는 이렇게 말하고 싶었다. "단 한 명의 중국 병사도 기독교에서 위안을 찾지 못했다고 주장하는 건 본질주의와 다를 게 없습니다. 선교사들이 종종 차별적이고 무시하는 듯한 태도를 보인 건 맞아요. 하지만 보고서와 회고록을 통해, 진정한 개종자가 있었다는 사실을 우리는 알 수 있습니다. 결과적으로, 중국인이란 것이 개종 불가의 이유라고 주장하는 건 인종차별주의적인 생각 같습니다."

킴벌리 덩의 바보 같은 낚시성 글에 대해서는 이렇게 말해주고 싶었다. "사실, 캐나다를 배경으로 하는 장면은 완전히 말이 됩니다. 노동자들은 먼저 캐나다로 이송되었다가 다시 프랑스로 이송된 거니까요. 이건 위키피디아만 보더라도 알 수 있는 내용입니다만."

나는 비평가들의 풀죽은 모습을 즐거운 마음으로 상상해봤다. 아시아계라고 해서 다 자기네 역사에 전문가는 아니라는 것, 혈족관계가 독특한 인식론적 통찰로 이어지지는 않는다는 것, 그리고 그들의 배타적인 문화적 우월성과 진정성 테스트는 일종의 게이트키핑에 해당한다는 것을 그들은 깨달아야 한다. 결론적으로 자신들이 무슨 말을 하는지 전혀 모르고 있다는 사실도.

이런 논쟁을 머릿속으로 연습해둔 덕분에, 나는 나를 비방하는 사람을 직접 마주치는 상황에 철저히 준비되어 있었다. 그날 밤, 나는 케임브리지의 한 독립서점에서 주최한 역사소설 발표회에 가 있었다. 청중들은 간혹 까다로운 질문을 하긴 했지만, 그런대로 정중한 편이었다. 대부분 하버드와 MIT 학생이었다. 예일대학 시절을 떠올려보면, 명문대 학생들은 항상 자신이 많이 알고 있다고 과신하는 경향이 있다. 그리고 대중적인 지식인들을 끌어내리는 것을 대단한 성취로 여긴다.

지금까지 받아서 처리한 질문은 개명("전에 말씀드렸듯이, 새로 시작한다는 뜻에서 중간 이름을 쓰기로 했습니다.")과 자료 조사 과정("일반적인 문헌들을 참고했고, 이제는 내용을 줄줄이 말할 수 있을 정도입니다."), 중국계 미국인 커뮤니티와의 관계("아시아계 미국인 작가 단체의 여름 워크숍에 자금을 지원해 아테나 리우 장학금이 지급되도록 하고 있습니다.")에 관한 내용이었다.

그때 앞줄에 앉아 있던 소녀 하나가 마이크를 잡았다. 나는 그녀가 입을 열기도 전에 안 좋은 질문이 나오리라는 걸 눈치챘다. 그녀는 우파 밑에서 사회정의를 외치는 전사 같은 모습을 하고 있었다. 보라색으로 염색한 언더컷 스타일의 머리는 덥수룩했고, 헐렁한 비니 모자와 암 워머를 착용했고, 조끼에는 열 개가 넘는 핀과 배지가 달려 있었다. 그 모습은 마치 흑인 인권운동과 반이스라엘 운동, 알렉산드리아 오카시오 코르테스미국 민주당 소속의 진보적 여성 정치인에 대한 충성심을 선언하고 있는 듯했다.(이봐, 여기 모인 우린 다 진보주의자야. 그래도 이건 좀 아니지.) 그녀는 나를 무너뜨릴 기회를 평생 기다려온 사람처럼 가쁜 숨을 몰아쉬며 분노로 이글거리는 눈빛을 발하고 있었다.

"안녕하세요." 그녀가 인사했다. 순간 목소리가 떨렸다. 사람들 앞에서 싸움을 거는 데 익숙하지 않은 듯했다. "저는 중국계 미국인입니다. 『최후의 전선』을 읽었는데, 이런 생각이 들더라고요… 음, 아주 고통스러운 역사를 많이 알게 됐어요. 그래서 묻고 싶었습니다. 왜 백인 작가가, 그러니까, 중국인이 아닌 작가가 이런 얘기를 써서, 그걸로 이익을 얻어도 괜찮다고 생각했는지를요. 작가님은 왜 자신이 이 이야기를 쓸 적임자라고 생각하셨나요?"

그녀가 마이크를 내려놓았다. 뺨이 붉게 상기된 게 보였다. 격한 감정이 치밀어오르는 듯했다. 틀림없이 이것이 대단한 문제 제기이며, 내가 이런 발언을 듣는 게 처음이라고 생각하는 모양이었다. 당연히 관심이 우리에게 집중되었다. 사람들은 우리가 서로 치고받고 싸우기를 기대하는 듯 그녀와 나를 번갈아 바라봤다.

하지만 내겐 준비된 답변이 있었다. 이 책을 쓰기 시작할 때부터 준비해온 답변이었다.

"작가가 어떤 건 써도 되고 어떤 건 쓰면 안 된다고 정하는 건 매우 위험하다고 생각합니다."

나는 강하게 말문을 열었다. 청중 사이에서 찬성의 웅성거림이 일었다. 하지만 여전히 회의적인 표정들이 눈에 띄었다.

특히 아시아계 사람들이 그랬다. 나는 계속 말을 이어갔다.

"저는 피부색에 따라 어떤 글은 써도 되고 어떤 글은 쓰면 안 된다고 말하는 세상에 살고 싶지 않습니다. 무슨 말인가 하면, 자신이 하는 말을 되새겨보고 그 말이 어떻게 들리는지 살펴보라는 겁니다. 흑인 작가는 백인이 주인공인 소실을 쓰면 안 되는 걸까요? 겪어보지도 않은 제2차 세계대전에 대한 글을 쓴 사람들은요? 문학적 수준이나 역사적 사실에 대한 묘사를 이유로 작품을 비평할 수는 있습니다. 당연하죠. 하지만 저는 기꺼이 쓰고 싶은 주제를 쓰면 안 되는 이유를 못 찾겠습니다. 책을 보면 아시겠지만, 저는 제가 쓰고 싶은 주제를 썼습니다. 제가 어떤 자료를 참고했는지 보실 수 있을 겁니다. 직접 사실관계를 확인해보셔도 되고요. 저는 글쓰기가 근본적으로 공감 연습이라고 생각합니다. 독서를 통해 우리는 다른 사람의 처지가 되어볼 수 있습니다. 문학이 다리를 놓는 거죠. 문학은 우리의 세계를 더 '작게'가 아니라 더 '크게' 만듭니다. 그리고 수익에 대해 질문해주셨는데, 그럼 어두운 이야기를 쓴 작가는 그 점에 대해 죄책감을 느껴야 한다는 건가요? 그 창조 작업에 대해 보상을 받아도 안 되고요?"

타인의 고통으로부터 이익을 얻는다고 생각하다니. 세상에, 어떻게 그런 잔인한 생각을 할 수 있지? 아테나도 이런 문제와 음으로 양으로 싸워왔겠지.

"부모님과 조부모님이 직접 겪으셨기 때문에 제가 이 이야기를 쓸 수 있었다는 사실이 제게 윤리적인 고민을 던집니다." 아테나는 언젠가 《퍼블리셔스 위클리》와의 인터뷰에서 이렇게 말했다. "때로는 내 이익을 위해 다른 사람의 고통을 이용한다고 느껴질 때가 있어요. 저는 그들을 기리는 방식으로 글을 쓰려고 노력하지만, 내가 특권과 행운을 누리는 세대이기 때문에 이런 글을 쓸 수 있다는 사실을 늘 자각하고 있습니다. 내 맘대로 과거로 돌아가 이야기꾼이 되는 호사를 누리고 있는 거죠."

정말이지, 이 발언은 언제 봐도 변명 같다. 꾸며낼 필요가 없는데 말이다. 어차피 우린 모두 다 독수리다. 그중 일부가 (아테나를 두고 하는 말이다) 이야기의 가장 맛있는 부분을 찾아내는 데 더 능숙한 것뿐이다. 그들은 피가 흐르는 심장을 손에 넣기 위해 뼈와 연골을 발라낸 후 그 선혈을 보란 듯이 내보인다.

당연히 나는, 관할 노동자들의 소란을 총으로 다스리면 된다는 말을 주고받는 영국 장교들의 이야기를 청중에게 전하면서 찝찝함을 느꼈다. 짜릿함도 없지 않았지만 그걸 입에 올리는 건 왠지 옳지 않다는 생각이 들었다. 아테나의 죽음에 관한 글을 올려 '좋아요'를 받았을 때와 같은 느낌이었다. 하지만 이것이 이야기꾼의 운명이다. 우리는 그로테스크한 것들의 교차점이다. 우리는 사람들이 살짝 엿볼 뿐 온전히 마주하지 못하는 어둠을 "여길 보라!" 하고 외치며 활짝 펼쳐 보이는 존재다. 누구도 분석조차 하지 못하는 것을 명확히 밝히는 존재다. 상상도 할 수 없는 것에 이름을 부여하는 존재다.

"비극을 글로 쓸 때의 이런 불편한 감정은 그 일이 실제로 있었음을 인정하는 걸 불편하게 만든다고 생각합니다." 나는 결론을 내렸다. "유감스럽게도, 이건 전쟁소설을 쓰는 사람 누구에게나 마찬가지일 겁니다. 하지만 그래도 저는 숨은 역사를 말하는 걸 그만두지 않을 겁니다. 누군가는 해야 하는 일이니까요."

드문드문 박수 소리가 들렸다. 모두가 내 말에 동의하지 않아도 상관없었다. 적어도 야유는 받지 않았으니까. 사회정의의 실현을 위해 싸우는 전사의 모습을 한 그 소녀는 뭔가 더 하고 싶은 말이 있어 보였지만, 서점 직원이 이미 마이크를 다음 사람에게 넘긴 후였다. 다음 질문자는 내가 어디서, 어떻게 영감을 얻는지 궁금해했다. 나는 턱을 괴고 미소를 지으며 완벽하게 연습한 또 다른 답변을 시작했다.

고통을 쓸 권리는 과연 누구에게 있을까?

언젠가 아테나와 함께 스미스소니언박물관에 한국전쟁 전시회를 보러 간 적이 있었다. 바보처럼 여전히 우리가 좋은 친구가 될 수 있을 거라고 믿었던 시절이었다. 티치 포 아메리카에서 활동을 마친 후 막 워싱턴으로 이사 왔을 때였다. 나는 아테나가 학업을 이어가기 위해 조지타운대학에 몇 달 전부터 와 있다는 사실을 알고 있었기 때문에, 안부도 물을 겸 가벼운 마음으로 연락했다. 아테나는 오전에는 일하고 오후에는 박물관을 방문한다며 같이 가면 좋겠다고 답했다.

한국전쟁에 관한 전시물들을 이리저리 돌아보는 건 금요일 오후에 내가 가장 하고 싶은 일은 아니었다. 하지만 아테나는 나와 함께 시간을 보내고 싶어 했고 그때는 나도 아테나의 관심을 조금이라도 받을 때마다 신이 났다. 그래서 우리는 오후 세 시에 박물관 입구에서 만났다.

"여기서 만나니까 정말 반갑다!" 아테나는 특유의 경쾌하고 무심한 태도로 나를 껴안았다. 마치 과거에는 길게 늘어선 수백 명의 팬을 일일이 안아줬지만 이젠 이런 행위에 신경 안 쓰는 전직 슈퍼모델 같았다. "들어갈까?"

"어— 그래, 그러자."

어떻게 지냈냐는 인사도 없이, 그저 간단한 포옹 한 번을 끝으로 우리는 곧장 박물관의 기획 전시관으로 들어갔다. 미국인 전쟁포로들이 북한에서 겪은 경험에 관한 전시였다.

처음에는 장난하는 줄 알았다. 바보야, 설마 너, 내가 너랑 수다 떨고 노는 대신 이 답답하고 낡은 박물관이나 돌아다니고 싶어 한다고 생각한 거야?라고 놀리거나, 뭐든 보고 싶었던 걸 잠깐 보고 에어컨이 완비된 시원한 곳으로 자리를 옮겨 감미로운 음료를 홀짝이며 삶과 출판에 관한 이야기를 나누게 되지 않을까 기대했다. 하지만 아테나는 오후 내내 이곳에 머물 생각임이 곧 분명해졌다. 그녀는 실물 크기의 흑백 등신대 앞에 서서 그 인물의 인생사를 중얼중얼 읽으며 각각 10분 이상씩 보냈다. 그런 다음 손가락을 입술에 갖다 대고 고개를 저었다. 한 번은 눈에서 눈물을 훔치기까지 했다.

"상상해봐. 이 사람들은 모두 생명을 잃었어. 이유도 모른 채 고통받으면서, 단지 도미노 이론이 진실이라고 확신했던 정부 때문에. 세상에."

대상이 바뀔 때마다 이런 상황이 반복해서 연출되었다. 열아홉 살짜리 징집병 리키 반스의 마지막 편지도 있었다. 자신이 만일 압록강을 따라가다가 디프테리아에 걸리게 되면 인식표를 어머니에게 전해달라고 부탁하는 편지였다.

아테나는 말을 멈추지 못했다. 처음에는, 그녀가 지독하게 예민해서 그 고통을 똑같이 느끼는 걸지도 모른다고 생각했다. 아주 대단한 성인군자 나셨다. 하지만 전시물들을 둘러보는 시간이 길어지면서 나는 아테나가 몰스킨 노트에 뭔가를 끄적이고 있다는 걸 깨달았다. 이게 다 소설을 쓰기 위한 조사 작업이었다.

"그냥 끔찍해." 아테나가 속삭였다. "그의 아내는 겨우 열일곱 살의 소녀였어. 게다가 딸을 임신 중이었대. 딸은 아빠 얼굴도 모르고 자라는 거지." 그렇게 이야기는 계속되었다. 우리는 아주 조금씩 이동했고, 아테나는 모든 플래카드와 등신대를 살펴보면서 그들의 이야기가 왜 그토록 비극적인지를 시시콜콜 알려줬다.

나는 아테나의 목소리를 더는 참을 수 없어서, 다른 데로 가서 군복 전시물을 자세히 들여다봤다. 전시장을 나올 때까지 아테나를 찾을 수 없었다. 아테나가 나를 버리고 간 줄 알았다. 그런데 어느 휠체어 탄 노인 옆 벤치에 앉아 공책에 뭔가를 받아 적고 있는 그녀를 발견했다. 노인의 시선은 그녀의 젖가슴에 머물고 있었다.

"그때 어떤 느낌이었는지 기억나세요?" 아테나가 그에게 물었다. "저한테 자세히 설명해주실 수 있나요? 기억나는 대로 전부요."

맙소사, 흡혈귀가 따로 없구나. 그런 생각이 들었다.

아테나에겐 고통을 알아보는 눈이 있었다. 최고로 인정받는 아테나의 작품들은 이 기술의 집약체였다. 그녀는 더럽고 쓰레기 같은 사실과 세부 사항 가운데서 피가 흐르는 부분을 간파할 줄 알았다. 조개껍데기 줍듯 실화를 주워 모아 다듬어서는, 겁에 질린 채 매료된 독자들에게 그 예리하고 빛나는 모습을 내보였다.

박물관 방문 건은 충격적이긴 했지만 그리 놀랍진 않았다.

전에도 훔치는 걸 본 적이 있으니까.

아테나는 그게 도둑질이라는 생각조차 하지 않는 듯했다. 아테나가 설명하는 방식에 따르면, 그건 착취가 아니라 뭔가 신화적이고 심오한 과정이었다. "저는 혼란을 이해하려고 노력해요." 《뉴요커》와의 인터뷰에서 한 말이었다. "저는 우리가 교실에서 역사를 배우는 방식이 너무 인간미가 없다고 생각해요. 역사 속의 투쟁을 자신과는 관계없는 것처럼 느끼게 하거든요. 우린 그런 일은 절대로 내겐 일어나지 않을 거라고, 나라면 교과서 속 사람들 같은 그런 결정은 내리지 않을 거라고 가정하죠. 저는 그런 피비린내 나는 역사를 수면 위로 끌어올리고 싶습니다. 그런 역사가 얼마나 현재와 가까운지 독자들이 정면으로 마주 보게 하고 싶습니다."

우아하기도 하지. 심지어 고귀하게까지 느껴진다. 착취가 아니라 서비스라는 식이다.

하지만 얘기해보자. 정말, 다른 누구도 아닌 아테나가 그런 이야기를 할 권리가 있을까? 아테나는 한 번에 몇 달 이상 중국에 머문 적도 없었다. 전쟁터에 가본 적도 없었다. 기술직 부모님이 내주는 학비로 영국 사립학교에 다니면서 성장했고, 여름방학은 난터켓 섬과 마서스 비니어드 섬 같은 고급 휴양지에서 보냈다. 성인이 되어서는 뉴헤이븐과 뉴욕, 워싱턴을 오가며 보냈다. 심지어 중국어도 유창하지 않았다. 인터뷰에서 "미국에 더 잘 동화하기 위해 집에서 영어만 사용했다"고 인정한 적도 있었다.

아테나는 트위터에 접속해 아시아계 미국인을 대표하는 것의 중요성에 관해, 모범적인 소수자 신화가 얼마나 기만적인지에 관해 얘기하곤 했다. 그녀의 말에 따르면, 아시아계는 소득 스펙트럼의 양극단 모두에서 과장되어 있으며, 아시아계 여성은 예나 지금이나 집착의 대상이자 범죄의 희생양이다. 아시아계는 미국의 백인 정치인들에게 선거의 범주로 존재하지 않기 때문에 소리 없이 고통받고 있다. 그런 말을 쏟아내고 나면, 아테나는 듀폰트 서클에 있는 집으로 가서 3천 달러짜리 골동품 타자기 앞에 앉아 선금을 능가하는 수익을 거뒀다며 출판사에서 보내온 값비싼 리슬링 와인을 홀짝이면서 글을 쓰곤 했다.

　아테나는 절대 개인적으로 고통을 경험한 적이 없었다. 그녀에게 고통은 그저 그녀를 부자로 만들어주는 수단에 불과했다. 그 전시회에서 보고 들은 걸 바탕으로 한 단편소설로 아테나는 상을 받았다. 제목은 '압록강의 속삭임'이었다. 물론 그녀는 한국인이 아니었다.

9

케임브리지에서 있었던 일로 트위터에서는 사소한 담론이 일었다. 용의자란 용의자는 몽땅 등장했다. 수많은 글들이 다양한 수준의 분노를 선보이며 그곳에서 있었던 일을 다루었고, 많은 이들이 자신의 의견을 의기양양하게 내놓으며 관중 앞에서 심오한 사유를 뽐낼 기회로 삼았다. 하지만 그들의 주장은 실제 발언과는 거의 관계가 없었다. 몇몇이 질문자였던 그 소녀에게 동의를 표했다. 나는 그녀가 릴리 우라는 이름의 MIT 2학년생이며 그때 있었던 일에 대해 분노에 찬 글을 올렸음을 알게 되었다. 그녀는 나에 대해 이렇게 썼다. "공동체와 아무런 실질적 관계가 없는 멍청한 백인 여자인 데다 기만적이고 자기밖에 모르는 가짜."

하지만 많은 이들이 그녀보다는 내 편을 들었다. 그녀의 글에는 "당신의 입장이 나한테는 오히려 인종차별적으로 느껴지네요." 또는 "아, 검열하기를 좋아하시나 봐요? 차라리 중화인민공화국으로 돌아가는 게 어때요?" 같은 댓글이 잔뜩 달렸다. 엉망진창이었다. 나는 아무 논평도 내지 않았다. 부정적인 반발에 대처하는 가장 좋은 방법은 모든 게 사그라들 때까지 상처받지 않고 벙커에 가만히 숨어 있는 것이라고 배웠기 때문이다. 어쨌든 트위터 담론은 별 영향력이 없었다. 그저 선동가들이 깃발을 흔들며 자기가 누구 편인지를 선언하고 모두 지루해져서 떠나기 전에 IQ 숫자나 과시하는 기회일 뿐이었다.

그로부터 일주일 후, 이런 이메일이 도착했다.

안녕하세요.
저는 수전 리라고 합니다. 중국계 미국인 소셜 클럽의 록빌 지부에서 이벤트 코디네이터로 일하고 있습니다. 최근에 『최후의 전선』을 읽었는데, 중국의 잊힌 역사에 대한 작가님의 이해에 깊은 감명을 받았습니다. 클럽의 많은 회원이 작가님의 이야기를 듣고 싶어 할 것 같아서 연락드렸어요. 언제 한번 클럽 모임에 초대하고 싶습니다. 저희는 보통 초대 손님과의 질의응답 시간을 마치면 함께 뷔페로 저녁 식사를 합니다.(물론 작가님은 무료입니다.) 혹시 관심이 있으시다면 알려주세요.

나는 하마터면 이 메일을 지울 뻔했다. 요즘은 아주 권위 있는 행사가 아니면 사례비 없는 행사 초대 메일은 거의 삭제 중이었다. 꼭 집어 말할 수는 없지만, 수전 리의 어조는 너무 정중하고 격식을 갖추고 있어서 어쩐지 의심스러웠다.(어떤 초대든, 나는 늘 혹시 나를 인질로 잡거나 죽이려는 주최 측의 낚시가 아닐까 잠깐씩 걱정하다가 수락하곤 했다.) 게다가 록빌은 너무 멀었다. 왕복 택시비로 100달러를 쓰거나 전철에 한 시간이나 앉아 있을 의향이 없는 사람이라면, 워싱턴 중심가에서 그곳까지 오라는 건 무리한 요구였다. 게다가 유료 행사도 아니었다.

나는 이 제안을 거절하고 굴욕을 면했어야 했다.

하지만 릴리 우의 말이 머릿속에서 메아리쳤다. "기만적이고 자기밖에 모르는 가짜", "공동체와 아무런 실질적 관계가 없는 멍청한 백인 여자". 케임브리지 사건 이후, 내 후원을 받고 있으니 나를 피하고 싶어도 피할 수 없는 아시아계 미국인 작가 단체 외에 나를 초대한 아시아계 단체는 처음이었다. 이는 내게 좋은 기회일 수 있었다. 아시아계 미국인에 대한 나의 지지가 가식이 아님을, 그리고 내가 『최후의 전선』을 쓴 건 그들의 역사를 공부했고 그들 공동체에 관심이 있기 때문이라는 사실을 트위터의 음모론자들에게 증명할 수 있을지 모른다. 어쩌면 새로운 친구도 사귈 수 있을지 모른다. 나는 감탄하며 바라보는 중국계 팬들에 둘러싸여 중국 음식을 먹고 있는 내 사진이 인스타그램 포스트를 도배하는 모습을 상상해봤다.

록빌의 중국계 미국인 소셜 클럽을 찾아봤다. 그들의 웹사이트는 선명한 붉은색 바탕에 코믹 산스체를 사용해 만든 수수한 한 페이지짜리 사이트였다. 나는 커다란 제목 아래로 화면을 스크롤해 내려가다가 어둡게 찍힌 클럽 행사 사진 몇 장을 발견했다. 지역 비즈니스 리더와의 뷔페 저녁 식사, 모두가 빨간색 옷으로 치장한 신년회, 요란한 조명이 비추는 가라오케의 밤. 그걸 보니 클럽 회원들은 중년부터 노인까지 다양해 보였다. 나를 해칠 사람들 같지는 않았다. 오히려 사랑스러웠다.

아니, 내가 지금 무슨 생각을 하는 거지? 나는 절실한 티를 내지 않기 위해 꽤 시간을 끌다가 수전에게 답장을 보냈다.

안녕하세요, 수전. 클럽 회원분들을 만날 기회를 가질 수 있다면 기쁘겠습니다. 4월이면 가능할 것 같은데, 언제가 좋을까요?

수전 리가 셰이디 그로브 전철역 주차장에서 나를 맞이했다. 나는 새로 얻은 부가 아직 편하게 느껴지지 않아서 우버택시에 돈을 뿌리느니 전철을 선택했다. 클럽까지 가는 나머지 여정은 그녀가 차로 태워다주겠다고 제안했다. 자그마한 체구의 수전은 주름 하나 없는 빳빳한 재킷을 입고 있었다. 보자마자 뉴스에서 본 여걸 같은 북한 김정은 여동생의 옷차림이 떠올랐지만, 입 밖에 낼 수는 없었다.

수전이 스스럼없이 악수하며 인사를 건넸다. "안녕하세요, 주니퍼. 전철 여행은 괜찮았나요?"

"네, 좋았어요."

나는 그녀를 따라 파란색 세단으로 갔다. 그녀는 내가 앉을 공간을 만들기 위해 몇 권의 책과 담요를 뒷좌석으로 던졌다. 차 안은 역한 허브 향이 가득했다.

"지저분해서 미안해요. 여기, 앞자리에 앉으세요."

격식 없는 그녀의 태도는 다소 비전문적이라는 인상을 줬다. 호평받는 작가를 태우러 왔다기보다 하교하는 딸을 데리러 온 듯한 그녀의 행동에 마음이 불편해졌다. 하지만 아니라고, 아닐 거라고, 그냥 내 편견일 뿐이라고 마음을 다독였다. *난 지금 호화로운 서점에 가는 게 아니야. 예산이 많지 않은 작은 소셜 클럽이 나를 만나고 싶어서 지금 호의를 베풀고 있는 거야.*

"중국어 하세요?" 고속도로에 진입하면서 수전이 물었다.

"네? 아, 아니요. 못 해요. 유감스럽게도, 할 줄 몰라요."

"엄마가 안 가르쳐줬어요? 아니면 아빠도?"

"어, 네." 두려움에 속이 뒤틀리기 시작했다. "잘못 아셨나 봐요. 제 부모님은 두 분 다 중국계가 아니에요."

"뭐라고요!" 수전의 입이 충격으로 완전히 동그래졌다. 이렇게 불편한 상황만 아니라면 나는 웃음을 터트렸을지도 모른다. "하지만 성이 송이잖아요. 그래서 우린 아마도 작가님이… 그럼, 한국계인가요? 한국계 중에 송씨 성을 가진 사람

163

을 몇 명 알아요."

"아, 미안해요. 사실 송은 제 중간 이름이에요. 성은 헤이워드고요. 제 부모님은 두 분 다, 음, 아시아계가 아니에요."

나는 죽고 싶었다. 차 문을 열고 고속도로로 뛰어내려 달리는 차에 치여 죽고 싶었다.

"아." 수전은 잠깐 말이 없었다. 나는 곁눈질로 그녀를 봤다. 그녀 역시 슬쩍 나를 곁눈질하고 있었다. "아, 그렇군요."

나는 이 혼란이 기분 나빴다. 방어하고 싶은 마음도 조금 들었다. 나는 결코 중국계인 척한 적이 없었다. 사람들은 종종 내가 중국계일지도 모른다고 생각하면서 그걸 사실로 간주하는 듯했다. 확실히 밝혀달라고 요청한 적도 없었다. 나는 고의로 사람들을 속여온 게 아니었다. 이마에 커다랗게 '백인!'이라고 써붙이진 않았지만, 마음대로 추정한 건 다른 사람들 책임 아닌가? 어떤 의미에서 보자면 성씨만 보고 인종을 추정하는 건 인종차별 아닌가?

수전과 나는 차 안에서 내내 침묵했다. 그녀가 무슨 생각을 하는지 궁금했다. 표정이 굳어 있었지만, 원래 그게 평소의 표정일 수도 있었다. 아마 중년의 아시아계 여성들은 다 그런 표정인 것 같았다.

교회 앞에 차를 세우면서(중국계 미국인 소셜 클럽 록빌 지부는 목요일 저녁에 장로교회에서 모이는 모양이었다) 그녀가 중국 음식을 좋아하냐고 물었다.

"그럼요, 아주 좋아합니다."

"잘됐네요." 수전이 차의 시동을 껐다. "중국 음식을 주문했거든요."

안으로 들어가니 연단 앞에 철제 접이식 의자가 줄지어 배치되어 있었다. 나는 늘 예상보다 많은 청중을 끌어들였다. 여기에는 40명, 어쩌면 50명쯤 되는 사람들이 와 있었다. 전체가 다 모인 게 아니라 그저 소소한 클럽 모임인 듯했다. 그중 많은 이들이 내 사인본 책을 들고 있었다. 내가 안으로 들어서자 몇 명이 열정적으로 손을 흔들었다. 죄책감에 속이 죄어왔다.

"여기 위로 올라오세요." 수전이 연단 위로 올라오라고 손짓했다.

그녀가 마이크를 자기 키에 맞게 조정하는 동안 나는 연단 위에 어색하게 서서 기다렸다. 이렇게 불쑥 시작하다니, 뜻밖이었다. 누가 물 한 잔 가져다줬으면 싶었다.

"안녕하세요, 여러분." 수전이 말문을 열었다. 마이크에서 지지직거리는 소리가 났다. 그녀는 소리가 말끔해질 때까지 기다렸다가 말을 이었다. "오늘 밤 아주 특별한 손님을 모셨습니다. 큰 호평을 받고 계시고, 중국인 노동자 부대를 소재로 한 아름다운 소설을 쓰신 분입니다. 여기에도 읽은 분이 많으실 겁니다. 작가님이 오늘 우리에게 책을 읽어주시고 작가로 사는 삶을 얘기해주시기 위해 이곳에 오셨습니다. 모두 주니퍼 송 작가님을 환영해주시기 바랍니다."

수전이 정중하게 박수를 쳤다. 청중이 따라서 박수를 쳤다.

수전이 연단에서 물러나며 내게 시작하라는 손짓을 했다. 미소를 띠긴 했지만, 그녀는 여전히 딱딱하고 굳은 표정이었다. "저, 안녕하세요." 나는 목을 가다듬었다. *왜 그래, 이건 아무것도 아니잖아.* 지금까지 열두 번이나 해본 일이다. 소박한 클럽 모임 정도는 어렵지 않게 해낼 수 있다. "그럼, 낭독부터 시작할까요."

놀랍게도 행사는 문제없이 진행되었다. 청중은 온순하고 조용했으며, 때맞춰 적절하게 미소 짓고 고개를 끄덕여줬다. 낭독을 시작했을 때 아리송한 표정을 짓는 사람이 몇 명 있었다. 그들은 눈을 가늘게 뜨고 고개를 옆으로 갸우뚱했는데, 잘 안 들려서 그러는 것인지 아니면 영어를 잘 이해할 수 없어서 그러는 것인지 알 수 없었다. 그래서 나는 만약을 위해 읽는 속도를 늦추고 목소리를 높였다. 결과적으로 발췌한 내용을 다 읽는 데 시간이 오래 걸려서 질의응답 시간이 20분 정도밖에 남지 않게 되었다. 솔직히 다행스러웠다. 시간을 태워 없앨 수만 있다면 뭐든 상관없었다.

하지만 질문들은 까다롭지 않았다. 대부분 엄마 친구들에게서나 받을 법한 듣기 좋은 질문들이었다. 사람들은 내가 어떻게 이토록 어린 나이에 성공을 이루었는지, 공부와 글쓰기 사이에서 어떻게 균형을 잡는지, 중국인 노동자들에 관한 조사 내용 중에 또 다른 흥미로운 점은 없었는지 궁금해했다. 어느 안경 쓴 노인이 내 선금과 인세율에 대해 매우 직설적인 질문을 해왔지만("출판 비즈니스 모델에 대해 몇 가지 수학적인 계산과 생각을 해놓은 게 있는데, 공유하고 싶습니다."), 나는 그런 내용은 공개하고 싶지 않다는 말로 재빨리 답변을 피했다. 또 어떤 남자는 서투른 영어로 "미국의 정치 영역에서 중국계 미국인들이 대표성을 더 잘 주장하려면 어떻게 해야 한다고 생각하시나요?" 하고 물었다. 이 질문에는 어떻게 대답해야 할지 알 수 없어서, 나는 소셜미디어의 가시성과 다른 소외 집단과의 연합, 앤드루 양대만계 미국인 2세로, 벤처기업가 출신 정치인의 실망스러운 중도주의를 대충 얼버무렸다. 그리고 부디 그가 내 빠른 영어에 혼동을 일으켜 그럭저럭 조리 있는 답변이었다고 생각해주기를 바랐다.

한 여성은 그레이스 주라고 자기소개를 한 뒤 딸 크리스티나가 고등학교 1학년인데 대학 지원에 대해 조언해줄 수 있는지 물었다. "크리스티나는 글쓰기를 좋아하는데, 학교에 적응하는 데 어려움이 있어요. 아시다시피, 중국계 미국인이 많지 않으니까요. 아이가 편하게 자기 자신을 드러내는 데 도움이 될 만한 조언을 해주실 수 있을까요?"

나는 수전을 슬그머니 쳐다봤다. 이제 그녀는 연필로 그렸다고 해도 좋을 만큼 입을 꽉 다물고 있었다.

"그냥 자기 자신이 되라고 해주세요." 나는 힘없이 제안했다. "저도 고등학생 때 힘든 시간이 있었지만, 음, 저는 그냥 제가 사랑하는 것들에 몰두하면서 이겨냈어요. 제 피난처는 책이었습니다. 주위 환경이 마음에 들지 않으면 책을 읽었죠. 그 덕분에 지금 같은 작가가 될 수 있었다고 생각합니다. 저는 언어의 마력을 일찌감치 배웠어요. 아마 크리스티나도 마찬가지일 겁니다."

적어도 이 말은 다 진실이었다. 그레이스 주가 내 답변에 만족했는지는 알 수 없지만. 그녀는 마이크를 다른 사람에게 넘겼다.

드디어 시간이 다 됐다. 나는 청중에게 정중히 감사를 전한 후 출구로 향했다. 누가 말을 걸기 전에 빠져나가고 싶었다. 그런데 연단에서 물러나자마자 수전이 옆에 나타났다.

"저는 그냥—"

내가 말하려는 순간, 수전이 거칠다 싶게 나를 뒤쪽의 접이식 플라스틱 테이블로 안내했다.

"어서, 따뜻할 때 저녁 좀 드세요."

자원봉사자 몇 명이 중국 음식이 담긴 쟁반을 내놓았다. 형광등 불빛 아래 기름진 음식을 보니 속이 메스꺼웠다. 나는 중국 사람들이 값싼 테이크아웃 음식을 가지고 너무 오만하게 군다고 생각했다. 아니다. 키친 넘버 원이나 그레이트 월 익스프레스 같은 곳에서 배달된 중국 음식은 한 입도 먹지 않겠다고 밉살스럽게 선언한 사람은 아테나였다.(아테나는 말하곤 했다. "저거 다 가짜잖아. 백인들이나 아무것도 모르니까 쓰레기 음식을 먹는 거지.")

나는 플라스틱 집게로 비건 에그롤 한 조각을 집어 들었다. 기름으로 번들거리지 않는 음식은 그것뿐이었다. 하지만 내 어깨 높이의 자그마한 노파가 쿵파오치킨과 참깨국수도 꼭 먹어봐야 한다면서, 내가 토하지 않으려 애쓰는 동안 내 접시에 그것들을 잔뜩 담았다.

수전이 나를 구석 테이블로 안내했다. 그리고 한 노인 옆에 앉히며 그의 이름이 제임스 리라고 말해줬다. "리 선생님은 작가님의 북토크 소식을 알리자마자 내내 엄청 신이 나서 기다리셨어요." 그녀가 말했다. "사인받으려고 책도 가져오셨죠. 다들 작가님과 함께 앉고 싶어 해요. 그레이스도 딸 대학 지원 때문에 작가님과 따로 얘기를 나누고 싶어 했지만, 제가 안 된다고 했어요."

제임스 리가 나를 보며 환하게 웃었다. 얼굴은 갈색에 주름이 많아 호두처럼 단단해 보였지만 반짝이는 눈에서는 친근함이 느껴졌다. 그가 가방에서 『최후의 전선』을 꺼내 두 손으로 내밀며 말했다. "사인, 해주시겠어요?"

세상에, 이 사람 너무 사랑스럽잖아. 나는 이런 생각을 하며 다정하게 물었다. "성함을 넣어드릴까요?"

그가 고개를 끄덕였다. 내 말을 이해했는지 알 수 없어서 나는 수전을 힐끗 쳐다봤다. 그녀가 그러라는 듯 고개를 끄덕였다.

리 선생님께, 나는 적어 내려가기 시작했다. *만나서 정말 반가웠습니다. 주니퍼 송 드림.*

"리 선생님의 삼촌이 중국인 노동자 부대에 계셨대요." 수전이 알려줬다.

나는 놀라서 눈을 깜빡였다. "어머! 정말인가요?"

"그분은 나중에 캐나다에 정착했어요." 그가 말했다. 그는 우리가 하는 말을 다 이해하고 있었다. 느리게 더듬더듬 영어를 구사했지만, 문장은 문법적으로 완벽했다. "나는 학교에 다니는 아이들에게 내 삼촌이 제1차 세계대전에서 싸웠다고 말해주곤 했어요. 정말 멋지다고 생각했거든요! 전쟁영웅이니까요! 하지만 아무도 믿지 않았어요. 중국인은 제1차 세계대전에 참전한 적이 없다면서요." 그가 손을 뻗어 내 손을 잡으려 했다. 나는 그 행동에 너무 놀라 나도 모르게 그만 허락하고 말았다. "하지만 당신은 알죠. 감사합니다." 그의 눈이 촉촉하게 빛났다. "그 이야기를 해줘서 고맙습니다."

코끝이 찡했다. 순간 울고 싶은 충동을 느꼈다. 수전이 다른 테이블로 가기 위해 자리에서 일어났다. 그녀가 사라지고 나니 다음 말을 할 용기가 났다.

"잘 모르겠어요." 나는 중얼거리듯 말했다. "솔직히 리 선생님, 제가 과연 그 이야기를 해도 되는 적임자인지 모르겠습니다."

그가 내 손을 더 꽉 쥐었다. 너무나 다정한 그의 얼굴을 보면서 내가 너무나 형편없는 사람처럼 느껴졌다.

"적임자이고말고요. 우리는 당신이 필요합니다. 내 영어는 별로 유창하지 못해요. 당신 세대는 영어를 아주 능숙하게 사용해요. 당신이 그들에게 우리 이야기를 들려줄 수 있어요. 그들이 우리를 기억하게 해주세요." 그는 결심한 듯 고개를 끄덕였다. "그래요. 그들이 우리를 확실히 기억하게 해줘요."

그는 마지막으로 내 손을 한 번 더 꽉 쥐었다가 놓고는 중국어로 뭔가를 말했다. 물론 나는 한 마디도 알아들을 수가 없었다.

원고를 공개한 후 처음으로 나는 깊은 수치심을 느꼈다. 이건 나의 역사, 나의 유산이 아니다. 나의 공동체도 아니다. 나는 외부인이다. 나는 거짓 진술로 그들의 사랑을 누리고 있다. 여기에 앉아서, 이들과 미소를 나누며 책에 사인하고, 노인들의 이야기에 귀 기울이고 있어야 할 사람은 아테나.

"먹어요, 먹어요." 리가 내 접시에 대고 격려하듯 고개를 끄덕여 보였다. "당신들 젊은이들은 일을 너무 많이 합니다. 충분히 먹지 않아요."

나는 토하고 싶었다. 이 사람들과 한시도 더 있을 수 없었다. 이들의 미소와 친절에서 탈출하고 싶었다.

"실례합니다, 리 선생님. 이만 가봐야겠어요." 나는 자리에서 일어나 서둘러 강연장을 가로질렀다. 수전에겐 이렇게 말했다. "저, 실은, 공항에 어머니를 모시러 가야 하는 걸 깜빡했어요."

불쑥 말하고 나서야 이게 얼마나 끔찍한 변명인지 깨달았다. 수전은 내가 차가 없다는 사실을 알고 있었다. 애초에 그래서 나를 데리러 전철역까지 오지 않았던가. 하지만 그녀는 공감하는 듯했다. "당연히 가보셔야죠. 어머니를 기다리시게 할 순 없죠. 잠깐 지갑만 갖고 와서 역까지 모셔다드릴게요."

"아, 아니에요. 힘들게 그러실 필요 없어요. 택시 부르면 돼요."

"절대 안 될 말씀이에요! 로즐린 역은 너무 멀어요!"

"정말 방해하고 싶지 않아서 그래요." 나는 숨이 막혀 말이 제대로 나오지 않았다. "저녁 식사도 아직 못 마치셨잖아요. 정말 좋은 시간이었고, 모두 만나 봬서 즐거웠어요. 하지만 저는 음, 정말로 그냥 여러분끼리 즐기게 해드리고 싶어요."

나는 수전이 대답하기도 전에 문을 향해 얼른 걸음을 옮겼다. 그녀는 뒤쫓아오지 않았다. 만일 그랬다면 나는 그녀 시야에서 사라질 때까지 전력으로 달릴 작정이었다. 정말 품위 없는 행동이었지만, 그때 내가 느낄 수 있었던 건 오직 안도감과 얼굴에 와닿는 시원한 바깥 공기뿐이었다.

10

그날 이후, 나는 에밀리에게 나 대신 행사 초대를 거절해달라고 요청했다. 학교도, 서점도, 북클럽도 지긋지긋했다. 판매 수익이 직접 사람들을 만나는 것에 좌우되는 수준은 아니기 때문에, 굳이 계속 모습을 노출해서 논란의 미끼가 될 필요는 없었다. 내가 유일하게 참석하는 행사는 문학상 시상식이었다. 대중으로부터 숨고 싶은 만큼 그들로부터 인정받을 때 밀려오는 흥분을 결코 포기하고 싶지 않았다.

이 업계의 상은 아주 우스꽝스럽고 제멋대로다. 명성이나 문학적 수준의 표지라기보다는 지극히 작은 규모의 편향된 유권자들이 참가하는 인기투표에서 우승했음을 뽐내기 위한 수단이나 마찬가지다. 상은 중요하지 않다.(나는 이 말을 상을 받는 사람들에게서 수도 없이 들었다.) 아테나는 매년 큰 상의 후보로 지명될 때마다 곧바로 트위터에서 이런 얘기를 털어놓곤 했다. "아, 물론 너무나 영광이지만, 최종 후보가 안 되었다고 해서 그 작품이 중요하지 않다는 의미는 아니다! 우리의 이야기는 모두 그 자체로 중요하고 특별하다."

나는 상은 다 헛소리라는 말을 충분히 이해했다. 하지만 그렇다고 안 받고 싶지는 않았다.

그리고 『최후의 전선』은, 간단히 말해서 시상식 미끼로 딱 좋았다. 아주 훌륭하게 쓰인 글이고(맞다), 일반 독자와 '고급 취향'의 독자를 모두 끌어들였다(맞다). 하지만 무엇보다 중요한 건 작품의 주제다. 뭔가 시의적절하거나 민감한 문제를 다뤄서 심사위원회가 생색내며 말할 거리가 있어야 한다. 이봐, 우리는 이렇게 세상에서 일어나는 일에 관심이 많다고. 문학은 우리 삶의 반영이어야 하니까, 이 이야기에 상을 주기로 한 거야.

나는 『최후의 전선』이 너무 상업적으로 성공하는 바람에 아무것도 얻지 못할까 봐 조금 불안했다. 들리는 바에 의하면 심사위원회는 노동계급의 이야기보다 고상한 이야기를 좋아한다. 그래서 엄청난 베스트셀러 중에는 수상이 마땅한 부문의 후보에도 오르지 못하는 작품이 늘 있고, 반면에 모든 부문의 최종 후보에는 누구도 들어본 적 없는 작품이 늘 몇 개씩 자리한다는 것이다. 하지만 괜한 걱정이었다. 후보작이 하나씩 천천히 화면에 올라오기 시작했다. 굿리즈 초이스 어워드, 내 이름이 있었다. 인디스 초이스 북 어워드, 여기에도 있었다. 부커상과 여성문학상은 승산이 없기 때문에 최종 후보에 오르지 못한 게 그리 실망스럽지는 않았다. 게다가 내 작품은 그와 관계없이 수많은 지역 문학상 후보에 올라 주체하기 힘들 정도로 관심을 받고 있었다.

"아델 스파크스-사토가 비통해하고 있겠군요." 굿리즈 초이스 어워드 소식을 보냈더니 마니가 문자를 보내왔다.

젠의 메시지: "그렇지! 잘됐네요. 최고의 복수는 잘되는 거예요. 우아하게 대처한 당신이 자랑스러워요. #계속고상하게승리하기를!"

나는 하루에도 몇 번씩 내 작품이 수상 후보에 올랐다는 메일을 읽고 또 읽었다. "송 작가님께, 소식을 전해드리게 되어 기쁩니다…." 이 말은 읽어도 읽어도 흡족했다. 나는 춤을 추면서 집 안을 뱅글뱅글 돌았다. 늘 아테나에게서 물씬 풍기던 우아함과 싱그러운 흥분을 똑같이 연출하려고 애쓰면서 가상으로 수락 연설 연습도 했다. "세상에, 정말 믿어지지 않아요… 이럴 수가. 정말, 제가 상을 타게 될 줄은 꿈에도 생각못 했어요…."

후보로 지명되자 호평이 쏟아져 나왔다. 버즈피드의 수많은 게시물에 내 이름이 올랐다. 나는《예일 데일리 뉴스》에 프로필을 작성해줬다. 굿리즈 초이스 어워드를 수상하면서 판매량이 크게 늘었다. 결국 2주간《뉴욕타임스》베스트셀러 순위에 다시 올랐다. 수상 소식은 할리우드의 관심도 끄는 모양이었다. 그 주에 브렛이 전화를 걸어 내 영화 판권 에이전

트가 그린하우스 프로덕션 사람들과의 만남을 주선하고 싶어
한다고 전했다.

"그린하우스가 뭐예요? 제대로 된 데예요?"

"제작사예요. 꽤 인정받고 있죠. 전에 몇 차례 거래한 적이
있어요."

"저는 들어본 적이 없네요."

나는 구글에서 회사명을 검색했다. 아, 이럴 수가. 솔직히
말해서 꽤 인상적인 회사였다. 세 명의 제작자가 메인 스태프
인데, 그들이 제작한 영화 중 다수가 나도 잘 아는 작품들이
었다. 특히 제작자 겸 감독인 재스민 장은 작년에 샌프란시스
코의 중국인 이주노동자들을 그린 영화로 오스카상 최종 후
보에 오른 사람이었다. 내게 관심을 보인 사람이 그녀인지 궁
금했다.

"아, 이럴 수가. 완전 거물급이네요?"

"독립제작사 이름은 거의 들어본 적이 없으실 겁니다." 브
렛이 설명했다. "대체로 무대 뒤에서 활동하거든요. 책을 계
약하고, 시나리오 작가를 구하고, 부가가치를 덧붙이는 작업
등을 한 뒤에 영화사 문을 두드리죠. 영화사는 큰돈을 투자하
고요. 하지만 옵션으로 선금을 지급하는 건 제작사입니다. 그
리고 이번 건은 지금까지 본 가장 센 옵션이 될 겁니다. 얘기
좀 나눠봐도 나쁘지 않을 것 같죠? 다음 목요일 어때요?"

그린하우스 사람들이 마침 주말에 영화제 때문에 워싱턴에
머물 예정이어서, 우리는 조지타운에 있는 한 커피숍에서 만

나기로 했다. 나는 일찍 도착했다.(나는 정말이지 허둥지둥 악수하고, 무엇을 주문할지 알아보고, 계산대 앞에서 카드를 뒤적거리며 법석을 떨고 싶지 않았다.) 하지만 내가 도착했을 때 그들은 이미 뒤쪽에 칸막이로 분리된 자리를 차지하고 앉아 있었다. 두 사람이었다. 그린하우스 창립자 중 한 사람인 저스틴과 부제작자인 하비였다. 둘 다 금발에 황갈색으로 태운 피부, 탄탄한 몸매가 눈에 들어왔다. 특히 미소가 눈부시게 환했다. 두 사람은 형제 아니면 사촌인 것 같았다. 둘 다 머리를 볏처럼 빗어 올리고 브이넥 헨리 셔츠를 팔꿈치까지 걷어 올리고 있어서 더 그렇게 보였다. 재스민 장은 보이지 않았다.

"안녕하세요, 주니퍼!" 저스틴이 일어나 나를 포옹하며 말했다. "만나서 정말 반갑습니다. 시간을 내주셔서 감사합니다."

"당연히 시간을 내야죠." 내 대답과 동시에 하비도 나와 포옹하려고 몸을 기울였다. 칸막이 너머로 그의 팔에 닿으려니 무척 불편했다. 칸막이를 가운데 두고 겨우 그와 포옹할 수 있었다. 그에게서 깨끗한 냄새가 났다. "먼 곳도 아니고요."

"여기 자주 오십니까?" 저스틴이 물었다.

솔직히, 아니었다. 조지타운은 모든 게 헉 소리 나게 비싸고, 온 동네 가득한 학생들은 시끄럽고 불쾌하며, 부유함이 넘쳐흐른다. 나는 그저 아테나가 이곳 위스콘신 애비뉴에 있는 마르가리타 가게에 푹 빠져 있었기 때문에 몇 번 같이 와 본 게 전부였다. 하지만 자주 온 척하기로 했다. 깊은 인상을 주고 싶은데 이곳을 잘 모르는 사람처럼 굴 수는 없었다.

"음, 네, 자주 오는 편이에요. 엘 센트로 식당을 정말 좋아하죠. 부둣가에 괜찮은 해산물 식당이 아주 많아요. M스트리트에 있는 마카롱 가게도 괜찮고요. 언제 시간 나면 나중에 들러보세요."

저스틴이 마치 세상에서 마카롱을 제일 좋아하는 사람처럼 환하게 웃으며 대답했다. "그렇군요. 꼭 가봐야겠네요!"

"정말 그래야겠어요." 하비도 대꾸했다. "여기 일 마치는 대로 바로 들러야겠어요."

그들이 강아지처럼 구는 게 나를 편안하게 해주기 위해서라는 걸 알지만, 오히려 나는 신경이 곤두섰다. 할리우드 사람들이 하는 말은 절대 곧이곧대로 믿으면 안 된다며 아테나가 불평했던 기억이 났다. 매우 친절하고 열정적인 태도로 지금껏 이렇게 특별한 사람은 처음 본다며 치켜세우지만, 돌아서면 몇 주가 지나도 연락이 없다는 것이었다. 아테나의 그 말이 무슨 뜻인지 이제 이해가 갔다. 나는 저스틴과 하비가 얼마나 진심인지, 그리고 내 반응을 보고 어떻게 평가할지 판단하기 힘들었다. 그들의 지극히 유쾌한 모습 때문에 속내를 알기 어려워서 점점 불안해졌다.

웨이트리스가 와서 무엇을 주문할 건지 물었다. 나는 긴장한 나머지 메뉴를 꼼꼼히 읽기가 힘들어서 저스틴이 마시고 있는 음료와 같은 것을 달라고 했다. 알고 보니 얼음을 넣은 '미스 사이공'이라는 베트남 커피였다.

"탁월한 선택이시네요." 저스틴이 말했다. "정말 맛있죠. 아주 진하고 아주 달아요. 연유가 들어가는 것 같죠?"

"아, 음, 네." 나는 메뉴판을 웨이트리스에게 돌려줬다. "저는 늘 이걸 마셔요."

"자, 그럼! 최후의 전선!" 저스틴이 양손으로 테이블을 너무 세게 내리치는 바람에 나는 움찔 놀랐다. "어떻게 이런 책이 다 있죠? 아직 아무도 제작권을 채가지 않았다는 게 놀라울 정도예요!"

나는 어떻게 반응해야 할지 알 수 없었다. 우리가 이렇게 자리를 갖게 된 게 행운이라는 뜻인가? 아니면 영화 제작권이 왜 아직 안 팔리고 남아 있는지 떠보려는 걸까? 관심을 보이는 곳이 또 있는 척해야 하나?

"할리우드가 아시아인들을 소재로 한 영화에 굳이 위험을 무릅쓸 생각이 없나 보죠." 나는 그렇게 말했다. 비아냥처럼 들릴 만한 답변이었지만, 진심이었다. 아테나도 같은 불만을 수없이 얘기했더랬다. "이 이야기가 각색돼서 영화로 나온다면 정말 좋겠지만, 그러려면 진정한 협력자가 필요해요. 이야기를 제대로 이해하는 협력자요."

"그렇죠. 저희는 이 소설이 정말 마음에 듭니다." 저스틴이 말했다. "정말 독창적이에요. 게다가 아주 색다르죠. 요즘은 색다른 이야기가 절실하거든요."

"저는 이 모자이크 스타일의 스토리텔링이 마음에 들어요." 하비가 말했다. "〈덩케르크〉도 연상되고요."

"정확히 〈덩케르크〉와 같은 스타일이에요. 〈덩케르크〉는 사실 제가 가장 좋아하는 영화 중 하나랍니다. 모든 이야기의 가닥이 마지막에 어떻게 맞물리게 될지 계속 추측하게 만드는 놀런 감독의 스타일은 정말 놀랍죠." 저스틴이 하비를 곁눈질하며 물었다. "놀런이 감독을 맡으면 꽤 재미있을 거야, 그렇지?"

"오, 그렇지." 하비가 세차게 고개를 끄덕이며 대답했다. "그렇긴 해. 꿈같은 소리긴 하지만."

"재스민 장은 어때요?" 내가 물었다. 두 사람 중 아무도 그녀의 이름을 입에 올리지 않는 게 조금 놀라웠다. 그녀가 감독을 맡는 게 가장 당연한 선택 아닌가?

"아, 재스민이 이걸 할 시간이 될지 모르겠습니다." 저스틴이 빨대를 만지작거리며 말했다. "지금 약간 일을 주체하지 못하고 있거든요."

"오스카상 수상의 부작용이죠." 하비가 말했다. "앞으로 10년간은 예약이 꽉 차 있어요."

"하, 그렇습니다. 하지만 걱정 마세요. 우리가 정말 특별한 재능을 가진 사람을 염두에 두고 있거든요. 대니 베이커라고, 서던캘리포니아대학을 막 졸업한 친구가 하나 있는데, 캄보디아에서 있었던 전쟁범죄를 소재로 한 단편영화로 엄청난 호평을 받고 있어요. 뉴욕대학 티시예술대에 다니는 친구도 하나 있고요. 그 친구는 작년에 중화인민공화국의 역사 기록물 접근에 관한 다큐멘터리를 제작했죠. 아시아계 여성이 감독을 맡는 게 중요한 요소라면 고려해볼 만합니다."

웨이트리스가 앞에 미스 사이공을 내려놓았다. 나는 한 모금 마시고는 움찔했다. 생각보다 훨씬 달았다.

"음, 정말 멋지게 들리네요." 나는 조금 당황한 목소리로 대꾸했다. 그들은 마치 이미 결정한 것처럼 말하고 있었다. 나 지금 잘하는 건가? 이 사람들을 설득하려면 또 무슨 말을 해야 하지? "그럼 저는 뭘 도와드리면 되나요?"

"아, 저희는 그냥 뭐든 작가님의 생각을 들으려고 온 겁니다!" 저스틴이 손깍지를 끼며 몸을 앞으로 숙였다. "저희 그린하우스에서는 작가의 비전을 정말 중요하게 생각합니다. 저희가 여기에 온 이유는 작가님의 작품을 망치거나 눈가림식으로 고치거나 할리우드식으로 연출하거나 하려는 게 아니에요. 중요한 건 이야기의 진실성이니까, 저희는 모든 단계에서 작가님의 의견을 듣고 싶습니다."

"비전 보드를 만든다고 생각하시면 돼요." 하비가 메모장 위에 펜을 올려놓고 받아 적을 준비를 했다. "주니퍼, 『최후의 전선』을 영화화할 때 꼭 넣었으면 하는 요소가 뭔가요?"

"글쎄요, 음, 별로 생각해본 적이 없는데요." 업무 회의 때 왜 절대 커피를 주문하면 안 되는지 막 기억이 났다. 카페인이 방광으로 곧장 들어가면서 갑자기 소변을 보고 싶은 강렬한 충동이 일었다. "시나리오는 제 분야가 아니라서, 잘 모르겠네요…."

"그러면, 원하는 출연진이 있는지부터 시작해볼까요?" 저스틴이 대화를 유도했다. "혹시 소설을 쓰는 동안 염두에 둔

대스타가 있으신가요?"

"저는, 어, 모르겠어요, 솔직히." 얼굴이 화끈거렸다. 신경도 쓰지 않았던 시험에서 떨어진 기분이었다. 하지만 돌이켜 보니 제작자를 만나기 전에 영화로 각색할 때 어떤 걸 요구할지 고민해봤어야 했다. "솔직히 말씀드리자면, 글 쓰는 동안 생각해본 배우는 없어요. 제가 시각적으로는 그렇게 뛰어난 편이 아니라서….."

"그럼, 찰스 로버트슨 대령 역은 누가 좋을까요?" 하비가 물었다. "그 영국인 수행원 말이에요. 투자를 아끼지 않고 베네딕트 컴버배치나 톰 히들스턴 같은 배우를 영입할 수도 있습니다만….."

나는 눈을 깜박였다. "하지만 그 사람은 주인공도 아닌데요." 찰스 로버트슨 대령은 1장에서 잠깐 지나가듯 언급되는 인물이다.

"음, 그렇죠." 저스틴이 대답했다. "하지만 역할을 조금 키워서 더 극적인 존재감을 부여하면—"

"아, 그럴 수도 있겠네요." 나는 눈살을 찌푸렸다. "그러면 어떻게 될지 잘 모르겠어요. 첫 장의 흐름이 흐트러질 수도 있어서… 하지만 검토해볼게요….."

"그리고, 전쟁 서사는 누군가 아주 카리스마 있는 인물이 전체를 받쳐주는 게 필요해요." 저스틴이 말했다. "전쟁사가 유일한 마케팅 포인트라면 광범위하고 크로스오버적인 호소력을 지니기 힘듭니다. 하지만 영국인의 마음을 흔들 우상을 하나 넣으면, 중년 여성이든 십대 소녀든 상관없이 그를 추종하게 되죠… 다시 말하자면, 이게 바로 〈덩케르크〉의 성공 비결이죠. 빌어먹을 덩케르크가 다 뭐랍니까? 다들 톰 하디를 보러 가는 거죠."

"해리 스타일스도 있지." 하비가 덧붙였다.

"맞아요, 바로 그거예요. 우리가 하려는 말은, 이 영화는 해리 스타일스 같은 배우가 필요하다는 겁니다."

"〈스파이더맨〉에 나왔던 그 꼬마는 어떨까?" 하비가 물었다. "그 배우 이름이 뭐였지?"

저스틴이 생기 도는 얼굴로 대답했다. "톰 홀랜드?"

"아, 맞아. 난 그 배우를 전쟁영화에서도 보고 싶어. 합리적인 선택이지. 경력을 봤을 때 말이야." 하비가 그제야 내 존재를 깨달은 듯 나를 쳐다보며 물었다. "어떻게 생각해요, 주니퍼? 톰 홀랜드 좋아하세요?"

"아— 네, 톰 홀랜드 좋아해요." 방광이 차올랐다. 나는 자리에 앉은 채 몸을 꿈틀거리며 평정심을 찾기 위해 애썼다. "괜찮겠네요. 좋을 것 같아요. 그가 어떤 배역을 맡게 될지는 모르겠지만—"

"그리고 아 겡을 맡을 배우로는 중국 출신의 팝스타가 어떨까 생각하고 있어요." 저스틴이 말했다. "그러면 중국에서도 흥행하게 될 겁니다. 어마어마하게—"

"하지만 아시아 팝스타의 문제는 영어 실력이 개차반이라는 거야." 하비가 말했다. "인사말 하나도 제대로 못 한다고.

제작사로서는 악몽이 따로 없어."

"하비!" 저스틴이 웃으며 말렸다. "그런 말 하면 안 돼."

"앗! 걸렸네! 재스민한테는 말하면 안 돼."

"그건 별문제가 안 될걸요." 나는 말을 잘랐다. "당시 노동자들도 영어가 서툴렀을 테니까요."

저스틴이 재빠르게 수습하고 나선 걸 보면 내가 의도했던 것보다 더 비난조로 들린 게 틀림없었다. "다시 말씀드리자면, 작가님이 불편하게 여길 만한 방식으로 이야기를 바꾸는 일은 절대 없을 겁니다. 지금 저희가 하려는 일은 그런 게 아니에요. 저희는 이 프로젝트를 완전히 존중하고 싶거든요."

나는 고개를 저었다. "아니, 아니요, 괜찮아요. 존중받지 못한다고 생각하지 않아요."

"저희는 그저 작품을 더 매력적으로 포장하고, 어, 관객을 더 폭넓게 끌어들이기 위해 그냥, 아이디어를 생각나는 대로 지껄이고 있는 것뿐입니다…."

나는 뒤로 몸을 젖히며 항복의 뜻으로 양손을 들어 올렸다. "저기요. 여러분은 할리우드 전문가이고, 저는 그저 소설가에 지나지 않잖아요. 무슨 얘기를 하셔도 다 괜찮게 들려요. 뭐든 적절하다고 생각하는 대로 포장하셔도 괜찮습니다."

진심이었다. 나는 이 소설의 영화 제작에 대해 통제권을 휘두르고 싶지 않았다. 나는 시나리오 작가로 훈련받은 적도 없고, 소셜미디어는 늘 감독과 사이가 틀어진 소설가 누구누구에 대한 소문으로 떠들썩하다. 나는 창의력 넘치는 디바가 되고 싶지 않았다. 그리고 그들의 말은 일리가 있었다. 누가 대체 극장에 가서 사람들이 떼거리로 모여 중국어로 떠드는 영화를 두 시간씩이나 보고 싶겠는가? 그러니까 내 말은, 차라리 중국 영화를 보러 가는 게 낫다고 생각하지 않겠냐는 것이다. 우리는 지금 미국 관중을 염두에 두고 제작할 블록버스터 얘기를 하는 중이다. 접근성은 중요한 문제다.

"이해해주셔서 고맙습니다." 저스틴이 환하게 웃으며 말했다. "작가들과 이야기할 때가 가끔 있는데, 그분들은 좀⋯ 무슨 말인지 아시죠⋯?"

"아주 까다롭죠." 하비가 말을 받았다. "다들 영화의 한 장면 한 장면이 책의 단어 하나하나와 일치하기를 원하거든요."

"게다가 영화와 책은 완전히 다른 매체이고 완전히 다른 스토리텔링 기법이 필요하다는 걸 이해하지 못해요." 저스틴이 말했다. "사실상 번역이라고 보면 맞습니다. 매체 간의 번역은 어쩔 수 없이 어느 정도 부정확할 수밖에 없어요. 롤랑 바르트도 말했죠. 번역은 반역이라고."

"부정한 미녀." 하비가 말을 보탰다. "아름답지만 충실하지 못하다는 말입니다."

"물론 아시겠지만요." 저스틴이 말했다. "정말 엄청난 작업이죠."

그걸로 끝이었다. 그들은 이건 엄청난 작업이고, 나는 엄청난 작가이며, 우리 모두 일이 성사되어 무척 흥분된다고 떠들어댔다. 하지만 나는 그들이 더 실질적인 내용을 제안해오길

기다리고 있었다. 판돈이 얼마인지, 추진 일정은 어떻게 되는지, 대니 베이커라는 풋내기한테 연락하겠다는 건지 말겠다는 건지, 한다면 내일 하겠다는 건지 궁금했다.(하비는 조금 전 당장 그에게 DM이라도 보낼 것처럼 굴었으니까.) 그런데 그들은 엉뚱한 소리만 할 뿐, 반드시 추진하려는 것 같지는 않다는 느낌을 주었다. 그래서 나는 느긋하게 기대앉아 터무니없이 비싼 ('음탕한 페이스트리'라는 이름을 가진) 슈트루델을 얻어먹으며 부둣가가 얼마나 멋진지 떠들어대는 얘기나 듣고 있었다. 음식값은 저스틴이 냈다. 그리고 헤어지기 전에 둘 다 나를 꼭 안으면서 인사했다.

나는 그들이 맞은편 모퉁이를 완전히 돌아서 사라질 때까지 어슬렁거리다가 곧장 카페로 다시 뛰어 들어가 1분 동안이나 소변을 봤다.

"잘 마쳤어요." 나는 다리를 건너 로즐린 방향으로 걸어가는 동안 브렛에게 그들과 나눈 얘기를 요약해서 메일로 보냈다. "나를 마음에 들어 하는 것 같긴 한데, 뭔가 걸리는 게 있어서 결정하지 못하는 느낌이에요. 재스민 장은 이 일에 관여하지 않는 것 같던데, 이상하지 않아요?"

"할리우드 방식으로 생각하면 별로 이상할 건 없어요." 브렛이 답장을 보내왔다. "그냥 작가가 어떤 사람인지 한 번 본 거겠죠. 구체적인 제안은 한참 지나야 나와요. 재스민 일은 어떻게 된 건지 모르겠지만, 주로 관심을 보이는 사람이 저스틴인 것 같습니다. 뭐라도 새 소식이 있으면 알려줄게요."

얘기를 더 듣고 싶어 안달이 났지만, 원래 이런 식인 모양이었다. 출판과 관련된 일들은 차라리 기는 게 빠르겠다 싶을 정도로 모든 게 느렸다. 검토자들은 몇 달은 기본으로 원고를 깔고 앉아 있고, 회의는 비공개로 진행되며, 그러는 동안 밖에서는 기대를 품고 기다리다 초주검이 된다. 책을 낸다는 것은, 스타벅스에 줄을 서든 버스를 기다리든 하다가 휴대폰에 인생을 완전히 뒤바꿀 이메일이 도착했다는 알림음이 울릴 때까지 몇 주 동안 아무 소식도 듣지 못한다는 의미였다.

나는 전철역으로 향했다. 할리우드의 꿈은 잠시 접어두고, 내가 곧 백만장자가 된다는 말을 브렛이 전해줄 때까지 기다리기로 했다.

너무 기대하지 않기로 했다. 옵션은 결국 대부분 흐지부지되기 마련이다. 옵션이란 스튜디오의 구미를 당길 만한 스토리로 작품을 포장할 독점권이 제작사에 있다는 의미다. 어마어마한 수의 프로젝트가 개발 단계의 지옥에 갇혀 있다. 극소수만이 스튜디오 운영진의 승인을 통과한다. 나는 몇 시간 동안 인터넷 기사를 샅샅이 뒤지면서 이 과정을 공부했다. 업계 용어를 익혔고, 내가 어느 정도 흥분해도 괜찮을지 가늠해보려고 애썼다.

아무래도 워너브라더스 영화사와는 힘들 것 같았다. 아무래도 백만장자가 되긴 어려울 것 같았다. 하지만 과대광고는 한동안 도움이 될 듯했다. 그린하우스의 옵션 제공으로 몇천 달러는 더 벌 수 있을지 모른다. 이 거래를 홍보하는 것만으로도 몇천 권은 더 판매할 수 있을지 모른다.

그리고 늘 종잡을 수 없고 유혹적인 '어쩌면'이 있었다. 어쩌면 내 소설이 넷플릭스나 HBO, 훌루의 선택을 받을 수 있을지도 모른다. 어쩌면 영화가 엄청나게 히트해 영화 포스터를 표지로 해서 책을 새로 찍게 될지도 모른다. 어쩌면 나만을 위해 맞춤 제작된 드레스를 입고 영화 시사회에 참석하게 될 수도 있다. 곁에는 아 겡 역을 맡은 잘생긴 아시아 영화배우가 내 팔짱을 끼고 있을 수도 있고, 엘 패닝이 애니 워터스 역을 맡게 될 수도 있고, 우리는 아테나가 언젠가 앤 해서웨이와 그랬던 것처럼 함께 귀여운 셀카를 찍을 수도 있다.

꿈은 큰 게 좋지 않나? 책이 꾸준히 히트하자 나는 점점 더 큰 야망을 품기 시작했다. 내가 이룬 진전은 당혹스러울 정도로 대단한 것이었다. 베스트셀러 작가라는 지위에 올랐고, 주요 잡지에 프로필이 실렸으며, 상과 명예를 얻었다. 혀끝에 미스 사이공 커피의 얼얼한 단맛이 아직 남아 있었지만, 진정한 스타 작가의 반열에 오르는 느낌에 비하면 다 보잘것없게 느껴졌다. 나는 스티븐 킹이 가진 것, 닐 게이먼이 누리는 것을 원했다. 영화 계약을 못 할 게 뭔가? 할리우드 스타가 되지 못할 게 뭔가? 멀티미디어 제국을 장악하지 말란 법이 있나? 세계적인 작가가 되지 말란 법이 있나?

11

문제는 트위터에서 촉발되었다.

첫 트윗은 주초에 @AthenaLiusGhost라는 계정에서 올린 것이었다. 프로필 사진도, 소개 글도 없는 계정이었다.

준 헤이워드라고도 알려진 주니퍼 송은 『최후의 전선』을 쓰지 않았다. 내가 썼다. 그녀는 내 책을 훔쳤고, 내 목소리를 훔쳤으며, 내 말까지 훔쳤다.
#아테나살리기

그리고 몇 시간 후 소름 끼치는 후속 글이 여럿 올라왔다.

준 헤이워드는 몇 년 전 친구인 척하며 내 작업과 작품에 접근했다. 내가 사는 아파트에 자주 놀러 와서는 내 시선을 피해 노트를 샅샅이 뒤져보곤 했다. 내가 모르는 줄 알았겠지.

증거는 명백하다. 내가 쓴 전작들을 읽어보라. 그것을 『최후의 전선』 속 문장과 비교해보라. 준의 데뷔 소설도 읽어보라. 그리고 생각해보라. 과연 『최후의 전선』이 백인 여성이 쓸 수 있을 만한 소설인지.

분명히 밝히지만, 주니퍼 송 헤이워드는 백인 여성이다.

그녀는 중국계 미국인인 척하기 위해 주니퍼 송이라는 필명을 사용하고 있다. 외국인처럼 보이기 위해 피부색을 더 어둡게 연출해서 작가 프로필 사진도 다시 찍었지만, 보다시피 그녀는 백인이다. 준 헤이워드, 이 거짓말쟁이 도둑. 내 유산을 훔친 걸로도 모자라 이제 내 무덤에 침까지 뱉는구나.

부끄러운 줄 알아라, 준. 부끄러운 줄 알아라, 에덴프레스. 다니엘라 우드하우스는 당장 현재 판본을 거둬들이고 아테나의 어머니인 퍼트리샤 리우에게 저작권을 돌려줘야 한다. 앞으로 나올 판본은 전부 아테나의 이름으로만 출간되어야 한다.

불의를 그냥 두고 보지 않겠다. #아테나살리기

이 사람은 끝에서 두 번째 트윗에서는 유명한 트위터 계정

여러 개를 태그하고, 사람들이 많이 볼 수 있도록 리트윗해달라고 사정했다.

그리고 마지막 트윗에는 나를 태그해놓았다.

마지막 트윗을 읽는데 눈앞이 흐려졌다. 나는 숨을 크게 들이쉬었다. 방이 기울어져 보였다. 일어날 수가 없었다. 움직이기도 힘들었다. 머릿속이 멍했다. 더는 일관적인 사고가 불가능했다. @AthenaLiusGhost 계정에서 새로고침 버튼을 계속 누르면서 해당 트윗에 대한 사람들의 호응도가 서서히 높아지는 걸 지켜보며 읽고 또 읽을 뿐이었다.

처음 몇 시간 동안은 '좋아요'가 거의 없었다. 그래서 나는 그 많은 인기 없고 이상한 계정들처럼 이것도 그냥 묻혀버렸으면 좋겠다는 터무니없는 바람을 가졌다. 하지만 거기에 달린 태그가 관심을 끌었는지, 내가 처음 읽은 지 15분이 지나면서부터 사람들이 반응을 보이기 시작했다. 팔로워 수가 6천 명이 넘는 한 북로거가 첫 트윗을 리트윗했고, ("가서 비판적 읽기 과정이나 공부하고 오길" 또는 "빌런이라고 다 문제가 있지는 않다"가 핵심인) '지극히 주관적인 논평'으로 여러 번 입방아에 오르내린 적이 있는 야심 찬 작가들은 "만일 사실이라면 극혐. 세상에 맙소사!"라는 문구를 덧붙여 트윗 내용을 인용했다. 그러자 봇물 터지듯 사람들이 댓글을 달기 시작했다.

뭐야, 이거 진짜인가요?

증거는 어딨나요?

송이라는 작가, 늘 뭔가 있을 줄 알았어. 흠.

예일대 천재가 또 하나 나온 줄 알았더니 그냥 대범한 거짓말쟁이 사기꾼이었네.

미친!!! 감옥에나 처넣어버려!

나는 노트북 앞에서 한 발짝도 움직일 수 없었다. 마침내 소변을 참지 못해 일어났을 때도 휴대폰에서 눈을 떼지 못했다. 모든 장치의 전원을 끄는 게 바람직하겠지만, 한 걸음 물러나 생각할 수가 없었다. 모든 참사가 실시간으로 펼쳐지는 걸 지켜봐야 했다. 누가 리트윗하고 누가 반응을 보이는지 정확히 알아야 했다.

그때 DM이 오기 시작했다. 다 모르는 사람들이었다. 열어봐야 할 이유가 없었다. 하지만 너무 궁금해서, 아니 자학하고 싶은 심정이 들어서, 그냥 다 삭제해버릴 수가 없었다.

죽어버려, 개같은 년.

준, 이 트윗들 봤어요? 진짜예요? 아니라면 자신을 지켜야 해요.

그런 짓을 하다니 지옥 불에나 타버려, 이 인종차별주의자, 도둑, 창녀야.

네가 번 돈은 전부 다 리우 부인에게 빚진 거나 마찬가지야.

『최후의 전선』 팬인데, 정말 믿고 싶지 않을 정도로 실망스럽군요. 책을 사랑하는 모든 사람에게 정식으로 사과하세요, 당장.

당장 워싱턴으로 가서 흠씬 패주마, 이 인종차별주의자, 개같은 년아.

마지막 메시지를 본 나는 결국 휴대폰을 침대에 던져버렸다. 빌어먹을. 고막이 울릴 정도로 심장이 너무 뛰어서 자리에서 일어나 집 안을 이리저리 돌아다녔다. 현관은 의자로 막아두었다.(아니, 누가 쳐들어와 나를 죽일까 봐가 아니라, 그냥 그래야 할 것 같아서.) 그러다 침대에 몸을 웅크리고 누워 무릎을 가슴까지 끌어올려 안은 채 앞뒤로 뒹굴었다.

어떡하지.

어떡하지.

다 끝났다. 사람들이 알아버렸다. 이제 온 세상이 알게 되겠지. 다니엘라는 진상을 파헤칠 것이고, 에덴프레스에서는 나를 자를 것이다. 돈도 다 잃을 것이고, 리우 부인은 나를 고소해 법정에서 개망신시킬 게 뻔하다. 브렛은 나를 고객 명단에서 빼버릴 테고, 내 경력은 이제 끝장이다. 문학사에는 아테나 리우의 작품을 훔친 개같은 년으로 기록될 것이다. 위키피디아에도 나에 관한 항목이 만들어질 것이고, 나에 관한 자기들 생각을 끝도 없이 써넣을 것이다. 업계 전문가들 사이에서 내 이름이 입에 오를 때마다 콧방귀와 어색한 웃음이 따를 것이다. 나는 밈이 될 것이다. 그리고 내가 쓴 글은 단 한 단어도 다시는 출판되지 않을 것이다.

내가 대체 왜『최후의 전선』을 출간했을까? 너무 멍청했던 과거의 나를 발로 차버리고 싶었다. 나는 그게 잘하는 일이라고 생각했었다. 출간되어야 마땅한 아테나의 작품을 세상에 내놓는, 뭔가 고귀한 일이라고 생각했었다. 이렇게 성가시게 나를 물어뜯을 줄은 상상도 못 했다.

나는 지금까지 매우 안정적이었다. 불안을 다스렸고, 공포와 불안감에 매몰되는 대신 현재에 집중했다. 아테나의 초고를 손에 넣었던 그날 그 시간에 관한 공포를 힘들게 떨쳐내고 계속 앞으로 나아갔다. 그런데 지금 그 모든 게 다시 밀려오고 있었다. 자기 목을 급히 붙잡던 아테나의 손과 파랗게 질려가던 얼굴, 바닥을 두드리던 발이 다시 눈앞에 어른거렸다.

맙소사, 대체 내가 무슨 짓을 한 거지?

침대 위에 내던져진 휴대폰 화면이 계속 푸른빛으로 깜박이며 새 알림의 도착을 알렸다. 마치 경보 사이렌 같았다.

울음이 터져 나왔다. 어린아이가 울듯 크고 꼴사납고 이유를 알 수 없는 울음이었다. 큰 울음소리에 나도 모르게 깜짝 놀랐다. 누가 들었을까 봐 덜컥 겁이 났다. 베개에 얼굴을 묻었다. 그렇게, 주체하기 힘든 감정을 억누른 채 몇 시간을 보냈다.

해가 졌다. 방 안이 어두워졌다. 어느 순간 아드레날린의 분출이 가라앉고, 맥박이 느려졌다. 얼마나 울었는지 목이 쉬어 있었다. 더 흘릴 눈물도 남아 있지 않았다. 공황발작이 서서히 사그라들었다. 최악의 시나리오를 너무 많이 생각하다 보니 이제 더는 겁이 나지 않는 지경에 이른 듯했다. 사회적, 직업적 붕괴 가능성이 더는 낯설게 느껴지지 않았다. 역설적이게도, 다시 생각이 가능해졌다는 의미였다.

나는 휴대폰으로 손을 뻗었다. 트위터를 훑어보면서, 상황이 어쩌면 처음 생각했던 것처럼 나쁘지 않을 수도 있다는 생각이 들었다. @AthenaLiusGhost 뒤에 가려진 그 사람이 모든 정황을 알 방도는 전혀 없다. 중심 줄기는 맞지만, 다른 세부적인 내용은 맞는 게 없다. 아테나의 아파트에 가본 건 그때가 처음이자 마지막이었다. 아테나를 만난 건 워싱턴이 아니라 대학에서였다. 그리고 『최후의 전선』을 훔치려는 의도로 그녀와 친구가 된 것도 사실이 아니다. 아테나가 죽은 그날 밤까지 나는 그 원고가 존재하는지도 몰랐다.

그 사람이 누구든 아주 운 좋게 진실에 가까운 추측을 하긴했지만, 나머지는 조작이다. 구체적인 증거가 없다.

만약 그들이 가진 게 의혹뿐이라면, 누명을 벗을 방법이 있을지도 모른다. 이 유령을 몰아낼 방법이 있을지도 모른다.

머릿속이 계속 그 트위터 아이디가 암시하는 바를 쫓느라 어지러웠다. '아테나 리우의 유령'이라니. 게다가 폴리틱스 앤드 프로즈 서점에서 본 그 얼굴은 뭐였을까. 반짝이는 눈과 미소 띤 입술, 오만하게 한쪽 끝이 말려 올라가 있는 입매는 누구의 것이었을까. 나는 생각을 멈추려고 애썼다. 계속 생각 하다가는 미쳐버릴 것만 같았다. 빌어먹을 아테나는 죽었다. 내가 봤다. 따라서 이건 살아 있는 누군가가 하는 짓이다.

브렛이 트위터에서 이 얘기를 접하도록 그냥 놔둘 순 없었 다. 나는 급히 그에게 이메일을 보냈다. "이상한 일이 벌어지 고 있네요. 잠깐 통화할 수 있어요?"

브렛은 이미 그 트윗을 본 게 틀림없었다. 밤 아홉 시에 가 까운 시간인데 그는 5분도 지나기 전에 전화를 걸어왔다. 나 는 전화를 받았다. 떨렸다.

"안녕하세요."

"잘 있었어요, 준?" 내 감정을 투사해서 그렇게 들리는지 모르겠지만, 기운 없는 목소리였다. "무슨 일인가요?"

나는 목을 가다듬고 말했다. "트위터 보셨죠?"

"무슨 트윗을 말하는 건지ㅡ"

"제가 아테나 리우한테서 『최후의 전선』을 훔쳤다는 트윗 말이에요."

"흠." 긴 정적이 흘렀다. "그래요, 봤어요. 그거, 사실 아니죠?"

"그럼요!" 내 목소리가 높아졌다. "당연히 아니죠. 배후에 있는 게 누군지 모르겠어요. 어떻게 이런 일이 시작됐는지도…."

"그게 사실이 아니면 일 크게 만들지 말아요." 브렛은 의외로 화가 많이 나지 않은 듯했다. 화를 낼 줄 알았는데, 그저 조금 짜증스러워하는 느낌이었다. "그냥 악플러 짓일 거예요. 알아서 사그라들 겁니다."

"아니요, 아닐 거예요." 나는 강하게 반발했다. "사람들이 다 보게 될 거예요. 그러면서 여론이 형성될 거고요."

"그럼 그러라고 하세요. 에덴프레스에서 그런 온라인 소문 때문에 책을 포기하진 않습니다. 그리고 독자들 대부분은 그렇게 트위터만 들여다보고 있지 않아요. 내 말 믿어요. 신경 쓰이겠지만 이런 일은 출판 과정에서는 아주 사소한 일일 뿐입니다."

나는 심하게 우는소리를 했다. "하지만 그 사소한 일 때문에 제 명성에 흠이 간다는 게 문제죠."

"준의 명성은 굳건해요." 그는 거침없이 말했다. "다 혐의일 뿐이잖아요, 그렇죠? 근거도 없고요. 맞죠? 괜히 반응 보이지 말아요. 얽히지 말라고요. 증거가 없으면 오래지 않아 사람들은 그게 얼마나 형편없는 인신공격인지 알게 될 겁니다."

브렛의 목소리가 워낙 확신에 차 있고 전혀 개의치 않는 느낌이어서 나는 조금 안심이 되었다. 그의 말이 옳을 수도 있다. 어쩌면, 이건 그저 일종의 괴롭힘으로 해석될 수도 있다. 결국에는 오히려 호평을 불러올지도 모른다.

브렛은 온라인 혐오 캠페인의 표적이 되었던 유명 작가들의 예를 인용하면서 이렇게 말을 이었다. "아무리 그래봤자 책은 잘 팔립니다. 절대 영향받지 않아요. 악플러들이 그냥 지껄이고 싶은 대로 지껄이게 놔두세요. 괜찮을 겁니다."

나는 고개를 끄덕이며 하고 싶은 말을 꾹 참았다. 브렛의 말이 옳다. 일을 키울 필요가 없다. 반응을 보이면 그들의 주장에 타당성만 부여할 뿐이다.

"알았어요."

"알았죠? 그럼 됐습니다. 너무 걱정하지 말아요."

"저기, 잠깐만요…" 순간적으로 떠오르는 생각이 있었다. "그린하우스에서는 무슨 소식 없어요?"

"음, 없어요. 일주일밖에 안 됐으니 아마 여독을 푸느라 쉬는 중이겠죠. 좀 기다려보죠."

나는 자꾸 두려운 마음이 들었지만, 바보 같은 생각이라고 되뇌었다. 이 두 가지 일은 상관이 없어 보였다. 저스틴과 하비가 종일 트위터 창이나 들여다보며 출판계에서 떠도는 소문을 쫓아다닐 것 같지는 않았다. 그들에게는 더 중요한 할 일이 있으니까.

"네."

"긴장 풀어요, 준. 싫어하는 사람이 좀 있을 수도 있죠. 유명해지다 보면 보통 있는 일이에요. 사실이 아니라면 전혀 걱정할 필요 없어요." 브렛이 잠시 말을 끊었다가 계속했다. "그러니까 내 말은, 사실 아닌 거, 맞죠?"

"그럼요! 맙소사. 당연히 아니에요."

"그럼 그냥 차단하고 무시하세요." 그가 코웃음을 쳤다. "트위터 자체를 차단하면 더 좋고요. 작가가 되면 처음엔 다들 온라인에 너무 집착해요. 이런 일은 결국 사그라들게 되어 있습니다. 늘 그랬어요."

브렛이 틀렸다. 이 일은 그냥 지나가지 않을 것이다. 트위터 스캔들은 마치 눈덩이 같다. 보는 사람이 많아질수록 한마디 거들려는 사람들도 늘어나고, 이로써 이야기 폭발이 일어나면 선동적인 발언이 이어지기 마련이다. 그러다 임계점을 넘으면 업계의 모든 이들이 이에 관해 이야기하기 시작한다. @AthenaLiusGhost가 누구든, 그는 지금까지 천 명에 가까운 팔로워를 보유하고 있다. 이미 임계점에 이른 것이다.

아테나-준 스캔들은 이제 핫한 담론이 되었다. 기껏해야 열두 명 정도가 관련되었던 릴리 우 담론 때와는 완전히 달랐다. 이번에는 물어야 할 먹잇감이 확실했다. 침묵은 선택 사항이 아니었다. 누구든 어느 편인지 확실히 하지 않으면 공모 혐의를 피할 수 없었다.("친구가 비난에 노출되어 있는데도 친구라는 것들이 다들 침묵을 지키고 있다니, 쯧쯧." 익명의 계정들은 이런 말로 의도적으로 분쟁을 일으키며 재미있어했다.) 많은 유명 작가들은 변명을 늘어놓으며 발뺌하는 동시에 의리를 지키느라 아슬아슬한 줄타기를 하고 있었다.

한 작가는 이렇게 썼다. "표절은 끔찍하다. 만약 헤이워드가 정말 표절을 한 거라면—정말 그랬는지 우리는 아직 알 수 없지만—아테나 리우의 가족에게 인세를 갚아야 할 것이다."

다른 작가는 이렇게 썼다. "루머가 사실이라면 정말 끔찍한 일이지만, 타당한 증거가 나올 때까지 나는 린치를 가하는 무리에 가담하지 못할 것 같다."

이에 백인 여성을 비난하는 이들에 대해 '린치를 가하는 무리'라는 표현을 사용하는 것이 적절한지에 대한 열띤 논쟁이 벌어졌다. 그러다 수십 명의 사람들이 이 표현을 언급한 작가를 인종차별주의자라고 비난하는 지경에 이르렀다. 결국 해당 작가의 계정은 몇 시간 만에 잠겼다.

가장 잔인하게 군 건 나를 발톱으로 찌르더라도 잃을 건 없고 얻을 건 있는, 별로 주목받지 못하는 유명인들의 트위터 계정이었다.

"원래 준 헤이워드라는 이름으로 글을 썼는데" reyl089라는 유저가 트윗을 올렸다. "중국에 관한 책은 준 송이란 이름으로 냈네요. 개판이네요?"

누군가 댓글을 달았다. "문자 그대로 황인종인 척하는 거죠." 내 생각에 이들은 '문자 그대로'라는 말뜻을 모르는 것 같았다.

"한심하네요." 또 다른 누군가가 짖어댔다.

그리고 언제나 인기 있는 발언은 "백인들이 백인우월주의를 그만 내세우는 날이 오긴 할까?"였다.

누군가가 내 인스타그램에서 내 사진을 가져다가 스칼릿

조핸슨 사진과 나란히 올려놓고는 이런 문구를 달았다. "이 둘이 어디가 다른지 찾아봐. 웃겨 죽겠네."

댓글은 온통 내 외모에 대한 비열한 논평 일색이었다.

백인 여자들은 왜 죄다 똑같이 생겼는지 모르겠다.

솔직히 스칼릿이 조금 낫다는 것만 빼면 똑같네 ㅋㅋㅋ

조금이라도 아시아인처럼 보이고 싶어서 눈을 저렇게 가늘게 뜬 거야? 아니면 햇빛을 받는 게 익숙하지 않아서 저러고 있는 거야?

인터넷에서 벌일 수 있는 멍청한 짓의 끝판왕을 목격했다는 생각이 들었을 때 읽는 걸 멈췄어야 했다. 자신에 대해 오가는 대화를 읽는 건 썩은 이를 계속 툭툭 건드리는 것 같은 고통이었다. 하지만 나는 계속 파고들지 않을 수 없었다. 어디까지 얼마나 썩었는지 확인해야 했다.

나는 트위터와 레딧, 유튜브(이미 세 명의 북로거가 "주니퍼 송의 비밀을 까발려주겠다!"라는 제목을 비슷하게 바꿔가며 여러 개의 영상을 올려놓았다), 구글 뉴스, 심지어 틱톡(그렇다. 나에 관한 소문은 틱톡의 어린애들에게까지 퍼져 있었다)까지 시간 단위로 검색했다. 심신이 피곤했다. 다른 일에 도저히 집중할 수가 없었다. 심지어 집 밖으로 나갈 수도 없었다. 내가 하는 일이라곤 그저 침대에 웅크리고 누워 노트북과 휴대폰 화면을 번 같아 스크롤하며, 다섯 개 웹사이트의 똑같은 화면을 계속 새로고침 하고 읽고 또 읽는 게 전부였다.

　사람들은 나에 대해 터무니없는 소문을 지어냈다. 누군가는 내가 예전에 굿리즈에 올린 리뷰가 인종차별적이라는 말을 했다.(나는 그저 인도계 작가의 로맨스 소설에 공감이 가지 않는다는 글을 한 번 썼을 뿐이다. 모든 등장인물이 호감과는 거리가 먼 데다 다들 믿을 수 없을 정도로 가족에 대한 의무에 집착하기 때문이었다.) 어떤 사람은 내가 내 작품을 비판하는 사람들을 정기적으로 공격하고 괴롭힌다고 비난했다.(『플라타너스 너머』에 대해 유난히 멍청한 리뷰가 올라왔길래 딱 한 번, 반박한 적이 있었다. 그것도 무려 3년 전에!) 내가 어느 행사 자리에서 자신들의 피부색을 매우 인종차별적인 방식으로 칭찬하면서 자신들을 공격한 적이 있다고 한 사람도 있었다.(내가 한 말은 그저 그들의 붉은색 드레스가 피부의 노란 색조를 매우 두드러지게 만든다는 게 전부였다. 빌어먹을, 나는 그저 친절하게 굴었을 뿐이다. 사실 그 드레스가 별로 마음에 들지 않았다.) 그 트위터 사용자는 이제 그걸 가지고 나한테 아시아인에 대한 집착이 있다는 식으로 이야기를 만들어내고 있었다. 최근 BTS를 리트윗한 것도 그렇고, 예전에 일본 게임을 한 번 해본 뒤 그 캐릭터가 얼마나 멋진지 트위터에 올린 것도 그렇고, 그것이 내가 곱상하고 순종적인 아시아인들에게 비정상적으로 집착한다는 사실을 분명히 보여준다고 했다.(사실 나는 BTS를 그다지 좋아하지도 않는 데다, 문제의 게임 캐릭터는 심지어 유럽인처럼 생겼다. 대체 뭐가 그렇다는 거지?)

"모든 위험 신호는 텍스트 자체에 있다."고 적은 익명의 텀블러 계정도 있었다. 이 계정은 레딧에 노출된 '인용구'를 클릭했다가 발견했다. "317쪽을 보면, 아몬드 모양의 눈과 부드러운 피부로 아 겡을 묘사하고 있다. 아몬드 모양의 눈이라니? 정말? 백인 여자들은 수십 년 동안 아시아 남자들에 대해 환상을 품고 있다."(하지만 나는 그런 말을 쓴 적이 없다! 아테나가 쓴 것이다!)

또 어떤 사람은 파이선의 자연어 처리 프로그래밍을 이용해 『최후의 전선』과 아테나의 다른 작품들을 비교하고는 "작품의 핵심 단어들이 놀라운 빈도로 겹친다"고 말했다. 하지만 그 중복된다는 문제의 단어들이란 '말했다', '다뤘다', '그는', '그녀는', '그들은' 등이 전부였다. 그 기준으로 보면, 헤밍웨이를 표절했다고 해도 할 말이 없는 게 아닐까?

나를 비방하려는 사람들은 내가 『최후의 전선』에 관해 공개적으로 한 발언들을 하나하나 뒤졌다. 나의 끔찍함을 더욱 입증하는 증거를 선별하기 위해서였다. 확실히, 중국인을 다룬 이야기를 '낭만적'이라거나 '이국적', 혹은 '매혹적'이라고 부르는 건 적절치 않다. 내가 이 책을 극적인 드라마로 표현한 게 인종적 요소를 활용해 이익을 얻는다는 잠재적 비판을 확실히 누그러뜨렸다. 나는 언젠가 "노동자들을 계약제 하인으로 규정하는 것에 반대한다"고 말한 적이 있었다. "중국 정부는 서방 국가들에 대한 간접적인 영향력을 확보하기 위해

제1차 세계대전에 이 노동자 부대를 파견했다. 노동자들은 자발적으로 전쟁터로 나갔다." 이에 대해 평론가 아델 스파크스-사토는 다음과 같이 썼다. "이들은 대부분 문맹이었다.", "모집할 때 이들은 더 높은 임금을 약속받았다. 하지만 유럽에서 어떤 일이 자신들을 기다리고 있는지 전혀 모르는 사람이 대부분이었다. 헤이워드/송은 이들의 동원이 자유롭고 강압적이지 않았던 것으로 그리고 있다. 이는 좋게 보면 학문적 무지요, 나쁘게 보면 저개발국가 노동계급의 상태에 대한 악의적 무관심이다."

그들은 『최후의 전선』을 "백인 구세주 이야기"라고 불렀다. 그들은 내가 백인 병사들과 선교사들의 용기와 용맹함을 그린 것을 마음에 들어 하지 않았다. 백인 경험을 중심에 둔 서술이라는 이유에서였다.(하지만 이 내용은 실제 있었던 일이다. 로버트 헤이든이라는 선교사는 증기선 아토스가 독일 잠수함의 어뢰에 격침됐을 때 중국인을 구하려다가 익사했다. 이런 죽음도 중요한 것 아닌가?)

게다가 그들은 나를 인종차별주의자라고 불렀다. 영국인들이 생각하기에 따뜻한 기후의 남부 사람들은 육체노동에 적합하지 않을 것 같아서 북부에서 노동자들을 모집했다고 한 것이 그 이유였다. 하지만 이건 내 견해가 아니라 영국군 장교들의 견해였다. 그들은 왜 이 차이를 구분하지 못할까? 대체 비판적 읽기 능력은 어디에 갖다 버린 걸까? 또, 북부 출신 사람들이 추운 기후에 더 잘 적응한다는 것이 사실이라 해도 인종차별인 건가?

나는 한 줄 한 줄 반박하고 싶었다. 내가 그런 창조적인 선택을 한 건, 좋은 것이든 나쁜 것이든 고정관념을 따르기보다는 이야기를 통해 인간 경험의 폭을 넓히고 싶어서였다. 마찬가지로, 본문에 인종차별에 관한 묘사를 포함한 건 그것에 동의하기 때문이 아니라 역사적 기록에 충실하기 위해서였다.

하지만 그런 건 중요하지 않았다. 나에 관한 이야기는 이미 정해진 것이나 마찬가지였다. 그들은 그걸 뒷받침할 '사실'을 수집하고 있을 따름이었다.

그들은 나를 알지 못한다. 알 수도 없다. 나를 만난 적이 없으니까. 그들은 그저 인터넷에 흩뿌려진 나에 관한 정보 조각들을 모아서 자신들이 상상하는 악당에 걸맞은, 하지만 실제와는 아무 관련 없는 이미지를 만들어냈다.

나는 옐로 피버아시아인에 대한 왜곡된 선호 환자가 아니다. 나는 일본의 전통문화에 대한 글만 쓰고 기모노를 입고 말차, 오타쿠 등 아시아에서 온 외래어를 고의로 어색하게 발음하는 그런 혐오스러운 종자가 아니다. 아시아 문화를 훔치는 일에 집착하지도 않는다. 그러니까, 『최후의 전선』을 쓰기 전에는 중국의 현대사에 전혀 관심이 없었다는 말이다.

하지만 최악은 때때로 악플러들 때문에 나 자신을 의심하게 된다는 점이었다. 가끔은 내가 정말 현실을 왜곡해서 보는 사람인지 궁금했다. 사람들 말처럼 내가 정말 아시아 여성에게 집착하는 소시오패스인 건지, 아테나는 사실 나와 친구

사이로 지내기를 두려워했는데 내가 몰랐던 건지, 그리고 그
날 밤 아테나의 집에 있었던 것이 생각보다 비도덕적인 일이
었던 건지 헷갈렸다. 하지만 이런 두려움이 서서히 조여올 때
마다 나는 그 싹을 잘라버렸다. 게일리 박사가 가르쳐준 대
로 생각이 소용돌이치기 전에 멈추려고 애썼다. 이상한 건 인
터넷이지 내가 아니다. 버릇없이 까부는 건 내가 아니라 사회
정의를 위해 싸운다는 전사들, 힘을 과시하고 싶어 하는 백인
무리, 그리고 관심받고 싶어 안달이 난 아시아계 활동가들이
다. 나쁜 건 내가 아니다. 나는 피해자다.

그래도 몇몇 사람들은 나를 대신해서 목소리를 높였다. 따
져보면 대부분 백인이었지만, 그게 부적절하다는 의미일 수
는 없었다.

브렛은 (고맙게도!) 이런 글을 올렸다. "최근 우리 에이전시
와 일하고 있는 주니퍼 송에 대해 제기된 주장은 전혀 근거
없는 악의에 의한 것으로, 이런 온라인 공격은 인신공격이나
마찬가지다." 그는 의심의 여지 없는 나의 글쓰기 재능에 대
해, 그리고 4년 전 계약한 이후 내가 얼마나 열심히 일했는지
에 대해 띄우는 발언을 조금 덧붙인 다음 "나와 램버트 에이
전시는 주니퍼 송을 변함없이 지지한다"는 말로 마무리했다.

에덴프레스의 내 담당 팀에서는 아무 말도 내놓지 않고 있
어서 조금 짜증이 났다. 하지만 에덴을 태그해 나와의 계약을
취소하라고 촉구하는 계정의 수를 고려할 때, 에덴의 무관심

한 듯한 반응은 그 자체로 나에 대한 신뢰의 표시였다. 다니엘라는 처음 혐의가 제기되어 퍼지기 시작했을 때 염려하는 이메일을 보내왔지만, 브렛이 혐의에 아무런 근거가 없다고 장담하자 세간의 이목을 피해 조용히 지내고 있으라는 조언을 건넸다. "굳이 반응을 보여서 저들의 주장에 정당성을 부여하고 싶지 않아요. 과거의 경험을 통해 우리 팀은 악플러들과 엮여봤자 그들을 더 대담하게 만들 뿐이라는 걸 알거든요. 준에게 이런 일이 생겨 유감이지만, 가만히 있는 것이 최선이라고 믿습니다."

비합리적인 상황에서 합리적이면서 미묘하게 다른 입장을 택하기로 유명한 한 인플루언서는 "이건 확실한 증거도 없는 터무니없는 비난"이라며 "이건 사람들의 생계가 달린 문제다. 나는 열렬히 다른 사람의 고통을 즐기는 이 공동체의 모습이 걱정스럽다. 우리는 더 나은 행동을 해야 한다"고 주장했다.

보수 성향이며 7만 명의 팔로워를 거느린 한 대중문화 블로거는 아델 스파크스-사토에 대해 증오 캠페인을 벌이기 시작했다. "아델 스파크스-사토는 성공한 작가들에게 복수심을 품은 미친 인간이다." 그는 호통쳤다. "뉴스 속보입니다. 아델, 질투하면 못생겨져요."

'에덴의 천사들'은 감사하게도 확고하게 내 편이 되어줬다.

젠 일반적으로 파시스트의 의견에 동의하지 않지만, 한마디 하자면 아델에 대해서는 저 사람 말이 맞아요.

마니 꼭 파시스트여야 저걸 아는 건 아니죠.

젠 괜찮은 거예요, 준? 잘 견디고 있어요?

마니 정말 끔찍해요. 이런 일을 겪다니 너무너무 안타까워요. 우리가 할 수 있는 일이 있다면 알려줘요. 절대 굴하지 말아요.

젠 키 큰 양귀비 증후군이지 뭐예요. 저들은 그저 젊은 여자가 성공하는 꼴을 못 보는 거라고요. 그게 다예요. 나도 남자 CEO들한테서 늘 그런 공격을 받아요. 저들은 우리를 견딜 수가 없는 거예요.

마니 저들은 힘과 관심을 얻어보려고 당신을 몰아세우는 거예요. 저들도 그걸 알아요. 이건 당신이 아니라 저들이 문제인 겁니다.

젠 돼지들이랑 씨름하지 말아요! 차단해버려요, 준. 그냥 무시해요. 굴하지 말고요!

그럴 수만 있다면 얼마나 좋을까. 하지만 나는 휴대폰과 노트북 옆에서 떨어질 수가 없었다. 눈을 감아도 그 파란 화면이 눈앞에 어른거렸다. 나를 욕하는 또 다른 게시물에 '좋아요'가 쌓여가고 있을 것 같다는 생각에서 벗어날 수가 없었다.

디지털 기기를 다 없애려고도 해봤다. 트위터라는 게 세상에 존재하지 않는 척하면 내 모든 문제가 해결되기라도 하는 것처럼 다들 강력히 권했다. "악플러들은 관심을 먹고 산다는 걸 잊지 말아요!" 젠이 끊임없이 상기시켜줬다. "인터넷에서 뭐라고 떠들든, 내가 안 보면 그만이죠." 하지만 개운하지 않았다. 주변의 모든 것이 무너져 내리고 있는데 모래밭에 머리를 처박고 외면하는 기분이었다. 폭풍의 정확한 경로를 추적해야 한다. 닥쳐올 정확한 시간과 위치를 알면 피해를 줄일 수 있을 것이다. 나는 그렇다고 확신했다.

산책도 해봤다. 새소리와 부서지는 햇살, 비 내린 후 시멘트 바닥에 남은 자국 같은 세세한 것들에 빠져들려고 노력했다. 하지만 바깥세상은 버퍼링 중인 비디오게임 배경처럼 너무나 공허하고 무의미하게 느껴졌다. 잠깐 다 잊은 것 같다가도 집중력이 흐트러지면 어느새 침대 위에서 윙윙거리며 점점 더 많은 알림음을 울려대는 휴대폰으로 다시 신경이 쏠렸다. 호흡이 가빠지고 머리가 혼란스러워졌다. 불안 발작이 시작되려는 조짐임을 알 수 있었다. 그러면 집으로 돌아와 침대에 웅크리고 누워 휴대폰을 급히 꺼내 들고 한참 동안 강박적으로 나에 대한 악의적인 게시물을 검색했다. 역설적이지만, 그래야 진정이 되었다.

아무것도 먹을 수가 없었다. 정말 먹고 싶은데 넘어가질 않았다. 계속 지독한 허기에 시달렸다. 나는 끊임없이 거대하고, 뜨겁고, 기름기 많은, 피자나 파스타 같은 배달 음식을 주문했다. 하지만 씹기 시작하면 그 순간 곧 닥쳐올 파멸에 관한 생각이 다시 휘몰아치기 시작했고, 그러면 토하지 않고는 한 입도 더 먹을 수 없었다.

잠을 잘 수도 없었다. 매일 밤 동이 틀 때까지 뜬눈으로 누워 다양한 글 목록과 계정을 열정적으로 새로고침 하고 누가 무엇을 리트윗하고 무엇에 반응을 보였는지 확인하면서, 어떻게 대응할지, 어떻게 논박하고 반발할지 머릿속으로 상상했다.

출구전략이 있다면 얼마나 좋을까. 마법처럼 모든 걸 멈추게 할 사죄의 방법이나 방어책이 있다면 얼마나 좋을까. 하지만 이 난장판에 휘말려봐야 다 소용없음을 나는 알고 있었다. 무슨 말을 내놓든 결국 나한테 불리하게 쓰일 증거만 추가하는 꼴이 될 게 뻔하다. 그리고 온라인에서 승리한들 무슨 의미가 있겠는가? 이미 폭로된 내용을 되돌릴 방법, 인터넷이 나를 잊게 만들 방법은 없다. 나는 영원히 각인되어버렸다. 누구든 구글에서 내 이름을 검색하거나 문학 행사에서 내 이름을 꺼낼 때마다 표절 스캔들은 끈질기게 나오는 방귀처럼 내게 붙어 다니며 분위기를 망칠 것이다.

이 스캔들, 저 스캔들에 시달리면서도 명성을 완벽하게 유지하는 작가들도 있기는 했다. 대부분 백인이고, 대부분 남성 작가였다. 아이작 아시모프는 연쇄적으로 성희롱을 저질렀다. 할란 엘리슨도 마찬가지였다. 데이비드 포스터 월리스는 메리 카를 학대하고 희롱하고 스토킹했다. 그런데도 그들은 여전히 천재로 칭송받고 있다.

가끔은, 유감스럽지만 내가 한 번은 겪어야 할 일인지도 모른다는 생각이 들었다. 온라인에서 혼쭐이 나는 건 유명 작가라면 누구나 한 번쯤 거치는 통과 의례처럼 느껴졌다. 작년에는 청소년 대상의 글을 쓰는 한 작가가 다른 작가의 데뷔작에 별 한 개짜리 리뷰를 남기도록 팬들을 독려했다는 이유로 소셜미디어에서 쫓겨났다.(나중에 밝혀진 바에 따르면 그 데뷔 작가는 그녀의 약혼자를 채간 사람이었다.) 어쨌든 이들은 둘 다 여섯 자리에 달하는 금액으로 차기 3부작에 대한 출판 계약서에 서명했다. 다니엘라가 가장 좋아하는 작가인 마니 킴벌은 최소 열두 번은 궁지에 몰렸던 전적이 있다. 매번 뭔가 신랄하고 옹호의 여지가 없는 트윗 때문이었다. 예를 들자면, "고전 문학은 읽을 가치가 있다. 이해가 안 간다면, 미안하지만 그건 당신이 읽는 방법을 모르기 때문이다." 그래도 책 판매에는 문제가 없었다. 어쩌면 다니엘라의 말이 맞을지도 모른다. '침묵이 최선'이라는 말 말이다.

아테나조차 온라인의 독설에 시달리는 시기를 겪었다. 잘못한 게 없는데도 그랬다. 아테나는 2년 전 아시아계 미국인을 대상으로 한 증오 범죄가 최근 증가하고 있는 것에 관해 논란의 여지 없는, 가슴 아픈 글을 트위터에 올린 적이 있었다. "내 피부색을 드러내는 일이 이토록 두려웠던 적은 없다. 지금까지 나는 이 나라를 철석같이 내 나라라고 믿었다." 다소 가식적이고 자아도취적인 느낌이 들기는 했지만 어쨌든 진심에 가까운 말이었고, 거리에서 공격받을까 봐 두려워 떠는 사람을 미워할 수는 없는 노릇이었다.

그런데 프로필에 중국 국기 이모티콘이 들어간 어떤 익명의 계정이 아테나한테 질문을 던졌다. "아시아인에게 그렇게 관심이 많으면서 왜 백인하고 사귀나요?"

그때 아테나가 왜 반응을 보였는지 모르겠다. 인종차별적

211

악플러와 논쟁을 벌여서 이길 수 있는 사람은 아무도 없다. 하지만 아테나는 적극적으로 대응하고 싶은 기분을 느꼈거나 그녀답지 않게 싸움을 벌이고 싶었던 모양이다. "내가 누구와 사귀든 그건 내 정치관과 아무 관련이 없습니다. 다른 인종끼리 사귀는 게 싫은가요? 지금이 2018년이 맞나요?"

그러자 물밀듯이 악성 댓글이 쏟아지기 시작했다. 댓글과 DM에 혐오가 넘쳐났다. 며칠 후에 커피를 마시러 만났을 때 아테나가 그중 일부를 보여줬는데, 너무 불쾌했다.

닥치고 가서 흰둥이 거시기나 빠시지

아시아 여자랑 백인 남자는 부자연스럽지. 엘리엇 로저*도 좀 사랑해주지그래.
내가 엘리엇 로저처럼 가서 쏴줄까?

백인 남자는 절대 널 사랑하지 않을 거야 ㅋㅋㅋ 너무 애쓰지 마 자기야

감히 아시아인을 대변하려 들다니. 백인 남자한테 아랫도리를 내줘놓고 그럴 권리가 있다고 생각해?

---

* 2014년 샌타바버라 총기 난사 사건의 주인공. 자신을 사랑하지 않는 여성들에 대한 혐오로 범죄를 저질렀다.

아테나가 계정을 비공개로 전환할 때쯤에는 이미 '아시아 남성의 권리 찾기 운동본부'(아테나는 이들을 그렇게 불렀다)에서 아테나의 작가 계정과 이메일 주소를 알아낸 후였다. 아테나는 살해 협박을 당하기 시작했다. 초기 트위터 화면을 갈무리한 스크린숏이 레딧에 나돌기 시작했고, 중요 게시물은 결국 천 개가 넘는 게시글로 이어졌다. 그중 다수는 아테나와 그 당시 남자친구 제프리의 사진을 캡처한 것이었다. 다 각각의 인스타그램에서 가져온 사진으로, '인종 반역자'라는 캡션과 함께 다음과 같은 설명이 붙었다. "일부 아시아인은 자기 인종에 대한 충성심이 없다. 그들은 오직 백인 남자, 백인의 돈, 백인 아기를 원할 뿐이다. 하지만 언젠가는 정신을 차리고 백인우월주의가 자신을 구원해주지 않는다는 걸 알게 될 것이다. 이 소녀가 너무 늦기 전에 깨닫길 빈다."

아테나의 다른 웹사이트도 해킹당했다. 홈페이지를 클릭하면 눈을 비스듬히 뜬 채 침 흘리는 백인 남성들 앞에 엎드려 있는 아시아 여성의 만화만 나왔다.

"여기 봐봐." 나는 아테나한테 문자를 보냈다. 말해주는 게 맞을 듯했다. "이 사람들 진짜 쓰레기야."

"고마워." 아테나에게서 답장이 왔다. "뭐 괜찮겠지. 젠장 진짜 무서워. 어떤 느낌이냐면, 집에 있어도 안전하다는 생각이 전혀 안 들어."

그때 나는 아테나가 과장해서 말하고 있다고 생각했다. 아테나가 워낙 그런 것에 능하기도 했고, 연민을 자아내기 위해

213

두려움을 과장하고 관심을 끌기 위해 항상 약한 척 굴곤 했기 때문이다. 어쨌든 인터넷은 인터넷일 뿐이다. 뭐, 밑바닥 인생을 살며 자기 엄마 집 지하실에서 컴퓨터나 두드리는 레딧 이용자가 아테나를 위협하러 워싱턴에 있는 그녀 집까지 굳이 수백 킬로미터를 운전해 올 리는 없지 않나? 그때는 아테나가 왜 그냥 오프라인에만 머물면서 자기가 부유하고 예쁘고 성공한 작가라는 사실에만 집중하지 못할까 하는 심술궂은 생각이 들기도 했다.

하지만 지금은 아테나가 한 말이 무슨 뜻이었는지 분명히 안다. 온라인을 완전히 끊는 건 불가능하다. 안전하다는 느낌을 받을 수 없다. 왜냐하면 잠들어 있든, 깨어 있든, 아니면 샤워하기 위해 잠시 휴대폰을 내려놓든 매 순간 수십, 수백, 아니 수천 명의 낯선 이들이 저 밖에서 당신의 개인 정보를 뒤지며 당신 삶에 교묘히 파고들어 조롱하고, 욕보이고, 심하면 위험에 빠트릴 방법을 찾고 있을 것이기 때문이다. 지금까지 온라인에 올린 사진과 밈, 유튜브 영상에 단 댓글, 생각 없이 올린 트윗 하나하나가 후회됐다. 악플러들은 그런 것들을 하나도 놓치지 않고 찾아낼 테니까. 나는 첫 하루 동안 많은 디지털 흔적들을 삭제했지만, 웹 기록 보관소Wayback Machine에 있는 것까지는 어쩌지 못했다. 누군가는 2018년에 내가 〈원더우먼〉을 보고 남긴 열정 넘치는 리뷰를 조롱했다. "물론 빌어먹을 헤이워드는 백인 여성이 구원자로 나오는 이야기를 좋아하겠지. 이스라엘 방위군도 좋아한다는 데 얼마 걸래?"*

누군가는 내 고등학교 졸업 앨범에서 사진을 퍼왔다. "이 옷차림은 주니퍼 송이 원래부터 악당이었다는 걸 보여준다." 또 어떤 사람은 내가 일했던 대입 학원에 대한 정보를 게시하면서 이런 글을 달았다. "이 서비스를 이용하는 부모님이 계신다면, 주니퍼 송을 조심하세요!" 내가 베리타스 학원을 이미 그만둔 상태가 아니었다면, 이들은 나를 해고당하게 만들었을 것이다.

한 유명 작가는 트위터에 이런 불평을 남겼다. "여러분, 다들 밖으로 좀 나가요. 신선한 공기를 마셔요. 트위터는 현실이 아닙니다."

아니, 트위터는 현실이다. 현실보다 더 현실 같은 현실이다. 왜냐하면 그 영역에 출판이라는 사회경제가 존재하기 때문이고, 업계는 대안이 없기 때문이다. 오프라인에서 작가들은 모두 얼굴을 감추고 서로에게서 고립된 채 단어들을 쏟아내는 가상의 생명체들이다. 우리는 누구의 어깨 너머도 엿볼 수 없다. 다들 멋진 척하고 있지만 정말 실제로 그렇게 멋진 일을 하고 있는지는 알 수 없다. 하지만 온라인에서는 한창 뜨겁게 달아오르는 가십을 접할 수 있다. 실제로 그 일이 벌어지는 곳에 한 자리 차지할 만큼 중요한 사람이 아니어도 가능하다. 온라인에서는 스티븐 킹에게 엿 먹으라고 할 수도

---

* 영화 〈원더우먼〉의 주인공 역할을 맡은 갤 가돗은 고교 졸업 후 2년간 이스라엘 방위군에서 전투 교관 보직 등을 맡았다.

있다. 온라인에서는 현재 가장 인기 있는 스타 작가가 실제로는 출간한 작품 모두 절판시켜야 할 정도로 너무나 문제가 많다는 사실도 알 수 있다. 출판계의 평판이 끊임없이 구축되고 파괴되는 곳이 바로 온라인이다.

나는 물의 정령들이 오르페우스에게 그랬던 것처럼 한 무리의 군중이 성난 목소리로 내게 손가락질하며 내 몸에서 살점을 뜯어내다가 결국 "주니퍼 송 얘기 들었어?"라고 은밀하게 속삭이는 소리만 남는 상황을 상상했다. 상상 속에서 소문의 조각들은 점점 더 사악해지고, 왜곡되어갔다. 가상의 나는 피투성이로 썩어갔다. 그리고 정당한 일이든 아니든 주니퍼 송의 계약이 취소되었다는 얘기 외에는 아무것도 남지 않았다.

12

    내가 바라는 건 언제까지라도 내 아파트에서 겨울잠을 자는 것뿐이었지만, 이번 달에만 두 개의 선약이 있었다. 하나는 워싱턴에 있는 학생들과 도서관을 방문하는 것이고, 다른 하나는 버지니아 문학 축제에 패널로 참석해 동아시아에서 영감을 받아 글을 쓰는 것에 관해 이야기 나누는 것이었다. 또 다음 달 『최후의 전선』 프랑스어판 출간에 맞춰 누아옐-쉬르-메르에 있는 중국인 노동자 부대 묘지를 방문하는 일정에 대해 프랑스 대사관의 어떤 여성 담당자와 이메일을 주고받는 중이었다. 하지만 그녀는 나에 대한 비방 캠페인이 입소문을 탈 즈음부터 내 메일에 답신이 없었다. 뭐, 괜찮았다. 일곱 시간이나 비행기를 타고 지구 반대편으로 가서 기분 나쁜 프랑스인들 앞에서 모욕당하는 건 나도 원치 않았다. 그런데 소식이 알려진 후로는 도서관에서도, 문학 축제 주최 측에서도 새로운 연락이 없었다. 나는 그걸 여전히 내가 와주길 바란다는 뜻으로 받아들였다. 취소하는 건 유죄를 인정하는 거나 마찬가지니까.

도서관 방문은 문제없이 진행되었다. 학생들은 예상과 달리 고등학생이 아니었다. 아직 어려서 앞으로 몇 년 동안은 『최후의 전선』에 대해 따지고 들 일이 없을 초등학교 3학년생들이었다. 제1차 세계대전 당시의 중국인 노동자 부대에 관해서는 전혀 관심이 없어 보였다. 또 다행스러운 건, 이들이 트위터에서 벌어지는 일에 관심을 가지기에도 아직 어리다는 점이었다. 아이들은 나를 만나는 걸 신나하지도 않았지만 혐오감을 표현하지도 않았다. 아이들은 마틴 루서 킹 기념 도서관 로비에 앉아 20분 동안 내가 책 첫 번째 장에서 발췌한 내용을 낭독하는 동안 꼼지락거리면서도 조용히 들어줬다. 그러고 나서는 출판 작가가 되는 것에 대해 귀엽지만 무의미한 질문("책 만드는 공장 가보셨어요?", "수입이 몇백만 달러인가요?")을 했다. 나는 아이들에게 문학이란 다른 세계와 연결되는 문을 열어주기 때문에 중요하다는 얘기와 언젠가는 너희도 작가가 되고 싶어질지 모른다는 뻔한 얘기를 해줬다. 그런 뒤 선생님이 내게 감사를 표했고, 단체 사진을 찍었다. 우리는 별다른 소란 없이 헤어졌다.

문학 축제에 패널로 참석한 건 대참사였다.

행사장에 늦게 도착한 걸로 이미 모두를 열받게 했다. 일정이 내가 알고 있던 것과 달랐다. 내가 참석하는 행사는 시더 룸이 아니라 오크 룸에서 열리고 있었다. 콘퍼런스 센터를 가로질러 급히 서둘러 가야 했다. 내가 도착했을 때 행사장은 이미 사람들로 꽉 차 있었다. 다른 패널들은 테이블 반대쪽에 옹기종기 모여 앉아 손으로 마이크를 가린 채 이야기를 나누는 중이었다. 그러다 내가 다가가자 서로에게 그만 입 다물라는 손짓을 했다.

"미안합니다." 나는 헐떡이며 자리를 찾아 앉았다. 10분이나 늦었다. "여기 정말 헷갈리네요, 그렇죠?"

아무도 대꾸하지 않았다. 그중 두 사람이 나를 흘낏 보더니 서로 눈짓을 했다. 맨 끝에 앉아 있는 사람은 휴대폰만 내려다보고 있었다. 확실한 적의였다.

"좋습니다!" 사회를 맡은 애니 브로시가 유쾌하게 말했다. "이제 다 오셨네요. 그럼 시작하죠. 먼저 성함과 최근작을 말씀해주시겠어요?"

우리는 테이블 왼쪽부터 순서대로 자기소개를 했다. 시인이자 시각예술가인 다이애나 추, 동시대 청년 이야기를 주로 쓰며 민권 변호사로도 활동 중인 노어 리시, '인종 왜곡'(그녀의 표현에 따르면)을 채용해 빅토리아시대의 영국을 배경으로 역사 로맨스물을 주로 쓰며 비평가들의 극찬을 받는 작가 아이린 주, 그리고 다음이 나였다. 나는 마이크 쪽으로 몸을 숙이며 말했다.

"음, 안녕하세요. 준 헤이워드입니다. 주니퍼 송이라는 이름으로 활동하고 있고, 『최후의 전선』을 썼습니다.”

말을 마치자 다들 건조한 시선으로 나를 쳐다봤다. 하지만 야유는 없었다. 지금으로서는 내가 바랄 수 있는 최선이었다.

“각자 자신의 작품에 영감을 준 것에 대해 이야기해보면 좋겠는데요.” 애니가 말했다. “주니퍼, 먼저 시작하시겠어요?”

입이 바싹 말랐다. 목소리가 갈라져 나왔다. 나는 기침으로 목을 가다듬고 이야기를 시작했다.

“아, 저는 역사에서 주로 영감을 받습니다. 여기 아일링처럼요. 사실 중국인 노동자 부대에 대해 처음 알게 된 건—”

아이린이 불쑥 말을 가로막았다. “제 이름의 발음은 아이-린입니다.”

“아, 아이린, 미안합니다.” 찌르르 신경이 곤두서는 느낌이었다. 나는 그저 애니의 발음을 따라 한 것뿐인데, 아이린은 애니에겐 아무 말도 하지 않았다.

“저는 이름을 바로 아는 게 매우 중요하다고 생각합니다.” 박수 소리가 들려오자 아이린이 청중석을 향해 말했다. “전에는 사람들이 제 이름을 잘못 말하면 지적하기가 두려웠지만, 지금은 제 실천 방식의 하나가 되었습니다. 중요한 건 백인우월주의에 매일, 조금씩, 저항하는 것입니다. 우리를 존중해달라고 요구하는 것이 중요합니다.”

더 많은 박수가 터져 나왔다. 나는 마이크에서 멀찍이 떨어지며 뒤로 기대앉았다. 뺨이 달아올랐다. 진심으로 하는 말인가? 실천 방식이라니?

"물론입니다." 애니가 부드럽게 말했다. "죄송해요, 아이린. 발음을 먼저 여쭤봤어야 했는데."

"아이-린이었군요." 무슨 말이라도 해야 할 것 같아서 나는 아주 천천히 또박또박 말했다. "텍사스에서는 아일링인데." 웃기려고 한 말이었지만 역시나 또 길을 잘못 든 셈이 되었다. 청중이 눈에 띄게 긴장하는 게 보였다.

아이린은 아무 대꾸도 하지 않았다. 길고 어색한 침묵이 흘렀다. 그러자 애니가 물었다.

"그러면, 음, 노어? 어떤 게 작품에 영감을 줬나요?"

우리는 한동안 이런 식으로 계속 이어갔다. 애니는 대화를 이끌어가는 데 능숙했다. 그녀는 패널들이 대화를 주도하도록 놔두는 대신 우리 각자에게 차례로 질문을 던졌다. 덕분에 남은 시간 내내 아이린과 직접 대화하는 걸 피하면서 내 발언을 할 수 있었다. 다른 패널들은 서로 참조하고 종종 서로의 답변을 비난하기도 했지만, 내 말에는 아무도 반응을 보이지 않았다. 청중도 내겐 관심이 없는 듯했다. 허공에 대고 이야기하는 기분이었다. 하지만 괜찮았다. 그저 이 시간을 견뎌내야 했다.

애니는 내가 다소 퉁명스럽게 대답하고 있음을 눈치챈 모양이었다. 그녀는 나한테 돌아서서 이렇게 물었다.

"그럼 주니퍼 얘기를 들어볼까요? 잘 드러나지 않는 집단을 위해 역사소설이 할 수 있는 역할에 대해 더 자세히 하고 싶은 말씀이 있나요?"

"아, 네." 나는 다시 목을 가다듬었다. "네. 그러니까, 음, 내가 왜 『최후의 전선』을 썼을까를 생각할 때마다 늘 떠오르는 일화가 있습니다. 20세기 초에 캐나다는 중국 이민자들에게 무척 적대적이었습니다. 그래서 입국하는 모든 중국인에게 인당 500달러라는 인두세를 부과했어요. 하지만 중국인 노동자 부대 사람들이 캐나다로 배속되자 그들이 입국했을 때 인두세를 면제해줬습니다. 전쟁 지원의 일환이었죠. 그런데 이 때문에 중국인 노동자들은 이동 중 기차 밖으로 나갈 수 없었습니다. 그들은 캐나다에 머무는 내내 엄중한 감시를 받아야 했죠."

보통은 이런 얘기를 하면 사람들의 시선이 집중되었다. 하지만 이곳의 청중은 그냥 나를 미워하기로 미리 결정했는지, 아니면 설교 같은 내 발언이 너무 과열되고 지루해져서인지 몰라도, 끊임없이 꼼지락거리고 주위를 두리번거리고 수시로 휴대폰을 확인했다. 내 얼굴을 보는 사람은 아무도 없었다.

나는 그저 꾸역꾸역 병사 얘기를 계속하는 수밖에 없었다.

"그들은 더위 속에서도 며칠 동안 열차 밖으로 나가지 못했습니다. 탈수 때문에 쓰러져도 치료를 받을 수 없었고요. 외부인과는 단 한 사람이라도 말할 수 없었습니다. 캐나다 정부가 중국인 노동자 부대의 존재에 대한 보도를 전면 통제했기 때문이죠. 저는 이것이 이 책의 핵심 주제를 은유적으로 아주 잘 보여주고 있다고 생각합니다."

"아, 정말요?" 다이애나 추가 갑자기 말을 잘랐다. "그럼 승인받지 못한 아시아 노동자들에 대해 반대한다는 뜻인가요?"

나는 그녀의 갑작스러운 방해에 너무 놀라서 잠시 그녀를 바라봤다. 다이애나 추는 호리호리하고 예술가 같은 외모에 날카로운 눈매와 검은 눈동자를 가지고 있었다. 눈썹은 잘 다듬어져 있고, 대담한 빨강 립스틱을 바른 입술은 마치 얼굴에 난 흉터처럼 보였다. 그녀의 선명하고 세련된 미학은 약간 아테나를 연상시키는 데가 있었다. 이 유사함에 나는 차가운 전율을 느꼈다.

순간 불빛이 번쩍했다. 누군가 사진을 찍은 것 같았다. 그리고 청중 여럿이 휴대폰을 들어 올렸다. 이 대화를 녹음하는 중이었다.

"무슨 질문이 그렇죠?" 일을 키우지 말아야 한다는 걸 알면서도 불쑥 화가 나서 입에서 말이 튀어나왔다. 멈출 수가 없었다. "내 말은, 명백히 그건 잘못된 일이라는 겁니다. 요점은 그거예요."

"죽은 사람의 글을 훔치는 것도 마찬가지죠." 다이애나가 말했다.

청중 여러 명이 문자 그대로 헉 소리를 냈다.

"준비된 질문으로 돌아가서 계속하도록 하죠. 노어, 어떻게 생각하시나요?" 애니가 끼어들었다. 하지만 소용이 없었다.

"누군가는 말해야죠." 다이애나가 목소리를 높였다. "준 헤이워드가 『최후의 전선』을 쓴 게 아니라는 확실한 증거가 있습니다. 다들 혐의를 알지 않나요? 우리, 모르는 척하지 맙시

223

다. 죄송하지만, 저는 아테나의 유작이 위태로운 상황에서 여기 패널석에 앉아 저 여자를 동료 작가로 대접해주고 싶지 않습니다."

"제발 진정해주세요." 애니가 말했다. 이번에는 목소리가 더 커져 있었다. "여기는 그런 논의를 하기에 적절한 장소가 아닙니다. 초대 패널들 모두 서로를 존중해주시기 바랍니다."

다이애나는 뭔가 더 말하고 싶은 눈치였다. 하지만 노어가 그녀의 팔에 손을 얹자 마이크에서 멀리 떨어져 팔짱을 끼고 뒤로 기대앉았다.

나는 아무 말도 하지 않았다. 무슨 말을 해야 할지도 몰랐다. 다이애나와 청중은 이미 나를 유죄로 판단했다. 내가 무슨 말을 한대도 그들의 시선에서 나를 구원할 수 없을 것이다. 나는 심한 굴욕감에 쿵쾅거리는 심장박동을 느끼며 그대로 그 자리에 앉아 있을 수밖에 없었다.

"됐나요?" 애니가 물었다. "그럼, 다음으로 넘어가도 될까요?"

"네." 다이애나가 퉁명스레 대답했다.

애니는 안도한 기색으로 아이린에게 『브리저튼』에 대해 어떻게 생각하는지 물었다.

하지만 너무 늦어버렸다. 이 자리를 구원할 방도는 없었다. 우리는 끝날 때까지 토론을 계속했지만 애니가 준비한 질문에는 이제 아무도 신경 쓰지 않았다. 아직 자리에 남아 있는 청중은 열심히 휴대폰에 뭔가를 입력하고 있었다. 자기 팔로워들에게 모든 상황을 요약, 정리해주고 있는 게 분명했다.

노어와 아이린은 아직도 누군가 아주 조금은 선사시대 중국어 문자 체계나 이슬람 신비주의에 관심이 있을지 모른다는 듯 애니의 유도 질문에 씩씩하게 따랐다. 다이애나는 남은 시간 내내 입을 열지 않았다. 나도 마찬가지였다. 나는 뺨이 달아오르고 턱이 떨렸지만 가만히 앉아서 울음을 터트리지 않으려고 이를 악물었다. 사람들은 지금 여기서 내가 보인 그 놀란 표정으로 벌써 밈을 만들고 있을 게 분명했다.

토론이 종료되었다. 마침내 자유로워졌다. 나는 물건을 챙겨 들고 전력 질주하고 싶은 마음을 애써 억누르며 최대한 빨리 걸어 나왔다. 애니가 뒤에서 불렀다. 아마 사과를 하려는 것 같았다. 하지만 나는 멈추지 않고 모퉁이를 돌았다. 당장 내가 원하는 건 여기서 사라지는 것뿐이었다.

마니 와, 진짜 나쁜 년

젠 그 여자 어디 아파요? 정신병 있는 거 아니에요?

마니 그 여자가 뭘 안다고 생각하는지는 중요치 않아요. 공공장소에서 그런 식으로 주니퍼랑 맞서려 했다니, 정말 품격하고는 정반대네요. 해결책을 찾으려는 게 아니라, 그저 관심을 받고 싶었던 거겠죠.

젠 그러니까요. 그런 식으로 공공연히 분노를 드러내다니 역겹네요. 자기만족을 위한 너무 뻔한 계략이에요. 아마 그 일을 빌미로 예술 거래를 어떻게 좀 성사시켜보려고 애쓰고 있겠죠.

마니 그걸 예술이라고 할 수나 있을지...

픽 웃음이 나왔다. 나는 침대에 웅크리고 누워 이불을 턱까지 끌어올렸다. *에덴의 천사들에게 신의 축복이 있기를!* 인터넷에서는 다이애나의 폭언이 주니퍼 송을 싫어하는 무리 사이에서 신나게 돌아다니는 중이었지만, 젠과 마니가 다이애나의 작품 전체를 함부로 경멸하는 걸 보니 기뻤다.

마니 어쩌면 내가 행위예술을 이해하지 못하는 걸지도
마니 그런데 이 영상은 그냥 머리 자르는 거네요
마니 별로 잘 자르지도 못하네
마니 코걸이도 별로네요
젠 대체 언제부터 신경쇠약 증세를 시각예술이라고 부르기 시작했죠? 웃기고 있네. 이 여자, 도움이 필요해 보이는데요
마니 세상에, 그런 말은 하면 안 돼요
마니 너무 웃긴다

나는 코웃음을 쳤다. 다이애나 추의 웹사이트를 찾아 들어갔다. '먹방'이라는 제목의 최근 작품에는 그녀가 13분 동안 변함없이 무표정한 얼굴로 카메라를 응시하며 아시아인의 얼굴처럼 색칠한 완숙 달걀을 씹는 장면이 나왔다.

'에덴의 천사들' 말이 옳다. 다이애나의 얼굴, 생기 없고 노기 가득한 눈과 얇은 입술 사이로 질질 흘러내리는 노른자 부스러기를 들여다보면서, 이 작고 하찮은 여자가 애쓰다 못해 손발이 오그라드는 행위예술로 나를 의기소침하게 만들도록

놔뒀다는 사실이 믿어지지 않았다. 그녀는 그저 질투한 것뿐이다. 다들 나를 질투한 것이다. 그래서 그런 독설을 한 것이다. 내가 인기를 얻은 건 사실이다. 다이애나같이 정신 나간 악랄한 인플루언서가 내 경력을 망치게 놔둘 수는 없었다.

13

주말에, 로리 언니네 집 뒷마당에서 그릴 파티를 즐기기 위해 알렉산드리아로 가는 전철을 탔다.

언니와 나는 그렇게 친한 사이는 아니었다. 언니는 내가 미래에 대한 준비 없이 아이비리그 학위를 낭비하면서 온갖 혜택과 퇴직연금이 주어지는 안정된 직업 대신 떠돌이처럼 출판이라는 몽상을 좇기에는 조금 나이가 많다고 생각했다. 반면에 나는 텍사스대학 오스틴 캠퍼스에서 회계학을 공부하고 지금 정확히 그 일을 하는 언니가 너무 지루하고 틀에 박힌 말뚝 울타리 같은 삶을 살고 있다고 생각했다. 나라면 그렇게 사느니 눈을 뽑아버리고 싶을 것 같았다.

언니는 대학 시절부터 사귄 톰과 결혼했다. 그는 IT 기술자로, 늘 축축하게 젖은 반죽 같은 외모와 성격을 가졌다. 두 사람 다 출판에 대해서는 문외한이었다. 언니의 말처럼, 그들은 전혀 "책을 가까이하는 사람"이 아니었다. 그들은 존 그리샴의 최신작 염가판을 찾아 공항 상점을 돌아다니길 좋아했고, 언니는 휴일에 가끔 동네 도서관에서 조디 피코의 소설을 꺼내 들기도 했다. 하지만 그 외에는 내가 사는 세상의 우여곡절에 대해 전혀 알지 못했고 별로 알고 싶어 하지도 않았다. 내 생각에 언니는 트위터 계정도 없는 것 같았다.

이런 사실이 오늘 밤에는 축복이나 다름없었다.

언니와 톰은 먼 교외에 살고 있어서 집에 데크가 딸린 넓은 뒷마당이 있었다. 두 사람은 매달 마지막 주 토요일에 가족 그릴 파티를 열었다. 오늘 밤 날씨는 완벽했다. 습하고 더웠지만, 미풍이 불고 있어서 거슬리지 않았다. 언니는 옥수수빵을 만들고 있었다. 냄새가 좋았다. 이번 주 들어 처음으로 불안 때문에 토하지 않고 삼키는 첫 식사가 될 것 같았.

내가 도착했을 때 두 사람은 뒤쪽 테라스에서 다투고 있었다. 들어보니 언니의 옆자리 동료가 다른 동료에게 머리 모양이 멋져 보인다고 말한 것을 인사팀에서 질책한 일이 과연 공정한지를 놓고 싸우는 모양이었다.

"난 허락 없이 다른 사람을 만지면 안 된다고 생각해." 톰이 말했다. "그건 예의의 문제니까. 인종 문제가 아니라."

"아, 왜 이래. 그건 괴롭히는 게 아니었어." 언니가 말했다. "칭찬이었다니까. 그리고 첼시를 인종차별주의자라고 하다니 제정신이야? 첼시는 민주당원이라고. 오바마한테 투표했고.

아, 정말, 여보." 내가 다가가자 옆에서 언니가 나를 꽉 잡아세웠다. 보통은 언니가 왕언니처럼 굴 때마다 움찔했지만(늘 어린 시절의 거리감을 보상하려는, 조금은 가식적인 행동이라고 느꼈다), 오늘은 언니의 손길을 받아들였다. "맥주 마시고 있어. 오븐 좀 확인하고 올게."

"어떻게 지내?" 톰이 피크닉용 테이블을 가리키며 물었다.

나는 그의 맞은편에 앉았다. 그는 턱수염을 기르고 있었다. 이제 5센티미터까지 자란 수염은 견고하고 평온한 벌목꾼의 미적 정서를 강조해줬다. 톰을 볼 때마다 나는 바위처럼 태평스러운 자족감을 느끼며 살아가는 것이 어떤 느낌일지 궁금했다.

"그냥 그래요." 나는 코로나 라이트 맥주병을 받아 들며 대답했다. "사실 별로예요."

"로리가 그러는데 새 책 출간했다면서? 축하해!"

나는 움찔 놀랐다. 두 사람이 최근 구글에서 내 이름을 검색하지 않았길 바랐다.

"아, 고마워요."

"무슨 책이야?"

"아, 음, 제1차 세계대전 얘기예요. 말하자면, 전선에 파견되었던 노동자들 이야기요."

나는 아직 내 책을 모르는 사람들에게 중국인 노동자 부대에 관해 설명하는 게 늘 불편했다. 항상 코를 찡그리며 노골적으로 중국인들이 *1차 세계대전*에 참전한 줄은 몰랐네. 그런데 왜 중국인이야?라고 묻는 반응이 필연적으로 뒤따르기 때문이다.

"모자이크 같은 구성이에요. 영화 〈덩케르크〉처럼요. 많은 작은 일화들을 통해 큰 이야기를 전달하는 거죠."

"정말 멋진데." 톰이 고개를 끄덕였다. "소설로 쓰기에 좋은 주제야. 책이나 영화들이 전부 2차 세계대전에만 집착하잖아? 〈캡틴 아메리카〉도 그렇고, 홀로코스트 영화들도 그렇고, 1차 세계대전에 관한 이야기는 많지 않더라고."

"〈원더우먼〉은 1차 세계대전 때 얘기야." 언니가 안쪽 주방에서 소리쳤다. "영화 말이야."

"아, 그렇네. 하지만 〈원더우먼〉이잖아. 진지한 문학작품이 아니라." 톰이 지원을 바라며 나를 바라봤다. "그렇지?"

맙소사. 이래서 내가 가족들과는 출판에 관한 얘기를 안 하는 것이다.

"앨리는요?"

앨리는 여덟 살인 내 조카다. 뒷마당 여기저기에 플라스틱 장난감 동물들이 널려 있었다. 하지만 있었더라면 금방 감지했을, 파괴를 몰고 다니는 땅콩 냄새 나는 폭풍이 느껴지지 않았다. 오늘 저녁에는 이모 역할을 안 해도 될 것 같았다. 아이들을 싫어하지는 않지만, 만일 앨리가 수줍음을 타고 책을 좋아하는 아이였다면 그 애를 더 예뻐했을 거라는 생각이 들었다. 아이폰과 틱톡에 집착하는 평범한 아이를 훈육하는 대신, 함께 독립서점을 다니며 마음껏 책을 골랐을 것이다.

"아, 앨리는 잘 지내. 오늘 친구네 집에 파자마 파티 하러 갔어. 학교에서 요즘 『샬롯의 거미줄』을 읽고 있나 봐. 이번 달은 고기를 먹지 않겠다네. 비건 버거만 먹고."

"계속 그럴 것 같은데요."

"하하, 무슨 말인지 알겠군."

우리는 맥주를 홀짝거리며 일상적으로 나눌 만한 대화 주제를 소진했다. 언니나 톰과 대화를 나눌 때면 종종 여론조사원 같은 평균적인 가상의 미국인, 또는 페이스북 프로필에 아무것도 적혀 있지 않은 사람과 대화하는 기분이 들었다. 영화에 대해 어떻게 생각해? 음악에 대해서는? 대충 이런 질문이 오갔다. 톰에게 일에 관해 물어봤지만, IT 기술자가 하는 일에 관해서는 별로 재미있는 이야깃거리가 없는 듯했다.

아니, 있을 수도 있지 않을까? 순간 어떤 생각 하나가 떠올랐다.

"저기, 톰. 혹시 IP 주소 추적할 수 있어요? 이를테면, 트위터 계정 같은 거요."

톰이 눈썹을 찡그리며 물었다. "IP 주소를 왜 추적하는데?"

"음, 나를 괴롭히는 계정이 있어서요." 나는 잠시 말을 멈췄다. 어디까지 설명해야 할지, 설명한다 해도 출판에 대해 깊이 알지 못하는 사람이 얼마나 이해할 수 있을지 알 수 없었다. "나나 내 작품에 대해 거짓말을 퍼뜨리는 사람이 있어요."

"트위터에 신고 안 했어?"

"했죠."

브렛은 나에 대해 독설을 퍼붓는 계정을 보게 되면 신고하고 차단하라고 사람들에게 권했지만, 트위터는 괴롭힘 방지 정책을 시행하는 데 느슨하기로 악명이 높다. 내가 아는 한 신고를 하든 안 하든 별 차이가 없다.

"하지만 아무 조치도 취할 것 같지 않아요."

"그렇군. 글쎄, 트위터 아이디를 가지고 찾기는 힘들 텐데."

"웹사이트에 방문자 IP 주소가 저장되어 있지 않나요?"

"그렇긴 하지만, 트위터의 데이터는 보호되거든. 모든 주요 소셜미디어는 사이트의 데이터를 보호해. 법을 따라야 하니까."

"형부는 할 수 있지 않아요? 그러니까, 뚫고 들어가는 거 말이에요. 해커잖아요."

톰이 씩 웃으며 말했다. "그런 해커는 아니라서. 그리고 그런 식으로 데이터가 유출되면 대대적으로 뉴스를 장식하게 될걸? 그건 개인 정보를 크게 침해하는 거거든. 그러다 감옥에 가게 될 수도 있어, 주니."

"하지만 내가 내 웹사이트를 소유하고 운영하고 있다면, 방문한 사람의 IP 주소를 알 수 있지 않아요?"

톰이 잠시 생각하더니 어깨를 으쓱했다. "글쎄, 어쩌면, 가능할 것 같네. 그런 걸 위한 플러그인이 따로 있어. 워드프레스에서도 가능하고. 하지만 문제는, IP 주소로 알 수 있는 건 그리 많지 않다는 거야. 아마 어느 도시에 사는지 정도, 아니면 어느 동네인지까지는 알 수 있을지도 모르겠다. 그런데

GPS 위치 정보를 마법처럼 정확하게 찾아내는 텔레비전 쇼와는 달라. 그리고 휴대폰으로 접속하고 있는지, 가정용 인터넷 라우터로 접속하고 있는지에 따라 또 달라지고….”

“하지만 대충 어느 지역인지는 말해줄 수 있겠죠? 내가 주소를 알려주면요?”

톰이 망설이다가 물었다. “불법적인 일을 벌이려는 건 아니지?”

“맙소사, 물론이죠. 내가 무슨, 그 사람 창문에 화염병이라도 던질까 봐 그래요?”

그냥 우스갯소리로 한 말이었다. 하지만 이 시나리오의 특별함 때문인지 톰은 웃지 않았다. 맥주병 가장자리를 만지작거리며 톰이 물었다.

“그럼 뭐가 필요한지 조금 더 말해줄 수 있어? 정말 그 사람들이 괴롭히고 있는 게 맞는다면, 안전하지 않다는 의미일 수도—”

“그냥 누군지만 알고 싶어요. 아니면, 그냥 일반적으로, 어디에 사는지, 혹시 근처인지, 그러니까, 물리적인 위협이 될 수 있는지 아닌지만 확인하면 돼요. 예를 들면 스토킹당할까 봐 걱정해야 하는 상황인지, 아니면—”

“스토킹이라니? 대체 무슨 일이야?” 언니가 불쑥 나타났다. 한 손에는 옥수수빵 접시를, 다른 손에는 수박을 썰어 담은 그릇을 아슬아슬하게 들고 있었다. 언니는 음식을 내려놓고 내 옆에 미끄러지듯 들어와 앉더니 나를 껴안으며 물었다.

"괜찮은 거야, 주니?"

"그냥 바보 같은 일이 좀 있어서. 트위터에서 나를 괴롭히는 사람을 찾을 수 있는지 형부한테 묻는 중이었어."

언니가 눈살을 찌푸렸다. "괴롭힌다고?"

나는 언니가 무슨 생각을 하는지 알았다. 중학생 시절, 우리 집의 가정생활이 정상이 아니었을 때, 나는 괴롭힘을 많이 참고 견뎌야 했다. 그 당시 내가 택한 방법은 책에 파묻히는 것이었다. 깨어 있는 시간 내내 환상의 세계에서 보냈다. 아마 그래서 말이 서툴고 비사교적인 사람이 되었는지도 모른다. 나는 『반지의 제왕』이나 『스파이더위크가의 비밀』 같은 두툼한 책을 들고 학교에 가서 종일 구부정하게 앉아 그 책들을 읽곤 했다. 그러면 주위의 모든 걸 잊을 수 있었다.

다른 아이들은 그런 내 모습을 좋아하지 않았다. 어떤 반 친구는 내가 책을 읽는 동안 등 뒤에서 우스꽝스러운 표정을 지어 보이는 장난을 치며 내가 눈치채는지 알아보기도 했다. 어떤 친구는 내가 말하는 법을 모른다는 소문을 퍼뜨렸다. '루니 주니', 그 애들이 나를 부르는 별명이었다. 〈루니 툰〉은 이미 1990년대에 끝났는데 말이다.

"아니, 그런 거 아니야. 그냥… 인터넷에 이상한 사람들이 좀 있어." 트롤링의 개념을 언니가 이해할 것 같지 않았다. "어떤 거냐면, 지금 내가 유명한 작가니까 나한테 지껄이고 싶은 대로 마구 지껄여도 된다고 생각하나 봐. 죽여버리겠다는 위협 같은 거 말이야. 그냥 누가 그런 짓을 하는 건지, 아니 최소한 어디에 사는 사람인지라도 대충 알아낼 수 있게 도와달라고 형부한테 부탁하고 있었어."

언니가 남편을 쳐다봤다. "할 수 있지? 심각한 것 같은데."

톰이 달갑지 않은 한숨을 쉬었다. "다시 말하지만, 트위터 아이디로는 IP 주소 못 찾아."

"IP 주소는 내가 알려줄게요. 그냥 찾아봐주기만 하면 돼요."

애원하는 표정으로 바라보는 나와 기대감에 눈을 반짝이는 언니 사이에서, 톰은 선택의 여지가 없다고 생각한 듯했다.

"알았어." 톰이 새 맥주병에 손을 뻗었다. "기꺼이 돕지."

톰은 더 이상 질문하지 않았다. 고맙게도 톰은 액면 그대로 받아들였다. 언니도 마찬가지였다. 나는 그 순간 그들에게 격하고 깊은 애정을 느꼈다. 이 가족에게 간교함이란 전혀 없었다. 그저 열린 마음과 애정 어린 신뢰, 그리고 지금껏 맛보지 못한 케일 칠리를 곁들인 최고의 옥수수빵이 있을 뿐이었다.

그날 밤 집으로 돌아온 나는 책상에 앉아 웹디자인 기초를 공부했다.

별로 어렵지 않았다. 학부 시절에 4주짜리 HTML 강의를 들은 적이 있었다. 그때 내가 만일 작가로 성공하지 못한다면 적어도 프로그래머로서 꾸준히 수입을 얻을 수 있을 거라는 섣부른 생각을 했다. 그러다 프로그래밍 시장도 타고난 재능이 없는 사람에겐 빠르게 자리가 없어지는 추세임을 깨달았다. 내가 가진 기술로는 일자리를 얻을 수 없었다. 하지만 러시아 해커의 함정처럼 즉시 발각되지 않을 그럭저럭 괜찮은 웹사이트를 구축할 정도의 지식은 있었다.

사이트의 디자인은 별로 중요하지 않다. 서툴게 만든 개인 블로그처럼만 보이면 된다. 나는 15분 동안 나의 표절 의혹에 관한 매우 악의적인 '증거'를 홈페이지에 복사하고, 붙여 넣고, 구성했다. 그리고 이 웹사이트가 그 어떤 검색엔진에서도 검색되지 않도록 숨겼다. 임의의 사용자가 내 스캔들을 검색하다가 우연히 이 사이트를 발견하면 곤란하니까.

드디어 나만의 가짜 트위터 계정이 만들어졌다. 프로필 사진도, 헤더도 없다. @LazarusAthena라는 아이디만 있을 뿐이다. 이거면 눈길을 사로잡을 수 있겠지.

모든 설정을 마친 후, 나는 @AthenaLiusGhost 계정으로 DM을 보냈다.

"안녕하세요. 누구신지 모르겠지만 준 헤이워드의 실체를 까발려주셔서 고맙습니다. 추가로 몇 가지 증거를 더 모아봤어요. 관심 있으면 보러 오세요."

그리고 내가 파놓은 함정을 링크했다.

@AthenaLiusGhost 계정에서는 응답이 바로 오지 않았다. 침대에 누워 10분 정도 트위터 앱을 계속 새로고침 하면서 생각해보니, @AthenaLiusGhost는 온라인에 접속하고 있지 않은 것 같았다. 그러는 동안 내 진짜 계정으로 낯선 사람들이 보낸 세 개의 DM이 도착했다. 그들은 내게 자살을 촉구했

다. 그래서 메시지 확인을 중단했다.

그래도 오가는 말들을 확인하기 위해 타임라인은 둘러봐야 했다. 몇몇 유명 블로거들이 여전히 내 머리를 요구하고 있었다.(아델 스파크스-사토는 이렇게 떠들고 있었다. "@EdenPress는 왜 이런 혐의에 아직도 대응하지 않는 거지? @DaniellaWoodhouse, 당신이 찍어낸 책 엉망이야. 소외된 목소리에 얼마나 관심이 있는지 참 많이도 말해주네.") 하지만 비난의 광풍은 잦아들어 있었다.

그런데 온라인 세상의 담론은 예상치 못한 방향으로 흘러갔다. 아테나에 관한 소문이 돌기 시작했다. 내가 알 수 있는 건, @NoHeroesNoGods라는 아이디를 가진 익명의 계정에서 올린 긴 글로 시작되었다는 것뿐이었다. 첫 트윗은 이랬다. "주니퍼 송이 저지른 짓이 사실이라면 정말 역겹다."

그러나 우리는 아테나 리우가 아시아계 미국인을 대표하는 훌륭한 모범이었던 것처럼 굴어서는 안 된다. [1/?]

중국계 미국인 공동체에 속하는 우리는 그동안 그녀가 인종차별과 중국 역사에 관해 글을 쓰면서 채택한 방식에 불편감을 느껴왔다. [2/?]

예를 들어, 국민당을 대하는 그녀의 방식은 서구 제국주의에 세뇌당한 놀라운 예다. 아테나는 국민당을 중국의 민주화를 위한 확실한 선택으로 지목하지만, 국민당이 대만으로 넘어간 후 그들이 행한 잔혹 행위는 무시한다. 대만의 본토인들은 이런 내용에 대해 뭐라고 얘기할까? [3/?]

게다가 아테나는 「내 아버지의 탈출」이라는 단편소설에서 천안문광장의 반체제 인사들을 영웅이라고 칭했다. 하지만 이 반체제 인사들 중 많은 이들이 서방으로 탈출한 후 열렬한 트럼프 지지자가 되었다. [4/?]

민주주의에 대한 아테나 리우의 지지는 중화인민공화국을 공격할 때만 적용되는 것인가? 더구나 아버지의 경험에 대한 아테나의 진술 중 상당수는 일관적이지 않다. 이 문제는, 그녀의 전체 가족 역사에 대한 묘사에서도 마찬가지다. [5/?]

그리고 연이어 열여섯 개의 트윗이 이어지다가 아테나의 죄악에 관한 더 많은 증거가 담긴 구글 문서 링크로 마무리되었다. @NoHeroesNoGods가 내린 결론에 따르면, 아테나는 매우 급진적인 아시아 디아스포라 운동본부와 접촉한 적이 없었다. 아테나는 진짜 마르크스주의자가 아니었다. 기껏해야, 누릴 걸 다 누리는 샴페인 사회주의자에 불과했다. 아테나는 실제보다 더 비극적으로 보이기 위해 가족의 역사에 대해 거짓말을 했다. 편의를 위해, 진정성을 주장하기 위해, 그리고 주목받기 위해. 맥신 홍 킹스턴과 마찬가지로, 아테나는 늘 최악의 중국 역사와 문화를 제시해 백인 독자들의 연민을 자아냈다. 아테나는 인종 반역자였다.

트위터상의 사람들 대부분은 지금 무슨 일이 일어나고 있는지 전혀 모르고 있었다. 중국의 역사나 정치를 깊이 파고들지도 않고, 현명한 판단을 내릴 수 있을 만큼 아테나의 작품을 자세히 읽지도 않았기 때문이다. 하지만 그들이 보는 것, 그리고 혹해서 끌리는 것은 '아테나 리우=문제아'라는 공식이었다.

그때 두 번째 난장판의 파도가 폭풍처럼 밀려들기 시작했다. 이번에는 아테나가 중심에 있었다. 참여하는 계정 대부분은 진실에 전혀 관심이 없었다. 그들은 그저 오락거리를 찾아다닐 뿐이었다. 그들은 겨냥할 표적을 원했다. 앞에 있는 것이 무엇이든 갈가리 찢어버릴 태세가 되어 있었다.

뭐 이런 쓰레기가 다 있어!!!

가짜인 거, 나는 다 알고 있었지.

나쁜 년의 실체가 마침내 까발려져서 기쁘다. 그동안 의심스러웠는데.

아테나의 책을 갈가리 찢어 모닥불에 던지는 어떤 틱톡 이용자의 영상이 입소문을 탔다.(이는 나치와 분서 사건에 대한 또 다른 논쟁을 불러일으켰다. 하지만 인터넷상의 그 컴컴한 구석으로 여러분을 끌어내리지는 않겠다.) UCLA에 다니는 유튜버 킴벌리 덩은 아테나의 책에서 "문제가 있는" 문장을 해부하는 한 시간짜리 영상을 게시했다.(아테나는 언젠가 애인의 '아몬드 모양 눈'에 관해 쓴 적이 있었는데, 이는 서구의 미적 기준과 아시아 여성에 대한 성적 대상화를 받아들인 것이다.)

그들이 아테나를 공격하는 방식에는 기쁨을 주체하지 못하는 듯한, 어딘지 모르게 거슬리는 구석이 있었다. 마치 이런 기회가 오기를 내내 기다린 사람들처럼 가시 돋친 말을 쏟아냈다. 솔직히 놀랍지는 않았다. 아테나는 정말 완벽한 공격 대상이었다. 지나치게 예뻤고, 지나치게 성공했으며, 장부에 적을 것도 없이 이상할 정도로 깨끗했다. 확신컨대, 판단 팬케이크가 목에 걸려 죽지 않았더라도 아테나는 언제고 이런 역풍을 맞게 되었을 것이다.

마니 와, 아테나 리우에 관한 이 내용 보고 있어요?

젠 네, 터무니없네요... 미안한데 한족 우월주의자가 뭔가요?

마니 백인우월주의자랑 비슷한 거 아닐까요. 중국 소수민족에 대한 거겠죠. 사실, 그녀 작품에 중국의 소수민족들은 별로 다뤄지지 않은 게 눈에 띄긴 해요.

젠 그 작가 책을 좋아하시는 줄 몰랐어요.

마니 아, 딱 한 권 읽었어요 ㅋㅋ 첫 장을 넘기기 힘들었어요. 정말 읽기 힘든 소설이에요, 아시겠지만.

마니 하지만 그 문제를 없애주는 게시물이 여기 몇 개 있네요.

어떤 사람이 스미스소니언박물관에서 내가 아테나에게 느꼈던 것과 기이할 정도로 비슷한 이야기를 올렸다. "저는 어느 행사에 갔다가 그녀가 한국전쟁 참전 용사들을 인터뷰하면서 그들이 말하는 걸 작은 녹음기로 전부 녹음하는 모습을 봤습니다. 그로부터 6개월이 지난 후 『조선에 내려앉은 낙하산들』이 출간되었습니다. 한국의 전쟁포로에 대해 매우 충실히 묘사한 작품 중 하나로 칭송받고 있지만, 저는 늘 뭔가 잘못됐다고 느꼈습니다. 참전 용사의 입에서 나오는 말을 그대로 종이에 적은 다음 자신이 쓴 것으로 탈바꿈시킨 것 같았거든요. 믿을 수도 없고 알려지지도 않은 이야기들을요. 아테나는 그 모든 걸 다 자신이 지어낸 것처럼 굴었습니다. 다른 아시아 출신 작가들을 공격하는 것처럼 비칠 것 같아서 몇 년 동안 혼자만 간직해왔던 생각인데, 문학적 유산을 말할 때 이 점을 언급하는 게 중요할 것 같았습니다."

고백하는데, 사실 나는 이런 상황을 조금 즐기고 있었다. 나 말고 또 누군가가 아테나가 도둑이라는 사실을 알고 있다니, 기분이 좋았다.

진실이 무엇인지는 중요하지 않았다. 이런 소문을 퍼트리는 사람들은 사실 확인이나 마땅히 신경 써야 할 배려 같은 것에는 관심이 없었다. 그들은 "이건 알려야 할 것 같아서", "방금 알아낸 사실인데", "팔로워들이 알아야 하기에 공유합니다" 같은 문구를 사용했지만, 마음속으로는 몹시 기뻐하며 이 화끈한 가십을 탐닉했다. 아테나 리우를 쓰러트릴 기회가 온 것에 열광하면서 말이다. 결국 그녀도 보통 사람이었다. 그들은 그렇게 생각하고 있었다. 우리와 다르지 않은 사람이었다. 그리고 그녀를 파괴함으로써 우리는 스스로 도덕적 권위를 세웠다.

이런 생각을 하면 안 되는 줄 알지만, 내겐 좋은 일이었다. 아테나가 진흙 속으로 더 끌려가면 갈수록 모든 것이 더욱 혼란스러워졌고 나를 비방하는 사람들의 정의로운 권위도 약해졌다. 잘못으로 또 다른 잘못을 덮을 수는 없는 일이지만, 인터넷은 이를 인식하는 데 매우 서툴렀다. 이야기가 복잡해졌기 때문에, 사랑스럽고 순수한 희생자의 글을 훔쳤다고 나를 비난하는 것이 이제는 그다지 만족스럽지 않은 일이 되었다. 이제 아테나는 가식적인 속물이었다. 어쩌면 인종차별주의자일 수도 있었다.(이 점에 대해서는 누구도 확신하지 못했다.) 명백한 한족 우월주의자였고, 한국인과 베트남인을 작품 속에서 재현하는 일에 있어서는 거짓말쟁이이자 위선자였다. 이렇게 아테나 리우는 사후에 사람들에게서 지워졌다.

나는 브렛이나 다니엘라에게 이 이야기를 꺼내지 않았다. 그냥 넘겼다. 우리는 모두 이런 일이 어떤 식으로 끝나는지 잘 알고 있었다. 나는 이와 똑같은 일이 20대 초에 데뷔한 어느 작가에게 벌어지는 걸 봤다. 그녀는 자신을 그루밍하고 자신에게 영향을 미치려 했다는 이유로 훨씬 나이 많고 유명한 작가를 비난했다가 다른 사람들로부터 똑같은 비난을 받았다. 진실이 뭔지는 모르겠지만, 그 뒤로 몇 년 동안 그녀는 새

책을 내지 못했다. 이것이 바로 트위터 난투극의 본질이다. 의혹이 이리저리 난무하고, 모두의 명예가 무너진다. 먼지가 걷혀도 모든 게 그대로다.

그날 저녁, 기다리던 DM이 왔다.

"감사합니다." @AthenaLiusGhost였다. "하지만 대부분 이미 아는 자료네요. 새로운 증거가 생기면 알려주세요. 아테나를 위해 정의를 바로 세웁시다."

나는 곧장 책상으로 달려가 노트북으로 워드프레스를 열었다. 바람대로, 내 웹사이트에 최초이자 유일한 방문자가 하나 기록되어 있었다. 나는 9자리 숫자로 된 IP 주소를 복사해서 톰에게 문자메시지를 보냈다. "주소 여기 있어요. 어떤 정보라도 감사히 받을게요."

그 계정의 주인일 거라고 짐작되는 사람이 몇 명 있었다. 어쩌면 아델 스파크스-사토일 수도 있다. 릴리 우나 킴벌리 덩도 막상막하다. 아니면 그 미친 시각예술가 다이애나 추일 수도 있다. 하지만 그들 중 하나가 범인이라 해도 어떻게 대처해야 할지 막막했다. 아델과 다이애나는 뉴욕에 있고, 릴리는 보스턴에 있다. IP 주소가 둘 중 어디로 나온다고 해도 기껏해야 우연적인 결과일 것이다.

몇 시간 후 톰에게서 답장이 왔다.

운이 좋네. 몇 가지 IP 위치 추적 서비스를 시도해봤는데, 모두 같

은 도시를 뱉어내더라구. 그런데 페어팩스에는 아는 사람이 없지
않아?

미안한데... 조금 급한 상황은 아닌지 걱정되네. 그들이 뭔가 심각
한 일을 저지를 것 같으면 경찰한테 가보는 게 좋지 않을까?

더 자세히 알려주지 못해서 미안.

일반적으로 몇 킬로미터 이내의 위치는 알 수 있는데, 구체적인
주소를 알아내려면 아주 강력한 해킹을 시도해야 해.

하지만 구체적인 주소까지는 필요하지 않았다. 나는 누군
지 정확히 알았다. 아테나와 나, 둘 다 아는 사람이면서 페어
팩스에 사는 사람은 단 한 명뿐이니까. 그 사람이라면 능히
그러고도 남을 거라는 생각이 들었다.

심장이 쿵쾅거렸다. 나는 트위터를 열고 아테나의 전 남자
친구가 최근 무슨 장난을 벌이고 있는지 확인하기 위해 '제프
리 칼리노'를 검색했다.

14

아, 제프리.

어디서부터 이야기를 시작해야 할까?

두 사람이 사귀기 시작할 때쯤, 아테나와 나는 친한 사이가 아니었다. 나는 여전히 뉴욕에 머물면서 티치 포 아메리카의 저임금과 지루함을 애써 헤쳐나가고 있었다. 하지만 전 세계가 볼 수 있도록 트위터와 인스타그램에서 펼쳐진 두 사람의 치열한 싸움과 지저분한 애정사를 누구보다 잘 알고 있었다. 내가 아는 바에 의하면, 제프리와 아테나는 오리건의 작가 연수 프로그램에서 만났다. 당시 두 사람은 전도유망한 젊은 작가였다. 아테나는 첫 소설을 출간한 지 몇 달이 채 지나지 않았을 때였고, 제프리는 규모는 작지만 유명한 장르 전문 출판사와 막 첫 출간 계약을 맺은 시점이었다. 그들의 결합은

정해진 운명이었다. 둘 다 열정적이고 솔직했으며, 곧 출판계를 단번에 사로잡을 영재들이었다. 나는 제프리가 베이징에서 유학 생활을 한 것이 매력의 일부라고 생각했다.(하지만 아테나는 제프리와 헤어진 후 "제프리의 중국 이름이 지에 푸였대. 우리끼리만 있을 때는 그 이름으로 불러달라고 하더라. 진짜 완전 이상하지 않니? 무슨 이름이 그래?"라며 투덜거렸다.)

연수 프로그램 종료 후 아테나는 페어팩스에 있는 제프리 부모님의 별장으로 이사했다. 내가 이 사실을 아는 건 이후 6개월 동안 두 사람의 인스타그램 피드가 넌더리 나게 귀여운 사진들로 계속 도배되었기 때문이다. 서로 뺨을 댄 채 환하게 웃는 사진, 커피숍에서 찍은 흑백사진, '글 쓰고 있는 작가' 등의 설명이 붙은 사진, 동부 해안을 오르내리며 하이킹하는 전신사진, 늘씬하고 유연한 몸으로 땀을 뚝뚝 흘리는 사진 등이 끊임없이 올라왔다. 그때는 두 사람이 장 폴 사르트르와 시몬 드 보부아르, 아나이스 닌과 헨리 밀러, F. 스콧 피츠제럴드와 젤다 피츠제럴드(젤다가 실제보다 더 많은 책을 출간했다는 가정하에) 같은 유명한 문학 커플의 대열에 곧 합류하게 될 줄 알았다.

하지만 제프리는… 이걸 표현할 부드러운 말이 뭐가 있을까? 제프리는 그야말로 재능이 없었다. 출판에 있어서는 내 역사와 비견할 만했다. 그는 저명한 단편소설 잡지에 수십 편의 수상작을 기고하면서 강력하게 출발했다. 하지만 자칭 "가까운 미래 사회, 인종을 수시로 바꾸는 안드로이드를 다룬 장

르 파괴 스릴러"라는 그의 첫 소설은 예상과 달리 대서특필되
는 데 실패했다. SF 전문지 《로커스》의 한 평론가는 그의 작
품을 일컬어 "혼란스럽고 근본적으로 의도가 잘못된, 어쩌면
악의적이라고도 볼 수 있는, 인종 탈피와 인종적 유동성에 대
한 탐구"라고 평했다. 내 데뷔 소설도 잘 팔린 건 아니지만 적
어도 "신중하지 못하고 얄팍한 철학은 학부생들이 드나드는
바에서나 떠들고 성인들이 볼 수 있는 페이지에는 내놓지 말
아야 한다"는 평을 듣지는 않았다.

제프리는 이 평론에 발끈한 나머지 길고 당혹스러운 반박
문을 블로그에 올렸다. 평론가가 자신의 작품을 오해하고 있
으며, 그의 "지적 범위"로는 인종에 대한 자신의 복잡하고 급
진적인 비판을 인식하지 못한다는 내용이었다. 예상대로, 트
위터는 이에 강력하게 맞섰다. 아테나는 얼마 지나지 않아 그
와 헤어졌다.('집에서 작업 중'인 아테나의 사진들이 갑자기 전부
새로운 위치에서 촬영된 것으로 밝혀짐에 따라 우리 평민들이 추론
한 바에 따르면 그랬다.)

갑작스러운 이별처럼 느껴질 법도 했지만, 실은 모두가 이
미 예감한 일이었다. 데뷔작이 실패로 돌아가기 전에 제프리
는 샤오 리라는 이름의 안드로이드 소녀에 대한 연작 단편을
발표한 적이 있었다. 샤오 리가 음탕한 인간 고객들이 가하는
수많은 학대를 참고 견디다가 자폭함으로써 뉴 베이징의 절
반을 날려버린다는 이야기였다. 제프리의 주장에 따르면, 이
소설은 식민지 여성 혐오와 AI의 권리, 중국 가부장제에 대

한 신랄한 문제 제기였다. 트위터에서 누군가가 본문에 나오는 중국어 표현을 전부 다 어떻게 조사했는지 물었을 때, 그는 "긴 머리의 사전"(이 말은 며칠간 트위터를 달궜다)과 데이트 중이라고 태평스럽게 대답했다. 또 술집에서 술에 취해 성추행을 했다는 혐의도 있었고, '황인종이 좋아!'라는 유명한 포르노 사이트에 제프리의 것으로 보이는 계정도 있었다. 하지만 예의상 우리는 차마 그런 얘기를 사람들 앞에서는 하지 않았다.

아무튼 그래서 제프리의 책은 실패로 돌아갔다. 아테나는 모두가 기대했던 대로 했고, 그 난장판과 거리를 두었다. 출판계에서 가장 매력적이었던 젊은 커플은 헤어짐과 동시에 출판계에서 가장 매력적인 젊은 작가와 경력을 시작하기도 전에 망해버린 백인 소년으로 나뉘었다.

그 시점에서 제프리는 상처를 딛고 앞으로 나아갔어야 했다. 그에겐 여전히 강력한 에이전트와 계약 진행 중인 두 번째 책, 그리고 경력을 회복할 기회가 남아 있었다. 하지만 그는 트위터에서 흉포하기 그지없는 모습으로 변했다. 자신이 어쩌다 부당하게 악당이 되었는지, 그리고 《로커스》에 그런 평론을 쓰게 한 사람이 실은 아테나이며 그래서 자신을 옹호해주지 않았다는 내용을 담은 장광설을 늘어놓기 시작했다.

나는 그의 모든 것이 무너져 내리는 모습을 보면서 당혹감을 느꼈다. 아테나는 똑똑하게 처신했다. 자기 트위터 계정을 닫았고, 인터넷에서 사람들이 걱정으로 위장한 호색적 관심을 뭔가 다른 데 쏟을 때까지 아무 말도 하지 않았다. 제프리는 혹평에 무의미한 대응을 계속하다가 팔로워 수가 두 자릿수로 줄어들 즈음에야 계정을 닫았다. 그의 에이전트는 "개인적인 이유"를 들어 그와의 관계를 끊었다. 첫 책의 속편이 계약된 상태였지만, 그가 여전히 원고를 완성하기 위해 노력하고 있다 해도 그 책이 빛을 볼 수 있을지는 불투명했다.

이런 일들을 누가 제대로 알까? 트위터는 자격이 없으면서도 우리 모두를 열심히 판단한다. 제프리는 누구를 상대하느냐에 따라 기만적이고 폭력적이며 마음대로 상대를 조종하려 하는 불안한 거머리가 될 수도 있었고, 피해자가 될 수도 있었다. 아테나는 꽤 깔끔하게 상황에서 벗어났지만 그럴 수 있었던 건 아름답고 재능 있는 아테나 리우와 사귀는 게 끔찍하다는 제프리의 말을 아무도 믿지 않았고 이성애자 백인 남성을 동네북으로 삼는 편이 항상 더 쉽기 때문이었다.

내가 아는 한 아테나와 제프리는 꽤 오래 서로 말도 하지 않고 지냈다.

그런데, 대체 그는 왜 나를 표적으로 삼은 걸까?

사건을 좀 더 캐본 끝에, 나는 이 모든 일의 배후에 그가 있음을 확인했다. 그의 계정은 @AthenaLiusGhost 계정이 트윗한 모든 내용을 충실하게 리트윗하고 있었고, 때로는 자신의 말을 덧붙이기도 했다. "아무도 이 얘기를 하지 않는 걸 믿을 수 없다. 에덴프레스와 주니퍼 송은 부끄러운 줄 알아야 한다."

그전에 그가 트윗한 유일한 게시물은 한 달도 더 지난 것이었다. "인도음식점에서 '백인들이 매워하는 그런 정도가 아니라 정말 매운 것'을 달라고 요구하면 싫어하나요?"(이 게시글에는 '좋아요'가 세 개 달렸다. 그리고 RichardBurns08이라는 사람이 이런 댓글을 달았다. "저도 그래요. 태국인 아내와 3년째 함께 살고 있는데, 아직도 저 같은 외국인은 그런 맛을 감당하지 못한다고 생각하더군요. 그 생각이 틀렸다는 걸 증명하고 싶어요!")

빨리 행동해야 한다. 제프리는 불안정하고 예측 불가능한 바보다. 애초에 싹을 자르는 게 최선이다. 직접 그를 상대할 수도 있겠지만, 그전에 그가 소매 안에 무엇을 감추고 있는지 정확히 알고 싶었다.

예전에 아테나가 포토맥강에서 열리는 작가들의 모임에 몇 명의 친구들을 초대했을 때 받은 제프리의 연락처를 갖고 있었다. 그때 그 모임은 실현되지 않았다. 숙소 비용을 놓고 다투다가, 성별로 분리된 숙소를 이용하자는 것이 정말 이성애 중심적이고 퇴행적인 주장인지, 또는 서로 모르는 사람끼리 함께 방을 쓰면 당혹스럽지 않겠는지를 놓고 갈등을 빚었다. 그러던 중 갑자기 다들 일정이 꼬였다. 결국 계획은 막판에 이르러 전면 취소되었다.

나는 제프리에게 @AthenaLiusGhost의 첫 트윗 화면을 캡처해 보내면서 "다 알아"라고 덧붙였다.

멍청이처럼 그는 읽은 흔적을 남겼다. 보내자마자 읽었음을 알 수 있었다. 하지만 대답이 없었다.

가슴으로 느껴질 정도로 심장이 쿵쾅거렸다. 나는 다음 내용을 입력했다. "내일, 타이슨스 코너에 있는 코코스 앞, 3:30. 기회는 한 번뿐이야. 나오지 않으면 사람들한테 너라고 다 밝힐 거야."

그러고 나서 휴대폰을 끄고 침대 위로 던진 다음, 소리를 질렀다.

코코스에 일찌감치 도착했다. 아이스 라테를 시켰지만, 아주 조금만 마셨다. 도중에 화장실에 가고 싶지 않았다. 계절에 맞지 않게 더운 날씨였다. 그래서인지 옥외 자리에는 나 혼자뿐이었다. 나는 모퉁이 근처에 자리한 2인용 테이블을 골랐다. 파티오 전체가 한눈에 들어오고, 사방이 트여서 도망치기에 수월한 자리였다. 내가 왜 적의 영역에 들어와 있는 KGB 요원처럼 퇴로를 눈여겨보고 있는지 알 수 없었지만, 우리 상황에 대한 설명으로는 나쁘지 않았다. 인터넷상에서 거짓말을 주고받던 두 사람이 서로 상대의 평판을 해칠 방도를 결정하려는 참이었다.

제프리가 나타났을 때 나는 깜짝 놀랐다. 누가 알아볼까 봐 고개를 푹 숙인 채 그가 광장을 가로질러 오는 모습이 보였다. 그는 야구모자와 엄청나게 큰 선글라스를 쓴 우스꽝스러운 차림이었다.

"안녕, 준." 그가 선글라스를 벗으며 내 맞은편 의자를 홱 잡아빼고 앉았다. "다시 만나서 반가워."

아테나가 왜 한때 그를 사랑했는지 알 듯했다. 제프리는 정말 잘생긴 남자였다. 그의 작가 사진을 통해 나는 그의 턱선이 얼마나 날카로운지, 그의 눈동자가 얼마나 선명한 녹색인지 알고 있었다. 직접 보니 이런 용모가 압도적일 정도로 두드러졌다. 헝클어진 검은 머리카락과 거친 수염은 그를 마치 비밀스럽고 에로틱한 청소년소설 속 연애 상대가 현실에 나타난 것처럼 보이게 만들었다.

하지만 그의 트윗을 읽은 내 눈에는 그가 섹시하기보다는 너무 한심해 보였다.

나는 아이스 라테를 또 한 모금 마셨다. 그에게 대화의 통제권을 주지 않을 작정이었다. 한순간이라도 자기가 우위에 있다고 느끼게 하고 싶지 않았다. 최대한 공격적으로 나갈 생각이었다.

"아테나의 원고를 훔쳤으니 뭐니 대체 무슨 말도 안 되는 소리야?"

그가 뒤로 기대앉으며 떡 벌어진 가슴 앞으로 팔짱을 꼈다.(그 순간 나는 깨달았다. 아, 이거구나. 떡 벌어진 가슴이라는 게!) "무슨 말인지 우리 둘 다 안다고 생각하는데?"

"난 모르겠는데." 나는 화난 목소리로 대답했다. 분노를 떠올리기는 어렵지 않았다. 그의 여유롭고 거만한 모습에 당장 한 대 때려주고 싶은 마음이 들었다. "터무니없는 소리 하지 마."

"그럼 왜 만나자고 한 거야?"

"그야 네가 하는 짓이 비열하니까. 그건 역겹고 무례한 짓이야. 나한테도, 아테나한테도. 그리고 네가 다른 사람이었다면 당장 꺼지라고 했겠지만, 내 가장 친한 친구와의 과거를 생각해서 직접 만나 얘기하기로 한 거야."

그가 눈을 굴렸다. "정말이야, 준? 가식적으로 굴겠다 이거야?"

나는 철제 테이블을 손으로 내리쳤다. 극적인 행동이었다. 그가 움찔하는 걸 보니 잘한 것 같았다.

"가식적으로 구는 건 너겠지. 명예훼손으로 고소하기 전에 마지막으로 해명할 기회를 줄게."

그는 순간 풀이 죽은 듯했다. 효과가 있었나? 내 말에 겁먹은 거야?

"그 원고에 대해 얘기한 적이 있어." 그가 불쑥 내뱉었다. "아테나랑 나랑."

속이 뒤틀리는 느낌이었다.

"데이트할 때 아테나가 그 소설에 대해 얘기해줬어. 자료 조사한 것도 보여줬고. 이주노동자들, 전선에서 잊힌 목소리들. 위키피디아에서 해당 페이지도 같이 봤어." 그가 몸을 앞으로 숙이며 눈을 가늘게 뜨고 내 눈을 똑바로 바라봤다. "그런데 충격적이게도, 아테나가 죽은 직후 네가 똑같은 주제로 아주 쉽게 책을 써서 출판했더라구."

"제1차 세계대전 이야기를 한 사람만 쓰라는 법은 없어." 나는 무뚝뚝하게 대꾸했다. "역사에는 저작권이 없어, 제프리."

"나한테 헛소리할 생각 하지 마."

"이제 증거를 다 공개하겠다는 소리 같네?"

내 전략은 처음부터 그가 자기 카드를 보이게 만드는 것이었다. 그에게 정말 증거가 '있다면' 나는 끝난 셈이다. 적어도 미리 알고 싶었다. 하지만 그에게 증거가 없다면, 아직 계책을 써볼 여지가 남아 있다.

그의 얼굴이 굳어졌다. "네가 무슨 짓을 했는지 알아. 우리 둘 다 알지. 거짓말로 이 상황에서 빠져나갈 생각 마."

내 추측이 맞을까? 제프리가 아무 증거도 갖고 있지 않을 가능성이 있을까?

나는 그를 조금 더 압박해보기로 했다. 어떻게 반응하는지 보고 싶었다.

"아직도 망상에 빠져 있네."

"내가, 망상에 빠져 있다고?" 그가 코웃음을 치며 말했다. "적어도 난 있지도 않은 우정을 내세우고 다니진 않아. 너희 둘이 안 친했던 거 알아. 대학 때부터 제일 친한 친구였다고? 왜 이래? 아테나는 나랑 사귀는 동안 네 이름은 입에 올린 적도 없어. 난 행사에서 너를 한 번 본 게 전부고. 프로그램 북에서 네 소개를 봤더니 어느 학교를 나왔는지 적혀 있더라. 그래서 아테나한테 혹시 너를 아냐고 물었지. 아테나가 뭐라고 대답했는지 말해줄까?"

듣고 싶지 않았다. 이런 말에 신경 쓸 이유가 없는데도 신경이 쓰였다. 제프리도 이런 내 마음을 알아챈 게 분명했다. 그는 피 냄새를 맡은 사냥개처럼 송곳니를 드러낸 채 웃고 있었다.

"학교에 루저가 몇 명 있는데 그중 한 명이라고 하더라. 왜 아직도 글에 매달리고 있는지 모르겠다면서 말이야. 데뷔작이 정말 형편없다고, 출판계에 잘근잘근 씹히다 잡아먹히기 전에 그만두는 게 좋을 것 같다고." 그가 킬킬거리며 웃었다. "아테나가 왜 과장되게 가짜 동정심을 연기했는지 알아? 자기도 인간적인 감정을 느낀다는 걸 보여주려고 그런 거야."

눈가가 축축해진 느낌이 들었다. 나는 눈물을 참으려고 신경질적으로 눈을 깜박였다.

"네가 생각보다 아테나를 잘 몰랐던 게 분명하네."

"이봐, 난 아테나가 입은 끈팬티의 얼룩까지 본 사람이야. 비밀이란 게 없는 여자였어. 너에 대한 것도 마찬가지고."

순간 자리를 박차고 나가고 싶은 충동을 느꼈다. 아니, 테이블 너머로 손을 뻗어 의기양양한 그의 잔인한 얼굴을 한 대 때리고 싶었다. 하지만 그렇게 한다면 원래의 목적을 이룰 수 없다.

집중하자. 거의 끝나가고 있다. 이 모든 걸 다 사라지게 만들어야 한다.

"생각해보니까…" 나는 손톱으로 테이블을 두드리며 일부러 초조한 듯 눈을 깜박였다. "생각해보니까 내가 원고를 훔친 것 같기도 하네."

그의 눈이 휘둥그레졌다. "그럴 줄 알았어. 이 빌어먹을 거짓말쟁이 같으니—"

"알겠어. 그만해, 제발." 나는 손을 들어 올리면서 겁먹은 척 연기를 했다. 일부러 떨리는 목소리로 그에게 말했다. "원하는 게 뭐야?"

그가 다시 의기양양한 미소를 지었다. 그는 점점 건방져지고 있었다. 통제권이 자기한테 있음을 알고 있었다.

"정말 그걸 가져가고도 괜찮을 줄 알았나 보네."

"우리, 그냥 그만하면 안 될까?" 나는 간청했다. 겁먹은 척하기는 어려운 일이 아니었다. 밤에 혼자 집에 가는데 길 저편에 제프리가 서 있고, 내 얼굴을 그의 주먹으로부터 막아줄 수단은 전혀 없는 상황을 상상하기만 하면 됐다. 그는 덩치도 크고 근육질이다. 나를 짓밟아버릴 수 있다. 나는 그에게 그 사실을 상기시키기 위해 필사적으로 눈을 깜박였다. 그가 나를 구석에 몰아넣었다고 느끼기를 바랐다. "제발, 이 사실이 새어나가면, 나는, 난 다 잃게 돼…."

"아닐 수도 있지." 그가 몸을 앞으로 숙이며 손바닥으로 테이블을 짚었다. "어쩌면 우리가 일종의 합의에 이를 수도 있고 말이야."

나는 애써 표정을 그대로 유지하며 물었다. "그게 무슨… 무슨 뜻이야?"

"그 책으로 많은 돈을 벌고 있는 거, 맞지?" 엿듣는 사람은 없는지, 그가 주위를 둘러봤다. "거짓말할 생각은 하지 마. 선금 발표 기사 봤으니까. 금액이 여섯 자리 중반이었나? 이미 많이 벌었다는 거 알아."

목이 왈칵 조여왔다. "너… 너 지금 나한테 협박하는 거야?"

"우리 모두에게 유익한 방식이라고 생각하는데? 넌 계속 책을 팔고, 난 네 비밀을 지켜주고. 모두에게 좋은 거 아닌가? 그럼 이제 내가 얼마를 받으면 좋을지 의논할까?"

맙소사. 어쩌면 이렇게 멍청하지? 자기 입으로 무슨 말을 하는지 알기는 하는 걸까? 나는 그가 한 말을 트위터 전체에 뿌리는 걸 상상했다. 곧이어 불어닥칠 분노도. 제프리는 다시는 글을 써서 돈을 벌지 못할 것이다. 다시 숨어 지내야 할 수도 있다. 다시는 사람들 앞에 그 자신으로 존재할 수 없을 것이다.

하지만 상황이 그렇게 폭발적으로 전개되면 지저분한 결과를 낳을 수도 있다. 그리고 나 역시 그 폭발 반경 내에 갇힐 가능성이 크다. 내게 필요한 건 이 모든 걸 조용히 사라지게 만드는 것이었다.

"흠… 아니." 나는 과장되게 입술을 두드리고는 비죽거리며 말했다. "아니야, 안 할래."

그의 눈이 가늘어졌다. "지금 넌 뭘 선택할 처지가 아닌데."

"그래?"

"다들 진실을 알게 되면 어떻게 될 것 같아?"

"사람들은 절대 알 수 없어." 나는 어깨를 으쓱했다. "사실이 아니니까. 네가 허풍 떠는 거잖아, 제프리. 우리 둘 다 아는 사실이지."

"네가 책 훔친 거 내가 다 아는데—"

"아니, 넌 몰라. 증거도 없잖아. 그냥 반응을 보려고 일을 꾸미고 있는 거잖아." 나는 옆 주머니를 톡톡 두드렸다. 거기에는 내 아이폰이 이 모든 대화를 녹음하며 안전하게 들어앉아 있었다. "나한테 뭐가 있냐면, 책이 도난당했다고 주장하면서 책 인세를 나눠달라고 나를 협박하는 네 목소리 기록이야. 네가 하는 짓은 아테나를 위한 게 아니야. 아테나의 유산을 뺏으려는 거지. 제프리, 이게 유출되면 평생 또 다른 출판 계약을 할 수 있을 것 같아?"

제프리는 내 목이라도 조를 태세였다. 눈을 얼마나 치떴던지 눈동자 주위의 흰자가 보일 정도였다. 말려 올라간 입술 사이로 송곳니가 드러났다. 순간, 나는 너무 우쭐대다가 일을 망치는 건 아닌지, 그를 너무 벼랑 끝으로 몬 건 아닌지 긴장이 되었다. 〈나이브스 아웃〉의 크리스 에번스, 〈프라미싱 영우먼〉의 그 강간범 등 갑자기 돌변하는 영화 속 멋진 백인 남자들이 떠올랐다. 어쩌면 제프리가 테이블을 뛰어넘어 내 쇄골을 칼로 찌를지도 모른다. 어쩌면 지금은 분노를 억누르고 있지만, 내가 멀어지는 모습을 지켜보고 있다가 집에 가는 길에 차로 나를 칠지도 모른다.

하지만 이건 영화가 아니다. 현실이다. 그리고 제프리 칼리노는 분노를 다스리지 못하는 우두머리 수컷이 아니다. 그는 단지 허풍이나 떠는, 소매에 아무런 카드도 감추고 있지 않은 한심하고 불안한 소년일 뿐이다.

그에게는 더 이상 협상을 끌고 나갈 추진력이 없었다. 분노는 사라지고 패배만 남아 있었다. 그의 어깨가 축 처졌다.

"너 진짜 끔찍한 인간이다." 그가 침을 뱉으며 말했다.

"아니, 뛰어난 작가에다 좋은 친구지. 반면에 넌, 전 여자친구가 도난당한 원고에 빈대 붙으려 한 녹음 기록이 있고."

"지옥에나 떨어져, 나쁜 년아."

"아, 그만 꺼져."

나는 자리에서 일어났다. 예전에 사자가 홱 움직이자마자 그 두 눈 사이에 총알을 명중시키는 어느 사냥꾼의 영상을 본 적이 있었다. 그 사냥꾼이 느꼈던 기분이 지금 내가 느끼는 것과 같을지 궁금했다. 숨 쉴 수 없을 정도로 벅찬 승리감과 안도감 말이다. 과연 그 사냥꾼도 자신의 희생양을 바라보며 자신이 그 힘과 잠재력을 못 쓰게 만든 것에 경탄했을까.

"다시는 연락하지 마."

제프리가 비밀 무기를 갖고 있지 않다는 걸 알게 된 이상, 나는 아무 문제 없이 해명 글을 작성할 수 있었다. 젠과 마니가 어느 정도 초안을 작성했고, 나는 스캔들에 대한 공식 성명을 내 작가 웹사이트에 게재했다. 그리고 트위터에도 링크했다.(노트 앱에서 작성한 화면을 휴대폰으로 캡처해 올릴 생각도 해봤지만, 이런 식의 사과는 그 자체가 하나의 장르가 되어버려서 그리 괜찮은 방법이 아니었다.)

물론 처음에는 악의적인 댓글과 트윗이 주를 이뤘다.

빌어먹을 거짓말쟁이.

여러분, 안녕하세요.

『최후의 전선』의 저자에 관한 최근 논란에 대해 알면서도 더 빨리 말씀드리지 못한 점 사과드립니다. 개인적으로 무척 힘든 시간이었으며, 가장 친한 친구의 비극적인 죽음을 극복하기 위해 여전히 애쓰는 중임을 양해 부탁드립니다.

간단히 말씀드리자면, 해당 혐의는 완전히 거짓입니다. 『최후의 전선』은 제가 쓴 제 글입니다. 아테나에게서 영감을 받아 세계사에서 잊힌 이 이야기를 들여다보게 되었던 만큼, 제 작품에서 아테나의 목소리가 빛나는 것은 전혀 놀라운 일이 아니라고 생각합니다.

이 모든 상황에 인종적인 문제가 내포되어 있음을 이해합니다. 아테나가 아시아인 디아스포라 문제에 관심이 많았기 때문에 『최후의 전선』은 아테나만이 쓸 수 있었을 거라는 주장은 저를 속상하게 합니다. 이는 우리 두 사람 모두를 묵살하고, 작가로서의 정체성을 잃게 만드는 것입니다.

이런 소문의 배후에 있는 사람들의 동기가 뭔지 모르겠지만, 저는 그것을 제가 무척 그리워하는 사람과의 관계에 대한 악의적인 공격으로 받아들일 수밖에 없습니다. 아테나의 죽음은 제 생애에서 가장 충격적인 경험 중 하나니까요.

제 에이전트와 편집자가 독립적인 조사를 통해 그 어떤 범법 행위도 없음을 확인했습니다. 이번을 마지막으로 더는 제가 이 문제에 대해 언급하는 일은 없을 것입니다.

감사합니다,
주니퍼

그래서, 죽은 친구가 집필 중이던 소설을 우연히 자기도 쓰게 됐다는 거야? 편리하네.

하하하. 사과문도 제대로 못 쓰네.

어, 그러니까 주니퍼 송은 사과하지 않겠다는 거구나. 장담하는데 백인들이 나서서 변호해줄 게 뻔해. 진짜 싫다, 출판계.

네 입에서 나온 말은 하나도 못 믿어, 이 나쁜 년, 인종차별주의자야.

이 말이 사실이라면, 사실을 밝히는 데 왜 이렇게 오래 걸렸지?

일단 초반에 쏟아져 나온 욕을 감당하고 나자, 내 진술이 꽤 먹혔다는 게 분명해졌다. 밤사이에 여론이 회의주의에서 연민으로 바뀐 것을 볼 수 있었다.
"지금까지 이렇게 사악하고 악의적인 캠페인은 처음 본다." 지금까지 중립적인 입장을 지켜온 한 유명 블로거는 이렇게 트윗했다. "주니퍼 송과 아테나 리우의 유산에 해를 끼친 것에 대해 모두 부끄러워해야 한다."
"트위터는 보라. 이래서 우리가 좋은 걸 가지지 못하는 것이다." 5만 명의 구독자를 보유한 한 북튜버는 이렇게 말했다. "대체 우리는 알지도 못하면서 물어뜯는 짓을 언제쯤 그만둘 수 있을까?"

샤오 첸도 글을 남겼다. 솔직히 나는 그의 글을 이렇게 받아들였다. 이 책은 너무 인종차별주의적이라서, 분명 백인 작가가 아니면 쓰기 힘들었을 것이다.

다음 날 아침, @AthenaLiusGhost 계정이 사라졌다. 아무리 찾아봐도 나오지 않았다. 가져다 쓰려고 해도 원본이 없었다. 인용 링크는 깨졌고, 인용 트윗은 아무것으로도 연결되지 않았다. 여전히 악취를 풍기며 누구보다 백인 여성 작가를 믿어버린 출판계의 성급함을 비난하는 사람들이 있었지만, 대부분은 이런 일이 아예 있지도 않았다고 믿고 싶은 듯했다. 저 밖에는 아직도 내가 그런 짓을 했다고 믿는 화난 비평가들이 분명 있겠지만, 법적 행동으로 확대할 만한 구체적인 증거가 충분치 않았다. 더구나 아테나의 문학적 유산을 대표할 수 있는 사람은 리우 부인뿐인데 그녀는 입장문을 내지도, 나한테 연락하지도 않았다. 실체 없는 괴물은 전혀 견고하지 않았다. 오직 많은 사람이 아무것도 아닌 것을 향해 소리를 질러댔던 잠깐의 기억뿐이었다.

그다음 월요일에 브렛이 이메일로 좋은 소식을 보내왔다.

그린하우스 프로덕션에서 옵션으로 1만 5천 달러를 제안했어요. 갱신 옵션 포함 18개월 조건이고, 갱신하는 경우 금액이 올라갈

수 있어요. 최대 1만 8천 달러까지 얘기해볼 생각이에요. 그 정도
는 가능할 거라고 봅니다. 우리 영화 담당 에이전트가 계약서를
살펴보고 아무 문제 없는지 확인한 후 서명을 위해 다시 서류를
보낼 거예요. 괜찮은 소식이죠?

1만 5천 달러는 그 모든 과대광고에 비하면 기대했던 것보
다 조금 적은 금액이지만, 그린하우스에서 어떤 제안이 왔다
는 사실은 최소한 나에 대한 지속적인 신뢰의 표시라고 생각
했다.

"이게 다예요?" 나는 답장을 썼다. "뭣 때문에 늦어졌대요?"

"아, 할리우드는 진행이 느리거든요." 브렛이 답했다. "저를
믿으세요. 이 정도면 빠른 편이에요. 서류는 이번 주말까지
드리도록 하겠습니다."

모든 게 제자리로 돌아가고 있었다. 《데드라인》에서는 이
옵션 계약을 좋게 보도해주었고, 온라인에서는 많은 이들이
축하를 전해왔다.(그들은 모두 재스민 장이 감독을 맡는 줄 아는
것 같았지만, 나는 굳이 정정하지 않았다.) 출판계 뉴스 매체들은
흥미진진한 다음 스캔들을 쫓기 시작했다. 그중에는 청소년
소설을 주로 쓰는 어떤 작가가 몇 달 동안 경쟁 작가에게 익
명으로 살해 위협 메일을 보내던 중 그만 실수로 자신의 실제
이메일 주소로 보낸 사건이 포함되어 있었다.(그녀는 장난으로
넘기려 했지만 아무도 믿지 않는 상황에서, 피해 작가는 정신적 손해
배상 청구소송 비용 마련을 위해 '고펀드미' 모금을 시작했다.)

나를 대상으로 한 살해 위협은 하루에 한두 번으로 줄어들었고, 그러다 아예 오지 않게 되었다. DM을 확인하면서도 안전하다고 느꼈다. 일주일 동안 내가 받은 알림이라곤 다수의 '축하' 게시물, 책과 리뷰에 달린 태그, 그리고 500페이지에 달하는 원고를 개인적으로 읽어봐줄 수 있는지 묻는 소름 끼치게 싫은 요청이 전부였다. 나를 비방하던 트윗들은 모두 트위터 메모리라는 블랙홀 안으로 사라졌다. 나는 다시 밤에 쭉 잠을 자기 시작했다. 다시 헛구역질하지 않고도 먹을 수 있게 되었다.

　여론이라는 법정에서 이제 나는 무죄였다. 아테나의 유령은 사라지고 없었다.

15

거기서 그만뒀어야 했다.

담론은 마침내 사그라들었다. 정확히 브렛이 장담한 대로였다. 이제는 계속 울리다 망가질까 봐 휴대폰 알림음을 끌 필요가 없었다. 이제 더는 트위터를 달구는 주인공이 아니었다. 하지만 바로 그게 문제였다. 이제 나는 관심에서 멀어지고 있었다.

이것은 고전이 되지 못한 책이라면 누구라도 거치게 되는 과정이었다. 『최후의 전선』이 출간된 지 1년이 되어가고 있었다. 4개월이 지나자 결국 베스트셀러 목록에서 떨어져 나왔다. 최종 후보에 올랐던 상들도 하나도 받지 못했다. 이는 상당 부분 @AthenaLiusGhost 스캔들 때문이었다. 좋은 내용이든 나쁜 내용이든 팬들에게서 오던 메일도 자취를 감추기 시작했다. 학교와 도서관에서 쇄도하던 초대도 중단되었다. 그 린하우스 프로덕션에서는 계약 체결 이후 아무 소식도 들리지 않고 있었다.(이는 아주 흔한 일이다. 원래 대부분의 옵션 저작물은 옵션 기간이 끝날 때까지 선반에 자리만 차지하고 있는 게 일반적이다.) 사람들은 더 이상 논평이나 에세이 요청을 해오지 않았다. 재미있는 트윗을 올려도 끽해야 50~60개 정도의 '좋아요'가 전부였다.

과거의 나는 인터넷에서 존재감 없이 지내다가 매주 어쩌다 한두 번 트위터에 언급되는 걸로 세로토닌을 얻으며 거기에 연연해하곤 했다. 하지만 문학계 전체를 손안에 넣고서도 눈 깜짝할 사이에 잊힐 수 있다는 것을 미처 몰랐다. 오래된 것은 잊히고 새롭고 강렬한 것은 받아들여지는 게 이곳의 생리다. 키미 카이라는 예쁘고 몸매 좋은 20대 풋내기 작가의 예만 봐도 알 수 있다. 어린 시절을 하와이 순회 서커스단에서 곡예를 하며 보낸 그녀는 이 이야기로 회고록을 출간했다.

굶어 죽을 일은 없었다. 계산해보니 적당히만 산다면(여기서 '적당히'의 정의는 지금 이 아파트에 계속 살면서 테이크아웃 음식을 매일이 아닌 격일로 주문하는 것을 말한다)『최후의 전선』에서 얻은 수입만으로도 앞으로 10년, 어쩌면 15년까지도 살 수 있을 것 같았다.

『최후의 전선』 양장본은 11쇄 인쇄에 들어갔다. 페이퍼백 염가판은 막 출시되었는데, 이는 판매량의 상당한 증가로 이어졌다.(염가판은 양장본보다 저렴해서 좀 더 잘 팔리는 경향이 있다.) 사실 나는 돈이 필요하지 않았다. 이렇거나 저렇거나 잘 살 수 있었다.

하지만, 맙소사, 나는 다시 주목을 받고 싶었다.

책이 크게 성공하면 폭포처럼 쏟아지는 유쾌한 관심을 받으며 주목받는 것을 즐기게 된다. 당신은 문화적 대화를 지배한다. 말 그대로 신의 손을 갖게 되는 것이다. 모두가 당신과 인터뷰하고 싶어 하고, 모두가 자신의 책을 당신이 홍보해주거나 출간 행사를 주최해주길 바란다. 당신이 말하는 모든 게 중요하게 취급된다. 당신이 집필 과정이나 다른 책, 또는 삶 자체에 관해 지극히 주관적인 논평을 떠들어대도, 사람들은 당신의 말을 복음으로 받아들인다. 소셜미디어에서 책을 추천하면 사람들은 그날 당장 그 책을 사러 차를 몰고 나간다.

하지만 스포트라이트를 받는 시간은 계속되지 않는다. 겨우 6년 전 어마어마한 베스트셀러 작가였던 사람이, 더 젊고 인기 있는 동료 작가 앞에는 긴 줄이 모퉁이까지 둘러쌀 정도로 늘어선 가운데 구석에 방치된 사인 테이블에 홀로 쓸쓸히 앉아 있는 모습을 본 적이 있다. 마지막 작품이 출간된 지 몇십 년이 지나도 누구나 알 만한 이름으로 남을 만큼 문학적 명성의 정점에 도달하는 건 어려운 일이다. 몇 안 되는 노벨 문학상 수상자들만이 이런 영광을 누릴 수 있다. 나머지는 관심을 갈구하며 햄스터처럼 쳇바퀴를 끊임없이 돌려야 한다.

방금 나는 트위터에서 예전 멘티였던 에미 조가 아테나의 에이전트였던 재러드와 계약을 맺었다는 소식을 접했다. 재러드는 여섯 자리에서 일곱 자리 숫자의 거래를 성사시키기로 유명한 능력자다. 에미의 멘토로서 이 소식이 기뻤지만, 그녀가 좋은 소식을 전해올 때마다 불안감이 치솟았다. 나를 따라잡을까 봐 두려웠고, 나보다 더 큰 계약에 성공할까 봐 두려웠고, 영화 제작권이 팔려 나보다 이름을 떨칠까 봐 두려웠다. 다음번 문학 행사장에서 마주쳤을 때 그녀가 우쭐하며 가볍게 고개만 끄덕하고 지나갈까 봐 두려웠다.

물론 앞서나갈 수 있는 유일한 방법은 다음 프로젝트로 세상을 놀라게 하는 것뿐이다. 하지만 무엇을 어떻게 써야 할지 나는 전혀 감을 잡을 수가 없었다.

어느 날 아침, 브렛이 전화를 걸어왔다. 표면적인 이유는 그냥 안부 인사였다. 우리는 잠시 의례적인 인사말을 주고받았다. 그러다 브렛이 물었다. "음, 글쓰기 나라에서는 상황이 어떻게 돌아가고 있나요?"

그가 무엇을 묻는 건지 나는 잘 알았다. 모두가 나의 다음 등판을 기다리고 있었다. 만일 내가 『최후의 전선』 후속작, 확실히 표절이 아니고 아테나와 전혀 관계가 없으면서 '주니퍼 송'만의 형언하기 힘든 매력을 갖춘 작품을 내놓는다면 지금까지의 소문을 단번에, 그리고 영원히 떨쳐버릴 수 있다는 것이 브렛과 다니엘라의 생각이었다.

나는 한숨을 쉬었다. "솔직히 말씀드릴게요. 아무것도 쓰지 못하고 있어요. 아이디어가 완전히 고갈됐어요. 몇 가지 아이디어를 실험해보고는 있는데, 이거다 싶은 게 없네요."

"뭐, 괜찮습니다." 짜증이 난 건지 아닌 건지 알 수 없는 목소리로 브렛이 대답했다.

이런 대화를 나눈 건 이번이 세 번째였다. 남은 시간이 별로 없다는 걸 알 수 있었다. 딱히 정해진 기한은 없었다. 에덴 프레스와는 한 권의 책을 계약했을 뿐이다. 하지만 그 계약서에는 나의 다음 작품을 가장 먼저 볼 수 있는 권리가 다니엘라에게 있다는 내용이 명시되어 있었다. 브렛은 다니엘라가 아직은 우리를 기껍게 대해줄 때 빨리 뭔가를 보여주고 싶어 했다. 그러지 않으면 어떤 다른 출판사가 나를 원할지 어떻게 알겠냐는 것이었다.

"창의력이 있을 때 써야죠. 제가 잘 알아요. 사회적 자본을 손에 넣었으니, 쇠는 뜨거울 때 두드리는 게 가장 좋습니다."

"알아요, 알아요." 나는 손가락으로 관자놀이를 누르며 대답했다. "그냥 지금은 꽂히는 게 없는 것뿐이에요. 저는 뭔가 정말로 관심이 있어야 쓸 수 있다는 거, 아시잖아요? 진짜 영향력 있고 중요한 것이어야 해요."

"꼭 대단한 작품일 필요는 없어요. 퓰리처상을 받으려는 게 아니잖아요. 『최후의 전선』 같은 것도 필요 없어요." 브렛은 잠시 멈췄다가 말을 이었다. "그냥 내놓기만 하면 됩니다. 뭐든, 아무거나요."

"알겠어요, 브렛."

"무슨 말인지 확실히 아시겠죠?"

나는 눈을 굴리며 대답했다. "아주 잘 알아들었어요."

우리는 작별 인사를 했다. 브렛이 전화를 끊었다. 나는 끙, 신음하며 노트북 앞으로 돌아와 앉았다. 몇 주째 원망만 하면서 한 글자도 써넣지 못한 빈 화면이 눈앞에 있었다.

문제는 아이디어가 없다는 게 아니었다. 아이디어는 많았다. 그 아이디어를 가지고 초안을 완성할 시간은 더 많았다. 『최후의 전선』에 대한 매스컴의 관심이 사그라든 지금, 생산적이지 못할 이유가 없었다. 브렛이 조급해하는 건 당연했다. 막연히 다음 프로젝트에 대한 약속을 한 지 1년이 넘었지만 나는 아무것도 내놓지 못하고 있었다.

문제는, 글을 쓰려고 앉을 때마다 들리는 거라곤 아테나의 목소리뿐이라는 사실이었다.

『최후의 전선』은 공동 작업물이나 마찬가지였다. 아테나의 조사와 브레인스토밍을 내가 글로 써서 다듬은 것이었다. 정신없이 바빴던 그 몇 주 동안 나는 놀랍고 신비한 힘을 느꼈다. 그때 나는 마법처럼 무덤에서 아테나의 목소리를 불러와 거기에 내 목소리를 조화시켰다. 나는 아테나한테 의지하지 않았다. 글을 쓰면서 아테나가 필요했던 적은 한 번도 없었다. 함께 작업한 그 집필은 내게 없던 자신감을 줬다. 아테나의 발자국을 따르는 동안 내 글에는 확신이 넘쳤다.

하지만 나 혼자 나아가려니 그녀가 내버려두지 않았다. 작가들 대부분은 '내면의 편집자'의 목소리가 들린다고 고백한다. 내면의 편집자란, 초고를 쓸 때 무슨 시도라도 할라치면 쓸데없이 트집 잡고 방해하는 내면의 반대론자를 말한다. 내 경우에는 아테나의 형상을 취하고 있었다. 건방지게도 아테나의 목소리는 내 모든 집필 아이디어를 살펴보고 일축해버리기 일쑤였다. 너무 진부하고, 형식적이고, 백인 중심적이라는 것이었다. 문장 수준에 있어서는 더 가혹했다. *리듬감이 없잖아. 이 형상화는 별론데. 진심이야? 줄표를 또 쓴다고?*

나는 아테나 몰래 쓰려고, 그리고 아테나를 괴롭히려고, 그 목소리를 애써 차단하고 밀어냈다. 하지만 그럴 때마다 그녀의 목소리는 더욱 커졌고 조롱은 더욱 심술궂어졌다. 내 의심은 점점 더 커졌다. 아테나 없이 뭐든 해낼 수 있다고 생각하는 나는 대체 누구인가.

사람들 앞에서는 꿋꿋하고 침착한 척했지만, 제프리가 트위터에서 보인 터무니없는 행동은 생각보다 타격이 컸다. 아테나 리우의 유령이라니. 그로테스크한 이름이다. 충격과 도발을 의도해서 선택한 게 분명하다. 하지만 제프리가 모르는 진실이 있다. 아테나의 유령이 정말 나한테 와서 머물고 있다는 것이다. 그것은 하루 중 깨어 있는 매 순간 내 귀에 대고 속삭이며 어깨 위를 맴돌았다.

이게 사람을 정말 미치게 했다. 글 쓰는 게 두려워지기 시작했다. 그녀를 떠올리지 않고는 글을 쓸 수가 없었다. 게다가 필연적으로 그날의 기억이 휘몰아쳤다. 그 마지막 밤, 팬케이크, 바닥에서 몸부림칠 때 목에서 나던 소리.

내가 아테나의 죽음을 극복했다고 생각했었다. 정신적으로 아무 문제 없이 잘 살고 있었다. 새로 얻은 집도 마음에 들었다. 다 괜찮았다.

그녀가 나타나기 전까지는.

하지만 그게 유령이 하는 일 아닌가? 울부짖고, 신음하고, 기이한 모습으로 나타나는 것, 이게 유령의 중요한 특징 아닌가? 무슨 수를 써서라도 자신이 거기에 있음을 알리는 것, 자신을 잊지 않게 만드는 것 말이다.

고백할 게 있다. 내가 가져온 게 하나 더 있었다.

그날 밤 아테나의 아파트에서 『최후의 전선』만 가져온 게 아니었다. 책상 위에 놓여 있던 서류도 몇 장 챙겨 왔다. 일부는 타자기로 작성한 것이었고 일부는 아테나 특유의 읽을 수 없을 정도로 갈겨쓴 글씨에 추상적인 선들로 이루어진 낙서가 함께 있었는데, 그 의미는 아직도 알아내지 못했다.

맹세컨대 그저 호기심 때문이었다. 아테나는 늘 창작 과정에 대해 함구했다. 그녀의 설명대로라면, 신들이 상을 받아 마땅한 이야기들을 완성해서 그녀의 머릿속에 넣어주는 것과 같았다. 나는 아테나의 머릿속을 들여다보고 싶었다. 초기 단계의 브레인스토밍이 나랑 비슷한지 알아보고 싶었다.

알아낸 건, 우리의 창작 방식이 매우 유사하다는 점이었다. 아테나는 단어나 문구, 독창적인 소재나 노래 가사임이 분명한 문장들을 무작위로 선택하거나, 다른 유명한 문학작품의 문장들을 살짝 수정해보면서 이야기를 만들어나가기 시작했다. 내가 도착했을 때 루크는 이미 죽어 있었다 / 난데없이 나타난 소년 / 어두우면서도 찬란한 밤이었다 / 내가 너를 때리면, 키스하는 느낌일까?

지금 나는 그것들을 책상 위에 꺼내놓고, 가만히 응시하면서 약간의 영감이라도 떠오르기를 기다리는 중이었다. 아테나의 목소리를 머리에서 몰아낼 수는 없지만, 어쩌면 이걸로 작업이 가능할지도 모른다. 그 유령을 강제로 다시 일하게 만들어 『최후의 전선』의 원동력이었던 그 위험한 화학반응을 되살릴 수 있을지도 모른다.

있는 건 완성된 문장 몇 개와 완성된 문단 한 개가 전부였다. 손으로 쓴 그 부분은 다음과 같이 시작되었다.

악몽 속에서, 그녀는 끝이 보이지 않는 어두운 복도로 걸어 들어갔다. 계속 이름을 불러봤지만 그녀는 한 번도 돌아보지 않았다. 그녀의 젖은 드레스가 카펫 위에 긴 줄무늬를 남겼다. 창백한 팔은 온통 긁힌 자국에 피투성이였다. 그녀가 곰을 죽였다는 걸 나는 알았다. 숲에서 탈출했다는 것도 알았다. 지금 그녀는 과거를 버리고 떠나는 오르페우스처럼, 뒤를 돌아봤다가는 사라져버리기라도 할 것처럼, 급히 움직이고 있었다. 그녀는 내가 여기에 붙잡혀 움직이지도 못하고 있다는 걸, 자기를 불러 나를 돌아보게 만들지도 못한다는 사실을 잊었다. 나를 완전히 잊어버렸다.

다음에 무슨 일이 일어났는지를 어떻게 설명해야 좋을지

모르겠다. 그 장면은 마치 이미 내 안에 존재하고 있던 이야기 같았다. 내 안에서 누가 꺼내주기만을 기다리고 있었는데, 그걸 아테나의 목소리가 마법처럼 끄집어낸 것 같았다. 갑자기 작가로서 내가 갖고 있던 장벽이 사라지고, 상상력의 문이 활짝 열리는 기분이었다.

이야기의 전체 형태가 보이기 시작했다. 처음에 독자의 관심을 사로잡기 위한 장치부터 이야기 속에 내포된 주제, 충격적이지만 불가피한 결말까지. 주인공은 맨발의 소녀로, 영겁의 시간 동안 불멸의 어머니를 쫓는 마녀다. 하지만 비밀이 하나씩 밝혀질수록 자기 자신에 대해, 자신이 어디에서 왔는지에 대해 의혹만 짙어진다. 이건 엄마에 대한 내 감정을 대놓고 탐사하는 느낌이었다. 아빠의 죽음 이후 너무나 갑작스럽게 변한 엄마, 한때 모험심 강한 어린 소녀였고 나와 그리 다르지 않았을 그녀는 완전히 갇혀버렸다. 이건 자신의 부모가 누구인지 알고 싶어 하는 것에 관한 이야기였다. 부모로부터 얻지 못한 것을 필요로 하는 것에 관한 이야기였다.

완전히 몰입한 상태에서 초고를 쓰는 일은 그리 힘들지 않다. 그것은 기억하기, 즉 내내 자신 안에 갇혀 있던 것을 글로 써내려가는 느낌이다. 한 문단씩 이야기가 쏟아져 나온다. 그러다가 고개를 들면 새벽이 가까이 왔음을, 그리고 미친 듯이 만 단어에 가까운 글을 썼음을 깨닫게 된다.

그동안 아테나의 유령은 한 번도 나를 방해하지 않았다. 드디어 그녀마저도 흠잡지 못할 프로젝트에 다다른 것이다.

나는 이야기의 나머지 부분에 대한 아우트라인을 간략히 정리하고 집필 일정을 잡았다. 대충 하루에 2천 단어를 쓰고 수정과 편집에 들어갈 시간을 고려하면 한 달 이내에 완성할 수 있을 것 같았다. 잠 속으로 돌진하기 전, 나는 문서 맨 위에 제목을 써넣었다.

엄마 마녀

제정신을 가진 사람이라면 누구도 이걸 절도라고 부르지 못할 것이다. 『엄마 마녀』는 내가 독창적으로 만들어낸 창작물이다. 아테나가 도움을 준 건 두어 문장, 그것도 모호한 이미지일 뿐이다. 그녀가 한 일은 촉매 역할, 그 이상도 이하도 아니다. 아테나가 이 이야기를 어떻게 끌고 갔을지 누가 알겠는가? 장담하건대, 어떤 식으로 이야기가 전개되었건 내가 출판하게 될 이야기와는 전혀 달랐을 것이다.

그런데도 이 이야기는 결국 나를 파멸시켰다.

먼저, 아테나 리우가 나한테서 훔친 시간에 관해 이야기하려고 한다.

우리는 신입생 초기에 친구가 되었다. 기숙사 같은 층에 배정되었기 때문에 첫 몇 주 동안 우리는 아주 자연스럽게 어울렸다. 모든 식사를 함께했고, 기숙사 생활에 필요한 물품을 함께 사러 다녔으며, 페퍼백 치즈와 쿠키 버터를 사러 학교 셔틀버스를 타고 트레이더 조미국의 인기 슈퍼마켓 체인에 가기도 했다. 늦은 밤에는 휴게실에서 놀았고, 금요일 밤에는 짧은 치마와 꼭 끼는 상의 차림으로 뉴헤이븐 거리를 활보하며 파티를 알리는 소음과 불빛을 독수리처럼 찾아다녔다. 우리를 그곳에 들여보내줄 누군가를 만나기를 바라면서.

아테나와 나는 엘리프 바투만의 『바보』에 대한 애정을 매개로 유대감을 형성했다. "캠퍼스에서 벌어질 수 있는 완벽한 이야기지." 아테나는 내가 이 소설에 대해 느꼈던 모든 감정을 이렇게 표현했다. "이 소설은 타인이 나를 알아주길 바라는 마음과 나도 잘 모르는 나를 타인이 이해할지도 모른다는 두려움 사이의 간극을 정확히 묘사하고 있어. 러시아어와 영어를 번역하는 일에 관한 것뿐만 아니라, 미숙한 정체성을 번역하는 일에 관한 것이기도 해. 진짜 맘에 들어."

우리는 북카페에서 열리는 오픈 마이크 나이트와 소설 세미나 선배들이 주최하는 파티에 함께 가곤 했다. 그리고 8월 말에서 9월로 넘어가면서 내가 이 말도 안 되게 멋진 여신과 친구로 지낼 만한 사람이라고 믿게 되었다.

10월의 첫 번째 주말, 나는 앤드루라는 귀여운 2학년 남학생과 데이트를 시작했다. 세계사 토론 시간에 눈에 띄긴 했지만 말을 걸 용기는 나지 않았던 상대였다. 그러다 파티에서 우연히 마주쳤다. 우리는 둘 다 몸을 가누지 못할 만큼 취해서 누구든 몸을 기댈 사람을 찾던 중이었다. 두 마디도 나누기 전에 서로를 애무하기 시작했다. 끈적거렸다는 것 외에는 좋았는지 나빴는지 기억나지 않지만, 원래 하기로 되어 있던 걸 하는 기분이었고 그 자체가 하나의 성취처럼 느껴졌다. 친구들이 나를 집으로 끌고 가기 전, 나는 그의 휴대폰에 내 전화번호를 입력했다. 기적처럼 다음 날 그에게서 문자가 왔다. 다가오는 금요일에 자기 방으로 와서 〈셜록〉을 한 편 보자는 초대였다. 룸메이트는 밤늦게 얼티미트 프리스비 연습을 하러 나간다고 했다.

그다음에 일어난 일은 너무 뻔해서 말할 가치도 없게 느껴진다. 그는 대용량 버넷 보드카를 들고 있었다. 나는 신이 나서 너무 많이, 너무 빨리 마셨다. 〈셜록〉은 보지도 못했다. 다음 날 아침 일어나 보니 팬티가 발목에 걸려 있었고 목에는 끔찍한 검붉은색 키스 마크가 찍혀 있었다. 질은 괜찮은 것 같았다. 나중에 혹시 아프거나 피가 나는지 확인하기 위해 찔러보기도 하고 쑤셔보기도 했지만, 정상 같았다. 그저 입이 바싹 말랐고 속이 좋지 않았다. 너무 구역질이 나서 2층 침대 난간에 기대고 계속 헛구역질을 해댔다. 모든 게 가물가물했다. 콘택트렌즈를 낀 채 잠이 들었던 터라 눈이 너무 건조해서 잘 떠지지도 않았다. 옆에는 앤드루가 옷을 다 입은 채 잠들어 있었다. 침대에서 빠져나오느라 내가 몸을 타고 넘는데도 그는 깨어나지 않았다. 정말 감사한 일이었다.

나는 힐을 찾아 신고 비틀거리며 내 방으로 돌아왔다.

그 주말 내내 괜찮았다. 아는 여자아이 중 절반이 여학생 클럽 오픈 하우스 나이트를 위해 예쁘게 꾸미고 있었지만, 나는 외출하지 않았다. 그냥 숙소에 머물면서 같은 층의 여학생들과 함께 팝콘과 영화를 즐기며 밤을 보냈고, 수업에 필요한 자료를 읽어보려고 노력하면서 시간을 보냈다. 날씨는 점점 추워지고 있었다. 나는 키스 마크를 가리기 위해 목까지 올라오는 터틀넥 스웨터를 입고 스카프를 둘렀다. 하지만 기숙사 룸메이트 미셸에겐 숨길 도리가 없었다. 나는 우스갯소리로 격렬한 주말을 보냈다고 말했다. 그리고 다시는 그에 관해 말하지 않았다.

앤드루의 방에서 나온 후 그에게서는 아무 문자도 없었다. 크게 신경 쓰이진 않았다. 대체로 심드렁하게 느껴졌고, 이런 심드렁함이 자랑스러웠다. 성인이 된 기분, 여성스러워진 기분, 해냈다는 기분이었다. 2학년, 그것도 귀여운 2학년을 낚다니, 그 엄청난 사실에 나는 기쁨을 느꼈다. 성인으로 가는 다리를 건넌 것이다. 청소년들이 말하듯 나는 누군가를 '낚았다'. 그리고 별일 없었다.

하지만 바로 그다음 주부터 불쑥불쑥 그날이 생각나기 시작했다. 수업 중에 갑자기 앤드루의 얼굴이 떠올랐다. 어찌나 생생하고 가깝게 느껴지는지, 까칠한 턱과 시나몬 버넷 보드카 때문에 시큼한 숨 냄새까지 느껴졌다. 숨이 쉬어지지 않았고, 움직일 때마다 현기증이 났다. 상상력이 마구 솟아나 최악의 시나리오가 머리를 어지럽혔다. 혹시 임신한 건 아닐까? HIV에 걸린 건 아니겠지? 혹시 HPV? 헤르페스? 설마, 에이즈? 속에서 자궁이 썩고 있는 건 아닐까? 교내 건강센터에 가서 진료를 보면 몇백 달러가 청구되겠지? 그만한 돈은 없는데. 엄마가 내 학생보험을 철회했던가? 기억이 나지 않았다.

멍청한 실수를 하는 바람에 혹시 나 죽는 거 아니야? 심지어 깨어 있지도 않았는데?

앤드루는 다음 토요일 새벽 두 시가 되어서야 문자를 보내왔다. "안녕, 자니?" 나는 화장실에 가려고 일어났다가 문자를 봤다. 그리고 바로 삭제했다. 깨어났을 때 그의 존재가 더는 떠오르지 않기를 바랐다.

하지만 그의 얼굴과 그의 체취, 그의 손길을 잊을 수가 없었다. 하루에 서너 번씩이나 엄청나게 오랫동안 샤워를 하기 시작했다. 계속 그의 몸 밑에서 꼼짝도 하지 못한 채 따가운 그의 턱에 짓눌리면서 비명도 지르지 못하는 악몽에 시달렸다. 미셸이 조심스럽게 어깨를 흔들어 나를 깨우고는 내가 무안하지 않도록 미안해하는 말투로 귀마개를 좀 빌릴 수 있는지 묻곤 했다. 그녀는 아침 여덟 시에 토론 수업이 있을 예정인데 나 때문에 잠을 제대로 자지 못하고 있었다. 나는 오후가 되면 자기혐오에 빠져 아무 때나 눈물이 났다. 심지어 교내 성경 공부 모임에 가볼 생각까지 들었다. 아빠를 따라 교회에 가기를 그만둔 지 오래인데도 그랬다. 그때 목사는 나한테 말하길, 아빠가 세례를 받지 않았기 때문에 지옥에 갈 수밖에 없다고 했다. 그래서 그 이후로는 교회를 찾지 않았다. 다만 내가 돌이킬 수 없을 정도로 더러워졌을지 모른다는, 시대착오적이지만 여전히 강한 신념을 이해시켜줄 무언가가 필요했다.

"안녕, 주니퍼?" 어느 날 오후 식당에서 나오는 길에 아테나가 나를 멈춰 세웠다. 당시 아테나는 내 이름을 줄여 부르지 않는 유일한 사람이었는데, 이런 형식을 고수하면 대화에 참여하는 이들의 품위가 높아지기라도 한다는 듯 타샤를 '나타샤'로, 빌을 '윌리엄'이라고 불렀다.(정말 효과가 있었다.) 아테나가 내 팔을 살짝 건드렸다. 손가락이 부드럽고 시원했다.
"괜찮아?"

너무 오래 참아와서였을까, 아니면 내가 괜찮지 않다는 걸 교내에서 누가 처음으로 알아줘서였을까. 나는 그만 꼴사나운 울음을 터트리고 말았다.

"자, 내 방으로 가자." 아테나가 부드럽게 내 등을 쓸어주며 말했다.

아테나는 내가 껙껙 울며 모든 걸 털어놓는 동안 내 손을 잡아줬다. 내가 어떤 선택을 할 수 있는지 설명해줬고, 교내에 어떤 지원이 마련되어 있는지 살펴보게 했으며, 상담을 받을 것인지("그래야겠어.") 아니면 앤드루를 학교경찰에게 신고하고 고소할 것인지("아니.") 결정할 수 있게 도와줬다. 게일리 박사와의 첫 진료에도 함께 가줬다. 그곳에서 나는 불안증 진단을 받았고, 아빠의 죽음 이후 품고 있던 모든 걸 털어놓았으며, 지금까지도 활용하고 있는 대처 방법을 배웠다. 아테나는 내가 저녁을 먹으러 가지 않은 걸 알고는 문 앞에 식당에서 포장해 온 음식을 두고 가기도 했고, 밤늦은 시간에는 "얘꿈 꿔"라는 문자와 함께 강아지 사진을 보내오기도 했다.

그 2주 동안 아테나는 내게 수호천사였다. 나는 그녀가 정말 친절하다고 생각했다. 그리고 우리가 영원히 친구로 지낼 줄 알았다.

하지만 신입생 시절의 우정은 지속되지 않았다. 2학기가 되자 나는 내 무리에서 활동했고, 아테나도 자신의 무리에서 활동했다. 식당에서 지나칠 때면 미소 지으며 서로에게 손을 흔들었고, 서로의 페이스북 계정에 '좋아요'를 눌렀다. 하지만 몇 시간씩 방바닥에 앉아 이야기를 나누거나 만나고 싶은 작가에 관한 이야기, 트위터에서 읽은 문학 스캔들에 관한 이야기를 하는 일은 없었다. 수업 중에도 더는 서로에게 문자를 보내지 않았다. 아마 내가 공유한 일이 워낙 심각하다 보니 우리 우정의 싹이 처음부터 제대로 자라지 못해서일지도 모른다고 생각했다. 친밀한 관계가 되려면 적절한 절차가 필요하다. "강간당한 것 같은데 솔직히 잘 모르겠어." 이런 말을 하려면 적어도 3개월은 알고 지낸 사이여야 한다.

우리는 각자 잘 지냈다. 나는 앤드루를 잊었다. 마음속 깊이 묻어두었기 때문인지 아주 많은 세월이 지나 상담 치료를 마칠 때까지 다시는 나타나지 않았다. 신입생 소녀의 뇌는 선택적으로 기억을 잃는 데 놀랍도록 능했다. 나는 그것이 생존 반응이었다고 믿는다. 내겐 더 가까운 친구들이 새로 생겼다. 이 아이들은 나한테 무슨 일이 있었는지 아무도 몰랐다. 키스마크도 사라졌다. 나는 대학 생활에 적응했다. 바보 같은 짓을 했던 파티에는 더 이상 가지 않았다. 그리고 학업에 전념했다.

그런데 그때 아테나의 첫 단편소설이 예일대학의 대안 문예지 중 하나인 《우로보로스》, 즉 허세 가득한 쓰레기 매체에 실렸다. 대단한 사건이었다. 신입생의 글은 《우로보로스》에 실린 적이 없었다. 적어도 내가 들은 바로는 그랬다. 그래서 우리는 모두 아테나를 응원하기 위해 잡지를 구매했다. 질투심이 폭풍처럼 밀려왔다. 몇 달 전 내 이야기를 써서 제출했다가 하루도 지나기 전에 칼같이 거절당했기 때문이다. 하지만 아테나의 글을 찬찬히 읽고 재치 있는 문장을 몇 개 찾아서 다음에 아테나를 만나면 인용해야겠다고 생각했다. 괜찮은 사람처럼 보이고 싶었다.

나는 잡지를 휙 젖혀서 아테나의 글이 있는 12쪽을 펼쳤다. 내가 했던 말이 거기서 나를 빤히 쳐다보고 있었다.

하지만 엄밀히 말하면 그건 내가 했던 말은 아니었다. 내 모든 감정, 내 모든 혼란스럽고 얽히고설킨 생각들이 절제 있게 세련된 문체로 표현되어 있었다. 그때 나는 그런 설득력을 갖고 있지 못했다.

주인공은 이렇게 서술했다. 내가 미처 몰랐던 최악의 문제는 내가 강간을 당했는지, 아니면 내가 원해서 그렇게 된 건지, 무슨 일이 있기는 했던 건지, 아무 일도 일어나지 않았는지, 그래서 기쁜 건지, 아니면 무슨 일이 일어나서 내가 생각했던 것보다 더 나은 사람이 되기를 바랐던 건지, 정말이지 알 수가 없다는 점이었다. 내 다리 사이에는 아무것도 없었다. 기억도, 수치심도, 고통도 없었다. 그냥 다 사라져버렸다.

이 공허감을 어떻게 해야 할지 알 수 없었다.

　나는 이야기를 처음부터 끝까지 반복해서 읽었다. 읽을 때마다 점점 더 많은 유사점을 발견할 수 있었다. 세세한 부분들을 경악스러울 정도로 게으르게, 또는 무심하게 바꾸어놓은 것이 눈에 띄었다. 남자 이름은 앤서니, 여자 이름은 질리언이고 두 사람이 마신 건 스트로베리 레모네이드 스베드카였다. 두 사람이 만난 건 고대 철학 강의에서였고, 그는 그녀에게 〈호빗〉을 보러 오라고 초대했다.

　"이야기가 맘에 들던데." 나는 저녁을 먹는 자리에서 부인하려면 해보라는 듯 눈을 똑바로 바라보며 아테나한테 말했다. 네가 무슨 짓을 했는지 난 알아.

　아테나의 눈이 나와 마주쳤다. 그녀는 태연하게 고상한 미소를 지어 보였다. 나중에 팬들에게 사인해주면서 지어 보일 만한 그런 미소였다. "고마워, 주니퍼. 그렇게 말해줘서 정말 고마워."

　우리는 그 소설이나 앤드루와 있었던 일에 대해 다시는 언급하지 않았다.

　그냥 우연이었을 수도 있다. 드넓은 대학 캠퍼스 안에서 우리는 그저 작고 연약한 신입생들일 뿐이었고, 그런 일은 왕왕 있었다. 내가 겪은 일은 그리 놀라운 일도 아니었다. 솔직히 아주 평범했다. 모든 소녀가 강간당했다고 이야기하지는 않는다. 다만 대부분 "잘 모르겠어. 마음에 들진 않았지만, 그렇다고 꼭 강간이었다고 말하긴 그렇고"라고 할 만한 이야기는 가지고 있다.

하지만 내가 내 고통을 묘사할 때 사용했던 표현과 아테나가 자기 글에서 사용한 표현이 너무 비슷한 것을 그냥 넘길수 없었다. 오열하며 마음속 어둡고 추한 이야기를 전부 털어놓는 나를 보며 연민 어린 눈빛으로 깜박이던, 암사슴 같던 그녀의 갈색 눈을 그 소설과 떼어놓고 생각할 수 없었다.

아테나는 내 이야기를 훔쳤다. 확실했다. 내가 내 입으로 말한 내 이야기를 훔친 것이다. 그리고 아테나는 자기 경력을 위해 주위의 모든 사람에게 같은 짓을 저질렀다. 솔직히 말하면, 혹시라도 내가 복수심을 품는 것에 대해 양심의 가책을 느껴야 한다고 생각하는 사람이 있다면 "입 닥쳐"라고 말하고 싶다.

『엄마 마녀』는 발표 후 적당히 열렬한 평을 받았다. 많은 평론가가 찬사를 보냈으나 판매량은 고만고만했다. 딱 우리가 기대한 대로였다. 장편소설이 아니라 중편소설이고(4만 단어 이상을 써낼 방도를 찾기 힘들었다), 중편소설 시장은 언제나 고만고만하다. 나는 워싱턴과 보스턴, 뉴욕 세 도시의 서점을 순회했다. 그곳에서는 어느 금요일이든 책의 열렬한 지지자들을 상대하기가 쉬웠다. 많은 사람이 참석했고, 누구도 나의 인종적 진실성에 대해 불쾌한 질문을 하지 않았다. 누구도 표절 스캔들을 입에 올리지 않았다.

비평 쪽 반응은 놀라울 정도로 좋았다. 《커커스리뷰》의 별점 리뷰는 "배신과 잃어버린 순수함에 관한 조용하면서도 가슴 아픈 이야기"였고,《라이브러리저널》의 별점 리뷰는 "주니퍼 송은 제1차 세계대전과 완전히 동떨어진 맥락에서도 성숙한 주제를 다루는 데 능숙함을 증명해 보였다"였다. 그리고 우리의 가장 위대한 성취, 즉 다니엘라가 공들여 얻은《뉴욕타임스》의 리뷰는 다음과 같았다. "혹시 주니퍼 송이 직접 글을 쓰지 않았다는 의심을 아직도 하고 있다면『엄마 마녀』가 그 의혹을 잠재워줄 것이다. 이 작가는 글을 쓸 줄 안다."

이 모든 평온에도 불구하고 뭔가 불안하긴 했다. 모든 것이 마치 태풍 전야처럼 숨 막힐 듯 조용했다. 하지만 나는 안도했고, 그 모든 문제에서 벗어났을지도 모른다고 생각하기 시작했다. 이미 다음 출간 계약과 현재 프로젝트에 쏟아질 영화 옵션을 가늠해보고 있었다. 『엄마 마녀』는 블록버스터 영화의 소재는 아니지만 〈빅 리틀 라이즈〉나 〈작은 불씨는 어디에나〉 같은 꽤 괜찮은 TV 시리즈감은 될 것 같았다. 리즈 위더스푼이 주인공을 맡고 에이미 애덤스가 엄마 역을, 그리고 애나 켄드릭이 내 역을 맡는다면 얼마나 좋을까.

나는 마음을 놓았다. 꿈으로 머리를 채웠다. 이젠 글을 쓰려고 앉아 있어도 아테나의 유령이 말하는 소리가 들리지 않았다.

이런 상황이 그리 오래가지 않으리라는 것을 나는 그때 눈치챘어야 했다.

16

『엄마 마녀』가 출간된 지 2주가 지났을 때, 아델 스파크스-사토가 "『엄마 마녀』 역시 표절이다. 준 헤이워드가 그랬다는 빌어먹을 증거가 나한테 있다"라는 제목으로 블로그에 글을 하나 게시했다.

막 샤워하러 가려다가 구글 알람을 보고, 수건을 가슴께에서 단단히 움켜잡은 채 침대에 기대앉아 링크를 클릭했다.

여러분 중 많은 이들이 그랬겠지만, 나 역시 에덴프레스에서 주니퍼 송이란 이름으로 준 헤이워드가 쓴 중편소설을 발표했을 때 궁금했다. 『최후의 전선』을 둘러싼 표절 의혹 이후, 특히 훔칠 만한 아테나의 작품이 남아 있지 않은 지금, 나는 그녀가 과연 전작과 비슷한 수준의 작품을 쓸 수 있을지 의심스러웠다. 아니, 우리 모두가 그랬을 것이다. 그런데 첫 페이지를 연 순간 내 눈을 믿을 수 없었다.

『엄마 마녀』는 아테나 리우가 2018년 아시아계 미국인 작가 단체의 여름 워크숍에서 선보였던 바로 그 문장으로 시작되고 있었다. 이렇게 겹치는 것은 우연이 아니다. 여기 증거가 있다.

그 아래에 아델의 구글 문서 스크린숏과 손으로 쓴 메모가 달린 이야기 아웃라인 사진이 있었다. 증거가 진짜임을 보여주는 날짜와 설명도 함께였다.

정교한 거짓말이라고 의심할 경우에 대비해, 나는 당시 워크숍에 참여했던 여덟 명에게 연락했다. 모두가 그 여름의 워크숍 자료를 가지고 있지는 않았다. 하지만 모두가 아테나의 작업을 기억하고 있다고 전해왔다. 그리고 보증의 뜻으로 여기에 자신들의 이름을 첨부했다. 내 말을 믿지 못하겠다면, 이 합동 증언의 무게를 잘 생각해보기 바란다.

『최후의 전선』의 저자가 누구인가 하는 논쟁은 아시아인 디아스포라 공동체의 많은 이들에게 우려스럽고 걱정스러운 문제였다. 나 자신을 포함해 우리 중 많은 이들이, 우리 중 누군가가 이런 악의적이고 이기적인 행위를 저지를 수 있다는 사실을 믿고 싶어 하지 않았다. 그리고 우리 중 많은 이들이 기꺼이 준 헤이워드의 말을 믿고 싶어 했다.

하지만 이 증거를 보면, 헤이워드의 저의에 대해서는 더 이상 의

문의 여지가 없다. 헤이워드와 그녀의 에이전트인 브렛 애덤스, 그리고 에덴프레스의 담당자들은 이제 책임과 투명성, 그리고 정의에의 헌신으로 어떤 선택이든 해야 할 것이다.

우리가 지켜볼 것이다.

나는 휴대폰을 내려놓았다. 샤워기 물은 10분째 꼬박 쏟아져 내리는 중이었다. 하지만 잠그러 갈 수가 없었다. 내가 할 수 있는 일이라곤 침대 끝에 걸터앉아 세상이 나를 조여오는 동안 숨을 들이쉬었다 내쉬기를 반복하는 것뿐이었다.

제프리의 장난이었던 @AthenaLiusGhost 트윗을 처음 봤을 때는 몇 시간 동안 불안 발작에 휩싸였었다. 이번에는, 반응이 이상할 정도로 차분했다. 마치 물속에 잠겨 있는 느낌이었다. 모든 소리가 이상하게 왜곡되어 들렸다. 어쨌든 나는 전보다 차분했고 전보다 두려웠다. 아마도 이번에는 다음에 무슨 일이 일어날지 의문의 여지가 없기 때문인 듯했다. 이번에는 반박의 여지도 없다. 따라서 내가 여론을 통제하려고 안간힘을 쓰건 말건 아무런 차이가 없다. 친구와 동료들이 나에 대해 어떻게 생각할지, 그들이 과연 내 변명을 믿어줄지 말지 궁금해할 필요도 없다. 모든 게 명확하다. 내가 무슨 말을 하든, 일어날 일은 일어나게 되어 있다.

나는 휴대폰을 '방해 금지' 모드로 변경했다. 아이패드는 서랍에 넣었다. 노트북의 전원을 껐다. 냉장고 위에 있는 위스키 병(《뉴욕타임스》 베스트셀러 목록에 세 달 연속 오른 것을 기

넘해 다니엘라가 선물한 휘슬피그)을 집어 들고 소파 앞에 앉아
〈프렌즈〉의 옛 에피소드들을 보며 병째 들이켰다. 그러다 밤
이 되자 밖으로 나갔다.

인터넷에서 사람들이 실컷 할 일을 할 수 있도록 자리를 비
워주려는 것이었다. 기왕 시끄러울 거면 한 번에 시끄러운 게
낫다.

다음 날 아침에 일어나 보니 팔로워 수가 천 명이나 줄어
있었다. 계정 지수는 9에서 8로 추락 중이었다. 이번에는 사
람들이 뭐라고 떠드는지 보려고 내 이름을 검색할 필요가 없
었다. 타임라인이 온통 내 얘기로 뒤덮여 있었다.

빌어먹을, 난 주니퍼 송이 그럴 줄 알고 있었어.

준 헤이워드가 또 한 건 했군!

이 개잡년은 멈출 줄을 모르네?

출판계여 깨어나라, 백인 마녀가 돌아왔다.

지난번에는 소셜미디어 계정을 활성 상태로 두었다. 무
슨 말들을 하는지 지켜보기 위해서이기도 했고, 비활성화를
하면 죄를 인정하는 게 될까 봐 두려워서이기도 했다. 이번에

는 유죄가 기정사실이고, 바랄 수 있는 건 오직 피해를 최소화하는 것뿐이었다. 나는 트위터 계정을 삭제했다. 인스타그램은 비공개로 돌렸다. 공개된 이메일 주소에서 오는 알림을 껐다. 살해 위협을 받을 게 확실하지만, 적어도 이렇게 하면 협박받는 그 순간은 모면할 수 있으니까.

누군가가 내 위키피디아 페이지를 다음과 같이 편집했다. "주니퍼 송 헤이워드는 '소설가'이자 연쇄 표절자이며, 지독한 인종차별주의자다." 이 문장은 한 시간도 안 되어 지워졌다.(위키피디아에는 최소한의 예의를 지켜야 한다는 조건이 있는 듯했다.) 하지만 내 '전기'의 '표절' 항목에는 다음과 같은 내용이 남아 있었다. "2020년 3월, 문학비평가 아델 스파크스-사토는 헤이워드의 중편소설 『엄마 마녀』가 소설가 고 아테나 리우의 미출간 소설 『그녀』의 첫 문단을 그대로 베꼈다는 의혹을 제기했다. 이 주장은 헤이워드가 『최후의 전선』을 아테나 리우에게서 훔쳤다는 오랜 혐의를 부채질하는 결과를 낳고 있다. 그렇지만 의혹이 진짜인지를 증명해줄 만한 결정적인 증거는 없다. 헤이워드의 담당 편집자 다니엘라 우드하우스는 간략한 성명을 통해 에덴프레스에서 이런 의혹에 대해 잘 알고 있으며 문제를 조사 중이라고 밝혔다."

그날 내 휴대폰이 울린 건 여섯 번이었다. 모두 브렛에게서 온 것이었다. 나는 받지 않았다. 계약 해지라는 말을 듣고도 울음을 터트리지 않을 수 있다는 확신이 들 때, 그때 받을 생각이었다.

지금 나는 모든 게 무너져 내리는 걸 보면서 일종의 비뚤어진 쾌감을 느끼고 있었다.

이후 한 주 동안 출판계 내의 모든 관계가 산산조각이 났다. 작년에 가입한 두 개의 전문 페이스북 그룹과 세 개의 '슬랙' 그룹 채팅방으로부터 탈퇴해달라는 요청을 받았다. 소위 작가 친구들은 예외 없이 나를 유령 취급했다. 심지어 몇 달 전 나를 비난하는 무리에 맞서 내 편임을 공언한 친구들도 마찬가지였다.

의지할 곳이라곤 '에덴의 천사들'뿐이었다.

"맙소사, 또 시작인가 봐요." 나는 문자를 보냈다. 아무도 응답하지 않았다. 이례적이었다. 특히 젠은 전화 중독이라 못 봤을 리가 없었다. 몇 시간 후에 다시 문자를 보냈다. "지금 너무 힘든 시간을 보내고 있는데, 누구 얘기 나눌 수 있는 사람 없나요?"

그들은 3일 동안 나를 무시했다. 드디어 마니가 글을 남겼다. "안녕, 준. 미안해요. 지난 며칠 동안 너무 바빴어요. 이사 중이라서요."

젠은 끝까지 응답하지 않았다.

금요일에는 에미 조와 매달 진행 중인 멘토링 시간이 예정되어 있었다. 그런데 목요일 오후, 멘토링 프로그램 담당자로부터 이메일이 왔다.

안녕하세요, 주니퍼. 에미로부터 작가님과 멘토링 관계를 계속 유지하는 것이 좋은 생각이 아닌 것 같다며 메시지를 전해달라는 요청을 받았습니다. 에미와 저희 프로그램을 위해 해주신 모든 것에 감사드립니다.

나쁜 년. 에미는 나한테 직접 말할 수도 있었다. 경솔한 짓일 수도 있지만, 나는 프로그램 담당자에게 답장을 보냈다. "전해주셔서 고맙습니다. 내 멘토링 활동에 대해 에미로부터 혹시 피드백은 없었나요? 나중을 위해 참고하고 싶어서요." 내가 정말 알고 싶은 건 에미가 나를 안 좋게 말하고 다니는지였다. 답장이 오리라곤 기대하지 않았는데 그날 밤늦게 메일이 왔다. "에미는 단지 작가님이 업계의 작동 방식에 대해 매우 다르게 인식하는 것 같다고 느낀답니다. 그리고 앞으로 직접적이든 간접적이든 연락하지 말 것을 부탁해왔습니다."

금요일에 나는 겨우 침대에서 몸을 일으켜 에덴프레스 담당자들과의 화상회의를 위해 매무새를 가다듬었다. 그 전날 밤, 마침내 브렛의 전화를 받았다. 로리 언니에게서 살아 있냐는 문자를 받은 후였다.("주니, 에이전트한테서 방금 메일이 왔어. 전화를 받지 않는다고, 걱정된다고. 무슨 일이야? 괜찮은 거야?") 브렛은 이렇게 말했다. "다니엘라가 얘기 좀 나누고 싶답니다. 최대한 빨리요." 피곤한 듯한 목소리였다. 그는 심지어 의혹이 사실인지 묻지도 않았다. "내일 두 시에 줌 회의가 있을 예정입니다."

브렛과 통화 중인 상태에서, 노트북 화면에 에덴프레스의 담당자 전원이 회의 테이블에 둘러앉아 있는 모습이 보였다. 다니엘라, 제시카, 에밀리, 그리고 처음 보는 빨간 머리 남자였다. 아무도 웃고 있지 않았다. 아무도 내가 입장할 때 손을 흔들어 인사하지 않았다.

"안녕하세요, 준." 다니엘라가 차갑고 낮은 목소리로 말했다. 화가 난 상태임을 알 수 있었다. "자리에 함께 계신 분들은 제시카와 에밀리, 그리고 법무팀의 토드 번입니다."

"저도 있습니다." 브렛이 무력하게 내뱉었다.

"안녕하세요, 토드." 나는 힘없이 인사를 건넸다. 아무도 내게 변호사가 필요한지 묻지 않았다. 토드는 그저 고개만 끄덕했다. 순간 토드가 내가 아니라 그들을 위해 이 자리에 있음을 깨달았다.

"캔디스는 어디에 있나요?" 나는 이 상황을 견디기 위해 잡담을 시도했다.

"아, 캔디스는 이제 여기에 없습니다." 다니엘라가 대답했다. "얼마 전에 떠났어요."

"아." 나는 잠시 기다렸다. 하지만 다니엘라는 더 설명해주지 않았다. 나는 너무 많이 생각하지 않으려고 애썼다. 보조 편집자들은 원래 잘 옮겨 다닌다. 그들은 저임금 초급 직원으로 세계에서 물가가 가장 높은 도시에서 살아간다. 학대와 무시, 과로가 일상인 데다 발전 기회는 별로 주어지지 않는다. 출판계에서 버티려면 비인간적인 투지가 필요하다.

아마도 캔디스는 그걸 참을 수 없었을 것이다. "유감이네요."

"질문으로 바로 들어갈까요?" 다니엘라가 목을 가다듬었다. "준, 우리가 알아야 할 내용이 있다면, 지금 말해주셔야 합니다."

코끝이 찡했다. 경악스럽게도 벌써부터 눈물이 나오려 하고 있었다.

"전 안 했습니다. 맹세해요. 절대 표절한 게 아닙니다. 다 제 작품이에요. 특히 『엄마 마녀』는—"

"특히, 라고 하셨나요?" 토드가 말을 끊으며 물었다. "그게 무슨 뜻이죠?"

"제 말은, 『최후의 전선』은 아테나와 주고받은 대화에서 영감을 받았다는 뜻입니다." 나는 재빨리 대답했다. "하지만 아테나는 지금 세상에 없는데, 『엄마 마녀』 초고를 쓰는 동안 내가 있지도 않은 아테나와 얘기를 나눴을 리 없잖아요. 글 스타일도 다르고요—"

"그건 아델 스파크스-사토의 주장과 다른데요." 제시카가 말했다. 그녀는 아델의 성을 마치 식료품 목록에 들어 있는 외국 수프 재료를 읽듯 '스파크스 사-토우우'라고 발음했다. "사토가 다소 결정적인 증거를 내놓은 걸로 압니다만."

"다 거짓말이에요!" 나는 폭발하고 말았다. "미안합니다. 아니, 제 말은, 사토가 왜 그러는지 압니다. 왜 아테나의 작품을 보호하려고 하는지 이해해요. 그리고, 그러니까, 맞아요, 아테나가 쓴 문장에서 영감을 받았어요. 음, 아테나가 공책에 쓴 걸 보여줬거든요. 하지만 이야기는 전적으로 제가 쓴 겁니다. 엄마와의 관계를 바탕으로요. 사실, 그러니까 제 말은, 어떤 거냐면, 우리 엄마는 뭐라고 할 수 있냐면—"

"그런 설명까지는 필요하지 않을 것 같은데요." 다니엘라가 말했다. "그럼 『최후의 전선』은 어떤가요? 그건 완전히 독자적으로 쓴 글이 맞나요?"

"저기요." 내 목소리가 높아졌다. "정말 이럴 건가요? 저를 아시잖아요."

"말씀해주시죠." 다니엘라가 말했다. "우린 한 팀입니다. 만일 조금이라도… 공동 작업이라거나 주니퍼가 단독 저자가 아님을 의미하는 사항이 있다면, 우리가 알아야 해요. 아직은 해결할 방법이 있어요. 아테나와 인세를 나누는 계약을 체결할 수도 있고, 공유 저작물에 대한 보도자료를 내보낼 수도 있어요. 그러면서 친구의 작업을 정당하게 평가해야겠다고 느꼈으며 누구도 속일 의도는 없었다고 설명하는 거죠. 어쩌면 아테나의 이름으로 재단을 설립할 수도 있을 겁니다."

그녀는 내가 확실히 유죄인 것처럼 말하고 있었다.

"잠깐만요. 아니요, 저기, 맹세하는데—『최후의 전선』은 내 거예요. 그 프로젝트는 내 거라고요. 단어 하나하나 다 내가 쓴 거란 말이에요."

이 말은 사실이다. 전적으로 사실이다. 『최후의 전선』은 내가 썼다. 아테나가 쓴 초고는 말 그대로 출간 가능한 수준이 아니었다. 그 책은 내 덕에 존재하는 것이다.

"혹시 그 사실을 증명할 자료가 있습니까?" 토드가 물었다. "초고라든지, 어쩌면— 확인 가능한 날짜 기록이 있는 이메일 같은 거라도요."

"아, 아니요, 전 저한테 메일을 보내는 습관이 없어서요."

"표절이라는 증거는 있나요?" 브렛이 끼어들었다. "제 말은, 그러니까, 결백이 입증되기 전까지 준을 유죄로 가정하는 건가요? 이건 말도 안 됩니다. 얼마 전 사법제도 개혁에 관한 책도 내지 않았나요?"

"우린 준을 괴롭히려는 게 아닙니다." 다니엘라가 말했다. "단지 준을 보호하려는 것뿐이에요. 준의 명예와 에덴프레스의 명예를 위해서요."

"그래서 우릴 고소하려는 겁니까?" 브렛이 강하게 반격했다. "아테나의 재산권에 대해 정지 명령*이 내려졌나요, 아니면 예방 조치로 이러는 겁니까?"

"예방 조치입니다." 토드가 대답했다. "현재, 저작권 문제는 꽤 쉽게 해결할 수 있습니다. 아테나의 어머니 퍼트리샤 리우 씨가 손해배상 소송을 제기할 의사가 없음을 밝혔어요. 그리고 『엄마 마녀』의 첫 문단을 삭제하거나 다시 작성하는 한 대부분은 문제없습니다…."

한 줄기 희망이 보이는 듯했다. 리우 부인이 소송을 제기하

---

* 특정 행위(불법적인 행위)를 중단하라고 지시하는 법원이나 정부 기관의 명령을 말한다.

지 않기로 했다니 — 몇천 달러를 배상해야 할지도 모른다고 생각했는데. "그럼 우린 괜찮은 건가요?"

"그게," 다니엘라가 목을 가다듬었다. "인식의 문제가 아직 남아 있어요. 우린 우리의 이야기를 명확하게 밝혀야 합니다. 바로 지금 하려는 일이 그거예요. 모든 사실을 정확히 파악해서 모두 같은 의견을 가져야 합니다. 준이『최후의 전선』과 『엄마 마녀』를 어떻게 집필했는지 다시 한번 명백하게 설명해줄 수 있다면….'

"『최후의 전선』은 아테나와의 대화에서 영감을 받아, 전적으로 제가 쓴 작품입니다." 나는 목소리를 차분하게 유지했다. 여전히 겁이 났지만, 출판사에서 나와의 관계를 끝내려는 게 아님을 알게 된 이상, 기반이 더 단단해졌다고 느꼈다. 이들은 나를 도우려 하고 있다. 내가 올바른 방향만 제시한다면 이 일은 해결 가능하다. "그리고『엄마 마녀』는 아테나의 미발표 초고 중 하나에서 첫 문단을 따오긴 했지만, 나머지는 역시나 전적으로 제 독창적인 글입니다. 저는 제 글을 씁니다. 여러분, 약속해요."

잠깐 침묵이 흘렀다. 다니엘라가 왼쪽 눈썹을 치켜뜬 채 토드를 힐끗 봤다.

"좋습니다." 토드가 말했다. "물론 서면으로도 작성해야겠지만, 지금 말한 내용이 전부라면, 그렇다면… 충분히 감당할 수 있겠네요."

"그럼 의혹에서 벗어날 수 있는 겁니까?" 브렛이 물었다.

토드가 잠시 망설였다. "그건 사실 홍보 문제라서…."

"제가 성명을 발표하면 되지 않을까요." 내가 말했다. "아니면, 인터뷰 같은 걸 하거나요. 모든 걸 분명하게 밝히는 거죠. 대부분 오해였다는 걸요."

"제 생각에, 지금 당장은 다음 작업에 집중하는 게 최선일 것 같네요." 다니엘라가 활기차게 말했다. "에덴에서 성명을 발표하는 걸로 하죠. 오늘 오후에 승인을 위해 메일로 보내줄게요."

에밀리가 끼어들었다. "우린 그동안 당신이 소셜미디어를 멀리하는 게 최선이라고 생각했지만, 혹시 새로운 프로젝트, 즉 현재 작업 중인 프로젝트를 발표하고 싶다면…." 그녀가 말끝을 흐렸다.

나는 무슨 말인지 알아들었다. 입 닥치고, 잠시 빠져서, 자신이 책을 쓸 수 있는 사람임을 증명하라는 것이다. 빌어먹을 아테나 리우와 전혀 관계가 없는 작품으로 말이다.

"지금 어떤 작업 중이죠?" 다니엘라가 재촉하듯 물었다. "브렛, 우리와 계약한 건 아닌 거 알지만, 우리가 맨 먼저 보게 되어 있으니까, 뭐든 공유할 내용이 있다면…."

"작업 중이에요." 나는 쉰 목소리로 대답했다. "너무 괴로운 상황이라 조금 산만해지긴 했지만…."

"하지만 곧 새로운 소식이 있을 겁니다." 브렛이 불쑥 끼어들었다. "그렇게 되면 제가 연락드리겠습니다. 됐죠, 여러분? 그 첫 문단도 준이 최대한 빨리 수정할 거고요. 다음 주쯤 뭐라도 내보일 만한 게 생기면 그때 다시 논의하죠."

토드가 어깨를 으쓱했다. 이 문제에서 이제 그가 할 일은 없었다. 다니엘라가 고개를 끄덕였다. 입장이 정리되고 직접 모든 걸 해결할 수 있게 돼서 얼마나 다행인지 모른다며 모두 함께 기분 좋은 말을 몇 마디 나눈 후, 다니엘라가 줌 회의를 종료했다.

브렛이 뒷정리를 위해 곧바로 다시 전화를 걸어왔다.

"저 사람들, 나 미워해요? 다니엘라는 이제 나랑 끝인 거죠?"

"아니, 아니에요." 브렛이 잠시 멈췄다가 말을 이었다. "사실, 생각보다 나쁘진 않습니다. 어떤 논란이든 공짜 마케팅에는 꽤 좋거든요. 다음 지급 기간에는 인세가 오를 걸 기대해도 되겠어요."

"뭐라고요? 진심이에요?"

"흠, 얘기해줄게요. 다들 줌에서 말하길 원치 않아서요. 이 모든 사태는 실은 음, 그러니까, 대부분 우파 평론가들이 일으킨 것 같더군요. 아마 당신이 어울리고 싶은 사람들은 아닐 거예요. 내 말은, 명확히 하자면 그렇다는 겁니다. 그들은 이건을 문화전쟁 문제로 끌고 가고 있어요. 이런 경우는 늘 관심을 끌어들이기 때문에, 책 판매량이… 늘어납니다. 판매량이 늘어나는 건 언제든 좋은 일이죠."

믿을 수가 없었다. 이번 주 내내 들은 것 중 유일하게 좋은 소식이었다. "얼마나 늘어나는데요?"

"충분히 보너스를 받을 수 있을 만큼요."

축하하기에는 조금 이상한 시기인 듯했지만, 그리고 매우 부적절했지만, 마음 한구석에서는 그동안 눈여겨봤던 이케아 소파를 드디어 사야겠다는 생각이 들었다. 책장 옆에 두면 멋질 것 같았다.

"다니엘라는 나를 죽여버리고 싶은 것 같던데요." 킬킬거리는 히스테릭한 웃음소리가 목구멍에서 흘러나왔다. "진짜로 화가 난 것 같았어요."

"아, 다니엘라는 사실 별로 신경 쓰지 않습니다." 브렛이 말했다. "그냥 자기 할 일을 해야 하니까 그러는 겁니다. 이해하세요. 결국 중요한 건 현금 흐름이에요. 에덴은 계속 당신 편일 겁니다. 이제 되돌리기엔 당신이 너무 많은 돈을 벌어들이고 있거든요. 기분이 조금 나아졌나요?"

"훨씬 나아졌어요." 나는 숨을 내쉬었다. "와우. 좋네요."

"그럼 이제 뭔가 새로운 작업을 하는 건가요?"

"훨씬 나은 작품이 나올 것 같은데요?"

"그러면 좋겠네요." 브렛이 웃었다. "다음 주에 다니엘라한테 보여줄 수 있게 조금 작성해주세요. 프로젝트 전체의 아우트라인을 보여줄 필요는 없고, 그저 몇 가지 아이디어를 제시해서 계속 작업 중이라는 걸 알려줄 수 있게요. 그냥 중국인 소녀에 대한 것만 아니면 되지 않을까요?"

"하하." 나는 이렇게 대꾸하고 전화를 끊었다.

그날 밤, 저녁으로 먹을 피자를 주문해놓고 기다리는데 전화벨이 또 울렸다. 나는 배달 기사인 줄 알고 녹색 통화 버튼을 눌렀다.

"여보세요?"

"준?" 상대는 잠시 말이 없었다. "퍼트리샤 리우예요. 아테나의 엄마요."

오, 맙소사. 순간 전화를 끊고 휴대폰을 방 저쪽으로 던져버리고 싶은 충동을 느꼈다. 하지만 그랬다가는 상황을 더 악화시킬 것이다. 내가 자신과 이야기 나누길 두려워하고 있다는 걸 알게 될 테고, 그러면 그 이유를 추측하게 될 것이고, 나는 그녀가 대체 무슨 말을 하려고 전화했을지 궁금해하며 공황 상태에서 밤을 지새울 게 뻔하다. 그냥 지금 당장 듣고 끝내버리는 것이 낫다. 손해배상 소송에 대한 마음이 바뀐 거라면, 브렛과 에덴프레스 팀에게 알려야 한다.

나도 모르게 목소리가 갈라졌다. "안녕하세요, 리우 부인."

"안녕하세요." 그녀가 낮고 비음 섞인 목소리로 말했다. 울고 있는지도 모르겠다는 생각이 들었다. "전화한 이유는… 저, 어떻게 말해야 할지 모르겠군요."

"리우 부인, 무슨 말씀이신지 알 것 같습니다—"

"아델 스파크스-사토라는 여자한테서 오늘 아침 연락이 왔어요. 나한테 아직 아테나의 초고가 있는지, 있다면 자기가 한번 볼 수 있는지 물어보더군요."

리우 부인은 더 이상 자세히 말하지 않았다. 어쩔 수 없이 내가 물어야 했다. "네, 그래서요?"

"음, 당신이 아테나한테서 『최후의 전선』을 훔쳤다고 넌지시 말하더군요. 아테나의 집필 노트를 보고 싶다고 했어요. 혹시라도 아테나가 그 프로젝트를 진행 중이었다는 증거가 있는지 보고 싶다고요."

나는 이마에 손을 갖다 댔다. 올 게 왔다는 생각이 들었나. 이제 다 끝이다.

그녀가 『엄마 마녀』 때문에 전화한 줄 알았다. 그런데 이건 그보다 훨씬 더 나쁜 상황이었다.

"리우 부인, 무슨 말씀을 드려야 할지 모르겠네요."

"물론, 안 된다고 했어요." 순간 심장이 멎는 줄 알았다. 리우 부인이 계속 말했다. "난 모르는 사람이 그러면… 싫어서요. 어쨌든, 생각해볼 테니 시간을 달라고 했어요. 그리고 당신한테 먼저 얘기해야겠다고 생각했죠."

리우 부인이 다시 말을 멈췄다. 나는 그녀가 무엇을 묻고 싶은지 알고 있었다. 그녀는 차마 묻지 못하고 있었다. 나는 그녀가 주방에 선 채 손바닥을 손톱으로 누르며 딸의 마지막 모습을 본 사람이 딸의 대작도 훔쳤을 가능성에 대해 큰 소리로 말하려고 노력하는 모습을 상상했다.

"준…" 그녀가 목멘 소리로 불렀다. 휴대폰 너머로 훌쩍이는 소리가 들렸다. "아시다시피, 난 정말 그 노트들을 펼쳐 보고 싶지 않아요."

나는 입 밖으로 내지는 않았지만, 곧바로 묻고 싶었다. 혹시 저 때문인가요?

믿어주기 바란다. 그 순간 정말로 고백하고 싶었다.

지금이야말로 사실대로 털어놓기 가장 좋은, 가장 적절한 때일지 모른다. 나는 리우 부인의 집을 방문했던 2년 전 그때 마지막으로 나눈 대화를 떠올렸다. "아테나의 마지막 소설을 읽을 수 있었다면 얼마나 좋았을까요." 내가 떠나려고 자리에서 일어날 때 부인이 한 말이었다. "아테나는 나한테 여간해선 마음을 털어놓지 않았어요. 작품을 읽는다고 생각을 알 수 있는 건 아니지만, 적어도 그건 나한테 내보일 마음을 먹고 보여주는 거니까요."

그걸 내가 그녀에게서 낚아챈 것이다. 엄마에게 딸의 마지막 말을 전해주지 않은 것이다. 지금 내가 진실을 말한다면, 리우 부인은 적어도 그 말들을 돌려받을 수 있게 된다. 딸이 인생의 마지막 1년을 쏟아부었던 노력을 볼 수 있게 된다.

하지만 나는 털어놓지 못했다.

물러서지 않고 결백을 주장하는 것, 그것이 이 모든 과정에서 제정신을 내내 유지할 수 있었던 비결이었다. 이 모든 일을 겪으면서 나는 한 번도 미치지 않았고, 누구 앞에서도 내 도둑질을 인정하지 않았다. 지금까지 나는 내 거짓말을 스스로 믿었다. 『최후의 전선』이 성공한 건 내 노력 덕분이라고, 기본적으로 내 책이라고. 나는 사실상 나 자신이 받아들일 수 있는 방식으로 진실을 왜곡했다. 내가 리우 부인에게 다르게 말한다면, 이 모든 게 흐트러지게 된다. 나는 내 관에 스스로 못을 박았다. 주변의 세상이 무너져 내리더라도 자존심을 지켜낼 수 있다는 희망이 조금이라도 있다면 절대 포기할 수 없었다.

"리우 부인." 나는 크게 숨을 들이마신 후 말했다. "『최후의 전선』은 정말 제가 공들여 집필한 책입니다. 그 책에는 제 땀과 피가 담겨 있어요."

"그렇군요."

"따님은 이례적일 정도로 뛰어난 작가였어요. 저도 그렇고요. 어느 쪽의 진실이라도 간과한다면 아테나의 유산과 제 미래에 해가 될 겁니다."

나는 언변이 뛰어나다. 거짓말하지 않으면서도 거짓말을 할 줄 안다. 리우 부인이 어느 정도는 내가 정말로 무슨 말을 하려는지 알아야 한다고 생각했다. 만일 아델 스파크스-사토에게 아테나의 원고를 보여주면 그들이 거기서 무엇을 발견하게 될지 부인도 알고 있을 거라는 확신이 들었다. 하지만 부인은 그 몰스킨 노트 안에 무슨 말이 쓰여 있을지 두려워하고 있었다. 이는 그 어느 때보다 분명했다. 나와 이야기하고 있는 이 여인은, 딸의 영혼에 묻힌 어두운 것을 차라리 직면하지 않기를 바라고 있었다. 어떤 엄마도 자기 아이를 그렇게 깊이 알고 싶어 하지는 않는다. 즉 이것이 우리의 거래 조건이었다. 리우 부인은 아테나의 비밀을 직면하지 않아도 되는한 내 비밀을 지켜줄 것이었다.

"좋습니다." 리우 부인이 말했다. "고마워요, 준."

그녀가 전화를 끊기 전, 내 입에서 불쑥 말이 나왔다. "그리고 리우 부인, 『엄마 마녀』에 대해서는…" 나는 말끝을 흐렸다. 무슨 말이 하고 싶은지 알 수 없었다. 차라리 아무 말도 하지 않는 게 현명하지 않을까. 토드는 리우 부인이 손해배상 청구를 하지 않기로 했다고 말했지만, 나는 그게 계속 신경에 거슬리는 게 싫었다. 앞으로 그 문제가 없으리라는 것을 리우 부인의 입으로 직접 확인하고 싶었다. "그러니까, 혹시 들으셨을지 모르겠는데, 도입 부분을 다시 쓸 예정입니다…."

"아, 준." 그녀가 한숨을 쉬며 말했다. "그건 신경 안 써요."

"그건 정말 제가 쓴 작품이에요. 그래요, 첫 문단은 갖다 쓴 게 맞아요. 어쩌다 그렇게 된 건지는 모르겠어요. 서로 발췌본을 교환하다가 어떻게 제 공책에 들어오게 된 것 같은데, 너무 오래전 일이라 잊고 있었어요… 하지만 아무튼, 나머지 이야기는…."

"알아요." 리우 부인이 대답했다. 목소리에 날이 선 느낌이었다. "아테나라면 그런 글은 절대 쓰지 않았을 테니까요."

무슨 뜻인지 묻기도 전에 그녀는 전화를 끊어버렸다.

17

그달이 끝나갈 무렵, 모든 문제가 해결되고 모든 관계자가 결정을 마쳤다. 나는 인터넷에서 미움을 받았고, 업계를 당혹스럽게 했으며, 출판사와 위태위태한 관계를 유지했다.

그래도 최소한 파산하지는 않았다. 사실, 외적인 기준에 의하면 나는 여전히 상당히 성공한 작가였다. 온라인 세상의 일부 독자에겐 미움을 받았지만, 미국의 나머지 도서 구매자들에겐 그렇지 않은 특이한 위치에 있었다. 사람들은 여전히 서점 판매대에서 내 책을 고르고 있었다. 아델 스파크스-사토와 다이애나 추가 (말도 안 되는) 제삼자 조사가 끝날 때까지 출간된 모든 책을 서점 판매대에서 내리게 해달라는 청원을 지속적으로 넣고 있었지만 판매량은 줄어들지 않았다.

실은, 오히려 늘어나고 있었다. 스캔들이 공짜 마케팅 효과를 낳는다던 브렛의 말이 맞았다. 그의 최신 메일에 따르면, "인세 명세서가 나오기 전까지는 비공식적인 통계지만, 이번 달 판매량이 작년 대비 거의 두 배예요."

인터넷 세상의 지저분한 구석들을 조금만 살펴보면 무슨 일이 일어나고 있는지 알 수 있었다. 대안우파 자유언론 지지자들은 나를 자신들의 쟁점으로 삼았다. 나, 그리고 앵글로색슨족인 나의 예쁜 얼굴은 좌파 파시스트 캔슬 컬처* 지지자들의 완벽한 희생양이 되었다.(대안우파는 정당한 법 절차에 많은 신경을 쓰는 것처럼 보여도 피고가 성폭력이나 인종차별적 표절 같은 죄를 저지른 경우에만 그랬다.) 한 인기 있는 《폭스뉴스》 공동 진행자는 수백만 명의 시청자들에게 에덴프레스가 나를 저자 명단에서 빼지 못하도록 지지해줄 것을 촉구했다. 이로 인해 수천 명의 트럼프 지지자들이 학대받은 중국인 노동자에 관한 책을 사는 기이한 상황이 연출되었다. 내 홍보 담당자가 한 인기 있는 젊은 유튜버의 인터뷰 요청을 수락했는데, 나는 그녀의 유명한 영상 대부분에 "경제학 강의실에 몰래 총들고 들어가기 ㅋㅋ" 또는 "낙태에 관한 진실 때문에 망한 예민 보스 자유주의자들" 같은 제목이 달려 있는 걸 발견하고 인터뷰를 거절했다.

그래, 맞다, 얼마나 안 좋게 보이는지 안다. 나는 테일러 스위프트처럼 백인우월주의자 바비 인형이 될 의도는 전혀 없

---

* cancel culture. 자신과 생각이 다른 사람을 보이콧, 배척하는 온라인 문화 현상.

었다. 분명 나는 트럼프 지지자가 아니다. 나는 바이든에게 투표한 사람이다! 하지만 이들이 나한테 돈을 던지겠다는데, 그걸 받는 게 그렇게 잘못된 일인가? 기회가 주어진다면 언제든 인종차별주의자 촌뜨기들에게서 돈 좀 뜯어낼 수도 있는 것 아닌가?

상황은 이렇게 정리되었다. 나는 평판은 잃었으되 퇴출 가능성은 없었고, 한동안 수입이 끊길 걱정도 할 필요가 없었다. 이만하면 다행이었다. 출판계 연줄은 다 끊겼지만, 인생이 끝난 건 아니었다. 여전히 여느 또래보다 저축액이 많았다. 어쩌면 앞서 있는 지금이 그만둬야 할 때인지도 모른다.

그후 몇 주 동안 종종 글쓰기를 완전히 그만두는 것에 관해 생각했다. 어쩌면 결국 엄마 말이 옳은지도 모른다. 겉으로만 번드르르한 직업은 나를 위한 카드 패가 아닐 수도 있다. 『최후의 전선』을 또 다른 도약을 위한 발판으로 삼아 뭔가 다른 것을 시도해보는 것도 괜찮을 듯했다. 내겐 어떤 전문 석사학위 과정도 감당할 만한 충분한 돈이 있고, 아이비리그 상위 10위권에 드는 법률 또는 비즈니스 프로그램에 지원해도 무리가 없을 만큼 높은 학부 성적도 있다. 어쩌면 로스쿨 입학시험 준비를 할 수도 있다. 아니면 온라인 금융 분석 단기 강좌에 등록해 나중에 컨설팅 분야로 나갈 수도 있다.

근무 시간과 복지 혜택이 분명한 안정적인 직업이라니, 생각만 해도 매력적이었다. 거기서는 백인이라는 사실이 지루하고 불필요하게 여겨지기보다는 오히려 완벽하게 평균적이고 바람직한 조건으로 여겨질 것이다. 공황 상태에서 스크롤할 일도 없을 테고, 도토리 키재기 경쟁을 할 일도 없을 것이다. 내 마케팅 담당자가 나를 싫어하는 건 아닌지 파악하기 위해 메일을 수천 번씩 읽을 필요도 없을 것이다.

하지만 나는 내 삶에 의미를 주는 이 유일한 일을 그만둘 수 없었다.

글쓰기는 진정한 마법에 가장 가깝다. 글쓰기는 무에서 유를 창조하는 것이며, 다른 세계로 이어지는 문을 여는 것이다. 현실 세계가 너무 고통스러울 때 글을 쓰면 새로운 자신의 세계를 만들 힘이 생긴다. 글쓰기를 그만두는 건 내게 죽음이나 마찬가지다. 손가락으로 책등을 훑으며 서점을 헤집고 다니는 일도, 서가에 그 책들을 올리기까지의 긴 편집 과정에 경탄하며 내 책을 추억하는 일도 없어질 것이다. 그리고 에미 조 같은 아이가 출간 계약을 맺을 때마다, 어떤 젊은 신인 작가가 마땅히 내 것이어야 할 인생을 살고 있음을 깨달을 때마다, 질투에 시달리며 남은 생을 보낼 것이다.

어릴 때부터 글쓰기는 내 정체성의 중심이었다. 아빠가 돌아가시고 엄마가 자기 안으로 침잠하기 시작한 후, 그리고 로리 언니가 나 없는 인생을 살기로 한 후, 글쓰기는 내게 살아갈 이유가 되어줬다. 행여 나를 비참하게 만든다고 하더라도, 살아 있는 한 나는 이 마법에 매달릴 생각이었다.

문제는 다니엘라에게 줄 글을 쓸 수가 없다는 데 있었다.

가지고 있는 아이디어 중에 쓸 만한 건 하나도 없었다. 이전 초안 중 몇 개를 꺼내 봤지만, 전제로 삼은 가정 자체가 이제는 지루하거나 진부하거나 아주 멍청하게 느껴졌다.

그중에는 백 년 전 죽은 소년과 사랑에 빠진 소녀에 관한 청소년용 로맨틱 코미디도 있었다.(이 초안은 느낌만 있고 줄거리는 없었다. 캠퍼스 내에 있는 네이선 헤일[미국독립전쟁의 영웅] 동상에 대해 내가 학부생으로서 느낀 호감을 바탕으로 한 것이다.) 한 쌍의 연인이 몇 세기에 걸쳐 환생하며 비슷한 비극적인 상황을 반복적으로 겪다가 마침내 그 순환의 고리를 끊을 방법을 찾게 된다는 이야기도 있었다.(멋진 전제이긴 하지만 다양한 시대를 연구하기가 너무 버거웠다. 그러니까 내 말은, 1700년대에 매력적인 게 뭐가 있겠는가?)

전 남자친구에게 살해된 소녀가 유령으로 다시 돌아와 다음 희생자를 구하기 위해 노력하지만 계속 실패한다. 살해당한 소녀들은 유령 조직을 결성하고 마침내 남자를 감옥에 가두는 데 성공한다.(이 초안은 꽤 괜찮아 보였다. 하지만 넷플릭스에서 최근 현대판 '푸른 수염의 사나이'를 방영했고, 나는 또다시 표절 시비에 휘말리고 싶지 않았다.)

나는 위키피디아와 브리태니커 백과사전을 뒤지며 이야기를 확장하는 데 쓸 만한 자료를 찾았다. 어쩌면 타이태닉호에서 살아남은 중국인의 실종에 관해 쓸 수도 있을 것이다. 아니면 골드러시 시대의 거지들이나, 뉴욕경찰청의 아시아계 갱 전담 조직은 어떨까.(이들은 '제이드 스쿼드'로 불린다. 제목으로 쓰기에 끝내주게 멋진 이름 아닌가? 아니면 중국인 마피아도 괜찮겠다.) 패트릭 래든 키프가 이미 몇 년간 뉴욕을 기점으로 활동했던 한 중국인 전문 밀입국 브로커에 대한 엄청난 논픽션 책을 썼는데, 내가 그의 삶을 소설로 쓰면 어떨까?

그런데 왜 자꾸 중국에 집착하게 되는 걸까? 왜 자꾸 소재를 제한하게 되는 거지? 러시아 이민자나 아프리카 난민에 대해서도 똑같이 쓸 수 있어야 하지 않나? 나는 한 번도 내 글쓰기를 중국이라는 브랜드에 집중시킬 생각이 없었다. 어쩌다 그렇게 된 것뿐이다. 조부모님이나 증조부모님 중 한 분이 유대인일지도 모른다는 데 생각이 미쳤다. 고모 중 한 분에게 전화해 물어보고, 그걸 가교 삼아 유대인의 역사와 신화에 관해 쓸 수도 있을 것 같았다. 그리고 엄마가 전에 체로키족의 유산을 받았다고 말한 것도 생각났다. 이것도 알아볼 만한 가치가 있을 듯했다. 거기서 내가 미처 몰랐던 연결 고리를 발견하게 될지도 모른다.

사실대로 말하자면, 나는 이런 소재를 선택하는 경우 그에 수반될 일이 겁났다. 『최후의 전선』을 쓸 때 이미 모든 조사를 했기 때문에, 중국에서 영감을 받은 이야기가 조금 더 쉬울 것 같았다. 관련 역사와 현재의 정치적 접점에 관해 많이 알고 있고, 중요한 어휘는 말로도 가능하다. 필요한 건 독자의 관심을 확 끌어들일 만한 결정적인 요소였다.

전에 만났던 시인이 떠올랐다. 그녀는 어딜 가든 작은 공책한 권을 들고 다니면서 그날 만난 모든 사람에 대해 적어도 한 가지씩은 익살스러운 점을 관찰해 기록한다고 했다. 바리스타의 머리는 극단적인 보라색이었다. 그녀 옆 테이블에 앉은 여자는 '네'라는 말을 일부러 그러는 것처럼 길게 늘여 발음했다. 사장의 이름이 녹슨 동전처럼 안내원의 입 밖으로 미끄러지듯 흘러나왔다.

"수집한 걸 다 시로 쓰지는 않아요." 그 시인은 이렇게 설명했다. "세상은 이미 풍요로우니까요. 제 할 일은 혼란스러운 인간의 삶을 정제해서 농축된 독서 경험으로 만드는 거죠."

나는 볼일을 보러 시내에 나간 날 그녀와 똑같이 해봤다. 세탁소에서(붐비고, 효율적이며, 주인은 그리스인 아니면 러시아인인 것 같다. 어느 쪽인지 구분이 안 되는데 그럼 나는 인종차별주의자일까?), K 스트리트의 트레이더 조에서(그녀가 여기에 올 때마다 진열대는 유기농을 약속하는 상품들로 가득했다. 하지만 그녀는 아니나 다를까, 언제나처럼 생강 쿠키와 즉석 페투치니가 든 장바구니를 들고 상점을 나갔다.) 몇 가지 생각을 기록했다. 계산대에서 끄적거리는 동안 꽤 학구적이고 관찰력 있는 사람이 된 기분이 들었다. 하지만 집으로 돌아오면 내가 쓴 어떤 것에서도 불꽃을 발견할 수 없었다. 모든 게 너무 단조로웠다. 트레이더 밍 트레이더 조에서 판매하는 중국 음식 제품의 이름의 요리 정치학에 관해 읽고 싶은 사람은 아무도 없을 것 같았다.

더 노력할 필요가 있다. 백인들이 일상에서 보지 못하는 것을 써야 한다.

다음 날 오후, 나는 전철을 타고 차이나타운에 갔다. 워싱턴에 5년째 살고 있지만 실제로 가본 적은 한 번도 없었다. 워싱턴의 차이나타운이 도시 안에서 가장 범죄율이 높다는 얘기를 레딧에서 본 적이 있어서 조금 불안했다. 역에서 나와 보니 전체적으로 방치된 느낌에 위협적인 분위기를 풍기고 있었다. 나는 주머니에 손을 찔러 넣고 휴대폰과 지갑을 꽉 움켜쥔 채 걷기 시작했다. 후추 스프레이를 가져올걸, 그런 생각이 들었다.

그렇게 겁먹은 백인 소녀처럼 굴지 마. 나 자신을 꾸짖었다. 여기도 사람 사는 곳이야. 전쟁터가 아니라고. 잔뜩 긴장한 관광객처럼 굴어서는 이들의 이야기를 알 수 없는 법이다.

갈보리침례교회를 지나자 '우정의 문'이 차이나타운에 온 나를 환영했다. 나는 청록색과 황금색으로 찬란하게 빛나는 그 거대한 문을 사진에 담았다. 가운데 현판에는 무슨 뜻인지 알 수 없는 글자들이 박혀 있었다. 나중에 찾아보기로 했다.

그걸 제외하면 눈여겨볼 만한 중국 문화권 특유의 요소는 그리 많지 않아 보였다. 나는 걸어서 스타벅스와 루비 튜즈데이, 리타스, 베드 배스 & 비욘드 앞을 지났다. 상점마다 문간에 금색이나 빨간색으로 힘차게 쓴 중국어 간판이 걸려 있었지만, 내부는 여느 매장과 같은 물건들로 채워져 있었다. 이상하게도 중국인은 눈에 많이 띄지 않았다. 워싱턴의 차이나타운이 심하게 고급화되었다는 기사를 전에 보긴 했지만, 이정도로 워싱턴의 거리와 비슷할 줄은 예상하지 못했다.

너무 배가 고파서 처음 눈에 들어온 식당에 들어갔다. '미스터 셴 만두'라고 되어 있었다. 진열장은 온통 중국어로 뒤덮여 있었고, 영어 이름은 거의 보이지 않았다. 약간 오래된 느낌이 드는 식당이었다. 테이블은 곳곳이 깨져 있고, 창문은 지저분했다. 하지만 이게 정통 중국음식점의 특징 아닌가? 언젠가 트위터에서 읽은 기억이 났다. 만약 중국음식점이 미적인 부분에 전혀 신경 쓰지 않은 티가 난다면, 그건 그 집 음식이 훌륭하다는 뜻이다. 아니면, 적어도 쓰레기 같은 음식이 나오지는 않는다는 뜻이다.

식당 안에는 나뿐이었다. 꼭 나쁜 징조는 아니었다. 오후 네 시는 점심을 먹기엔 너무 늦고 저녁을 먹기엔 너무 이른 시간이니까. 종업원이 더러워 보이는 물컵과 비닐로 된 메뉴판을 말없이 놓고 사라졌다.

나는 바보가 된 기분으로 주위를 둘러봤다. 종업원들의 식간 휴식 시간을 방해하고 있는 게 분명했다. 게다가 혼자 너무 많은 공간을 차지하고 있는 것도 불편했다. 여기서는 먹고 싶은 것도 없었다. 메뉴는 전부 만두 종류였다. 뭔지 몰라도 역겨운 느낌이었다. 주방 문밖에서 풍기는 강렬하고 퀴퀴한 음식물 쓰레기 같은 냄새에 입맛이 뚝 떨어졌다.

"주문하시겠어요?" 종업원이 옆에 나타났다. 손에 펜과 종이를 들고 있었다.

"아, 미안해요." 나는 잠시 말없이 메뉴를 보다가 가장 먼저 눈에 띈 것을 손가락으로 가리켰다. 지금 나가는 건 예의가 아닌 듯했다. "음, 돼지고기대파만두 주시겠어요?"

"여섯 개짜리요, 아니면 열두 개짜리요?"

"여섯 개짜리요."

"찐만두로 드릴까요, 군만두로 드릴까요?"

"음— 찐만두로요."

"알겠습니다."

그녀는 다른 말 없이 메뉴판을 집어 들고 주방 뒤쪽으로 사라졌다.

뭐, 저래? 하지만 어떤 트윗에서 말하길, 불친절한 서비스는 훌륭한 중국음식점의 특징 중 하나라고 했던 기억이 났다.

나는 긍정적인 면을 보려고 노력했다. 주의를 기울이면 여기서 좋은 서사적 잠재성을 발견할 수 있을지도 모른다. 어느 망해가는 차이나타운 식당에서 벌어지는 가슴 따뜻한 이야기가 만들어질 수도 있다. 식당 주인 딸이 영혼 없이 다니던 회사를 그만두고 공동체와 소셜미디어, 마법과 말하는 용의 도움을 받아 가업을 일으키는 그런 이야기 말이다. 어쩌면 저 재수 없는 종업원에게 동정을 유발할 만한 배경과 성격을 부여할 수 있을지도 모른다. 뭐, 아닐 수도 있고. 생각하면 할수록 〈라따뚜이〉와 〈뮬란〉의 줄거리를 섞는 기분이 들었다.

백인의 시선으로 보는 거 그만! 이 사람들에 대해 아무것도 모르면서 이야기를 지어낼 수는 없다. 이곳 사람들과 대화를 나눠야 한다. 친구를 사귀고, 그들이 떠나온 곳을 이해하고, 중국계 미국인만이 알 수 있는 별난 이야기를 학습해야 한다.

나 말고 눈에 띄는 사람은 내 뒤에서 테이블을 닦고 있는 중년 남자뿐이었다. 첫 시도에 아주 좋은 상대라는 생각이 들었다.

나는 목을 가다듬고 그에게 손짓했다.

"이름이 뭔가요?" 나는 일부러 명랑한 목소리로 물었다. 중립적으로 보이도록, 아니 적어도 이상하게 보이지 않도록 노력했다. 고등학교 때 탐사 저널리즘 수업에서 들었던 몇 가지 팁이 기억났다. 우호적인 관계를 형성하고, 주의 깊게 듣고 관찰하며, 눈을 똑바로 맞추고, 명확하고 개방적인 질문을 던지는 것이다. 아이폰으로 녹음하는 걸 기억해냈더라면 더 좋았을 텐데. 대화를 나누는 동안 받아 적어야 하지만, 그가 겁을 먹을 수도 있어서 펜과 노트를 꺼내기가 망설여졌다.

"네, 손님." 그가 행주를 내려놓고 나한테 걸어왔다. "무슨 문제라도 있나요?"

"아, 아니요. 전 그냥, 음, 잠깐 얘기 좀 나눌까 해서요. 시간이 괜찮으시다면요."

이 말을 내뱉으면서 나는 움찔했다. 왜 이렇게 불편하지? 마치 뭔가 무례한 짓을 하는 기분이었다. 남의 아이에게 허락도 없이 말을 거는 그런 행동 말이다. 하지만 그건 터무니없는 생각이다. 친근하게 잠깐 대화를 나누는 게 뭐가 잘못이지?

그가 기대하는 눈빛으로 나를 바라보고 있었다. 그래서 나는 불쑥 또 말을 내뱉었다.

"저, 차이나타운에 사는 게 좋으세요?"

"워싱턴 차이나타운을 말씀하시는 건가요?" 그가 어깨를 으쓱했다. "사실 여긴 차이나타운이 아닙니다. 차이나타운의 복제품 정도죠. 전 메릴랜드에 살고요."

그의 영어 실력은 생각보다 훨씬 유창했다. 억양이 거칠긴 하지만, 대체 어떤 초보가 '복제품'이란 단어를 사용한단 말인가? 혹시 백인 손님들에게 진정성을 전달하려고 일부러 익힌 건지 궁금했다. 혹시 고국 정부를 기분 나쁘게 만들었다가 어쩔 수 없이 미국으로 이주해야 했던 교수나 의사는 아닐까? 어떤 경우든 재미있는 뜻밖의 반전일 수 있었다.

"이 식당에서 일한 지는 얼마나 되셨어요?"

그가 잠시 생각에 잠겼다가 대답했다. "어, 지금 9년째인 것 같네요. 아니면 10년쯤. 아내는 캘리포니아로 가고 싶어 했는데 저는 딸 옆에 있고 싶어서요. 아마 그 애가 졸업하면 이사하게 될 것 같네요."

"아, 그렇군요. 멋지네요. 딸이 조지타운에 다니나요?"

"조지워싱턴이요. 경제학 공부해요."

그가 행주를 집어 들고 다른 테이블 쪽으로 몸을 반쯤 돌렸다. 그를 놓치고 싶지 않았다. 그래서 또 불쑥 물었다.

"그럼, 이 식당에서 일하는 걸 어떻게 생각하세요? 흥미로운 얘깃거리는 없었나요? 그러니까, 음, 이 식당에서 일하는 동안요."

"실례합니다. 뭘 도와드릴까요?"

아까 그 종업원이 주방에서 나왔다. 그녀는 눈을 가늘게 뜨고 우리를 번갈아 흘낏 보더니 중년 남자에게 빠르고 간결하게 중국말로 뭐라고 했다. 남자의 반응은 별로 열의가 없어 보였다. 아마도 '진정해' 같은 말을 하는 것 같았다. 하지만 그녀는 더 높고 빠른 어조로 반박했다. 결국 그는 어깨를 으쓱하며 행주를 테이블에 툭 던지고 주방 문 뒤로 사라졌다.

종업원이 내 쪽으로 돌아서서 말했다. "문제가 있으면 기꺼이 도와드리죠."

"아, 아니요, 괜찮아요. 그냥 얘기를 좀 나누려고 했던 것뿐이에요." 나는 사과의 의미로 손을 저었다. "미안해요. 많이 바쁘신 것 같네요."

"네, 저희 모두가 꽤 바빠서요. 너무 조용해서 미안하긴 한데, 종업원들이 그냥 일하게 두셨으면 좋겠네요."

나는 눈을 굴렸다. 손님이라곤 나밖에 없는데, 바쁘면 얼마나 바쁘다고 저러는 걸까? "그러죠." 나는 최대한 무시하는 태도로 대답했다.

그녀는 여전히 자리를 뜨지 않고 있었다. "다른 질문은 없으신가요?"

그녀의 목소리가 떨렸다. 겁먹은 듯한 목소리였다. 순간 나는 이게 어떤 상황인지 깨달았다. 그녀는 내가 경찰 아니면 ICE이민세관집행국에서 나온 사람이고, 저 남자를 불시 단속하려 했다고 생각하는 게 틀림없었다.

"맙소사." 나는 총이나 배지가 없음을 보여주기 위해 앞에다 대고 손을 털었다. "아니에요, 그런 게 아니라—"

"그럼 대체 뭔가요?" 그녀가 나를 위아래로 훑어봤다. 그러다가 옆으로 몸을 기울이며 말했다. "잠깐, 당신 그 작가 아니에요?"

나는 심장이 멎는 듯했다. 서점이나 강연회장이 아닌 곳에서 누가 나를 알아본 적은 한 번도 없었다. 순간 착각해서 그녀가 내게 사인을 요청할지도 모른다고 생각했다.

"저— 음, 맞아요. 제가 주니퍼—"

"당신이 바로 아테나 리우의 작품을 훔친 그 여자군요." 그녀의 얼굴이 굳어졌다. "그럼 그렇지. 온라인에서 사진을 본 적이 있어요. 주니퍼 송, 맞죠? 아니, 헤이워드랬나 뭐랬나. 아무튼 원하는 게 뭐죠?"

"그냥 얘기나 좀 나누려던 것뿐이에요." 나는 힘없이 말했다. "정말이에요. 전 그런 일로 온 게—"

"상관없어요." 그녀가 무뚝뚝하게 대답했다. "여기서 뭘 하려는지 모르겠지만, 우린 관여하고 싶지 않습니다. 사실, 그만 나가달라고 말씀드려야 할 것 같네요."

그녀에겐 나를 쫓아낼 권리가 없다. 나는 소란을 일으키지도 않았고, 불법적인 일을 하지도 않았다. 내가 한 거라곤 종업원과 가볍게 몇 마디 나눈 것뿐이다. 나는 그냥 버티고 앉아서 손님으로서의 내 권리를 주장하며 꼭 내쫓고 싶다면 경찰을 부르라고 말할까 생각했다. 하지만 어떤 이유로든 또 사람들 입에 오르내리고 싶지는 않았다. "진상 백인녀, 차이나타운에서 자기는 ICE가 아니라고 주장"이라는 제목의 영상이 유튜브에 뜨는 상황이 눈에 선했다.

"알겠어요." 나는 일어섰다. "만두는 그냥 됐어요."

"확실해요?" 종업원이 물었다. "우리 가게는 주문 취소 안 돼요. 8.95달러에 부가세 별도입니다."

얼굴이 화끈 달아올랐다. 어떻게 반응해야 할지 미리를 굴려봤지만 한심하거나 뻔한 인종차별적 대응 말고는 생각나는 게 없었다. 나는 지갑에서 20달러짜리 지폐를 한 장 꺼낸 후 어깨에 가방을 메고 그녀를 지나쳐서 문 쪽으로 향했다. 등 뒤에서 흥에 겨운 코웃음 소리가 들렸다. 나는 그냥 못 들은 척 뛰쳐나왔다.

브렛은 내가 창조의 사막에 들어간 지 한 달쯤 지나자 나를 괴롭히기 시작했다. 내게 시간을 주려고 애써온 건 분명했다. 지금까지 그의 메일은 모두 부드럽고 재치 있는 말로 슬쩍 찌르는 식이었지만, 이제 인내심이 바닥난 모양이었다.

최근에 온 메일은 심각했다. "새로운 기회를 잡을 생각이 있다면, 편할 때 전화 주세요."

나는 끄응 신음하며 휴대폰을 집어 들었다.

벨이 울리자마자 그가 전화를 받았다. "준! 반가워요. 그동안 어떻게 지냈어요?"

"그럭저럭요. 욕하는 메일은 이제 안 와요. 거의요. 죽이겠다는 협박도 없고요."

"음, 잘됐네요. 제가 다 사그라들 거라고 했잖아요." 그는 잠시 침묵하다가 말을 이었다. "그리고, 어, 지난번 논의했던 건은—"

"아무것도 없어요." 그냥 솔직히 말하는 게 최선이라는 생각이 들었다. "아무것도 못 썼어요. 아이디어가 전혀 생각나질 않아요. 어디서부터 시작해야 할지도 모르겠어요. 죄송해요. 듣고 싶었던 말 아닌 거 알아요."

죄책감이 밀려왔다. 브렛의 돈 때문이 아니었다. 그의 명성도 위태로운 상황이었다. 그는 에덴프레스 편집팀과의 인연마저 끊길까 봐 걱정하고 있었다. 하지만 거짓 희망을 심어줄 수는 없었다.

나는 브렛이 실망감을 나타낼 것에 대비해 마음을 단단히 먹었다. 하지만 그는 대신에 곧바로 질문을 던졌다. "그럼 IP 작업은 어때요?"

나는 조소가 나오려는 걸 겨우 참았다. IP 작업*은 그저 그런 작가들이나 하는 것이다. 아니, 그렇다고 들었다. 그건 자신만의 프로젝트를 판매하지 못하는 사람들이 하는 하찮은 품팔이 노동이다.

"그건 왜 물으세요?"

"그러니까, 자기만의 콘셉트를 생각해내는 게 힘들면 아우트라인을 정리하는 건 어때요?"

---

* 지식재산권(IP)이 있는 다른 사람의 창작물을 바탕으로 한 작업을 의뢰받아 글을 쓰는 방식.

"뭐, 슈퍼히어로 소설 같은 거요? 사양할게요, 브렛. 나한테는 나름의 기준이 있어요—"

"그냥, 너무 한참 됐잖아요, 준. 다들 참을성이 바닥나고 있어요."

"도나 타트는 10년 만에도 내고 그러잖아요." 나는 콧방귀를 뀌며 대꾸했다.

"하지만," 브렛은 내가 도나 타트 같은 작가가 아니라는 명백한 사실을 속으로 삼켰다. "상황이 다르잖아요."

나는 한숨을 쉬었다. "그 IP가 뭔데요? 마블? 디즈니?" 어쩌면 〈스타워즈〉 시리즈 소설은 쓸 수 있을지도 모른다. 어쩌면 말이다. 아무튼 어렵게 들렸다. 유별난 캐릭터를 만들려면 괴짜였던 내 과거를 엄청 헤집어야 할 것이다. 하지만 뭔가를 만들어낼 수는 있을 것 같았다. 적어도 그런 책을 사는 평범하고 무분별한 남성 팬들은 충분히 속일 수 있을 것 같았다.

"사실, 기존 프랜차이즈에는 맞지 않을 것 같고요. 혹시 스노글로브라고 들어봤어요?"

들어본 적 있는 이름이었다. 그 단어가 트위터에서 떠도는 걸 본 적이 있었다. 아마 최근에 나를 팔로우한 계정인 듯했다. 하지만 그 단어가 중요한 어떤 것과 관계가 있다고는 생각 못 했다. "일종의 책 포장 회사인가요? 이를테면, 자비출판 전문 출판사 같은?"

"음, 온갖 일을 합니다. 출판사, 영화 스튜디오 모두와 관계가 닿아 있어요. 편집자와 함께 시장의 현재 요구에 맞는 아이디어를 개발한 다음 작가를 섭외해서 창작물을 만듭니다. 대형 출판사의 편집자가 무엇을 찾고 있는지 추측해내고요. 거기서는 창의성을 유연하게 발휘해서 발상을 구체화하고 그걸 자기 것으로 만들 수 있을 겁니다."

"그래도 저작권은 나한테 없는 거잖아요?" IP에 관해서는 잘 모르지만, 온라인에서 읽은 내용에 의하면 작가에게 쉬운 거래는 아니다. 자신이 저작권을 소유하고 인세를 받는 독자적인 저작물과 달리 IP 작가들은 일반적으로 고정 수수료를 선불로 받는 게 전부다. 예를 들어, 인기 비디오게임 프랜차이즈를 위한 소설은 몇만 부도 팔릴 수 있다. 하지만 엄청난 베스트셀러가 되더라도 고용된 작가는 1만 달러 이상 받기 힘들다. 6개월에서 8개월간 일한 것에 비해 그렇게 많은 수입은 아니다. "게다가 진지하게 받아들여지는 저작물도 아니지 않나요? 뭐, 본격적인 문학작품은 아니잖아요."

"사랑받는 책 중에 IP도 많아요." 브렛이 말했다. "다 그런 취급을 받는 것도 아니고요. 어쨌든, 계속 그쪽 일을 하라는 게 아니라, 그냥 이번 슬럼프를 극복하는 데 도움이 될 것 같아서 그래요. 튼튼하게 세워져 있는 기존의 틀을 이용하면 더 좋은 작품이 나오지 않겠어요?"

브렛이 이런 식으로 말하는 게 정말 싫었다. 마치 둘만의 농담이라는 듯, 『최후의 전선』에 관한 진실을 알고 있는 사람처럼 굴었다. *우리끼리는 알잖아요, 그렇죠? 무슨 말인지 알죠? 상상력 없이도 쓸 수 있다는 거 알아요. 새로운 색칠 공*

부 책을 찾아보자고요.

따지고 보면, 그렇게 나쁜 아이디어는 아니었다. 하지만 그런 생각을 하는 것만으로도 자존심이 상했다. 나는 미국 최고의 문학상을 받을 수도 있는 작가다. 그런 식으로 고용되어 일하는 건 상상도 하기 싫었다.

"수입도 형편없을 것 같은데요."

"음, 기꺼이 협상에 응해줄 겁니다. 특히 이렇게 유명한 작가라면요. 하지만 맞아요. 인세는 지금까지 받던 것만큼 높지 않을 겁니다."

"그럼 뭣 때문에 해야 하는 거죠?"

"음, 신간 출간이죠. 뭔가 새로운 이야깃거리가 생기잖아요. 대화를 계속 이어나갈 그런 거요."

제법이네요, 브렛. 그럴듯한 지적이에요. 나는 묻지 않을 수 없었다. "소재는 뭔가요?"

그는 곧바로 대답하지 못했다. 나는 기밀 유지 협약에 먼저 서명해야 했다. 그가 이미 준비해둔 터라, 나한테 전자서명 링크를 보내면 그만이었다. 그가 그걸 하는 동안 나는 스노글로브 웹사이트를 살펴봤다. 창립자들은 모두 젊고 늘씬한 백인 여성이었다. 손에 샤르도네 포도주 잔을 들고 업계 행사장을 배회하는, 늘 보는 그런 유형이었다. '현재 진행 중인 프로젝트' 페이지에는 아마존, 훌루, 넷플릭스와 맺은 계약 건이 나열되어 있었다. 몇 가지 타이틀은 실제로 들어본 적이 있는 것이었다. 브렛의 말이 옳다. 나는 모르고 있었지만 정말 인기 많은 프로젝트가 IP다. 어쩌면 그렇게 나쁘지 않을 것 같았다. 시장이 원하는 걸 내놓는 건 어렵지 않은 일이다. 그리고 나는 내가 잘하는 일, 즉 아름답게 쓰는 일에 집중할 수 있을 것이다.

"좋습니다." 기밀 유지 협약이 맺어졌고, 브렛이 다시 전화로 돌아왔다. "그들은 중국의 사회문제에 대한 준의 전문 지식을 활용하는 데 정말로 관심이 있습니다. 아시겠죠?"

슬며시 두려움이 느껴졌다. "네….'

"한 자녀 정책 아시죠?"

"어, 여자들한테 낙태를 강요했던 그거요?"

"아니요, 1978년에 시행되었던 산아제한 정책을 말씀드리는 겁니다."

그가 위키피디아 검색 결과를 읽어줬다. 나도 아는 내용이었다. 방금 같은 페이지를 봤으니까.

"그러니까, 제가 말씀드린 그거 맞잖아요. 여자들한테 낙태를 강요했던 거." 나는 내 말이 맞는지 확인하기 위해 재빨리 '낙태'라는 단어를 검색했다. 내 말이 맞았다, 대충. "그에 관한 소설을 원한다는 거예요?"

"음, 그들은 그걸 현대적으로 재해석해주길 원해요. 한 자녀 정책의 문제는 중국에 남자가 너무 많아졌다는 거잖아요? 선택적 낙태 때문에. 가부장적 문화로 인해 부모들이 아들을 선호했고, 그만큼 많은 수의 여자가 사라졌죠. 따라서 중국 남자들은 아내를 얻거나 자녀를 갖기가 어려워졌고요. 여기까지, 무슨 얘긴지 아시겠죠?"

"아, 네."

"여기서부터 디스토피아적 반전이 시작됩니다. 『시녀 이야기』와 비슷한 세계를 만드는 겁니다. 여자들은 기관에서 길러집니다. 아기를 낳기 위해 태어나고 양육되죠. 그리고 남편에게 노예로 팔리죠." 브렛이 어색하게 웃었다. "꽤 신랄한 해석이죠? 원한다면 주제를 더 확장해서 서구의 가부장제를 은근히 비판하는 글을 쓸 수도 있을 겁니다. 준한테 달렸어요. 말씀드렸듯이, 얼마든지 유연하게 개념을 가지고 놀 수 있을 겁니다. 어떻게 생각해요?"

나는 한동안 침묵했다. 순간, 우리 둘 중 하나는 큰 소리로 "정말 비상식적인 얘기잖아요. 제정신 박힌 사람이면 그런 일을 하고 싶겠어요?"라고 외쳐야 할 것 같았기 때문이다.

(실은, 내가 틀렸다. 나는 이 대화를 나눈 지 2주 후 트위터를 열었다가 다음과 같은 공지를 읽게 되었다. "스노글로브와 손잡은 사이먼 & 슈스터는 한 자녀 정책에서 영감을 받은 스릴 넘치는 디스토피아 소설 『중국 최후의 여인』의 작가로 유명 소설가 하이디 스틸과 계약을 맺게 된 것을 매우 기뻐하고 있다!")

"다시 말하지만, 이거 정말 괜찮아 보여요." 브렛이 말했다. "컨셉이 근사해요. 페미니스트들이 당신을 떠받들 겁니다. 북클럽 시장을 장악하게 될 거고요. 게다가 영화로서의 잠재력도 많아요. 〈시녀 이야기〉 시리즈가 끝나면 여러 회사에서 다음 대작을 찾아다닐 게 확실하거든요."

"하지만 스토리 아이디어가… 그러니까, 너무 많은 걸 다루는 것 같지 않나요? 진심으로 하는 말씀이세요? 한 자녀 정책이 정말 『시녀 이야기』와 통하는 데가 있다고요? 그 사람들은 걱정이 안 된대요? 그야말로 중국 전체를 기분 나쁘게 만들 수도 있는데요?"

"음, 이 책은 서구에서 출간될 겁니다, 준. 누가 신경이나 쓰겠습니까?"

아델 스파크스-사토와 샤오 첸이 발톱을 갈고 있는 모습이 눈앞에 선했다. 중국 정치에 대해 잘 알지는 못하지만, 그런 나조차도 이 프로젝트 주변이 온통 지뢰밭이라는 걸 감지할 수 있었다. 만일 내가 이 소설을 쓴다면 중화인민공화국이나 중국인, 또는 남자, 아니면 이 셋 모두를 증오한다는 죄목으로 제거 대상이 될 것이다.

"그건 아니죠. 이건 시작부터 가망이 없어요. 다른 아이디어는 없대요? 그러니까 내 말은, 스노글로브와 일하기 싫다는 게 아니라, 그냥 이 소재가 정말 싫어요."

"아, 있죠. 있기는 한데, 작가마다 적절한… 배경에 맞춰 소재를 배정하고 있거든요. 그들은 올해 다양성 면에서 아주 큰 전환점을 마련하려 하고 있어요."

나는 콧방귀를 뀌었다. "그런데도 나를 원한다니 이해할 수 없네요."

"자, 진정하고," 브렛이 말했다. "최소한 그쪽 제안을 살펴보기라도 해요. 방금 보냈습니다. 그리고 준은 애초에 시작이 사변소설이었기 때문에, 이미 팬층이 형성돼 있잖아요."

마술적 리얼리즘에 열광하는 사람들은 이런 유의 근미래 SF에 별 관심이 없다는 사실을 브렛이 알고나 있는 건지 의심스러웠다.

"알겠어요. 하지만 베이징을 배경으로 한 디스토피아 소설은 제 전문 분야와 꽤 거리가 있다는 걸 인정하셔야 해요."

"몇 년 전이었다면 『최후의 전선』 같은 프로젝트가 준의 전문 분야와는 거리가 꽤 멀다고 말했을 겁니다. 지평을 넓히는 데 너무 늦은 때란 없어요. 그냥 생각해보라는 거예요. 이게 구원책이 되어줄 수 있을 겁니다."

"아뇨, 그렇지 않을 거예요." 내가 웃고 싶은 건지, 울고 싶은 건지 알 수가 없었다. "확신하는데, 이런 작업은 내 경력을 끝장내버리고 말 거예요."

"준, 왜 이래요. 이런 기회는 두 번 다시 오지 않을 수도 있어요."

"혹시 루카스필름 같은 데서 전화 오면 그때나 연락해요. 미안해요, 브렛. 그 정도로 비참해지고 싶진 않아요."

18

7월에, 가방을 싸서 북쪽으로 날아갔다. 매사추세츠주에 있
는 젊은 아시아-태평양계 미국인 작가 워크숍에서 강의가 있
었다. 이번 시즌에 나를 다시 초대한 유일한 프로그램이었다.
아마 내가 여전히 아테나의 이름으로 그 바보 같은 연례 장학
금을 후원하고 있기 때문일 가능성이 컸다.(이 워크숍은 아시아
계 미국인 작가 단체로부터 자금을 지원받아 주최되며, 양측 모두 페
기 챈이 담당자였다.) 아델 스파크스-사토의 블로그가 히트한
후, 정기적으로 참여해오던 다른 행사는 모두 중단되었다. 작
년 여름에는 매주 기조 강연과 초청 강연 예약이 있었지만,
이번 여름에는 5월부터 8월까지 달력에 아무 일정도 표시되
어 있지 않았다.

이 워크숍도 취소할까 진지하게 고민했지만, 이거라도 없

으면 끝없이 단조로울 여름을 맞이할 자신이 없었다. 종일 집 안을 서성거리며 한 글자라도 쓰려고 애쓰다 결국 한 글자도 쓰지 못하는 것보다는 뭐라도 하는 게 낫지 않을까. 또 내게 도 좋을 듯했다. 가르치는 일은 논쟁의 여지가 없는 고귀한 소명이고, 대중의 눈으로부터 구해주지는 못하더라도 최소한 나를 공공의 적으로 생각하지 않는 학생들과 관계를 맺을 수 있다. 또 글쓰기가 다시 재미있어질 수도 있다.

나는 선발된 학생들을 데리고 매일 네 시간 동안 비평 수 업을 이끌게 되어 있었다. 모두가 고등학교 상급생으로, 작문 샘플을 보고 내가 직접 뽑은 아이들이었다. 아이들을 직접 만 나는 건 아주 흥미로웠다. 나는 즉시 눈에 띄는 아이들을 발 견했다. 크리스티나 이는 자그마한 고스족 소녀로, 검정 아이 라이너를 매우 선명하게 칠했으며 글에서 시체와 이빨을 많 이 언급했다. 존슨 첸은 케이팝 가수처럼 젤을 발라 머리를 세우고 1980년대 스타일의 오버코트를 즐겨 입었다. 작문 샘 플이 너무 한 가지만 지나치게 다루는 것 같아서 미운 오리 새끼인 줄 알았는데, 실제로 보니 꽤 인기남이었다. 키가 크 고 다리가 긴 스카일라 자오는 차세대 아테나 리우가 되겠다 고 자기소개를 했다.

다들 남의 시선은 상관없다는 듯 대충 구부정하게 앉아 있 었지만, 나는 그들이 얼마나 내게 깊은 인상을 주고 싶어 하 는지 알 수 있었다. 그들은 신출내기 재주꾼이 전형적으로 보 이는 사고방식을 갖고 있었다. 자신이 훌륭하다는 것, 또는 훌륭할 가능성이 있다는 것을 잘 알면서도 이 사실을 남들에게 인정받고 싶어 하며 거절을 두려워한다. 나는 이렇게 혼합된 감정을 기억하고 있었다. 걷잡을 수 없는 야망, 자기 작품이 실은 엄청 훌륭할 수도 있다는 자부심은 치유 불가능한 놀라운 불안감과 짝을 이룬다. 그로 인해 경악스러울 정도로 짜증스러운 성격이 되고 말지만, 나는 이 아이들에게 공감이 갔다. 이들은 10년 전의 나와 똑같았다. 지금 신랄한 비판을 받는다면 이들의 자신감은 돌이키기 힘들 정도로 무너질 수 있다. 반대로 올바른 격려의 말은 이들이 날아오르게 도울 수 있다.

이번 여름, 나는 이 아이들을 위해 그렇게 해주기로 마음먹었다. 나머지 세상은 제쳐두기로 했다. 트위터 확인도 그만하고, 레딧을 둘러보는 것도 그만하고, 내 글에 대해 고민하는 것도 그만하기로 했다. 내가 잘 해낼 수 있을 것 같은 이 일 하나에만 집중하기로 했다.

시작은 괜찮았다. 나는 어색함을 깨기 위해 몇 년 동안 글쓰기 수업에서 배운 방법을 썼다. "가장 좋아하는 책이 뭔가요?"("『목소리와 메아리』요." 스카일라 자오가 아테나의 데뷔작을 꼽았다. "『롤리타』요." 크리스티나가 도전하듯 턱을 치켜들고 대답했다. "나보코프가 쓴 책이요."), "자신이 결말을 다시 쓴다면 완벽해질 책은 무엇인가요?"("『안나 카레니나』요." 존슨이 선포하듯 대답했다. "안나는 절대 자살하지 않을 거거든요.") 우리는 돌아가며 앞사람이 만든 문장에 새롭게 하나씩 더해서 짧은 이야기를 만들었다. 그리고 5분 이내에 빠르게 수정했다. "나는 '결코' 우리가 그를 죽여야 한다고 말하지 않았습니다!"라는 하나의 대화 문장을 다르게 해석해보기도 했다.

수업이 끝나갈 무렵, 우리는 모두 우리끼리만 아는 농담을 나누며 웃고 있었다. 더는 서로를 겁내지 않았다. 수업을 마무리하면서, 나는 출판산업에 관해 궁금한 게 있으면 무엇이든 물어보라고 했다. 아이들은 에이전시에 문의하는 방법과 책이 판권 경매에서 다뤄지는 방식, 그리고 편집자와 함께 작업하는 과정을 열렬히 알고 싶어 했다. 시계가 네 시를 알렸다. 나는 몇 가지 숙제를 냈다. 부사나 형용사를 사용하지 않고 찰스 디킨스의 문장을 다시 써보는 것이었다. 아이들은 기분 좋게 노트북을 배낭에 넣고 자리에서 일어났다.

"고맙습니다, 준." 아이들이 문을 나서며 말했다. "선생님이 최고예요."

나는 떠나는 아이들 한 사람 한 사람에게 환한 미소를 지어 보이고 고개를 끄덕여줬다. 지혜롭고 친절한 멘토가 된 기분이었다.

그날 저녁, 식당에서 급히 샐러드로 배를 채우고 가장 가까운 커피숍으로 갔다. 거기서 스토리에 대한 몇 가지 아이디어—설명하는 문단, 실험적 구조, 결정적 대화 등을 생각나는 대로 갈겨썼다. 너무 빨리 썼더니 손에 쥐가 났다. 창조적 에너지가 마구 샘솟았다. 내 학생들은 이야기를 아주 풍부하고 탄력적이며 무한한 변형으로 가득 차 보이게 만들었다. 어쩌면 내 기어가 회생 불가능한 정도로 망가진 건 아닌지도 모른다. 어쩌면 그저 창작이 얼마나 즐겁고 좋은 일인지 기억하기만 하면 되는 것일 수도 있다.

한 시간쯤 끄적인 후, 뒤로 기대앉아서 내가 한 작업을 살펴보고 아웃라인으로 확장할 만한 게 있는지 훑어봤다. 하지만 다시 보니 그다지 신선하지도, 재미있지도 않은 것 같았다. 사실 이것들은 학생들의 작문을 약간 수정한 것이었다. 학교생활을 아무리 잘해도 엄마에겐 인정받지 못하는 소녀, 냉정하고 과묵한 아버지를 미워했으나 아버지가 과거의 전쟁 트라우마에 시달리고 있음을 알게 된 소년, 처음 대만으로 여행을 갔다가 말도 안 통하고 음식도 마음에 안 드는 그곳에서 자신들의 유산을 되찾는 남매.

나는 혐오감에 노트북을 탁 닫았다. 이제 내가 감당할 수 있는 건 이게 전부인가? 빌어먹을 아이들 글이나 훔치는 것?

괜찮아. 나는 속으로 다독였다. 진정해. 중요한 건 지금 내가 기어에 윤활유를 바르고 있다는 것이다. 나는 다시 돌아가고 있다. 오랫동안 느끼지 못했던 불꽃이 일고 있다. 그 불꽃이 더 크게 자랄 수 있는 시간과 공간을 만들어주려면 인내심이 필요하다.

기숙사로 돌아가는 길에, 캠퍼스 근처의 수많은 버블티 카페 중 하나인 미미스 유리창 안으로 내 학생들이 언뜻 보였다. 열두 명이 6인용 테이블에 모여 앉아 있었다. 너무 많은 의자를 끌어다 놔서 각자 차지할 수 있는 테이블 공간이 아주 작았다. 하지만 노트북과 공책 위로 몸을 수그리고 있는 아이들의 모습은 아주 편안해 보였다. 다들 뭔가를 쓰고 있었는데, 아마 내가 내준 숙제를 하는 것 같았다. 나는 아이들이 서로에게 글 일부를 보여주고, 우스꽝스러운 어구 전환에 웃음을 터트리고, 돌아가며 큰 소리로 글을 읽을 때 감탄하며 고개를 끄덕이는 모습을 지켜봤다.

아, 너무나 그리운 풍경이었다.

글쓰기를 함께할 수 있다고 생각해본 게 언제인지 까마득했다. 알고 지내는 작가들은 모두 집필 일정과 작업 진도, 판매량을 전혀 밝히지 않았다. 다른 사람이 자기보다 더 잘될까 봐 그런지, 그들은 자기 작업의 궤적을 알리길 꺼렸다. 작업 중인 작품에 대해 세세히 밝히는 건 더 싫어했다. 누군가 자기 아이디어를 훔쳐서 자기보다 먼저 출간할 수도 있다는 두려움 때문이었다. 내 대학 시절과는 다른 세상이었다. 그때 우리는 도서관 책상에 우르르 둘러앉아 은유와 캐릭터 개발, 줄거리 반전에 관해 이야기를 나누곤 했다. 그러다 보면 누구의 이야기가 어디서 끝나고 누구의 이야기가 어디서 시작되는지 구분할 수도 없는 지경이 되었다.

어쩌면 시기 어린 동료들로부터 고립되는 게 직업적 성공의 대가인지도 모른다. 일단 글쓰기가 개인적 발전의 문제가 되면 다른 사람과 공유하는 것은 불가능하다.

나는 필요 이상으로 오랫동안 미미스 창가에 서서 학생들이 농담을 주고받는 모습을 부러운 마음으로 지켜봤다. 스카일라가 고개를 들다가 나와 눈이 마주칠 뻔했다. 나는 고개를 숙인 채 기숙사를 향해 빠르게 걸음을 옮겼다.

다음 날 아침, 수업에 몇 분 늦었다. 교내 스타벅스의 줄은 빙하처럼 천천히 줄어들었다. 나는 계산대에 이르러서야 그 이유를 알았다. 머리를 분홍색으로 물들이고 코에 피어싱을 두 개나 한 소녀가 쩔쩔매고 있었다. 그녀는 아주 간단한 내 주문을 입력하는 데 5분이나 걸렸다. 마침내 강의실에 도착해 보니 학생들이 모두 스카일라의 노트북 주위에 모여 낄낄거리고 있었다. 내가 들어온 걸 모르는 듯했다.

"이것 봐." 스카일라가 말했다. "두 이야기의 첫 몇 단락을 문장별로 비교해놓은 것도 있어."

크리스티나가 몸을 앞으로 숙이며 말했다. "말도 안 돼."

"NLP자연어 처리로 비교한 것도 있네. 봐, 여기."

나는 묻지 않아도 알 수 있었다. 학생들이 아델 스파크스-사토가 블로그에 올려놓은 글을 발견한 모양이었다.

"『최후의 전선』도 몽땅 훔친 거라는데?" 존슨이 말했다. "봐, 바로 그다음 단락. 에덴프레스에서 전에 보조편집자로 있었던 사람이 한 말도 있네. 늘 수상한 냄새가 났다고—"

"그 아파트에서 곧바로 훔쳤다고 생각하는 거야? 그러니까, 그 작가가 죽은 바로 그날 밤에?"

"세상에!" 스카일라가 놀라면서도 통쾌한 듯 내뱉었다. "정말 끔찍하다."

"그 여자가 죽인 거 아닐까?"

"맙소사, 어떻게 그런—"

나는 목소리를 가다듬었다. "여러분, 안녕."

모두가 고개를 들었다. 놀란 토끼들 같았다. 스카일라가 급히 노트북을 닫았다. 나는 경쾌하게 강의실 앞으로 성큼성큼 걸어갔다. 스타벅스 컵을 손에 든 채 최대한 떨지 않으려고 노력했다.

"다들 잘 지냈나요?"

내가 왜 이런 멍청한 소리를 하는지 알 수 없었다. 내가 들었다는 걸 다들 아는 게 분명했다. 얼굴빛이 모두 붉게 변해 있었다. 누구도 나와 눈을 마주치지 못했다. 스카일라는 손으로 입을 가리고서 설레스트라는 여학생과 당황한 눈빛을 주고받았다.

"그렇게 별로였어요?" 나는 존슨에게 고개를 끄덕여 보이며 물었다. "어제저녁은 어땠어요, 존슨? 숙제는 어떻게 돼가고 있죠?"

그는 디킨스 소설의 장황함에 대해 더듬더듬 말했다. 덕분에 나는 이 일을 어떻게 처리할지 결정할 시간을 벌었다. 우선 솔직하게 밝히는 방법이 있었다. 논란의 내용을 자세히 설명하고 에덴프레스 편집팀에 했던 것과 똑같은 얘기를 해줌으로써 그들이 스스로 판단하게 하는 것이다. 출판산업의 사회경제에 대한, 그리고 소셜미디어가 어떻게 진실을 왜곡하고 상황을 악화시키는지에 대한 좋은 본보기가 될 수 있다. 아마 그들은 나를 더욱 존경하는 마음으로 강의실을 나서게 될 것이다.

아니면 후회하게 만드는 방법도 있었다.

"스카일라?" 목소리가 의도했던 것보다 날카롭게 나왔다. 스카일라가 총 맞은 사람처럼 움찔했다. "오늘은 스카일라가 쓴 글을 비평하기로 했던 것 같은데, 맞나요?"

"저, 어, 네."

"프린트물은 어디 있죠?"

스카일라가 눈을 깜박였다. "저, 모두에게 이메일로 보냈는데요."

나는 수업 자료를 출력해서 수업에 가져오라고 워크숍 지도 요강에 적어놓았다. 그래도 작년부터 노트북을 사용해왔고, 그런 이유로 스카일라를 비난하는 건 공평하지 않다는 걸 잘 알았다. 하지만 우선 생각나는 타격 수단이 그거였다.

"수업 자료에 대한 요구 사항을 분명히 밝힌 걸로 아는데, 자신에겐 적용되지 않는다고 생각했나 보군요, 스카일라. 하지만 그런 태도로는 성공하기 힘들어요. 계속 그런 식으로 자신만 예외라고 생각한다면 결국 화장실에서 편집자에게 대시하거나 원고를 호텔 방문 아래로 밀어 넣는 그런 사람 중 하나가 될 거예요."

내가 비웃으며 말하자, 스카일라의 얼굴이 종잇장처럼 하얗게 질렸다.

"스카일라, 화장실에서 편집자에게 대시하는 그런 사람이 될 건가요?"

"아니요." 스카일라가 눈알을 굴리며 느릿느릿 대답했다. 태연한 척하고 있었지만 목소리가 떨리는 게 느껴졌다. "당연히 아닙니다."

"좋아요. 다음번에는 원고를 출력해 오도록 하세요. 여러분 모두 마찬가집니다." 나는 베리베리 히비스커스 리프레셔를 천천히 만족스럽게 한 모금 마셨다. 다리는 여전히 떨리고 있었지만, 이렇게라도 말로 묵사발을 만들어놓으니 악의에 찬 확신이 뜨겁게 솟구쳤다.

"자, 다시 시작하죠. 렉시, 스카일라의 글에 대해 어떻게 생각하는지 말해볼래요?"

렉시가 침을 꿀꺽 삼켰다. "저는, 어, 좋다고 생각합니다."

"이유가 뭔가요?"

"어, 흥미로워서요."

"흥미롭다는 말은, 사람들이 더 좋은 말이 떠오르지 않을 때 하는 말이죠. 구체적으로 말해봐요, 렉시."

이로써 아침의 나머지 분위기가 정해졌다. 나는 잔인한 교사란 특별한 종류의 괴물이라고 생각했었다. 하지만 잔인함이란 자연스럽게 생겨날 수도 있다는 걸 깨달았다. 게다가, 재밌었다. 결국 10대는 뇌가 덜 발달한 미숙한 존재다. 아무리 똑똑해도 모르는 게 많고, 어설픈 답변을 꼬집으며 그들을 당황하게 만드는 건 일도 아니다.

스카일라는 그런 상황 중에서도 최악을 맞이했다. 엄밀히 말해서 스카일라의 글은 그리 나쁘지 않았다.(샌프란시스코의 차이나타운을 배경으로 한 탐정소설로, 증인 중 누구도 경찰에 협조하지 않는다. 각자 나름의 비밀이 있고 공동체의 도덕률이 있기 때문이다.) 글에 힘이 있고, 발상도 흥미로우며, 마지막에 가서는 앞서 등장인물들이 말한 모든 발언을 재평가하게 만드는 영리한 반전까지 있었다. 고등학생이 쓴 글치곤 매우 인상적이었다. 하지만 미숙한 부분도 있었다. 스카일라의 서술은 부분부분 어설펐다. 이야기를 끌고 나가기 위해 억지스러운 우연을 꽤 많이 설정했고, 긴장감 넘치는 대화와 연극적인 대화를 아직 구분하지 못했다.

이런 경향을 부드럽게 수정해주고 스카일라가 스스로 해결책을 찾게 할 수도 있었을 것이다.

"그런데 그때, 또 난데없이 변호사가 등장하는군요." 나는 화면을 톡톡 두드리며 말했다. "변호사가 시도 때도 없이 나오네요, 스카일라? 부부간의 불화를 직감적으로 알아내는 능력이라도 있나 봐요."

그런 다음 물었다. "클로이와 크리스토퍼가 근친상간 같은 이상한 짓을 하고 있군요. 아니면 형제자매간의 상호작용을 다 그런 식으로 묘사하기로 한 건가요?"

그런 다음: "이 동네의 중국인들은 원래 서로 다 아는 사이인가요, 아니면 줄거리상 편해서 그렇게 설정한 건가요?"

그런 다음: "딸기를 입에 무는 것보다 성적 긴장을 표현하

기에 더 나은 이미지는 없었을까요?"

그런 다음: "참고 있는 줄도 몰랐던 숨을 내쉬었다고요? 정말인가요?"

이런 식으로 수업이 끝나갈 즈음에는 학생들 대부분에게 스카일라의 이야기가 끔찍하다는 걸 확신시켰다. 그들이 진심으로 동의했든, 아니면 내 신경을 거스르는 게 두려워 동의하는 척했든, 상관없었다. 우리는 스카일라의 표현 방식과 문체를 완전히 난도질했다. 나는 그녀의 글에 대해 은유는 진부하고, 대화는 부자연스러우며(존슨과 셀레스트에게 해당 장면을 연기하라고 시키기도 했다. 그저 얼마나 오글거리는지 강조하기 위해서였다), 반전은 누구라도 눈치챌 수 있을 정도로 뻔한 대중문화 코드이고, 줄표와 세미콜론을 심하게 남발했다고 지적했다. 수업을 마칠 무렵, 스카일라는 금방이라도 울음을 터트릴 것 같은 상태가 되었다. 더 이상 고개를 끄덕이지도 찌푸리지도 않았으며, 어떤 비판에도 반응을 보이지 않았다. 그저 창밖을 바라보며 아랫입술을 떨 뿐이었다. 손가락으로는 공책 첫 장을 꼬깃꼬깃 비틀면서.

나의 승리였다. 물론 한심한 승리이긴 했지만, 여기에 앉아서 저들의 조롱하는 시선을 견디는 것보다는 나았다.

아침 내내 그 강렬하고 지독한 만족감은 계속되었다. 나는 비평 수업을 마무리 짓고 과제를 내준 후, 그들이 말없이 문밖으로 도망치듯 나가는 모습을 지켜봤다.

상황을 더 악화시키고 말았다는 걸 나도 잘 알았다. 이제 남은 일주일 반 동안 저들의 분노 가득한 떨떠름한 얼굴 앞에 앉아 있어야 할 것이다. 저들은 이 워크숍이 끝날 때까지 뒤에서 끝없이 나를 욕할 게 뻔하다. 온라인에서 주니퍼 송을 욕하는 사람들의 합창에 합류하리라는 것도 확실하다. 하지만 나는 최소한 논란의 주인공보다는 공포의 존재가 되었고, 지금으로서는 그걸로 만족했다.

모두 교실에서 나간 후 나는 휴대폰으로 구글을 열어 '캔디스 리 주니퍼 송 아테나 리우'를 검색했다. 존슨이 한 말이 아침 내내 뇌리를 떠나지 않고 있었다. 에덴프레스에서 전에 보조편집자로 있었던 사람이 한 말도 있네. 늘 수상한 냄새가 났다고―

검색 결과가 화면에 뜨자 나는 두려움으로 숨이 가빠졌다. 캔디스가 도대체 나에 대해 무슨 소릴 한 거야?

하지만 관련 기사(아델 스파크스-사토의 또 다른 지긋지긋한 히트작)에 별다른 새로운 내용은 없었다. 캔디스가 나한테 불리한 증거를 제공했다는 얘기도 없었고, 인터넷에서 이미 분석할 만큼 분석한 증거 말고는 새로운 게 없었다. 별 의미 없는 모호한 인용이 전부였다.

나는 기사를 닫고 캔디스의 소셜미디어 계정을 훑어보기 시작했다. 그녀의 인스타그램은 비공개로 되어 있었다. 트위터는 지난 3월 이후로는 활동이 없었다. 그런데 링크드인에는 최근 오리건에 자리한 어느 작은 출판사에 보조편집자로 이직했다는 소식이 올라와 있었다.

두려움이 사라졌다. 그렇다면 새롭게 전개되는 건 없다는 얘기다. 신중하게 관련 사실에 대해 진술을 거부하는 내 노선은 여전히 유효하다. 그리고 캔디스의 발언은 어느 질투심 많은 전직 출판계 내부자의 멍청한 손가락질일 뿐이다.

그런데 오리건이라고? 검색해보지 않을 수 없었다. 캔디스의 새 고용주는 1년에 열 권 정도의 소설을 출판하는 모양이었다. 들어본 적도 없고 굿리즈 리뷰도 얼마 안 달린 책들이었다. 그중 절반은 심지어 제대로 된 소설도 아니었다. 싸구려 소책자였다. 그런 것으로는 출판사를 유지할 정도의 판매도 안 될 것 같았다. 자비출판 전문 출판사에서 일하는 것이나 다를 바 없어 보였다. 에덴프레스에서 했던 일을 생각하면 극단적인 추락이었다. 급여나 제대로 받고 있을지 의심스러웠다.

그렇다, 아직 세상에는 우주적 정의가 존재하는 것이다. 아주 작은 승리였지만, 그때는 그나마 이것이 내 가슴속의 분노를 식혀줬다.

그날 오후 늦게, 페기 챈이 전화를 걸어왔다.

"몇몇 학생이 오늘 워크숍에서 작가님이 보인 행동에 대해 불만을 전하더군요." 그녀가 말했다. "그리고 준, 보도 내용을 봤는데 우려되는 점이—"

"열기가 넘치는 워크숍이긴 했죠. 스카일라 자오는 재능 있는 작가지만 비판을 받아들이는 법을 모르더군요. 솔직히, 자기 글이 생각처럼 대단치 않다는 사실을 안 게 이번이 처음은 아닐 것 같던데요."

"학생들한테 다른 얘기를 하진 않았나요?"

"제가 기억하기로는 아닙니다."

"작가님이 스카일라를 괴롭히는 것 같았다고 말한 학생들도 있어요. 이 워크숍은 아주 엄격한 괴롭힘 방지 정책을 따르고 있어요. 성인에겐 괜찮아도 고등학교 학생들에겐 하면 안 되는 말이 있습니다. 아이들은 쉽게 상처받아요."

"아, 확실히 여리더군요."

"괜찮다면, 사무실로 와주시면 좋겠습니다."

"사실, 페기…." 나는 잠시 말을 멈추고 한숨을 내쉬었다. 몇 가지 핑곗거리가 뇌리를 스쳤다. 스카일라가 지나치게 예민한 것이고, 애초에 나를 자극한 게 그 아이이고, 다른 아이들이 내게 등을 돌리게 만들었다고 말하고 싶었다. 하지만 전체 상황을 찬찬히 살펴보니, 놀랍도록 한심했다. 열일곱 살짜리 아이와 이러쿵저러쿵하는 말다툼에 말려들 필요는 없다. 그러기엔 내가 너무 아깝다.

"제가 떠나야 할 것 같네요." 무심결에 말이 나왔다. "미안해요, 페기. 엄마가— 건강이 안 좋으시다는 연락을 방금 받았어요."

"아, 준, 정말 유감이네요."

"계속 와달라고 하셨는데, 제가 일 핑계로 미루고 있었거든요. 그런데 갑자기 든 생각이, 엄마가 항상 곁에 있어주지 않을지도 모른다는….” 나는 말끝을 흐렸다. 뻔뻔한 거짓말에 나조차 놀랄 지경이었다. 엄마는 전혀 아프지 않았다. 아주 건강하게 잘 지내고 있었다. “아마 그 스트레스 때문에 제 수업에도 영향을 미친 것 같아요. 그 점에 대해서는 진심으로 사과드립니다….”

“무슨 말씀인지 알겠습니다.” 페기는 조금도 의심하지 않는 것 같았다. 오히려 간절히 바라는 듯했다. 어쩌면 그녀는 내가 알아서 그만두기를 은근히 바라고 있었던 건지도 모른다.

나도 서투른 연기를 선보였다. “수업을 그만두게 돼서 유감이에요….”

“아, 그건 저희가 알아서 할게요. 지역에 작가님이 몇 분 있으니, 내일 수업을 대체할 사람을 찾아봐야겠어요. 레이첼한테 와달라고 부탁해야 할지도 모르겠네요…” 그녀가 말끝을 흐렸다. “어쨌든, 저희가 해결하겠습니다. 학생들에겐 가족에게 급한 문제가 생겼다고 전할게요. 실망하겠지만, 이해할 겁니다.”

“고마워요, 페기. 정말 큰 힘이 되네요. 불편을 끼쳐서 미안합니다.”

“잘 지내세요, 준. 다시 한번 말씀드리지만 이렇게 돼서 유감입니다.”

나는 전화를 끊고 다시 침대에 털썩 누워서 안도의 신음을 토했다.

고통스러웠지만 적어도 이젠 자유였다. 아시아인들은 서로

체면을 지켜주는 문화 관념이 있어서 무척 예의 바르다는 내용을 어디선가 읽은 기억이 났다. 속으로는 욕할지 몰라도 겉으로는 최소한 자존심을 지키며 떠날 수 있게 해준다는 것이었다.

_19_

결국 나는 엄마를 만나러 갔다.

엄마는 필라델피아 외곽에 살고 있었다. 보스턴에서 그리 멀지 않아서, 기차를 이용하면 다음 날 점심시간쯤 도착할 수 있는 거리였다. 나는 엄마 집 주소를 찾느라 휴대폰 연락처를 뒤져야 했다. 몇 년 동안이나 필라델피아 집을 찾지 않았고, 매년 로리 언니 집에서 열리는 크리스마스와 추수감사절 모임 외에는 엄마를 만난 적이 없었다. 이 충동적인 방문은 분명 두려움으로 인한 어린아이 같은 퇴행과 그로 인해 약해진 마음의 산물임이 확실했다. 포옹과 애정을 나누고 나면 곧 이곳에 온 걸 후회할 게 뻔했다. "보고 싶었어요", "좋아 보이네" 같은 대화는 곧 과도한 통제와 비아냥거리는 말로 바뀌어 과거와 마찬가지로 폭발적인 다툼으로 이어질 것이고, 나는 다시 기차에 올라타 워싱턴으로 돌진하게 될 터였다.

하지만 지금 당장은 그저 나를 미워하지 않는 사람 옆에 있고 싶었다.

내가 도착했을 때, 엄마는 현관에서 나를 기다리고 있었다. 몇 시간 전에 전화로 잠시 머물러도 괜찮겠는지 물어봤을 때 엄마는 무슨 일인지 묻지도 않고 그러라고 했다. 엄마가 어디까지 알고 있는지 궁금했다. 혹시 내 이름이 온통 인터넷에 도배된 걸 봤을까.

"어서 와라, 주니." 엄마가 나를 감싸 안으며 말했다. 그 손길만으로도 눈시울이 따끔거렸다. 누구한테 안겨본 건 정말 오랜만이었다. "별일 없는 거지?"

"네, 그럼요. 보스턴에서 워크숍을 진행하고 있었는데 막 끝났거든요. 집에 가기 전에 잠깐 들르고 싶었어요."

"뭐, 언제든 환영이다."

나는 엄마를 따라 집으로 들어갔다. 엄마는 워크숍이 어땠는지 묻지 않았다. 어릴 때는 글쓰기와 관련한 건 뭐든 노골적으로 무시하는 엄마 때문에 늘 괴로웠는데, 오늘은 그런 게 편안함으로 다가왔다.

"발밑 조심해라. 지저분해서 미안하구나."

주방으로 가는 통로에 반쯤 빈 종이 상자들이 즐비했다. 그리고 담요며 신문 뭉치, 수건들이 바닥 여기저기에 흩어져 있었다.

"이게 다 뭐예요?"

"잡동사니 좀 정리하느라고. 거기 꽃병 조심해. 부동산업자가 그러는데, 걸리적거리는 것들을 치우면 더 괜찮아 보일 거래."

나는 흰색 도자기 고양이들을 피해 조심스럽게 발걸음을 옮겼다. "집을 파시려고요?"

"준비한 지 좀 됐어. 멜번으로 돌아가려고. 친구들하고 더 가까운 데 살고 싶어서 말이야. 이번 주에 셰릴이 콘도 문을 닫을 예정이란다. 객실이 많으니까 너도 오고 싶으면 와도 돼. 로리가 얘기 안 했니?"

아니, 로리 언니는 나한테 아무 말도 하지 않았다. 아빠가 돌아가신 후 엄마는 플로리다로 돌아가고 싶었지만 조부모님이 가까이 계시기 때문에 계속 필라델피아에 살고 있었다. 이곳을 더는 집이라고 부르지 않게 될 수도 있다는 생각은 한 번도 해본 적이 없었다.

"제 방 물건도 다 쌌어요?"

"방금 막 싸기 시작했다. 네 짐은 웬만하면 다 창고에 넣으려고 했는데, 혹시 가져가고 싶은 물건이 있는지 한번 가서 볼래? 그동안 난 이 도자기들을 포장해야겠다. 다 보고 나면 여기로 내려와. 같이 저녁 먹게."

"아, 네, 그럴게요."

나는 위층으로 올라가다 말고 잠시 멈춰 섰다. 그리고 혹시 무슨 일이 있냐고 엄마가 물어봐주기를, 내가 정말 괜찮지 않다는 걸 엄마의 직감으로 알아채주기를 계속 기다렸다. 하지만 엄마는 그 빌어먹을 도자기 고양이들한테 온통 신경이 팔려 있었다.

공책들은 내가 마지막으로 놔두었던 바로 그 자리, 5단 책장 꼭대기에 그대로 단정하게 꽂혀 있었다. 공책에는 각각 내 이름과 연도, 전화번호와 함께 주인에게 돌려주면 5달러를 사례금으로 주겠다는 글이 적혀 있었다. 여기에 몰스킨 노트는 없었다. 내 공책은 늘 부모님이 신학기 준비를 위해 월마트에서 사주는 99센트짜리 공책 세트였다. 대학노트와 같은 줄 간격에 온통 흑백 천지인 공책, 그것이 내 꿈의 세계였다.

그것들을 꺼내 바닥에 늘어놓았다.

나는 이 공책들과 함께 평생을 살았다. 공책 안에는 수업 시간에 끄적인 낙서들과 방과 후에 스케치한 실물 크기의 그림, 반쯤 쓰다 만 장면과 스토리 아이디어들이 가득 차 있었다. 심지어 그날 종일 머릿속을 맴돌던 단편적인 대화들까지 들어 있었다. 이 꿈의 세계 안에 있는 것 중에 온전히 형태를 갖춘 상품이 된 건 하나도 없었다. 당시 나는 완전한 소설 한 편을 쓰는 연습도 하지 않았고 그럴 기술도 없었다. 그것들은 그저 창의적인 장난의 나열, 만들어지다 만, 다른 세상으로 나가는 문에 가까웠다. 그 세상 안에서 나는 홀로 있고 싶지 않을 때마다 몇 시간씩 보내곤 했다.

나는 미소 지으며 한 장 한 장 넘겨봤다. 당시 빠져 있던 팬덤을 모방한 스토리 아이디어들을 보니 귀여웠다. 6학년 때는 〈트와일라잇〉 시기였는데, 주인공의 머리 스타일을 픽시 컷으로 그려놓은 걸 보면 앨리스 컬런에 매료됐었던 모양이다. 9학년 때는 사춘기였는지 온통 에반에센스와 린킨 파크의 노래 가사가 적혀 있었다. 그때쯤 나는 아이들이 스케이트보드를 타고 날아다니고 스컹크 꼬리처럼 앞머리를 늘어트린 채 팔뚝에 토시를 끼고 다니는, 고딕적이고 미래적인 디스토피아 도시 풍경을 그리기 시작했다. 10학년 때는 에인 랜드의 소설에 영향을 받기 시작했나 보다. 하워드 샤프라는 남자 주인공에 대해 줄줄이 쓴 흔적이 있었다. 그는 누구에게도 고개를 숙이지 않는 난공불락의 자존심, 그리고 "거짓으로 가득한 세상에서 진실에 대한 믿음"을 가진 인물이었다.

남은 오후 내내 그 공책들을 읽으며 보냈다. 시간이 가는 줄도 모르고 있다가, 엄마가 2층으로 전화해 저녁을 테이크아웃 해와서 먹는 게 어떻겠냐고 물었을 때에야 해가 졌다는 걸 깨달았다. 그 세계에 빠져 몇 시간을 헤맨 것이다.

테이크아웃 음식도 괜찮다고 한 뒤 공책들을 담아 갈 종이상자를 찾아 주변을 뒤졌다. 집으로 가져가 옷장에 넣어두고 유난히 향수가 느껴질 때마다 꺼내 보면 좋을 것 같았다. 물론 팔릴 만한 원고로 당장 바꿀 수 있는 건 하나도 없었다. 하지만 언제든 내가 필요로 할 때마다 내 글쓰기가 그렇게 비참하지 않았다는 사실을 상기시켜줄지도 모른다.

아, 고등학생 시절이 너무나 그리웠다. 언제든 빈 페이지를 펼치면 그 안에 좌절감 대신 가능성이 있었던 그때가 눈에 선했다. 단어와 문장을 연결해 어떻게 들리는지 확인해보는 것만으로도 정말 즐거웠었다. 그때의 나에게 글쓰기는 순수한 상상으로 나 자신을 어디론가 데려가는, 오직 나만을 위한 뭔가를 창조해내는 행위였다.

아테나 리우를 만나기 전의 글쓰기였다.

출판계에 정식 입문해서 작가가 되면, 그때부터 작가들 간의 경쟁의식과 명확하지 않은 마케팅 예산, 다른 작가의 수준에 미치지 못하는 성장의 문제가 추가된다. 편집자들은 내 글, 내 상상력에 함부로 손을 댄다. 세심하게 숙고하고 뉘앙스까지 신경 써서 쓴 수백 쪽에 달하는 글이 마케팅과 홍보 때문에 아주 짧고 귀여운 트윗 정도 길이로 줄어든다. 독자들은 스토리뿐만 아니라 정치적, 철학적, 윤리적 입장에 자신들의 기대를 강요한다. 이제 내 글이 아니라, 내가 상품이 된다. 독자들은 나의 외모와 나의 재치, 현실 세계에서는 누구도 신경 쓰지 않는 온라인상의 불평에 내가 어떤 태도로 대응하고 누구 편을 드는가 하는 것까지 눈여겨본다.

출판 시장에 내놓을 글을 쓸 때 내면에서 어떤 이야기가 불타오르고 있는지는 중요하지 않다. 필라델피아 출신의 평범한 이성애자 백인 소녀가 내면에 어떤 생각을 품고 있는지에는 아무도 관심 없다. 그들이 원하는 건 새로운 것, 이국적인 것, '다양한' 것이다. 내가 계속 출판계에서 살아남길 원한다면 그들에게 이런 걸 주어야 한다.

엄마는 동네 중국음식점인 만리장성이란 곳에 저녁 식사를 주문했다.

내가 식탁에 가서 앉자 엄마가 말했다. "새로 생긴 덴데, 서비스가 얼마나 끔찍한지 다시는 직접 가서 먹고 싶지 않아. 물 좀 달라고 세 번이나 말해야 했다니까. 하지만 배달은 빨라. 그리고 이 집 오렌지치킨 맛있어." 엄마가 음식이 든 상자를 열어서 내 앞에 놓아줬다. "너 중국 음식 좋아하잖아, 맞지?"

중국 음식을 좋아한 건 로리 언니였다. 나는 중국 음식을 먹으면 속이 뒤집혔다. 특히 록빌에서 있었던 그 끔찍한 클럽 모임 이후로는 더 그랬다. 하지만 차마 말할 수 없었다.

"어, 괜찮아요."

"네 걸로 트리플 붓다를 주문했어. 너, 아직도 채식 중이니?"

"아, 뭐 그렇긴 하지만, 괜찮아요." 나는 일회용 젓가락을 쪼갰다. "고마워요."

엄마가 고개를 끄덕이며 돼지고기볶음밥을 접시에 덜어 먹기 시작했다.

우리는 별말이 없었다. 늘 이런 식이었다. 그냥 조용히 침묵하고 있거나 증오에 차서 싸움을 벌이거나, 둘 중 하나였다. 우리 사이에는 편안함도, 수다 떨 공통 관심사도 없었다. 한때 엄마한테 있었던 야생성은 그게 무엇이었든 1980년대에 다 증발해버린 모양이었다. 그때 엄마는 대마초를 피우고, 밴드를 쫓아다니고, 아이들에게 주니퍼 송과 오로라 위스퍼 같은 이름을 지어줬다. 아빠가 돌아가신 후에는 다시 직장을 가졌다. 그리고 그때부터 '혼자 일하며 아이들을 키우는 여성'이라는 미국적인 이상의 틀 안에 자신을 끼워 맞춰 살았다. 직장에 하루도 빠지지 않았고, 학부모로서 교사를 만나야 하는 자리에 모두 참석했으며, 로리 언니와 내가 최소한의 학자금 대출로 좋은 학교를 졸업할 수 있을 정도의 돈을 저축했고, 스스로 퇴직연금 계좌를 마련했다. 그런 분투 때문인지, 엄마에겐 창의성을 발휘할 여력이 없어 보였다. 엄마는 교외에서 흔히 볼 수 있는 전형적인 백인 엄마였다. 식료품점 계산대에서 생활 정보 잡지를 사고, 트레이더 조에서 4달러짜리 와인을 상자째 사서 마시고, 『트와일라잇』을 뱀파이어가 나오는 책이라 부르고, 몇십 년 동안 코스트코에서 할인 판매하는 염가판 말고는 아무것도 읽지 않았다.

엄마는 항상 로리 언니와 더 잘 지냈다. 나랑 있을 때는 늘 어쩔 줄 몰라 하는 느낌이었다. 무슨 상상을 하든 내 곁에서 나와 함께 있는 건 아빠였다. 하지만 우리는 아빠 얘기를 하지 않았다.

우리는 한동안 말없이 앉아서 달걀말이와 너무 달아서 사탕 같은 맛이 나는 닭고기볶음을 씹었다. 마침내 엄마가 물었다. "너, 뭐더라, 책 쓴다는 건 잘돼가니?"

엄마는 늘 아주 단순하고 무심한 질문으로 내 모든 열망을 하찮은 집착으로 만드는 특별한 재주가 있었다.

나는 젓가락을 내려놓았다. "아, 네, 괜찮아요."

"잘됐구나."

"음, 실은, 조금…" 나는 최근 몇 달 동안 우울했던 얘기를 엄마한테 털어놓고 싶었다. 하지만 어디서부터 시작해야 할지 알 수 없었다. "사실 조금 어려운 상황이에요. 창작 면에서요. 뭘 써야 할지 떠오르지 않아요."

"작가적 한계, 뭐 그런 거니?"

"대충 그래요. 보통은 빠져나올 방법이 다 있거든요. 글쓰기 연습을 한다거나, 음악을 듣는다거나, 오랫동안 산책을 한다거나. 그런데 이번에는 효과가 없네요."

엄마가 닭고기볶음을 한쪽으로 치우고 설탕에 졸인 피칸을 집어 들면서 말했다. "그렇다면, 다른 일을 알아봐야 할 때가 온 거 같구나."

"엄마."

"그냥 해보는 말이야. 로리의 친구가 언제든 그 수업에 넣어줄 수 있다잖니. 넌 그냥 지원서만 작성하면 돼."

엄마는 4년 전부터 만나기만 하면 아메리칸대학에서 세무회계 석사과정을 공부하라고 제안했다. 심지어 내 데뷔작이 실패하고 꼬마들에게 SAT를 가르치면서 겨우 집세를 충당하기 시작한 그 여름에는 지원서를 출력해 우편으로 보내주기까지 했다.

"마지막으로 말씀드릴게요. 전 회계사가 될 생각이 없어요."

"회계사가 대체 뭐가 어때서 그러니?"

"말씀드렸잖아요, 엄마나 언니처럼 사무실에 처박혀 일하고 싶지 않다고—"

엄마가 무슨 대답을 할지 나는 잘 알았다. 우리는 서로에게 몇 년 동안 같은 말을 던져왔다.

"사무직을 하기엔 네가 너무 과분하다는 거니? 예일 졸업생이라서 다른 사람들이 하는 고된 일은 못 하겠다는 거야?"

"엄마, 그만요."

"로리는 스스로 생계를 꾸리고 있어. 퇴직연금 계좌도 있고—"

"나도 먹고사는 데 충분할 만큼 벌어요. 로즐린에서 침실 한 개짜리 집에 살고, 보험도 있고, 새 노트북도 샀어요. 아마 언니보다 제가 더 부자일걸요. 심지어—"

"그럼 뭐가 문젠데? 다음 책이 뭐가 그렇게 중요한데?"

"예전 작품에만 의지해 살 수는 없으니까요." 나는 엄마를 이해시킬 수 없다는 걸 알면서도 그렇게 대답했다. "다음 책을 써야 해요. 그리고 그다음 책도요. 그러지 않으면 매출이 떨어질 거고, 그럼 사람들은 더 이상 내 책을 안 읽을 거고, 결국 모두가 나를 잊게 되겠죠." 나는 울고 싶어졌다. 이름이 알려지지 않는 것, 잊히는 것, 이걸 내가 무척 두려워하고 있다는 사실을 미처 깨닫지 못했다. 나는 훌쩍거리기 시작했다. "그러다 죽으면 세상에 아무 흔적도 남기지 못하는 거예요. 세상에 전혀 존재하지 않은 거나 마찬가지인 거죠."

엄마가 한참 동안 나를 물끄러미 바라보더니 내 팔에 손을 얹었다.

"주니, 글쓰기가 세상의 전부는 아니야. 그리고 세상엔 그렇게 끊임없이 가슴 아파하지 않고도 할 수 있는 일이 많아. 내가 하고 싶은 말은 그거야."

하지만 내겐 글쓰기가 세상의 전부다. 이걸 엄마한테 어떻게 설명할 수 있을까? 글쓰기를 그만두는 건 선택 사항이 아니다. 내겐 창작이 '필요'하다. 그건 숨 쉬는 것, 먹는 것과 똑같은 육체적 충동, 갈망이다. 잘되고 있을 때는 섹스보다 좋았고, 잘되고 있지 않을 때는 그 어디에서도 즐거움을 찾을 수 없었다.

아빠는 시간이 날 때면 기타를 연주했다. 아빠는 이해했다. 음악가에겐 들어주는 사람이 필요하고 작가에겐 읽어주는 사람이 필요하다는 걸. 나는 사람들의 마음을 움직이고 싶었다. 전 세계의 책방에 내 책이 있기를 바랐다. 엄마나 언니처럼 되는 건 참을 수 없었다. 한 장에서 다음 장으로 나아가게 해줄 거대한 프로젝트도, 전망도 없이 하루하루 하찮고 자족적인 삶을 살 수는 없었다. 나는 내가 다음에 무슨 말을 할지 세상이 숨죽이고 기다리기를 원했다. 내 말이 영원히 지속되기를 원했다. 영구적으로 존재하기를 원했다. 죽은 후에도 산더미 같은 페이지를 남기고 싶었다. 여기 주니퍼 송이 있었다. 그리고 그녀는 자신의 마음속에 떠오르는 말을 우리에게 들려줬다,라고 소리치는 페이지를.

다만 더 무슨 말을 하고 싶은지 모를 뿐이었다. 알았던 적이 있기는 한지 궁금했다. 오로지 내가 잘하는 일이 다른 사람의 옷을 훔쳐 입는 것이었다고 기억될까 봐 겁이 났다.

나는 아테나의 유령을 위한 껍데기로만 살고 싶지 않았다.

"셰릴 이모랑 같이 일하는 방법도 있어." 엄마가 무신경하게 제안했다. "아직도 조수를 찾고 있거든. 워싱턴 밖으로 이사하는 게 좋을 것 같아. 어쨌든 거긴 너무 비싸잖니. 멜번으로 가서 나랑 같이 지내든지. 네 수입이면 선트리에 있는 집한 채를 살 수도 있어. 로리가 나한테—"

나는 엄마의 말에 입이 쩍 벌어졌다. "언니한테 제 세금 신고서 보여달라고 하셨어요?"

"우린 그냥 네 미래를 계획하고 있었던 것뿐이야." 엄마가 동요 없이 어깨를 으쓱해 보이며 말했다. "지금 네 저축액이면 부동산 투자를 하는 게 현명해. 셰릴이 몇 군데 봐둔 집이 있는데—"

"맙소사, 바로 그거였군요⋯." 나는 진정하려고 애쓰며 심호흡했다. 엄마는 내가 어릴 때부터 이랬다. 뇌라도 이식하지 않는 한 변하지 않을 사람이다. "우리, 그 얘긴 그만해요."

"현실적으로 살아야지, 주니. 넌 젊고 자산도 있잖니. 그걸이용해야 해."

"알았어요. 그만해요, 제발." 나는 쏘아붙였다. "제 글을 응원한 적은 한 번도 없으시죠."

엄마가 눈을 깜박였다. "난 당연히 응원했다."

"아뇨, 그런 적 없어요. 오히려 싫어했죠. 늘 어리석은 짓이라고 생각하셨잖아요. 나도 안다고요."

"아, 아니야, 주니. 예술이 어떤 건지 나도 안다. 하지만 모두가 성공하는 건 아니야." 엄마가 내 머리를 어릴 때처럼 쓰다듬어줬다. 하지만 아주 조금도 위로가 되지 않았다. 성인 여자들 사이에서 이런 행동은 생색내는 것밖에 되지 않는다. "엄마는 네가 상처받는 걸 보고 싶지 않아."

20

이틀 후, 워싱턴으로 돌아왔다. 책에 대한 아이디어도 전혀 없었고, 뭘 해야 할지도 알 수 없었다.

당장 손에 쥔 프로젝트가 있으면 종일 글을 쓰는 일정이 축복처럼 느껴진다. 하지만 글감이 떠오르지 않아 고군분투할 때는 숨이 막히고 죄책감이 든다. 영감에 사로잡힌 채 이글이글 타오르는 눈으로 노트북 앞에 앉아 걸작을 쏟아낼 때는 시간이 쏜살같이 날아가지만, 그렇지 못할 때는 일분일초가 기어가다 못해 멈춰 있는 느낌이다.

아무것도 할 일이 없었다. 쓸 것도 없었고, 정신을 팔 만한 일도 없었다. 집안일에 전념하며 다음 식사까지 남은 시간을 세거나, 화분에 물을 주거나, 머그잔을 정리했다. 마치 의식이라도 치르듯 즉석 라자냐를 30분 동안이나 먹었다. 스타벅스 매장의 바리스타와 크레이머스 독립서점 직원들이 부러웠다. 적어도 그들은 하찮긴 해도 기품 있는 노동으로 시간을 보낼 수 있으니까.

나는 다양한 대학원 프로그램 입학 정보를 계속 뒤졌다. 특정 분야의 학위만이 아니라 법, 사회복지, 교육, 심지어 회계까지 가리지 않았다. 스스로 생각할 필요 없이 가르쳐주는 대로 따르며 적당히 오랜 시간을 보내기만 하면 완전히 다른 세상으로 가는 길을 보장해주는 직업들이니까.

뭐라도 할 일만 주어진다면 베리타스 학원으로 돌아가는 것도 생각해봤다. 하지만 전화하려고 휴대폰에 손을 뻗을 때마다 모든 의지가 증발했다. 그곳을 그만둘 때 나는 상사에게 꿈을 추구하기 위해서라는 이유를 댔었다. 왜 다시 돌아가려 하는지 설명해야 할 텐데, 그건 정말 끔찍한 일이었다.

거의 매일 밤, 나는 휴대폰을 코앞에 움켜쥔 채 침대에 웅크리고 누워서 문학계에서 사랑받던 시절의 나와 내 책에 대한 언급을 찾아 웹사이트를 뒤졌다. 그 시절의 짜릿함이 다시 느껴졌다. 나에 관한 예전 보도자료도 읽었다.《퍼블리셔스 위클리》프로필에는 "예리하고 감성적이다"라고 되어 있었고,《뉴요커》광고에는 "출판계에 흥분을 불러일으키는 새로운 재능"이라고 되어 있었다. 『최후의 전선』과 『엄마 마녀』에 대한 가장 빛나는 리뷰를 굿리즈에서 찾아 읽고 또 읽으면서, 사람들이 내 작품을 진정으로 좋아해주던 때가 있었음을 떠올리려 애썼다.

시간이 자정을 향해 가고 이런 것들이 지겨워지기 시작하면, 조심스럽게 부정적인 말도 찾아봤다.

예전에는 자존심을 조금 되찾고 싶을 때마다 굿리즈의 리뷰들을 휙휙 훑어보며 별 다섯 개짜리만 찾아보곤 했었다. 하지만 지금은 곧장 독설로 향했다. 그건 출혈과 통증이 있는 상처를 반복해 건드리면서 고통을 얼마나 참아낼 수 있는지 시험해보는 것이나 마찬가지였다. 자신의 한계를 알면 통제력을 얻을 수 있다.

별 한 개짜리 리뷰에는 예상했던 모든 게 들어 있었다.

훔치려면 좀 나은 걸 훔쳤어야지! ㅋㅋ

그냥 이 말 하러 왔다. 엿이나 먹어, 준 헤이워드.

읽어보진 않았지만 별 한 개를 주는 이유는 작가가 표절 도둑에 인종차별주의자라서다.

애니 워터스 장면은 그 하나만으로도 별 세 개 취소감임.

나는 매일 밤 인터넷에서 나를 욕하는 잔인한 말의 파도에 시달리며 몇 시간씩 누워 있었다. 그렇게 비뚤어진 방법으로 카타르시스를 느꼈다. 한꺼번에 몰려드는 모든 부정적인 것에 집중하는 게 좋았다. 말 그대로, 이보다 더 나쁠 순 없다는 사실이 위안이 되었다.

가끔 문학적 구원이라는 게 있다면 과연 어떤 걸까 궁금했다. 만약 내가 나를 증오하는 이들에게 용서를 구한다면 어떻게 될까? 만약, 내가 계속 버티는 대신 모든 걸 인정하고 배상하겠다고 한다면?

다이애나 추가 미디엄온라인 출판 플랫폼에 이런 제목의 글을 올렸다. "준 헤이워드는 반드시 속죄해야 한다. 여기 그 방법을 소개한다." 잘못을 세탁하는 방법으로 그녀가 올린 12개 항목에는 다음과 같은 내용이 들어 있었다. "인종 감수성 교육을 받았음을 공개적으로 증명할 것", "『최후의 전선』과 『엄마 마녀』로 벌어들인 수익 전액을, 아시아계 미국인 작가 위원회가 객관적으로 선정한 자선 단체에 기부할 것", "지난 3년간의 세금 신고서를 공개해 아테나 리우의 작품으로 얻은 이익이 얼마인지 밝힐 것" 등이었다.

세금 신고서라니. 지금 제정신으로 하는 말인가? 대체 자기가 뭐라고?

버림받는 건 참을 수 있다. 하지만 그들에게 굴복해 저축한 돈을 모두 내놓고, 트위터 이용자들에게 굽실거리고, 우쭐거리고 조롱하는 군중 앞에 꿇어 엎드려야 한다면, 차라리 죽는 게 낫다.

그러던 어느 날 밤, 얄팍하고 지린내 나는 오물 더미 속에서 놀랍도록 사려 깊은 글을 하나 봤다. 두 달 전에 올라온 『최후의 전선』 리뷰였는데, 장황하다 못해 논문이라 해도 좋을 만한 길이였다.

"극적인 사건들은 차치하고, 진짜 저자가 누구인가 하는 문제가 무척 흥미롭다." 끝에서 두 번째 문단이었다.

헤이워드가 상세하고 정직한 성명을 발표하지 않는 한, 우리는 이 작품 뒤에 숨은 진실을 결코 알 수 없을 것이다. 하지만 자세히 읽어보면 이 소설이 실제로 한 명의 저자가 쓴 것이 아니라는 생각을 품게 된다. 왜냐하면, 중심 주제를 다루는 태도가 매우 일관적이지 못하다는 인상을 주기 때문이다. 때로는 중국인 노동자 부대의 실상이 은폐되는 것에 분개하듯 도덕적인 설교를 늘어놓다가 어떤 부분에서는 진부한 낭만적인 장면이 펼쳐지는가 하면, 또 어떤 부분에서는 그와 같은 상황인데 비판한다. 이를 볼 때, 이 소설은 작가가 독자를 아주 영리하게 조종하는 것이 아니라면 우리 생각이 맞을 가능성이 크다. 한 저자가 부분적으로 완성해 놓은 작품을 다른 작가가 마무리했을 것이다.

나는 벌떡 일어나 앉았다. 호기심이 일었다. 이 사람은 대체 누구지? 프로필에 들어가 보니 'daisychain453'이라는 평범하고 거슬리지 않는 아이디였다. 사진도 올라와 있지 않았다. 내가 아는 친구나 팔로워도 없었고, 이전의 리뷰(『헬프』나 『아메리칸 더트』 등 악평을 많이 받는 책들에 대한 역시나 사려 깊은 해석)를 훑어봐도 작성자에 대한 단서는 전혀 없었다.

이 사람이 나를 너무 잘 안다는 사실에 덜컥 겁이 났다. 리뷰 앞부분은 혹시 이 사람이 내가 편집자랑 주고받은 메일을 본 게 아닐까 싶을 정도로 원고에 사용한 기법을 매우 영리하고 예리하게 파악한 것이었다. 어쩌면 에덴프레스에서 일했던 사람일지도 모른다.

하지만 계속 머리에 맴도는 건 마지막 문단이었다.

이 담론에서 누구도 사실상 언급하지 않은 문제가 있는데, 그것은 바로 리우와 헤이워드 관계의 본질이다. 모든 증거가 두 사람이 실제로 친구였음을 암시한다. 하지만 이건 친구 사이에 저질렀다기엔 너무 끔찍한 일이다. 그냥 사소한 질투심에서 벌어진 일일까? 혁, 설마, 얼마가 됐든 리우의 죽음에 헤이워드도 책임이 있을까? 아니면, 왜곡된 방법이긴 하나 선의의 경쟁자에게 경의를 표하려 한 걸까? 아니면, 이 모든 일에서 정말 결백한 걸까? 어느 경우든, 이 모든 소동에 관한 소설이 나온다면 기꺼이 비용을 지불하고 읽을 용의가 있다.

드디어 다음 프로젝트가 생각났다.

몇 시간 동안 자는 둥 마는 둥 꿈을 꾸다가 일어나니, 무의식 속에서 하나로 결합되어 완전한 형태를 갖춘 글감이 떠올랐다. 바로 그거였다. 문학적 구원과 엄청난 성공을 동시에 이룰 수 있는 길. 내내 이토록 명백한 답이 있었는데 지금껏 눈치채지 못했다니, 믿을 수가 없었다.

더는 논란을 피하지 않을 생각이었다. 지금까지 나는 아테나의 유산과 분리되어야만 나의 문학적 부활이 가능할 거라고 확신하고 있었다. 그런 사고방식이 지금껏 내 발목을 붙잡은 것이다.

계속 앞으로 나아가면서 동시에 잊는 건 불가능하다. 누구도 내가 그 일을 잊도록 놔두지 않을 것이다. 특히 아테나의 유령은 더욱 그럴 것이다. 나는 아테나의 영향력에서 벗어날 수도 없고 아테나를 둘러싼, 아니 우리를 둘러싼 소문에서도 벗어날 수 없다.

그러니 도망가는 대신에 그들과 정면으로 맞서야 한다.

우리에 관한 글을 쓰자. 음, 아니— 우리 이야기라기보다는 우리를 소설화한 이야기를. 어디까지가 사실이고 어디까지가 허구인지 모호한 유사 자서전을. 아테나가 죽은 그날 밤의 일을, 역겨워서 숨이 멎는 기분이 들 정도로 상세히 묘사하자. 내가 어떻게 아테나의 작품을 훔쳤고 어떻게 출간하게 됐는지를, 문학계 스타가 되기까지의 모든 단계, 그리고 그 이후의 끔찍한 추락에 대해 말하자. 교수들과 학자들은 이 내용을 가지고 신나게 즐길 것이다. 그들은 내가 진실과 거짓을 얼마나 교묘하게 섞어놓았는지, 나에 관한 소문을 어떻게 재활용했는지, 그리고 소중한 우정에 관한 추한 가십을 어떻게 하나의 이야기로 탈바꿈시켜 스캔들과 파괴를 좇는 독자들의 병적인 욕망과 대면하게 하는지에 대해 책을 한 권 쓰고도 남을 것이다. 그들은 이걸 급진적이라고 말할 것이며, 이는 아주 획기적인 사건이 될 것이다. 이런 문학적 사건을 예상한 사람은 지금껏 아무도 없을 것이다.

나는 동성애적 요소도 다룰 것이다. 독자들은 그걸 좋아할 것이다. 동성애자들 간의 사랑 이야기는 지금 대유행 중이다. 여자끼리 흠모하는 감정에 대해 조금만 힌트를 줘도 틱톡에서 난리가 날 것이다. 우리는 함께 영화 속 인물이 될지도 모른다. 플로렌스 퓨가 내 역할을 맡고, 〈크레이지 리치 아시안〉의 그 배우가 아테나 역을 맡으면 좋을 것이다. 영화음악은 모두 클래식 음악으로 채워질 것이고, 영화는 모든 상을 휩쓸 것이다.

일단 이 스캔들이 소설의 형태로 바뀌어 보존된다면, 그리고 나에 관한 이 모든 추하고 출처 없는 소문들이 무사히 허구의 영역으로 분류된다면, 나는 자유로워질 것이다.

나는 너무 신이 난 나머지 다니엘라에게 곧장 메일을 보낼 뻔했다. 하지만 다니엘라는 지금 자기 똥을 치우느라 바빴다. 익명의 전직 보조편집자 하나가 《퍼블리셔스 위클리》에 밝히기를, 다니엘라가 회의 중에 편견이 아주 심한 발언을 습관처럼 했다고 발언했기 때문이다.(한 번은 작가 섭외 중에 이런 말을 하기도 했다고 한다. "무슬림 작가는 이미 있어요. 더 데려오면 너무 많아진다고요.") 이에 대한 대응으로, 에덴프레스는 홍보 창구를 완전히 닫아버렸다. "저는 제가 하는 모든 일에서 다양성과 형평성, 포용성을 고취하기 위해 전적으로 헌신해왔습니다." 다니엘라는 모든 작가들에게 이런 메일을 보냈다. "그 발언은 전혀 맥락에 맞지 않으며, 저에 대해 개인적으로 앙심을 품은 누군가가 언론에 흘린 것이 분명합니다." 마지막으로 들은 소식에 의하면, 다니엘라는 '이슬람포비아'라는 본래의 문제와 그다지 명확한 관계가 있어 보이지 않는 중서부의 어느 보석금 모금 단체에 돈을 기부했다고 한다.

크게 걱정되지는 않았다. 다니엘라 문제는 결국 사그라들 것이다. 출판 전문가들은 말실수로 비난받는 게 일상이다. 하지만 온통 남자들만 있는 업계에서 여성 편집자 하나를 없애 버리는 건 다른 문제다. 어쨌든 지금으로서는 그녀의 메일 수신함에 어슬렁거리지 않는 게 최선일 것 같았다.

대신, 몇 주 만에 처음으로 진지하게 초고를 작성하기 시작했다. 손끝에서 말이 너무나 쉽게 흘러나왔다. 아마 꾸며낼 것도, 멈춰서 고민할 것도 없어서인 듯했다. 내게서 나오는 건 오로지 진실뿐이었고, 이 이야기의 통제권은 오롯이 내게 있었다. 나는 하루에 수천 단어씩 쓰기 시작했다. 대학 시절 이후로 도달해본 적 없는 수준의 생산성이었다. 아침마다 열렬한 기대감으로 노트북 앞에 앉았다. 그리고 자정이 가까워질 때까지 글쓰기를 멈추지 않았다.

나의 글쓰기가 흐름을 되찾은 데는 뭔가 더 큰 숙명적인 이유가 있으리라는 느낌이 들었다. 이 글이 마치 구원처럼 느껴졌다. 아니― 면죄부를 받은 기분이었다. 이 글을 나 혼자만의 힘으로 쓸 수 있다면, 이 끔찍한 사태를 아름다운 이야기로 바꿔놓을 수 있다면, 그러면… 아니다, 그렇더라도 내가 한 짓은 바뀌지 않을 것이다. 하지만 이 글은 그 모든 것에 예술적 가치를 부여해줄 것이다. 말하지 않고도 진실을 밝히는 방법이 되어줄 것이다. 그리고 무엇보다, 재미가 있을 것이다. 기억하기 쉬운 곡이나 아름다운 여인의 얼굴처럼 독자들의 머릿속에 머물 것이다. 이 이야기는 영원해질 것이다. 그리고 아테나는 그 일부가 될 것이다.

이런 불멸성 말고 작가로서 무엇을 더 바랄 수 있을까? 유령들이 바라는 게 바로 기억되는 것 아닌가?

요즘 계속 아테나 생각을 한다.

아테나의 기억은 이제 시도 때도 없이 나를 괴롭히지는 않는다. 불쑥 떠오르더라도 나는 굳이 떨쳐내지 않는다. 대신 그 안에 머문다. 기억을 세세히 되살리고, 당시 맴돌던 감정에 몰입하고, 수십 번씩 그것들의 이미지를 다시 만들고 재구성한다. 내 옆에는 아테나의 유령이 함께 앉아 있다. 나는 그녀에게 이야기를 청한다.

상담치료사에게서 공황 상태를 유발하는 기억을 처리하는 가장 좋은 방법은 그것을 공포영화의 한 장면으로 생각하는 거라고 배웠다. 깜짝 놀라게 만드는 장면을 처음 볼 때 겁이 나는 이유는, 순간 경계가 무너지기 때문이고 다음에 무슨 일이 벌어질지 예측할 수 없기 때문이다. 하지만 그 장면을 여러 번 반복해서 보고 악마에게 홀린 수녀가 언제 모퉁이 뒤에서 튀어나올지 정확히 알면, 그들은 아무런 힘도 갖지 못한다.

나는 내가 아테나에 대해 가지고 있던 끔찍한 생각들 하나

하나에 똑같은 방법을 썼다. 공포에 깊이 파고들었다. 록빌의 중국계 미국인 소셜 클럽에서 있었던 저녁 모임의 끔찍한 일들을 하나하나 자세히 썼다. @AthenaLiusGhost 계정을 처음 온라인에서 맞닥트렸을 때 얼마나 기분이 더러웠는지, 그리고 그로 인한 후유증이 얼마나 내 정신 건강을 해쳤는지 묘사했다. 나는 아테나의 망령을 포착해 그 페이지에 새겨 넣었다. 흑백의 고정된 페이지에 갇힌 채 그것이 할 수 있는 일이라곤 그저 야유뿐이다.

나는 대학 시절부터 아테나 때문에 얼마나 나 자신을 무능하게 느꼈는지, 내가 할 수 없는 일을 아테나가 성취할 때마다 얼마나 시큼한 질투를 주워 삼켜야 했는지 썼다. 한 행사에서 아테나가 나를 어떻게 조롱했는지 제프리가 말해줬을 때 내가 어떤 기분이었는지도. 내가 강간일지도 모르는 일을 당했을 때 그 이야기를 아테나가 훔쳤던 것도. 그리고 그 모든 일에도 불구하고 내가 얼마나 여전히 그녀를 사랑하는지 적어 내려갔다.

하지만 과거를 파헤치다 보니 좋은 기억도 남아 있다는 걸 깨달았다. 생각해보니 많았다. 대학 시절을 오래 곱씹은 적은 없지만, 일단 수박 겉핥기식으로라도 생각이 나기 시작하면 이런저런 생각이 한꺼번에 몰려왔다. 매주 화요일 〈빅토리아 시대 문학작품에 나타난 여성〉 세미나를 마치면 우리는 함께 스타벅스에 가곤 했다. 나는 아이스 모카를, 아테나는 베리베리 히비스커스 리프레셔를 마셨다. 자작시 낭송 경연이 있던 밤에는 진저비어를 마시며 '진짜' 시인은 아닌, 하지만 언젠가는 분명 그런 터무니없는 시에서 벗어날 낭송자들을 보며 키득거렸다. 연극을 전공하는 친구의 집에서 열린 〈레미제라블〉 노래 부르기 모임에서는 목청껏 〈내일이 오면〉을 불렀다.

이 모든 걸 기록하는 동안, 우리의 우정이 정말 내가 생각했던 것처럼 껄끄러운 것이었나 하는 의문이 생겼다. 우리 사이에 정말 늘 질투 어린 긴장이 맴돌았던가? 우리는 정말 처음부터 경쟁 관계였나? 아니면 내 불안이 아테나한테 투사되었던 걸까?

4학년 때 아테나가 데뷔작으로 첫 제안을 받았던 날이 기억났다. 발레 수업에 가던 중에 에이전트가 전화해서 그녀의 책이 곧 서점에 깔리게 될 거라고 알렸는데, 아테나는 그 소식을 제일 먼저 전했다. 바로 나한테 말이다. 자기 엄마에게도 전화하기 전이었다.

"세상에, 나 어떡해." 그녀가 나직이 말했다. "말해도 넌 못 믿을 거야. 나도 못 믿겠거든."

그러고는 전화 내용을 말해줬다. 나는 헉 숨이 막혔다. 우리 둘은 30초 동안 번갈아 소리를 질렀다.

"대박이다, 아테나. 정말 이루어지려나 봐. 네가 원했던 것들이 다—"

"벼랑 끝에 선 기분이야. 내 인생 전체가 눈앞에 펼쳐져 있는 것 같아."

숨소리 섞인 아테나의 속삭임이 귓가에 선했다. 얼떨떨하면서도 희망에 찬, 그러면서도 두려운 듯한 속삭임이.

"모든 게 변할 것 같은 느낌이 들어."

"그럴 거야." 나는 장담했다. "아테나 넌 정말 끝내주는 스타가 될 거야."

우리는 휴대폰 반대편에 있는 서로의 존재를 즐기며 다시 소리를 질렀다. 누군가 자신의 꿈을 정확히 이해하는 사람이 있다는 게 너무나 좋았다. 단어가 어떻게 문장이 되고 또 걸작으로 완성되는지를 아는 사람, 그 걸작이 어떻게 자신을 전혀 몰랐던 세계, 즉 모든 게 갖춰진, 바로 자신이 만들어낸 세계로 데려가줄 수 있는지를 아는 그런 사람 말이다.

나는 다시 글쓰기와 사랑에 빠졌다. 다시 꿈을 꾸기 시작했다. @AthenaLiusGhost 트위터가 끝장난 후, 나는 두려움과 방어적 태도, 불안감 속에서 활동해왔다. 하지만 이젠 출판이 약속해줄 수 있는 것, 이 세상이 내게 줄 수 있는 모든 것을 다시 한번 기대할 수 있게 되었다. 상황을 고려할 때, 브렛은 아마 이 원고를 『최후의 전선』보다 낮은 수준의 금액으로 다니엘라에게 판매할 것이다. 하지만 이 작품은 뜻밖의 성공을 거둘 것이다. 정식 출간일이 되기도 전에 2쇄를 찍을 것이다. 그러면 언론 보도가 거세지기 시작할 것이고, 사람들은 모두 이 작품의 대담무쌍함에 입을 다물기 힘들 것이다. 격렬한 담론은 판매를 촉진할 것이고, 나는 몇 주 만에 선금을 능가하는 수익을 올릴 것이다. 그리고 인세를 갑절로 받기 시작할 것이다.

기분이 너무 좋아서 몇 주 만에 처음으로 인스타그램에 로그인 했다. 이전 게시물에 달린 수많은 악성 댓글을 무시하고 오늘 글을 쓰면서 찍은 내 사진을 올렸다. 가장 빛이 좋은 시간에 카페 창가의 원목 테이블 앞에 앉아 있는, 주근깨가 송송 나 있고 어깨 주위로 머리카락이 부드럽게 물결치는. 한 손으로 턱을 빈지고, 다른 손으로 노트북 키보드 위에서 글을 쓸 채비를 하고 있는.

"이 원고에 바로 빠져들었음." 나는 사진에 캡션을 붙였다. "부정적인 것들은 차단하기. 왜냐하면 작가에게 중요한 건 내면의 이야기니까. 다음 장으로 넘어갈 때가 무르익었다. 빨리 이 작품을 모두와 나누고 싶다."

그날 밤, 아테나의 예전 인스타그램이 다시 활성화되었다.

'좋아요'를 누른 사람을 확인하느라 알림을 훑어보지 않았다면 그 게시물을 못 보고 지나쳤을 것이다. 누군가가 나의 티 없는 피부를 칭찬하며 피부 관리 일정을 물어봤다. 누군가는 내가 앉아 있는 커피숍이 마음에 든다고 했다. 또 누군가는 이렇게 썼다. "주니퍼 송의 다음 책이라고요? 너무 기대돼요!"

아주 간단한 태그 알림도 하나 있었다. "나를 없앨 수 있을 줄 알았어?" 그냥 또 누가 이상한 게시물을 올렸나 보다 생각했다. 하지만 섬네일 이미지가 낯익었다. 파란색 인증 마크가 붙은 계정이었다. 나는 게시물을 확인하기 위해 섬네일을 클릭했다.

순간 휴대폰을 떨어뜨릴 뻔했다.

그건 아테나의 계정이었다. 죽던 날 아침 이후 처음 올라온 게시물이었다. 사진 속에서 아테나는 집필용 책상 앞에 앉아 예쁘게 웃고 있었지만, 모든 게 조금 이상했다. 눈은 너무 크게 떴고, 이를 다 드러낸 미소는 입가에 너무 힘이 들어가 있어서 고통스러워 보였다. 피부는 창으로 햇살이 들어오고 있는데도 마치 유령처럼 창백했다. 인터넷에 떠다니는 괴담 속의 한 장면처럼 보였다. 평범해 보이지만 이상하게 긴장감을 유발해 소름이 끼치게 만드는 이미지였다. 오른손에는 『최후의 전선』 페이퍼백이, 왼손에는 『엄마 마녀』 양장본이 펼쳐져 있었다.

나는 캡션을 클릭해 나머지 내용을 확인했다.

나를 없앨 수 있을 줄 알았어? 미안하지만 주니, 난 아직 살아 있어. 다행히 오늘은 글이 잘 써졌나 보네. 나도 그랬는데. 영감을 좀 얻을까 해서 예전 책들을 넘겨 보는 중이야. 너, 내 팬이라며? ☺

저녁 먹은 게 목으로 올라왔다. 나는 화장실로 달려갔다. 극심한 공포감에 숨이 잘 쉬어지지 않았다. 전에 치료사에게서 배운 방법을 30분 가까이 시도하고서야 겨우 진정하고 다시 휴대폰을 집어 들었다.

트위터에 접속해 검색에 들어갔다. 아테나 리우 인스타그램, 아테나 인스타그램, 아테나 인스타, 유령 아테나 등 생각나는 대로 검색창에 넣어봤다. 아직 이에 대해 언급한 사람은 없어 보였다. 게시물에는 해시태그도, 다른 계정의 태그도 붙어 있지 않았다. 게다가 백만 명에 가까웠던 팔로위 수가 지금은 0이었다. 이 계정 뒤에 숨은 사람이 팔로워를 다 차단했거나 삭제한 듯했다. 이 게시물을 본 사람은 나뿐이었다. 입소문을 노리기보다는 그저 내 관심을 끌려는 것 같았다.

이런 일이 대체 어떻게 가능하지? 소셜미디어 기업들은 계정 주인이 사망해도 계정을 폐쇄하지 않는 건가?

완전히 정신 나간 짓인 줄 알지만, 나는 구글에 '아테나 리우 살아 있는'이라는 검색어를 쳐봤다. 혹시라도 내가 모르는 사이 의학의 도움으로 기적적으로 부활한 건 아닌지 확인하기 위해서였다. 하지만 검색 결과는 별것 없었다. 가장 '관련성이 높은' 결과는 최근 예일대학 영문학과에서 아테나를 추모하는 행사가 열렸다는 기사였다.

아테나는 죽어서 재로 변했다. 그녀가 여전히 주변에 있다고 확신하는 사람은 오직 나뿐이다.

이 계정을 차단하고 잊어야 한다. 그냥 누군가가 나를 가지고 놀려고 말도 안 되는 게시물을 올린 것뿐이다. 브렛과 다니엘라도 그렇게 말할 게 뻔하다. 아테나가 아닌 누군가가 이런 짓을 했다는 건 명백하고 합리적인 판단이다. 내가 화난 이유를 얘기하면 로리 언니도 똑같이 말할 것이다. 나는 양손으로 입가를 동그랗게 막은 채 숨을 들이쉬고 내쉬는 동안 이런 생각을 반복하고 또 반복했다. 왜냐하면 불안증의 가장 짜증스러운 증상이 바로 명백하고 합리적인 판단을 믿지 않으려 하는 것이기 때문이다.

통제권을 넘겨주면 안 돼. 그냥 내버려두자.

하지만 그럴 수 없었다. 그것은 마치 손바닥을 파고드는 가시 같았다. 아무리 작아도 내 피부에 박혀 있다는 사실을 아는 한 안심할 수 없었다. 그날 밤 나는 한숨도 자지 못했다. 침대에 누워 코앞에 휴대폰을 갖다 댄 채 아테나의 단호하고 짓궂은 미소를 눈이 아프도록 응시했다.

생각지도 않았던 기억 하나가 떠올랐다. 그냥 떠나가거나 잊히길 바랐던 기억이었다. 검은색 부츠에 진녹색 숄을 걸치고 폴리틱스 앤드 프로즈 서점의 청중석 맨 앞줄에 앉아 있던 아테나의 모습. 그날 아테나는 입술에 밝은색 립스틱을 바르고 기대에 찬 얼굴로 환하게 웃고 있었다. 설명할 수도 없고 가능한 일도 아니지만, 아테나는 살아 있다.

지금은 금요일 밤인 데다 늦은 시간이다. 앞으로 이틀은 브렛이나 홍보팀과 연락하기 어렵다. 하지만 연락한다 한들 그들이 무슨 도움이 되겠는가?

홍보 관점에서 보면 별일 아니다. 나 말고 그 게시물에 관심을 가질 만한 사람은 없다. 게다가 그 계정이 왜 그렇게 신경 쓰이는지 설명할 수 있는 것도 아니다. 네, 그러니까, 문제는 제가 『최후의 전선』을 훔쳤다는 거거든요. 그리고 지금 죄책감에 시달리고 있고요. 그 게시물이 왜 이토록 나를 토하고 싶을 정도로 괴롭게 만드는지 이해하시겠어요?

결국 나는 휴대폰에 손을 뻗었다. 해야 할 일이 있었다.

제프리 칼리노에게 문자를 보냈다. "이거 재미없거든."

답장이 없었다. 5분 후, 나는 다시 문자를 보냈다. "농담 아니야. 그만해."

마침내 휴대폰 화면 아래쪽에 타원형의 입력창이 떴다. 그가 메시지를 입력 중이었다.

"무슨 말인지 모르겠는데."

나는 아테나의 인스타그램을 스크린숏으로 갈무리해 그에게 보냈다. "알아보겠어?"

그가 메시지를 입력하다 말다 하더니 마침내 보냈다. "이거 나 아니야. 젠장."

나는 화가 나서 거칠게 메시지를 입력했다. 지금 엉뚱한 데다 화풀이하고 있다는 건 알지만, 어쨌든 보내버렸다. 누구든, 아무에게나 보내고 싶었다. 이 장난의 배후가 제프리인지도 확신할 수 없었다. 내가 가진 건 그저 일반적인 느낌이 전부이고, 제프리는 그저 아테나의 비밀번호에 접근할 가능성이 가장 큰 사람일 뿐이지만, 그런 건 중요하지 않았다. 이번에는 제프리에 관한 문제가 아니었다. 나는 통제력을 가질 필요가 있었다. 반격할 '뭔가'가 필요했다. 허공에 대고 총을 쏘는 한이 있더라도 반격할 생각이었다.

"내일 코코스로 나와. 안 나오면 녹음 공개해버린다."

21

"안녕, 준."

제프리가 내 맞은편 자리로 미끄러지듯 와서 앉았다. 나는 너무 놀라서 찻잔을 엎을 뻔했다. 정말 나타날 줄은 몰랐다. 나는 자세를 고쳐 앉으며 말했다. "어, 안녕."

창피하지만 고백하자면, 어젯밤 제프리에게 문자를 한 바가지 쏟아부었더랬다. 내가 아테나한테 버림받았다는 사실을 굳이 전해준 저의에 대해, 그리고 잔인한 비아냥에 대해 맹렬한 비난을 퍼부었다. 하지만 제프리는 아무 답이 없었다. 그래서 그가 문자들을 다 삭제하고 나를 차단한 줄 알았다.

그의 퉁퉁 부어오른 눈 밑으로 시커먼 그늘이 자리 잡고 있었다. 밤새 한잠도 못 잔 얼굴이었다. "설마 지금도 내가 그 짓을 했다고 생각하는 건 아니겠지?"

"그래." 나는 한숨을 쉬며 대답했다. 마음 한구석에서는 그가 일말의 죄책감을 느끼길 바랐다. 하지만 얼핏 본 바로는 전혀 그래 보이지 않았다. "미안해, 난 그냥…" 나는 휴대폰을 흔들어 보였다. "이게 나를 겁주는 바람에. 그리고 생각해봤는데, 그 계정에 접근할 만한 사람이….

그가 손을 뻗었다. "볼 수 있어?"

"아직 못 봤어?"

"아테나가 나를 차단했거든. 오래전에."

"아." 나는 잠금을 해제하고 아테나의 인스타그램을 띄운 후 제프리에게 휴대폰을 넘겨줬다. 그는 잠시 화면을 이리저리 이동하며 사진을 한 장 한 장 자세히 들여다보고, 사진에 달린 글을 앞뒤로 훑어봤다. 그의 마음속에서 무슨 일이 벌어지고 있을지 나로서는 상상하기 힘들었다. 그는 지금 전 여자 친구의 사진, 자기가 사랑했던 사람의 사진을 보고 있었다.

그가 휴대폰을 내려놓으며 말했다. "아니, 이건 아테나가 아닌데."

"무슨 소리야?"

"예전 사진을 누가 포토샵으로 수정한 거야." 그가 휴대폰을 돌려줬다. "안 보여? 빛과 그림자가 다 제각각이잖아. 가장자리도 다 흐릿하고."

"예전 사진 어떤 거? 온라인에 올라와 있는 사진이란 사진은 다 찾아봤지만, 딱 이런 자세로 찍은 사진은 없던데."

"혹시 비공개로 돌려졌을 수도 있지 않을까? 잘 모르겠네.

다만 전에 이런 사진을 본 적이 있다는 것 말고는."

"그렇다면 대체 배후에 있는 게 누구야?" 나는 재촉하듯 물었다. "누가 비밀번호를 알지?"

"내가 어떻게 알아?" 그가 어깨를 으쓱했다. "너를 미워하는 사람 많잖아, 안 그래? 누구든 그럴 수 있지. 아테나의 비밀번호가 추측하기 쉬운 것일 수도 있고, 아니면 아주 뛰어난 해커 짓일 수도 있고. 모르겠다. 농담이야."

하지만 나는 믿을 수가 없었다. 뭔가 또 벌어지려 하고 있었다. 무작위로 누군가가 이런 짓을 한다고 생각하기에는 내 낭독회에 아테나가 나타났던 일이나 내가 직업적으로 뭔가를 하려 할 때마다 아테나의 유령이 나타나는 사실을 설명할 길이 없었다. 누군가가 있는 게 분명했다.

"아테나한테 혹시 자매 있어? 사촌이라도."

리우 부인은 아이는 아테나뿐이라고 했다. 사촌도 서로 닮은 경우가 있지 않던가? 아니면 리우 부인이 거짓말을 한 것일 수도 있다. 온갖 말도 안 되는 음모가 머릿속을 날아다녔다. 한 여자가 죽는다. 중화인민공화국에서 숨어 자란 쌍둥이 자매가 자유세계로 탈출해 죽은 자매의 삶을 대신 살아가기 시작한다. 소설 소재로는 꽤 괜찮은 아이디어였다. 가짜 회고록을 마친 후 그다음 작업을 위해 적어둬야 할 것 같았다.

"무슨 생각 하는지 알아." 제프리가 고개를 저었다. "하지만 이건 그런 거 아니야. 장담해."

"진짜야?"

"아테나의 식구들은 미국으로 이주해 오면서 친척들 대부분하고 연락이 끊겼어. 아테나가 그런 얘기 하는 거, 너도 들어본 적 있을걸? 아테나의 가족사는 진짜 개판이야. 살해당하고, 총살당하고, 바다에서 실종되고. 다 꾸며낸 거라면 진짜 충격이겠지만, 내 생각엔 그렇지 않은 것 같아. 리우 부인하고 얘기를 나눴었거든. 그 고통스러운 일들은 다 진짜야."

"넌 혹시 그런 생각….." 나는 말끝을 흐렸다.

"뭐? 그럼 정말 아테나라고?" 제프리가 말을 멈췄다.

그도 같은 의심을 하고 있었던 게 분명했다. 말도 안 되는 일이지만 나는 아테나라면 충분히 자기 죽음을 가짜로 꾸며낼 수 있다고 생각했다. 원고도 내 눈에 띄라고 일부러 그 자리에 둔 것인지 모른다. 장례식도 다 꾸민 것이라면, 리우 부인도 한통속이다. 어쩌면 아테나는 지금 무대 밖에서 트렌치코트 차림으로 웃고 있는지도 모른다.

제프리가 고개를 저었다. "아니, 아닐 거야. 아테나가 좀 이상한 면이 있긴 했지만, 그래도 미치진 않았어. 아테나는, 아테나는 작가였어. 행위예술가가 아니라." 그의 눈이 나와 마주쳤다. "그럼 너, 그거 본 거 아니었어? 그거—"

아테나가 죽는 걸 본 게 아니냐고?

아니, 분명히 봤다. 눈에 어린 공포를 봤고, 몸부림치고 경련하는 걸 봤고, 목에서 그걸 빼내려고 몸부림치는 것도 봤고, 그러다 결국 움직임을 멈추고 파랗게 질려 있는 것도 봤다. 그걸 일부러 꾸며낼 수는 없다. 세계 최고의 여배우라도 그런 걸 연기할 수는 없다.

"그럼 대체 누가 나한테 이런 짓을 하는 거야? 대체 나한테 원하는 게 뭐야?"

"그게 중요해?" 제프리가 어깨를 으쓱하며 물었다. "그냥 무시해. 전에도 다 그냥 털어버리지 않았어? 그 뻔뻔함은 어디로 간 거야? 왜 그런 걸 신경 써?"

"왜냐면…" 나는 침을 삼켰다. "아프니까. 난 그냥— 이 일이 아파."

"아." 그가 몸을 앞으로 숙였다. "그래서 이제 나한테 진실을 말하려고?"

나는 입을 열었다. 하지만 아무 말도 나오지 않았다. 말할 수 없었다. 이토록 오래 버텨왔는데 이제 와서 깰 수는 없었다. 비참하나마 자유로워질 수 있다 하더라도 해선 안 될 말이었다.

"알겠다. 한 번 뱉은 말을 뒤집을 순 없다는 거군."

그는 알고 있었다. 그의 얼굴에서 나는 그가 알고 있다는 걸 알 수 있었다. 나는 굳이 복잡한 내용을 얘기해가며 설득하거나 설명하지 않았다. 내가 쏟아부은 노력, 『최후의 전선』이 아테나의 성취인 만큼 내 성취이기도 하다는 것, 그리고 내가 없었다면 그 책은 지금 그 형태로 존재하지 못했을 거라는 사실도. 아무래도 상관없었다. 제프리는 더 캐묻지 않기로 마음먹었고, 그거면 됐다. 그가 내게 할 만한 건 이미 인터넷이 다 했다.

나는 테이블을 내려다보며 미친 듯이 눈을 깜박이면서 생각을 가다듬으려고 애썼다. 내가 결백하다는 확신을 주지는 못해도 이해는 시킬 필요가 있었다.

"난 그냥, 사람들이 왜들 그렇게 아테나의 유산에 집착하는지 이해가 안 가. 다들 아테나가 무슨 성녀라도 되는 것처럼 얘기하잖아."

제프리가 고개를 한쪽으로 갸웃하더니 다시 의자 깊숙이 자리 잡고 앉았다. 그리고 마치 한동안 그러고 앉아 있을 것처럼 깍지 낀 손을 무릎에 얹었다. "그래서 우리가 지금 이러고 있잖아."

"아테나가 글을 쓰는 과정을 봤어." 무심결에 말이 나왔다. 왜, 그리고 특히, 그 많은 사람 중 제프리한테 이런 말을 하는지 알 수 없었다. 더는 혼자만 간직할 수가 없었다. 내 분함을 삼켜 넘길 수가 없었다. "그건 도둑질이었어. 원하는 글을 쓰기 위해 사람들의 고통을 마음대로 갖다 썼어. 나 못지 않게 훔쳤다고. 나한테서도 훔쳤고. 같이 대학 다닐 때 아테나가―" 목이 메었다. 코끝이 찡했다. 나는 입을 꾹 다물었다. 아직 아무에게도 털어놓지 못한 얘기였다. 더 얘기했다가는 울음이 터질 것 같았다.

"나한테서도 훔쳤어." 제프리가 말했다. "끊임없이."

정신이 멍했다. "지금 그 말은 네 이야기가―"

"아니, 내 말은― 그게, 좀 복잡해." 제프리가 주변을 흘깃 둘러봤다. 누가 엿듣기라도 할까 봐 두려운 듯했다. 그는 숨

을 한 번 크게 쉬고 다시 입을 열었다. "그보다는 어떤 거냐
면— 좋아, 봐봐, 예를 들어볼게. 우린 종종 싸웠거든? 개털
알레르기나 공동 자금 문제 같은, 뭐든 말이 안 되지만 당시
엔 되게 중요하게 느껴졌던 그런 걸로 말이야. 그러다 내가
뭔가 절박해서 아무 말이나 막 하잖아? 그러면 바로 그다음
달 단편소설에 내가 한 말이 그대로 나와. 가끔 다툴 때마다
아테나가 나를 아주 냉정한 표정으로 눈을 가늘게 뜨고 보곤
했는데, 난 그 표정이 뭔지 알고 있었어. 왜냐하면 아테나가
초고를 구상할 때의 표정이랑 똑같았거든. 그리고 사귀는 내
내 난 아테나가 정말 우리 관계에 진심인지, 아니면 모든 게
집필 중인 소설을 위한 건지, 어떤 행동이든 내 반응을 끄집
어내 소설에 쓰려고 그러는 건지 알 수 없었어. 미쳐버릴 것
같더라고." 그러고는 손가락으로 콧대를 눌렀다. "가끔 나를
화나게 하는 말을 하거나 내가 겪은 일에 관해 묻곤 했는데,
시간이 갈수록 왠지 조사당한다는 생각, 아테나가 나를 먹잇
감으로 삼고 있다는 생각밖에 들지 않았어."

제프리한테 진심으로 안타까운 마음이 들지는 않았다. 어
쨌든 이 남자는 아테나한테 《로커스》의 평론가와 맞서는 걸
지원해주지 않으면 레딧에 누드사진을 유출하겠다고 협박한
사람이니까. 하지만 나는 그의 눈에 담긴 진심과 고통을 볼
수 있었다. 아테나는 늘 자기가 한 건 상대에 대한 선물이라
고 생각했다. 트라우마에서 정수를 뽑아내 영원한 것으로, 즉
'고통과 상처를 다이아몬드로 만들어준다'는 것이었다. 일단

작품을 완성해 개인적인 이야기를 대단한 구경거리로 만들고 나면, 고통이 여전히 남아 있어도 전혀 신경 쓰지 않았다.

순간, 창밖의 뭔가가 시선을 확 잡아챘다. 내가 본 게 뭔지 뇌가 알아채기도 전에 숨이 멎고 주먹이 꽉 쥐어졌다. 구불거리는 짙은 머리카락을 어깨 위로 늘어뜨린 아테나가 지난번 책 낭독 때 입고 있던 것과 똑같은 진녹색 숄을 두른 채 서 있었다. 재미있다는 듯 그녀의 눈이 반짝였다. 빨간 입술 때문에 얼굴에 들쭉날쭉 구멍이 난 것처럼 보였다. 그녀는 내가 제프리와 함께 있는 걸 보며 '조롱하듯' 웃고 있었다.

아테나가 손을 들어 흔들었다.

하지만 눈을 감았다 떠보니 이미 사라지고 없었다.

"괜찮은 거야?" 제프리가 내가 보고 있던 방향으로 몸을 반쯤 틀며 물었다. "거기 뭐—"

"아무것도 아니야." 나는 당황해서 얼른 대답했다.

나는 숨을 깊이 들이마셨다. 창밖에는 아무것도 없었다. 가리킬 것도, 내가 미쳐가고 있는 게 아님을 증명해줄 것도 없었다. 아주 잠깐, 당장 달려 나가서 저 블록을 돌아 유령을 뒤쫓고 싶다는 충동이 일었다. 하지만 그곳에 아무도 없다면, 그냥 내가 실성한 거라면, 어떡하지?

제프리가 나를 불쌍하다는 눈빛으로 바라봤다. 침묵이 흘렀다. 그러다 그가 몸을 앞으로 숙이며 말했다. "내 조언 같은 건 듣고 싶지 않겠지만, 누군가는 말해줘야 할 것 같아서 하는 소리야. 뭔가 다른 걸 써. 이러지 말고. 그러니까 내 말은,

아테나의 그림자에서 벗어나라는 거야. 이런 건 그냥 다 잊어
버려."

적절한 조언이었다. 지난 2년 동안 그도 그러려고 노력했
을 거라는 생각이 들었다. 그는 더 이상 트위터를 하지 않아
서 무슨 일을 하는지 잘 모르겠지만, 여기저기서 주워들은 바
로는 TV 방송용 글을 쓰면서 상당한 수입을 벌고 있다고 했
다. 그는 더 이상 문학상 공모에 기웃거리지 않았다. 그의 이
름은 이제 사람들의 눈길을 끌기보다는 지긋지긋한 언급 대
상일 뿐이었다. 그는 스스로 아테나의 거미줄에서 벗어났다.

하지만 아테나는 지금껏 내가 쥐꼬리만 한 성공이라도 이
룰 수 있었던 이유다. 작가로서의 내 경력은 아테나 없이는
존재하지 않는다.

아테나가 없다면 나는 누구일까?

"노력 중이야." 나는 아주 작은 목소리로 말을 이었다. "난
그냥— 아테나가 나를 놔주지 않는 것 같아. 아니면 저 악플
러들이 놔주지 않는 건가. 누군지 몰라도—"

"무시해, 준." 그는 무척 피곤해 보였다. "그냥 차단해버려."

"네 생각엔, 네 생각엔 내가 반응을 보이는 게 좋을 것 같
아? 연락해볼까?"

"뭐라고?" 그가 자세를 똑바로 고쳐 앉았다. "아니, 물론 아
니지. 왜 그런 생각을—"

"저들이 원하는 게 뭔지 궁금해서. 나랑 하고 싶은 얘기가
있는지 확인하려고. 그러니까 뭐냐면—"

"할 말이 뭐가 있다고." 제프리는 심하게 화가 난 듯했다. 적당한 선을 넘은 것 같았다. 나는 조금 겁이 났다. 그의 마음 속에서 무슨 일이 벌어지고 있는지, 그가 어떤 아테나의 유령과 싸우고 있는지 궁금했다. "알겠어? 계속 이 길을 가봐야 좋을 거 하나 없어. 그냥 내버려둬. 신에게 맹세코 말하는데, 미친것들을 부추기지 마."

"알았어." 나는 천천히 숨을 내쉬었다. "네 말이 맞아."

달리 할 게 없어서 나는 말없이 차를 마저 마셨다. 제프리는 음료를 주문하지 않았다. 그는 묻지도 않고 내 찻값을 지불하고는 나를 데리고 거리로 나섰다. 내가 부른 택시를 기다리면서, 그는 나를 한참 동안 바라봤다. 같이 집에 가자고 할 것 같다는 생각이 들 정도였다. 아주 잠깐, 나는 제프리 칼리노와 자는 행위, 즉 옷을 벗고 정신없이 부분들을 자극하는 지저분한 노동을 상상했다. 공유된 트라우마는 사람들을 하나로 묶어주지 않던가? 우린 둘 다 자아도취에 빠진 나쁜 년한테 당한 피해자가 아니던가? 게다가 그는 매력적이다. 하지만 나는 아무런 욕구도 느껴지지 않았다. 만일 내가 제프리랑 잔다면, 그건 충격 효과를 위한 행위에 불과할 것이다. 이 지저분한 소동 안에서 이야기는 왜곡되어버릴 것이다. 그리고 이유를 확실히 설명할 순 없지만, 이 소동의 유일한 승자는 아테나가 될 것이다.

"또 보게 될 것 같네. 조만간. 아마도."

"아마도." 제프리가 나를 내려다보며 말했다. "준?"

"응?"

"별일 없을 거야. 일이 벌어지고 있을 때는 꼭 세상이 끝날 것 같지만, 그렇지 않아. 소셜미디어는 아주 작고 고립된 공간이야. 일단 화면을 닫으면 아무도 신경 쓰지 않아. 너도 그러는 게 좋아, 알았지?"

"알았어. 고마워."

그는 고개를 한 번 끄덕이고는 버스 정류장 쪽으로 걸음을 옮겼다.

어쩌면 내가 너무 심하게 대했는지도 모르겠다. 어쩌면 제프리 칼리노는 그렇게 재수 없는 녀석이 아닐지도 모른다. 어쩌면 마냥 어리고 불안할 때 미처 준비하지 못한 관계에 말려든 것뿐일 수도 있다. 어쩌면 정작 큰 상처를 준 사람은 그가 아니라 아테나인지도 모른다. 그리고 우리는 단지 그가 부유한 이성애자 백인 남자라는 이유로, 그리고 아테나에 대해서는 단지 그녀가 아테나라는 이유로, 너무 성급하게 평가했던 것인지도 모른다.

게다가 제프리는 아테나를 사랑하려 할수록 감수해야 하는 별난 고통, 그 무상함을 이해하는, 지구상에서 몇 안 되는 사람 중 하나다. 나르키소스만을 바라보는 에코, 그저 따스함을 피부로 느끼기 위해 태양을 향해 곧바로 돌진하는 이카로스 같은.

22

아테나의 인스타그램에 하루에 적어도 한 개씩 게시물이
올라오기 시작했다. 늘 아테나가 건강한 모습으로 살아 있는,
현실적으로 도저히 불가능한 사진들이었다. 곁에는 신문이나
최신호 《뉴요커》, 아테나가 죽은 이후 출간된 책 등 날짜를
추정할 수 있는 물건들이 놓여 있었다. 때로는 나를 놀리기라
도 하듯 특유의 태평스러운 태도로 윙크하거나 손을 흔들고
있기도 했다. 또 때로는 얼굴을 일그러트려 기괴한 표정을 짓
고 있기도 했다. 눈을 휘둥그레 뜬 채 혀를 빼물고 있거나, 자
기가 죽던 장면을 흉내 내려는 듯 목을 움켜쥔 채 눈을 사시
로 뜨기도 했다. 그래놓고는 늘 캡션 끝에 나를 태그했다.

잘 지내니, @JuniperSong?

나 안 보고 싶어, @JuniperSong?

나는 제프리의 조언을 받아들이려고 노력했다. 계정을 무음 모드로 했다. 그리고 글 쓰는 중간중간에 사진들을 훑어보는 걸 멈출 수 없었기 때문에, 시간 설정이 가능한 금고를 사서 낮에는 휴대폰을 거기에 넣어두었다.

일에서 위안을 찾으려고도 해봤다. 하지만 전처럼 글에 몰두할 수가 없었다. 아테나와의 모든 좋은 기억에는 이제 일말의 죄책감이 따랐다. 기댈 수 있는 건 전부 나쁜 기억(어색한 대화와 은근한 모욕, 속을 끊임없이 긁어대는 질투심)뿐이었다. 내 일이 잘 풀리지 않는다는 말을 듣고 생각 없이 웃던 모습, 내가 어쩔 줄 몰라 하는 동안 주방 바닥에 쓰러져 죽어가던 모습이 자꾸 생각났다.

매일 밤 아테나의 꿈을 꿨다. 꿈에 나타나는 건 아테나의 마지막 순간이었다. 공포에 질려 휘둥그레 뜬 눈, 자기 살갗을 긁어대는 손톱, 바닥을 두드리는 발. 말 그대로 속수무책으로 무력하고 목소리도 나오지 않는 꿈이었다.

아테나는 필사적으로 무슨 말인가를 하려 했지만, 말은 나오지 않고 끔찍하고 불편한 꾸르륵 소리만 흘러나왔다. 그러다 눈이 뒤집히면서 경련이 차츰 약해지다가 희미한 씰룩거림으로 바뀌었다.

이 정도면 순한 꿈이었다. 더 나쁜 건 아테나가 다시 살아

나는 꿈이었다. 마법처럼 살아난 아테나는, 이번에는 전과 달랐다. 눈은 지하 세계의 분노를 뭉쳐놓은 듯한 에너지로 붉게 빛났고, 사랑스러운 얼굴은 복수심에 불타는 희열에 잔뜩 일그러졌다. 그런 모습으로 아테나는 받은 대로 돌려주겠다며 벌떡 일어나 내 목을 향해 팔을 뻗었다.

때로는 한낮에도 상상력이 날뛰었다. 무수한 생각 끝에 아테나가 아직 살아 있을 수도 있다는 확신이 들었다. 장례식 때 관이 닫힌 상태였으니 속을 볼 수 없었고, 목이 막히는 건 연기로 가능하다. 응급구조사들도 고용된 사람들일 수 있다. 이 모든 게 다음 프로젝트를 위한 하나의 거대한 문학적 거짓말, 미친 홍보용 캠페인일 수도 있다. 지금 당장 저 모퉁이 뒤에서 튀어나올지도 모르는 일이다. *짜잔! 나한테 속았지, 주니??*

하지만 산 사람은 육체라는 짐을 지고 있다. 육체는 그림자와 발자국을 남긴다. 차라리 아테나가 살아서 나를 쫓아다니는 편이 나을 것 같았다. 그러면 사람들의 눈에 띄거나 증거가 될 만한 부스러기를 흘리는 등 흔적이 남을 테니까. 살아 있으면 마음대로 나타나고 사라질 수 없다. 살아 있으면 매 순간 나를 괴롭힐 수도 없다. 아테나의 유령은 내가 깨어 있는 순간마다 벌레처럼 파고들었다. 오직 죽은 자여야 그렇게 끊임없이 존재를 드러낼 수 있다.

어느새 나는 구글 학술 검색에서 '중국 유령'을 입력하고

결과로 나온 모든 문헌을 깊이 들여다보고 있었다. 중국어에
는 귀鬼, 령靈, 요妖, 혼백魂魄 등 유령을 뜻하는 단어가 정말 많
았다. 그들은 평화롭지 못한 죽음에 집착하는 듯했다. 나는
유령을 뜻하는 가장 일반적인 단어인 '귀'가 '돌아오다'를 뜻
하는 '귀歸'와 동음어라는 사실을 알게 되었다. 그리고 여자
유령이 초기 중국 문화의 보편적 주제이며, 폭력적이고 부자
연스럽게 죽임을 당한 미혼 여성의 회한을 탐구하기 위해 채
용된 비유임을 알게 되었다. '색귀'라고 하는 단어도 있었다.
색귀인 여자 유령은 만족스러운 섹스를 통해서만 욕구를 충
족할 수 있다. '강시'라는 단어도 있었다. 내가 알기로 이건
좀비와 비슷한 것으로, 종이에 주문을 적어 살아 움직이게 만
들 수 있는 시체를 뜻한다. 어쩌면 누군가가 아테나를 되살려
낸 것일 수도 있다. 어쩌면 내가 아테나의 의지와 상관없이
아테나의 글을 출간했을 때 그런 주문이 만들어진 걸지도 모
른다.

검색 결과를 아무리 뒤져도 그 빌어먹을 것을 몰아내는 데
도움이 될 만한 조언을 찾지 못한 나는 결국 중국 괴담을 쥐
잡듯 뒤지기 시작했다.

남송 시대: 한 도굴꾼이 최근 심장마비로 세상을 떠난 소
녀의 무덤을 팠다가 그녀의 아름다움에 반해 시체를 강간한
다. 그때 남자의 에너지가 주입되면서 소녀가 되살아난다. 그
녀가 되살아난 사실을 누구도 알 수 없었으므로 도굴꾼은 그
녀를 가두고 성노예로 삼는다. 그러던 어느 날 소녀는 마침내

도망쳐 전 애인의 집으로 간다. 하지만 그 애인은 그녀가 나타나자 유령인 줄 알고 깜짝 놀라 그녀의 머리에 가마솥을 던져 죽인다.

육조 시대: 10년을 함께 산 부인이 아들을 낳지 못하고 세상을 떠난다. 남편은 몹시 슬퍼하며 부인의 시신 위에 엎드려 운다. 그의 눈물에 부인이 다시 살아난다. 부인은 자신이 아이를 밸 때까지 어둠 속에서 자신과 사랑을 나누도록 남편에게 지시한다. 뭐랄까, 부인은 완전히 살아난 상태는 아니다. 그래서 두 사람이 결정하기를, 부인은 곁방에서 지내면서 시체처럼 누워 있고 남편이 와서 품어주기로 한다. 그로부터 열 달 뒤, 부인이 사내아이를 낳는다. 그리고 다시 축 늘어진 주검이 된다.

또 다른 육조 시대 이야기: 한 남자가 부인과 사별하고 부인의 사촌과 결혼한다. 어느 날, 첫 번째 부인이 얼음장처럼 차가운 몸으로 되살아나 그의 옆에 와서 눕는다. 남자는 부인에게 떠나달라고 부탁한다. 그러자 부인은 자기 남편과 어떻게 결혼할 수 있냐며 사촌을 비난한다. 얼마 후, 남자와 그 사촌이 급사한다.

문화적 의미는 분명했다. 중국 유령의 대다수는 굶주리고 화난, 말 없는 여성들이다. 아테나의 유산을 취하면서, 나는 그 대열에 합류했다.

하지만 이런 이야기들 속에 나오는 유령 몰아내기 방법은 적절치 않아 보였다. 내가 생각하기에 아테나는 음식을 바친다거나, 향을 피운다거나, 종이를 태우는 방식을 좋아할 것 같지 않았다. 시도하지 않았다는 말은 아니다. 속으로는 멍청한 짓이라고 생각하면서도 그런 의식을 행한 이유는, 마음이라도 편안해지기를 바랄 정도로 절박했기 때문이다. 나는 아마존에서 막대 모양의 향을, 키친 넘버 원에서 쿵파오치킨을 주문했다. 그리고 아테나의 사진 앞에 그 두 가지를 놓았다. 하지만 효과는커녕 집 안에 냄새만 잔뜩 풍겼다. 나는 지하세계에서 아테나가 원할 법한 것들(많은 돈과 호화로운 주택, 이케아 카탈로그 속 상품 일체)을 프린트해서 오린 다음 불도 붙여봤다. 하지만 역시나 효과는커녕 화재경보기가 울리는 결과만 초래하고 말았다. 당연히 이웃의 비난이 쏟아졌다. 벌금도 엄청났다.

기분이 전혀 나아지지 않았다. 밈에서 조롱당하는 멍청한 백인이 된 기분이었다. 그중에서도 최악은, 이 모든 실패에도 불구하고 여전히 구상을 멈출 수 없다는 사실이었다. 나는 이 끔찍함을 뭔가 사랑스러운 작품으로 만들어보려고 애쓰고 있었다. 내가 쓰게 될 호색적인 실화소설은 공포물이 될 것이다. 내가 느끼는 공포는 독자들의 공포가 될 것이다. 나는 정신이 혼미한 공황 상태를 비옥한 창조의 토대로 만들 것이다. 모든 최고의 소설은 진실에서 비롯된 일종의 광기에서 탄생하지 않던가?

게다가 두려움을 포착해 안전하게 글 안에 가둔다면 그 두려움의 힘을 빼앗는 일이 될 것이다. 모든 고대 신화에서 말하는 것이 바로 일단 이름을 붙이면 그것을 통제할 수 있게 된다는 것이 아니던가?

전에 게일리 박사가 나한테 앤드루와의 만남을 자세히 손으로 적은 다음 태워버리게 한 적이 있었다. 모호하고 역겨운 감정을 구체적인 말로 바꿔 적기만 했는데도 기분이 좋았다. 그것들이 제로 변해 결국 아무것도 아니게 되는 모습을 보는 것도 기분이 좋았다. 아테나를 사라지게 할 수는 없겠지만, 책에 안전하게 가둬둘 수는 있을 것 같았다.

하지만 나는 이야기의 방향을 놓치고 있었다. 생각들이 책에 다 담기 힘들 정도로 뻗어나가기 시작했다. 처음에는 음울한 성장소설이었던 것이 갈수록 난잡하고 광기 어린 괴담이 되어갔다. 내가 신중하게 구축한 아우트라인은 아테나가 원했던 이야기와 전혀 맞지 않았다. 나는 원래 구상했던 줄거리를 포기했다. 나의 진실과 진짜 진실 사이를 오가며 머릿속에 떠오르는 모든 생각을 악착같이 기록했다.

그러다 궁지에 몰렸다. 책의 처음 3분의 2는 수월했다. 하지만 결말을 어떻게 맺어야 할지, 굶주린 유령이 하나 섞였는데 확실한 해결책이 없으니, 나의 주인공을 어떻게 해야 할지 알 수 없었다.

나는 몇 시간이나 노트북 화면을 바라보며 다양한 결말을 시도했다. 아테나도 만족할 만한 결말을 찾고 싶었다. 그 유령은 나를 통째로 집어삼켰다. 내 사지를 갈가리 찢어 피투성이로 만들었다. 내 안으로 들어와 자신을 죽인 대가로 내 남은 삶을 차지했다. 나를 자살로 내몰고는 지하 세계로 끌고 갔다. 정의라곤 찾아볼 수 없는 두 비참한 영혼들이여.

하지만 그중 어떤 것도 카타르시스를 불러일으키기엔 역부족이었다. 아테나가 만족할 리 없었다.

나는 좌절감을 느끼며 침대에 털썩 누워 언제나처럼 휴대폰에 손을 뻗었다.

아테나의 계정이 또 업데이트되어 있었다.

이번에는 거울 앞에 선 모습이었다. 이마에 기다란 흰 종이가 붙어 있었다. 최후의 전선, 주니퍼 헤이워드 지음.

이번 게시물에는 사진이 여러 장이었다. 나는 화면을 오른쪽으로 휙휙 넘겼다.

손으로 목을 감싼 채 바닥에 엎드린 아테나. 휙.

가슴 위에 내 책을 얹고서 눈을 크게 뜨고 있는 아테나. 휙.

되살아나서 똑바로 서 있는 아테나. 휙.

목과 팔뚝에 혈관이 툭 불거져 있고 눈에서는 마스카라가 줄줄 흘러내리는 모습으로 카메라를 향해 울부짖으며 내 머리끝부터 발끝까지 찢어발기고 싶다는 듯 손톱을 세우고 있는 아테나. 휙.

카메라 렌즈를 향해 사납게 덤비는 아테나.

나는 휴대폰 전원을 끄고 방 저쪽으로 던져버렸다.

나는 이 혼란스러운 느낌을 너무 과대평가하고 있었다. 악령 쫓기의 조건은 그렇게 대단한 수수께끼가 아니었다. 나는 이 유령이 원하는 게 뭔지, 어떤 결말이어야 이 모든 걸 사라지게 만들 수 있는지 알고 있었다. 인정하고 싶지 않을 만큼 진실은 아주 간단했다. 아테나가 『최후의 전선』을 썼다는 것, 나는 기껏해야 공저자라는 것, 그리고 내가 이 소설에 대해 조금이라도 공을 인정받을 자격이 있다면 아테나도 마찬가지라는 것.

하지만 고백하기엔 이제 너무 깊이 들어와 있었다. 그것이 내 앞을 가로막고 있는 경계선이었다. 내가 지금 사실대로 고백한다면, 지금까지 얻은 모든 것을 잃을 뿐만 아니라 앞으로 얻을 기회마저 모두 날리게 된다. 이렇게 그냥 원점으로 돌아갈 수는 없다. 문학계와 사회에서 동시에 지옥행을 선고받게 될 것이다.

정말로 내가 그런 일을 당할 만한 짓을 했나? 누가 말 좀 해보길.

아테나가 죽은 지 2년이 넘었다. 아테나는 이미 인상적인 유산을 남겼다. 문학계에서 영원히 기억될 것이다. 그거면 된 거 아닌가.

어떻게든 버텨내야 한다. 진실은 나를 파괴할 게 뻔하다.

그저 이 유령과 함께 살면서 눈만 감았다 하면 떠오르는 그녀의 얼굴에 익숙해지는 수밖에 없었다. 그녀가 원하는 유일한 것을 내주지 않고도 공존할 수 있는 균형 상태를 찾아야 했다.

어느 날 오후, 색스비스 카페에서 글을 쓰고 있는데 진녹색의 뭔가가 언뜻 눈가를 스쳤다. 창밖을 내다보니 그녀였다. 바람에 날리는 머리카락 때문에 얼굴이 잘 보이지 않았지만 분명 같은 숄, 같은 부츠 차림으로 나를 빤히 쳐다보고 있었다. 그건 그녀가 유령이라는 증거였다. 살아 있는 사람들은 옷을 갈아입는다. 그렇지 않은가? 똑같이 머물러 있다는 건 죽은 사람이라는 뜻이다.

눈이 마주쳤다. 그녀가 홱 몸을 돌려 달아나기 시작했다.

나는 벌떡 일어나 카페 밖으로 뛰쳐나갔다. 무슨 계획이 있는 건 아니었다. 다만 저 환영을 꼼짝 못 하게 붙잡아 어깨를 흔들며 대답해보라고 요구하고 싶을 뿐이었다. *너 대체 뭐야? 원하는 게 뭐야?*

하지만 내가 짜증스러워하는 카페 손님들을 지나쳐 문밖으로 나갔을 때, 그녀는 이미 한 블록이나 달아난 후였다. 급히 뛰어가는 그녀의 힐 소리가 들려왔다. 숄이 바람에 나부꼈다. 그렇다, 그녀는 유령이 아니었다. '사람'이었다. 살과 피로 이루어진, 나처럼 평범하고 손으로 만져지는 사람이었다. 나는 힘껏 달려 그녀를 따라잡았다. 손을 뻗어 그녀의 어깨를 움켜잡았다. 단단한 살이 느껴졌다. 드디어 잡았다.

그녀가 홱 돌아섰다. "젠장, 뭐야?"

아테나가 아니었다.

시원스럽지만 매서운 눈초리, 면도날처럼 얇은 눈썹, 빨간 립스틱을 바른 선명한 얇은 입술. 심장이 쿵 내려앉았다.

다이애나 추였다.

"준?" 내가 물어뜯기라도 할까 봐 그런지 그녀가 움찔했다. 그리고 잽싸게 가방에서 후추 스프레이를 꺼내 들었다. "빌어먹을— 뒤로 물러서—"

"잡았다." 나는 숨을 헐떡이며 말했다. "내가 잡았어."

"대체 뭘 원하는 거야." 다이애나가 말했다. "당장 나한테서 떨어져—"

"나한테 이래라저래라 하지 마." 목까지 숨이 차올랐다. 얼굴이 무척 뜨겁고 머리가 어지러웠다. 현실이 멀게 느껴지고 오직 가느다란 실 한 가닥에 매달려 있는 느낌이었다. 내가 아는 것, 내가 믿는 것은 오직 다이애나가 나한테 이런 짓을 했음을 알게 됐다는 사실뿐이었다. 전부 다이애나의 짓이었다. "당신이 무슨 짓 했는지 다 알아. 다 당신이었구나."

"맙소사." 다이애나의 팔이 덜덜 떨리는 게 느껴졌다. 하지만 나한테 스프레이를 뿌리진 않았다. "대체 무슨 소리를 하는 거야?"

"그거 아테나의 부츠잖아. 아테나의 숄이고." 나는 거의 숨이 막힐 지경이었다. 너무나 화가 났다. 그날 밤 폴리틱스 앤드 프로즈 서점에 있던 게 다이애나였어? 코코스에 있던 게 다이애나였어? 그럼 몇 달이나 나를 가지고 놀았던 거야? 다이애나가 버지니아에서 패널로 만났을 때 나한테 불쾌하게 굴었던 것, 그 이후 인터뷰와 블로그에서 나에 대해 떠들어댔던 말들이 생각났다. 이 여자는 나한테 집착하고 있다. 이 여자에겐 이 모든 괴팍한 짓들이 예술 프로젝트란 말인가? 주제는 혹시 주니퍼 송 괴롭히기?

"잠깐만." 다이애나가 후추 스프레이를 내려놓으며 말했다. "내가 일부러 아테나 리우처럼 입었다고 생각하는 거야?"

"아닌 척해도 소용없어. 아테나처럼 입고 있잖아. 나를 스토킹하고 있는 거잖아―"

"이건 내 부츠야. 옷도 내 거고. 그리고 집이 빌어먹을 이 근처라 색스비스 앞을 지나간 것뿐이야, 이 정신병자야."

"나, 정신병자 아니거든."

"아시아 여자들이 다 똑같이 생긴 줄 아나 본데, 그렇게 구분이 안 가, 이 미친년아?"

순간 나는 그녀를 때릴 뻔했다. "나, 안 미쳤거든?"

하지만 가까이서 보니 닮았다고 생각했던 모든 게 실은 아니었다. 다이애나가 신고 있는 건 아테나의 부츠가 아니었다. 아테나가 가장 즐겨 신던 어그부츠는 갈색에 술이 달려 있었는데, 다이애나의 부츠는 검정에 버클이 달렸고 스틸레토 힐이었다. 다이애나의 머리카락은 구불구불한 곱슬머리가 아니라 곧은 직모였다. 다이애나가 끼고 있는 건 달랑거리는 귀걸이가 아니라 커다란 에메랄드색 링 귀걸이였다. 립스틱 색깔도 아테나가 바르던 것보다 훨씬, 훨씬 더 밝았다.

얼굴도 아테나와 닮지 않았다. 전혀 달랐다.

카페 창밖에 있던 건 그럼 대체 뭐지?

"난 미치지 않았어." 하지만 미친 게 아니라는 증거가 없었다. 내 눈을 믿을 수가 없었다. 내 기억도 믿을 수가 없었다. 순간, 나는 모든 전의를 상실했다. 기운이 쭉 빠지면서 한숨이 나왔다. 목소리도 갈라져 나왔다. "안 미쳤다고."

다이애나가 호기심과 연민, 혐오감이 뒤섞인 얼굴로 한참 동안 나를 바라봤다. 그리고 후추 스프레이를 다시 가방에 집어넣었다.

"맙소사. 병원이나 가봐." 그녀는 중얼거리듯 내뱉고는 서둘러 멀어져갔다. 걸음을 옮길 때마다 혹시 내가 따라오지 않는지 확인하려는 듯 어깨 너머로 뒤를 돌아봤다.

나는 카페로 돌아와 짐을 챙겨서 집으로 향했다. 택시 기사는 아마 내가 취했다고 생각했을 것이다. 거칠게 숨을 내쉬었고, 휘청거리는 몸을 어떻게 할 수가 없었다. 팔걸이가 마치 넘어지지 않게 해줄 유일한 버팀목이라도 되는 것처럼 내내 꼭 움켜잡고 있었다. 다이애나와의 만남이 계속 머릿속에 떠올랐다. 내 손가락이 다이애나의 어깨를 파고들던 느낌, 다이애나가 꺼내 들었던 후추 스프레이, 다이애나의 눈빛에 담겨 있던 혐오감과 두려움.

아주 잠깐이었지만, 다이애나는 내가 정말 자기를 공격할지도 모른다고 생각한 게 틀림없었다.

내가 그런 짓을 했다는 게 믿어지지 않았다. 변명의 여지가 없었다. 설명할 필요도 없었다. 나는 분명 대낮에 누군가를 협박했다.

나는 욕실로 달려가 세면대에다 대고 헛구역질을 했다. 어깨가 떨려왔다. 서서히 호흡이 돌아오는 느낌이 들었다. 가느다란 침 줄기가 세면대로 떨어져 내렸다. 거울을 올려다봤다. 거기에 비친 내 모습을 보니 울고 싶어졌다.

뺨이 푹 꺼져 있고, 머리카락은 지저분했다. 쑥 들어간 눈은 충혈되어 있고, 눈 밑은 시커멓고 얼룩덜룩했다. 며칠 동안 잠도 자지 못했고 경비원 말고는 아무하고도 이야기를 나누지 못했다. 생각이 더는 나 자신을 괴롭히지 못하도록 몇 시간씩 원고에 몰입하려고 애쓰면서 유령 같은 존재로 지냈다. 더는 이렇게 지낼 수 없었다. 환상도, 피해망상도, 악몽도, 이제 다 지긋지긋했다. 눈을 돌릴 때마다 아테나가 보이고 그녀의 목소리와 웃음소리가 들리는 것에도 지쳤다. 이건 내가 바란 게 아니었다. 애초에 아테나의 죽음을 목격한 것도 내가 요청한 게 아니었다. 그날 밤 나는 거기에 있고 싶지도 않았다. 하지만 아테나가 고집스레 끌고 갔고, 그 결과는 내가 생각했던 것보다 훨씬 더 나를 망치고 있었다.

피곤했다.

정말 피곤했다.

아테나가 그냥 사라져줬으면 싶었다.

로리 언니에게 전화했다. 내가 무슨 말을 하든 이해하지 못하겠지만, 처음부터 다 설명해줄 용의가 있었다. 자세한 건 몰라줘도 상관없다. 내 말을 들어주고, 내가 얼마나 상처받았는지 알아주기만 하면 된다. 지금 내가 괜찮지 않다는 걸 알아줄 누군가가 필요했다.

벨이 울리고 또 울렸다. 전화를 걸고, 또 걸어도 언니는 받지 않았다.

휴대폰을 뒤져서 게일리 박사의 연락처를 찾아냈다. 대학을 졸업한 뒤로 오랫동안 진료를 받지 않았지만, 나는 여전히 그녀의 전화번호를 갖고 있었다. 게일리 박사는 벨이 두 번 울리자마자 전화를 받았다. "여보세요?"

"게일리 박사님?" 너무 간절하고 너무 절박해서, 말이 쏟아져 나오기 시작했다. "혹시 기억하실지 모르겠는데— 준 헤이워드라고, 몇 년 전에 박사님 환자였습니다. 예일대에 다녔는데— 그때 제가, 음—"

"준, 물론 기억합니다. 잘 지냈어요?" 어리둥절해하면서도 그녀는 친절하게 받아줬다. "무엇을 도와줄까요?"

"오랜만이라는 걸 알지만—" 순간 나는 말을 멈출 수밖에 없었다. 격한 감정에 휩쓸리지 않기 위해 심호흡하면서 울음을 참았다. "또 도움이 필요하면 언제든 연락하라고 하셨던 게 기억나서요. 그리고, 음— 제 생각엔 제가 지금 별로 괜찮지 않은 것 같아서요. 최근 많은 일이 있었는데, 잘 대처하지 못하고 있고, 그래서, 과거의 트라우마가, 음, 다시—"

"천천히 얘기해도 돼요, 준. 한 번에 하나씩." 박사가 잠시 말을 멈췄다. "진료 예약을 하고 싶어요? 그 얘기를 하는 건가요?"

"아— 음, 죄송해요. 많이 바쁘신 거 알지만, 혹시 지금 시간이 되시면—"

"같이 더 자세히 알아보도록 하죠." 박사가 잠시 말을 멈췄다. 서랍이 열리는 소리가 들려왔다. 지금 막 책상에 앉은 모양이었다. "아직 코네티컷주에 살고 있나요?"

"저는 지금 로즐린에 있어요. 버지니아주요." 나는 훌쩍거리며 말했다. "하지만 보험은 있어요— 음, 박사님 병원은 보험 적용이 안 되면 자비로 부담하면 돼요."

"그런 문제가 아니에요, 준. 지금 코네티컷에 있지 않다면 원격 의료 서비스를 제공할 수 없어요. 난 버지니아에서 의료 행위를 할 자격이 없습니다."

"아." 나는 코를 훔쳤다. 손에 콧물이 묻었다. 순간 멍해졌다. "그렇군요."

"하지만 다른 의사를 추천해줄 수는 있어요." 서류 뒤적이는 소리가 들리는 듯했다. "로즐린에 있다고 했죠?"

그럴 수는 없었다. "저, 게일리 박사님, 괜찮습니다. 제가 알아볼 수 있어요. 시간을 허비하시게 만들어 죄송합니다—"

"잠깐만요. 준, 혹시 자해하고 싶은 생각이 든다거나 그런 건 아니죠? 아니면 누굴 죽이고 싶다거나? 상담 전화 연결해줄 수 있으니까—"

"아니요, 아니에요. 저 괜찮아요." 갑자기 당혹스러웠다. 그렇게까지 일을 벌일 생각은 없었다. 이렇게 일이 커질 줄은 몰랐다. "자살 충동 같은 건 들지 않아요. 저 괜찮아요. 그냥, 오늘 너무 힘들어서요. 그냥 얘기 나눌 사람이 필요했던 것뿐이에요."

"그랬군요." 박사의 목소리가 부드러워졌다. "주가 달라서 진료 서비스를 제공할 수는 없지만, 필요한 도움을 줄 수는 있을 거예요. 알았죠? 조금 기다려줄 수 있겠어요?"

"알았어요." 나는 힘없이 대답했다. "그래요. 좋아요."

"그럼 내일 아침 일찍 추천 목록을 메일로 보내줄게요. 기록에 남아 있는 이메일 주소를 그대로 쓰고 있나요?"

"아— 네. 그 주소로 보내주시면 돼요."

"그럼 아침에 연락할게요. 잘 지내요, 준."

게일리 박사가 전화를 끊었다. 나는 침대에 다리를 꼬고 앉아 두 손에 얼굴을 묻었다. 기분이 오히려 더 나빠졌다. 사라져버리고 싶었다. 빌어먹을, 대체 내가 왜 그랬지? 밤 아홉 시가 넘었다. 근무 시간이 한참 지나 있었다. 게일리 박사는 지금 남편에게 나를 욕하고 있겠지. 미안해, 여보. 예전 환자한테 전화가 와서 말이야. 걔가 원래 정신이 좀—

그때 휴대폰 화면이 밝아졌다. 간절한 마음으로 와락 손을 뻗어 확인했지만— 로리 언니가 아니었다. 인스타그램 알림이었다.

유령이 보낸 것이었다.

이번에는 아테나가 색스비스 카페에 앉아 장난스럽게 혀를 빨대에 대고 있었다. 낭독회에서 본 것, 코코스 카페에서 본 것과 똑같은 옷차림, 오늘 오후 카페 밖에서 봤다고 생각한 바로 그 옷차림이었다. 입술은 새빨간 립스틱을 발랐다. 눈이 희미하게 반짝거렸다.

오늘 옛 친구를 봤어. 그 친구가 나를 기억하는지 궁금하네.

나는 비명을 지르고 싶었다.

더는 참을 수 없었다. 진실을 알아야 했다. 계속 이렇게 지낼 수는 없었다. 좋은 것이든 나쁜 것이든, 이 여자가 누구인지, 아니 무엇인지 알아내기 전까지는 남은 평생을 갉아 먹힐 것이다.

이제 놓여나야 한다. 도움을 받을 수 없다면 적어도 답은 들어야 한다. 무슨 일이든 일어나지 않으면, 나는 폭발할지도 모른다.

나는 휴대폰을 열고 아테나의 계정으로 찾아갔다. 그리고 이렇게 썼다. "좋아. 내 주의를 끌긴 했네. 원하는 게 뭐야?"

유령은 온라인에 접속 중이었다. 곧바로 응답했다.

엑소시스트 계단

내일 밤

11시

23

아테나는 살아 있다.

다른 걸로는 설명이 되지 않는다. 엑소시스트 계단은 우리
끼리만 아는 농담이었다. 조지타운대학 캠퍼스에서 한 블록
떨어진 가파르고 칠흑처럼 어두운 계단, 영화 〈엑소시스트〉
에서 카라스 신부가 죽은 장소인 이곳은 유령이 출몰하는 곳
으로 유명하다. 볼 때마다 계단이 눈이나 비로 늘 미끄러웠는
데, 조깅하는 사람들이 이곳을 죽지 않고 지나다니는 게 나는
늘 놀라웠다. 아테나와 나는 워싱턴으로 이사 오고 나서 맞이
한 첫 겨울에 시 낭송회를 마치고 이곳에 온 적이 있었다. 그
때 아테나는 얼어붙은 계단을 멈추지 말고 뛰어 올라가보라
며 나를 부추겼다. 나는 그러지 말고 경주하자고 했다. 하지
만 열 계단쯤 올라갔을 때 나는 무릎을 세게 부딪치고 말았

다. 아테나는 뒤도 한 번 안 돌아보고 급히 나를 지나쳐 갔다. 아테나가 이겼다.

지금 벌어지고 있는 일이 무엇이든, 그 인스타그램 계정의 배후에 어떤 초자연적인, 또는 왜곡된 이유가 있든 간에, 이 건 그냥 어떤 멍청이가 장난치는 게 아니다. 오직 아테나만 할 수 있는 일이다. 내가 이것을 어떤 의미로 받아들일지 아는 사람은 아테나뿐이다. 이 너무나 상징적인 은유들은 모두가 실패하고 추락하는 나, 그리고 저 꼭대기까지 춤을 추며 올라가는 아테나를 나타내는 것들이다.

나는 이것이 함정임을 알고 있었다. 그 계정에 들어가서 게시글을 보는 건 유령의 손아귀 안에서 놀아나는 짓이다. 나 자신을 심각한 위험에 빠트리는 짓이다. 하지만 내겐 선택의 여지가 없었다. 답을 찾을 유일한 기회였고, 지금 나는 한 조각의 진실이라도 간절했다.

나는 최대한 영리하게 움직였다. 우선 휴대폰이 완전히 충전된 상태인지 확인했다. 유틸리티 벨트를 구매해서 새 배터리를 끼운 손전등과 후추 스프레이(아이디어 고맙네요, 다이애나), 스위스 아미 나이프를 장착했다. 심지어 차이나타운의 구석 가게에서 중국식 폭죽도 샀다. 폭죽 터지는 소리로 유령을 쫓아낼 수 있다는 얘기를 온라인에서 읽은 적이 있었다. 멍청한 짓이라는 건 나도 잘 알았다. 하지만 준비가 갖춰졌다는 기분을 느끼고 싶었다. 만일 아테나의 유령이 그 계단에서 나를 죽이려 든다면 나로서는 그 운명을 막을 방법이 없었다.

하지만 싸워보지도 않고 포기할 생각은 없었다.

내가 지금 어디로 가는지를 로리 언니나 심지어 브렛에게 문자메시지로 남길까 생각해봤다. 하지만 내 생각대로 일이 진행될 경우를 생각하면 기록을 전혀 남기지 않는 편이 좋을 것 같았다.

로즐린에서 택시를 타고 조지타운대학 정문 앞에서 내렸다. 여기서 계단까지 가려면 5분은 걸어야 한다. 하지만 이 시간에 내가 엑소시스트 계단에서 뭘 하려는 건지 운전기사와 굳이 말을 주고받고 싶지 않았다. 학기가 끝나서 오늘 밤 캠퍼스를 어슬렁거리는 사람은 나뿐이었다. 나는 팔짱을 끼고 바람을 맞으며 37번가의 조용한 보도를 따라 발걸음을 서둘렀다. 달도 없이 어둡고 살을 에듯 추운 밤이었다. 아침에 내린 비로 불어난 포토맥강의 물살이 강둑으로 밀려와 부딪쳤다. 모든 것이 괴기스럽고 극적인 분위기를 풍기고 있었다. 만일 내가 복수를 꿈꾸는 유령 입장이라면, 상대를 유인해 죽일 장소로 이곳을 선택하리라는 생각이 들었다. 지금 이 장면에 필요한 건 불길하게 번쩍이는 번갯불뿐이었다.

나는 두렵지 않았다. 지금 나를 놀라게 할 만한 건 아무것도 없었다. 바로 지금, 아테나가 달려들어 나를 공격해주길 바랐다. 그래야만 그녀가 살아 있고 내가 미치지 않았다는 걸 확인할 수 있으니까.

계단은 텅 비어 있었다. 몇 블록 떨어진 곳까지 둘러봐도 눈에 띄는 사람은 없었다. 서둘러 계단을 다 내려갔지만 버려진 주유소만 보일 뿐이었다. 시간은 11시 5분이 되어가고 있었다. 나는 숨을 헐떡이며 다시 두 칸씩 계단을 뛰어올랐다.

바보가 된 기분이었다. 어쩌면 제프리의 말이 맞을지도 모른다. 그냥 장난질일 수도 있다. 그냥 나를 겁주려는 게 목적일지도 모른다.

막 떠나려는데, 그 순간 그녀의 목소리가 들려왔다.

"다시 만나서 정말 반가워!"

아테나였다. 의심의 여지 없는 아테나의 목소리였다. 무심한 듯 너무나 가식적인 목소리, 라디오 인터뷰와 팟캐스트를 통해 수십 번 듣다 보니 우습게도 이젠 그게 진짜 목소리처럼 느껴지는 목소리.

"저어어엉말 오랜만이야."

"아테나?" 소리로 보아 아테나는 계단 꼭대기에 있는 듯했다. 나는 계단을 급히 뛰어 올라가서 헐떡이며 프로스펙트 스트리트에 섰다. 거리는 여전히 텅 비어 있었다.

"네가 내 작품의 팬이라니 정말 기뻐."

젠장, 뭐지? 대체 무슨 말을 하는 거야?

"아테나? 어디야?"

"그래, 그동안 어떻게 지냈어?" 이번에는 목소리가 더 멀리서 들려왔다. 나는 소리가 어디서 나는지 찾기 위해 귀를 쫑긋 세웠다. 계단 저 아래에서 울려오는 듯했다. 어떻게 그렇게 빨리 거기까지 내려갔지?

죽은 사람이 아닌 이상은, 허공을 훨훨 날아다니는 영혼이 아닌 이상은, 불가능한 일이다.

"아테나?"

계단에서 타다타닥 발걸음 소리가 들려왔다. 나한테서 도 망치고 있는 건가? 쫓아 내려가고 싶었지만, 어느 방향인지 알 수 없었다. 발소리가 나는 방향과 목소리가 들려오는 방향 이 달랐다.

나는 어둠 속에서 어떤 얼굴이나 움직임의 기미, 단서 등 뭐라도 찾으려고 주위를 훑어봤다.

"너한테 제일 큰 영감을 주는 건 뭐야?" 그녀가 불쑥 물었다.

영감이라니? 이건 또 무슨 게임이지?

하지만 나는 정답을 알고 있었다. 무슨 말을 하면 아테나를 유인할 수 있을지 알고 있었다.

"너지. 너도 알잖아. 명백히 너라는 거."

그녀가 웃음을 터트렸다. "내 질문은, 왜 나인가 하는 거야."

목소리가 조금 이상했다. 이제 막 깨달았다. 친구들과 있을 때 나오는 목소리가 아니었다. 마치 공연이라도 하는 듯 이상 하고 인위적이었다. 게임 쇼에서 연예인들이 첫 경험 얘기를 해야 하거나 삶은 원숭이 뇌를 먹기 직전에 내곤 하는 그런 목소리였다.

지금 괜찮은 건가? 혹시 누군가한테 인질로 잡혀 있나? 누 가 머리에 총이라도 겨누고 있는 건가?

아테나가 다시 물었다. 똑같은 억양으로, 똑같은 웃음소리를 내면서. "내 질문은, 왜 나냐고."

"이유 같은 건 없어." 나는 소리쳤다. "네 원고를 가져왔고, 읽었어. 그리고 정말 훌륭하다고 생각했어. 늘 네가 부러웠어, 아테나. 너처럼 사는 게 어떤 기분일지 그냥 알고 싶었어. 그럴 생각은 아니었는데, 그냥 그렇게 됐어."

"내 작품을 훔치고 있다는 생각은 안 했어?" 이제 아테나의 목소리는 내 위쪽 어딘가에서 울리고 있었다. 이번에는 이상하게도 잘 알아들을 수가 없었다. 마치 물속에서 말하는 것 같았다. 전혀 아테나 목소리 같지 않았다. "범죄라는 생각 안 했어?"

"물론 범죄지. 이제 알겠어. 그건 잘못된 행동이었어."

더 쩡쩡 울리는 웃음소리가 들렸다. 아까와 똑같은 질문이 똑같은 방식으로 날아왔다. "내 질문은, 왜 나냐고."

"왜냐하면, 불공평하니까." 나는 좌절하며 소리쳤다. 상대는 속내를 정확히 밝혔다. 나를 가지고 노는 일 없이. "넌 사람들이 어떤 이야기를 원하는지 알지. 하지만 내 이야기엔 아무도 신경 쓰지 않아. 난 네가 가진 걸, 아니 가졌던 걸 갖고 싶었던 것뿐이야. 너를 다치게 할 뜻은 없었어. 절대 그럴 생각 없었어. 단지 내가 생각했던 건—"

그녀의 목소리가 다시 높아지더니 여성스럽고 간드러지게 바뀌었다. "내가 좀 운이 좋긴 하지?"

"넌 내가 만나본 사람 중 가장 운 좋은 사람이었어." 나는 처참한 기분으로 말했다. "넌 다 가졌잖아."

"그래서, 미안하긴 한 거야?" 다시 알아듣기 힘든, 왜곡된 목소리였다. "미안하긴 해, 준?"

"미안해." 울부짖는 바람에 비해 내 말이 너무나 작고 너무나 무의미하게 느껴졌다. 울음을 참느라 목이 아팠다. 비밀을 고수하는 건 이제 신경 쓰이지 않았다. 그냥 이 모든 게 끝나기만을 바랐다. "젠장, 아테나ㅡ 정말 미안해. 다 되돌리고 싶어. 바로잡을 수만 있다면 뭐든 할게. 네 어머니에게도 말하고, 출판사에도 말하고, 한 푼도 남김없이 다 기부할게. 제발 괜찮다고만 말해줘. 아테나, 제발. 이런 짓 더는 못 하겠어."

오랫동안 침묵이 이어졌다.

마침내 아테나가 입을 열었다. 목소리가 또 달라져 있었다. 높고 인위적인 음색이 사라지고, 인간의 목소리 같은, 하지만 아테나의 목소리라기엔 완전히 다른 목소리였다. "지금 고백한 거야?"

"그래." 숨을 제대로 쉬기가 힘들었다. "미안해, 아테나. 정말 미안해. 제발ㅡ 이리 와서 나랑 얘기해."

"알았어."

목소리가 멈췄다. 다시 발소리가 들려왔다. 이번에는 목소리가 들리는 방향과 일치했다. 그녀가 내 바로 뒤에 와서 섰다.

"고마워, 준."

나는 뒤를 돌아봤다.

어둠 속에서 누군가 걸어 나왔다.

아테나가 아니었다.

그녀는 전혀 아테나와 닮지 않았다. 얼굴이 더 둥그스름하고 평범했다. 눈은 크지도, 암사슴 같지도 않았다. 다리도 엄청나게 긴 편은 아니었다. 그녀는 빛 쪽으로 걸어 나오며 나를 보고 히죽히죽 웃고 있었다. 왠지 아는 사람 같은 느낌, 왠지 저 눈을 언젠가 들여다본 적이 있는 것 같은 느낌이 들었다. 하지만 도저히 누군지 생각해낼 수가 없었다.

"전혀 모르겠어?" 그녀가 팔짱을 끼며 물었다. "내 인생을 망치고, 나를 출판계에서 내쫓고는, 나를 기억도 못 한다고?"

순간, 작은 조각들이 머릿속을 마구 헤집었다. 줌 화면 속의 작은 얼굴, 분노에 찬 수많은 메일, 오랫동안 잊고 지냈던 내 출판 여정의 사건 사고들이 떠올랐다.

캔디스는 이번 프로젝트에서 제외됐어요. 더 이상 상대할 필요 없어요.

"설마, 캔디스?"

"안녕, 주니퍼." 그녀는 내 이름을 마치 독이라도 내뱉듯 느리게 발음했다. "오랜만이야."

나는 입을 움직여봤지만 말이 나오지 않았다. 이 여자가 여기서 뭐 하는 거지? 오리건의 외딴곳으로 자리 옮긴 게 아니었어? 그리고 대체 언제부터 아테나를 안 거지? 정말 아테나가 아직 살아 있는 건가? 아테나가 이 장난질에 한몫한 거야? 아니면 내내 캔디스 혼자 저지른 거야?

"저런, 표정 좀 봐." 캔디스가 비웃었다. "그런 표정 정말 보고 싶었는데."

"지금 이게 무슨—" 누전되어 퓨즈가 나간 것처럼 머리가 멍해졌다. 이 혼란을 어떻게 질문으로 바꿔야 할지 알 수 없었다. "왜 이러는 거야?"

"간단해." 캔디스가 흥얼거리며 말했다. "당신이 내 인생을 망쳤잖아. 난 당신 인생을 망칠 거야."

"하지만 내가 뭘—"

"다니엘라 우드하우스의 블랙리스트에 일단 올라가면 출판계에서 일자리 구하기가 얼마나 힘든지 알기나 해? 굿리즈 별점 리뷰 때문에 난 해고됐어. 그 빌어먹을 굿리즈 별점 리뷰 때문에! 이제 좀 감이 와?"

"난 도무지— 무슨 소린지—"

"난 계약 해지 통보도 못 받고 잘렸어." 캔디스가 거칠게 내뱉었다. 마치 악의로 가득 찬 말벌집 같았다. 쏟아내지 않으면 폭발이라도 할 것 같았다. "전문가답지 못한 행동이라고 하더군. 난 집세도 못 냈어. 몇 주 동안이나 빌어먹을 욕조 안에서 자야 했지. 내 스펙에 훨씬 못 미치는 채용 공고에 수십 번이나 지원했지만, 메일조차 오지 않았어. 내가 불량하다는 거야. 작가들과의 관계에서 적당한 선을 지킬 줄 모른다는 거야. 이게 당신이 원한 거야? 내가 잘리니까 좋았어?"

"미안해." 나는 가까스로 입을 열었다. "무슨 말을 하는 건지 모르겠어—"

"무슨 말인지 모르겠어?" 캔디스가 내 말을 흉내 냈다. "원래 이런 식으로 도망치나 보지? 눈만 껌벅껌벅, 아주 바보 멍청이인 척하면서?"

"정말이야, 캔디스. 난 정말—"

"젠장, 거짓말 그만해!" 캔디스의 목소리가 몇 옥타브나 높이 올라갔다. "고백했잖아. 마침내 고백했잖아. 내가 다 들었어."

순간 캔디스가 정상이 아닐지도 모른다는 생각이 들었다. 제정신이 아닌 것 같았다. 위험하게 느껴졌다.

나는 두 걸음 뒤로 물러섰다. 벨트에 넣어둔 후추 스프레이가 떠올랐지만 감히 꺼낼 엄두는 나지 않았다. 괜한 갑작스러운 행동으로 캔디스를 자극하게 될까 봐 겁이 났다.

"이런 순간을 정말 오랫동안 꿈꿔왔어." 캔디스의 목소리는 이제 상기되고 들떠 있었다. 아드레날린이 치솟는 듯했다. "해고됐을 때 다 까발리고 싶었는데— 하지만 그래봤자 누가 내 말을 믿어주겠어? 의혹만 있을 뿐인데. 검수자 얘기가 나왔을 때, 당신 행동은 너무 이상했어. 그리고 그 소설에 관해 얘기할 때도, 자기 소설이 아닌 듯한 느낌이 들었지. 마치 마음대로 잘라서 다듬을 수 있는 물건 대하듯 했거든." 그녀가 나를 위아래로 훑어봤다. 벌어진 입 때문인지, 그녀가 마치 굶주린 야생동물, 막 먹잇감을 덮치려는 맹수처럼 보였다. "내가 옳았어. 결국 내가 옳았다는 게 믿기지 않아."

"뭐가 옳았다는 건지 모르겠네." 나는 숨을 고르게 쉬려고 노력했다. 조금 전 어둠 속에서 외친 말들을 다 부인할 수 있을 만한 변명거리를 찾느라 머릿속이 복잡했다. 혼란스러워서 그렇게 말한 거야. 강요당해서 그렇게 말한 거라고. "하지만 아테나는 내 친구였어—"

"맞아, 그랬지. 당신의 가장 위대한 뮤즈였지." 캔디스가 비웃었다. "그 대사 들은 적 있어. 말해봐. 대체 얼마나 오랫동안 훔칠 계획을 세웠던 거야? 아테나가 죽은 거, 정말 우연이었던 거 맞아?"

"그건 사실이 아니야. 그 소설은 내가 열심히 쓴 거야. 그건 내 거라고—"

"아, 닥쳐." 캔디스가 다가왔다. 이 장면 구성은 극적 효과가 끝내줬다. 그녀 뒤에서 빛나는 가로등 불빛에 그녀의 그림자가 계단을 가로질러 나한테 드리워졌다. 마치 고딕영화의 한 장면에 들어와 있는 기분이었다. 이제 절정에 이르러 악당이 모습을 드러낼 차례였다. 내가 비명을 지르며 지옥에 내던져지기 전, 정의로운 영웅의 독백이 시작되었다. "난 당신이 절대 먼저 나서서 밝히지 않으리란 걸 알고 있었어. 혐의가 아무리 악랄하고 증거가 아무리 많아도, 당신은 절대 인정하지 않을 거라는 걸. 어떻게든 자기가 나쁜 사람이 아닌 척해야 했겠지, 안 그래? 결국 이 문제를 해결하려면 당신이 직접 고백하게 만드는 수밖에 없었지."

캔디스가 목소리를 높였다. 마치 다른 누군가에게 이야기를 들려주는 듯이. 자신의 독백이 주목받기를 영원히 기다려온 사람 같았다. 기이했지만, 나는 얼어붙은 채 서 있었다. 달리 어쩔 도리 없는, 겁에 질린 관객이었다.

"처음엔 당신한테 장난이나 좀 쳐볼 생각이었어. 상황에 따라 말 한 마디씩만 던져도 당황하더군. 인스타그램은 쉬웠어. 아테나의 홍보 담당자였던 사람을 알거든. 로그인 정보를 아직도 갖고 있더라구. 처음엔 그냥 포토샵을 가지고 좀 논 게 전부였고, 그게 효과가 있을지도 잘 몰랐어. 당신도 계속 내 태그를 무시했고. 그런데 길에서 다이애나 추를 위협했다는 말이 들리더라구. 그녀 말로는, 당신이 무슨 귀신에 씐 사람처럼 굴더라는 거야. 생각보다 백인들이 잘 속아 넘어간다는 걸 알게 됐지."

포토샵이라고? 로그인 정보를 누구한테서 얻었다고? 그게 다야? "그럼 아테나는…."

"죽어서 재가 됐지." 캔디스가 짖듯이 웃음을 터트렸다. "혹시 아직도 아테나의 유령이 있다고 믿는 거야?"

"그럼 계단에서는 어떻게…?" 이런 걸 묻다니, 내가 너무 바보처럼 느껴졌다. 하지만 달리 할 말이 생각나지 않았다. 모든 걸 납득할 수 있는 설명이 필요했다. 캔디스의 말이 맞았다. 마음 한구석에서는 여전히 아테나가 언제라도 저 어둠 속에서 낄낄거리며 걸어 나와 내 고백을 들으려고 할 것 같았다. "계단에 대해서는 어떻게 안 거야?"

나는 아테나가 어디선가 걸어 나오길 바랐다. 아테나만이 내가 자백하고 싶은 유일한 상대였다. 나는 눈앞에서 비웃는 캔디스 리가 아니라, 잔인하고 유치한 이런 단순 장난이 아니라, 진짜 카타르시스가 필요했다.

"아테나가 제일 좋아하는 운동이었잖아."캔디스가 말했다. "트위터에서 맨날 떠들어댔는데. 잠깐, 몰랐어?"내 표정을 보고 그녀가 웃음을 터트렸다. "설마 사적인 정보라고 생각한 거야? 재밌네. 정말 재밌어."

캔디스가 자세를 고쳤다. 손에 카메라가 들려 있었다. 이 모든 걸 다 찍고 있었던 모양이었다. 그녀는 버튼을 조작해서 내가 한 말을 다시 나한테 들려줬다.

"넌 사람들이 어떤 이야기를 원하는지 알지. 하지만 내 이야기엔 아무도 신경 쓰지 않아. 난 네가 가진 걸, 아니 가졌던 걸 갖고 싶었던 것뿐이야. 너를 다치게 할 뜻은 없었어. 절대 그럴 생각 없었어."

그야말로 끔찍했다. 의문의 여지 없는 내 목소리였다. 캔디스는 내 얼굴도 카메라에 담았다. 얼마나 많은 다양한 각도에서 찍은 건지 알 수 없었다.

"그럼 계단에서는 어떻게…?"겁에 질린 내 목소리가 더 빠르고 높게 들렸다. 정말 바보 멍청이 같았다. "계단에 대해서는 어떻게 안 거야?"

"기분 별로지, 그렇지?"캔디스가 카메라를 배낭 안으로 툭 떨어트렸다. "누군가가 자기 이야기를 마음대로 선택해서 떠들어대는 모습을 지켜보는 거, 나한테 그걸 멈추게 할 힘도 목소리도 없어서 속수무책으로 보고 있어야 하는 거, 꽤 끔찍하지? 그게 바로 우리가 당신을 볼 때 느끼는 기분이야."

"캔디스."가슴이 조여드는 기분이었다. 팔다리가 납덩이를 단 듯 무겁게 느껴졌다. 말해봐야 쓸데없다는 걸 알면서도, 뭐라도 해보지 않을 수 없었다. "저기, 제발, 어쩌면 우리가 같이 해결할 수 있는 게 있을지도 몰라."

캔디스가 코웃음을 쳤다. "아니. 미안하지만, 무슨 뇌물이 라도 바치려나 본데 그런 식으로 빠져나갈 순 없어."

"캔디스, 제발 부탁이야. 난 모든 걸 잃게 돼—"

"뭘 제안할 건데?" 캔디스가 머리 위로 드리워져 있던 나 뭇가지에서 카메라 하나를 또 끄집어 내렸다. 세상에 맙소사, 카메라가 대체 몇 대였던 거야? "5만 달러? 10만 달러? 정의 의 대가로 얼마면 될까, 주니퍼 송?" 그녀가 정확히 내가 있 는 쪽으로 렌즈를 겨냥했다. "아테나가 마땅히 받아야 할 몫 이 얼마라고 생각해?"

나는 두 팔로 얼굴을 가리며 외쳤다. "캔디스, 그만해."

"리우 부인이 받아야 할 몫은 얼마라고 생각해?"

"내가 왜 그랬는지 전혀 이해 못 하겠어?" 나는 간청했다. "아주 조금도? 아테나는 빌어먹을, 모든 걸 가졌잖아. 그건 공 평하지 않아—"

"그걸로 정당화할 수 있다고 생각해?"

"하지만 사실이 그렇잖아, 안 그래? 아테나가 그렇다는 걸 보여줬잖아. 당신 같은 사람들이 원하는 건 전부—"

"맙소사." 캔디스가 손바닥을 이마에 대고 누르며 탄식했 다. "당신, 정말 제정신이 아니구나. 백인들은 다 이런 식으로 말하나?"

"사실이 그런 거 맞잖아." 나는 계속 주장했다. "직접 겪은 사람이 나뿐이긴 하지만—"

"아테나가 업계에서 말도 안 되는 일을 얼마나 많이 겪었는지 알기는 하는 거야?" 캔디스가 따지듯 물었다. "그들은 아테나를 이국적인 아시아인 소녀로 규정해놓고, 아테나가 새 프로젝트를 시작하려 할 때마다 자기 브랜드를 고수하라고 압박했어. 그게 독자들이 원하는 거라면서 말이지. 그리고 아테나가 이민자라는 사실, 그녀의 가족 절반이 캄보디아에서 사망했다는 사실, 그리고 아버지가 천안문 사건 20주년 기념일에 스스로 목숨을 끊었다는 사실 외엔 아무것도 절대 못 밝히게 했어. 인종적 트라우마가 좀 팔리는 소재잖아, 그렇지? 그들은 아테나를 마치 박물관 소장품처럼 대했어. 그게 아테나의 마케팅 포인트였거든. 중국의 비극. 아테나도 그쪽으로 방향을 틀었지. 규칙을 잘 알고 있었으니까. 아테나는 그걸 최대한으로 이용했어. 그리고 아테나가 크게 성공했다고 쳐. 그게 나머지 우리한테는 어떤 의미일까?"

그녀의 말투가 단호해졌다.

"기껏 책을 내놨는데 아시아인 작가는 이미 있다는 말을 듣는 게 어떤 건지 알아? 한 시즌에 두 개의 소수집단 이야기는 내놓을 수 없다는 말을 듣는 게 어떤 건지 아냐고. 아테나 리우가 이미 존재하니까, 나머지는 불필요하다는 거야? 이 업계는 우리를 침묵시키고, 짓밟고, 백인에게 돈을 쏟아부어 우리에 대한 인종차별주의적 고정관념을 만드는 걸 전제로 하고 있어.

하지만 당신 말도 맞아. 가끔은 업계의 누군가가 양심의 가
책을 느끼고 백인이 아닌 작가에게도 기회를 주지. 그런 다음
세상에 없던 유일한 다양성 작품인 양 그 책을 중심으로 온갖
축제를 벌여. 난 그 맞은편에 있으면서 그런 일이 벌어지는
걸 봤어. 시즌에 밀어줄 흥미로운 책을 하나 고를 때, 마케팅
예산을 쏟아부어도 괜찮을 만큼 교육 수준이 높고, 표현력 좋
고, 매력적이면서도 비주류인 작가를 고를 때, 난 바로 그 회
의실 안에 앉아 있었어. 얼마나 역겨운지 알 거야. 하지만 그
런 작가로 규정되는 것도 괜찮은 것 같아. 일단 규칙이 깨지
면, 다양성이라는 엘리베이터를 타고 꼭대기까지 쭉 올라갈
수도 있을 테니까. 그게 당신들 논리 아닌가?"

"캔디스…."

"이게 어떤 식으로 포장될지 상상이 가?" 그녀가 무지개를
그리듯 공중에 손을 펼쳤다. "옐로페이스. 캔디스 리 지음."

"캔디스, 정말 부탁할게. 제발 이러지 마."

"내가 공개 안 하면, 당신이 할래?"

나는 입을 벌렸다가 다시 닫았다. 대답할 수 없었다. 내가
대답할 수 없다는 걸 캔디스는 알고 있었다.

"캔디스, 제발. 아테나라면 이런 걸 원치 않았을 거야."

"누가 아테나를 신경이나 쓴대?" 그녀가 또 짖는 것 같은
웃음을 터트렸다. "빌어먹을 아테나. 우린 둘 다 그년을 싫어
했어. 이건 나를 위한 거야."

나는 아무 말도 할 수 없었다.

결국 다 자기 이익을 위해 그러는 것이다. 이야기를 조종하고, 우위를 점하고, 필요한 일이라면 뭐든 하고. 출판 과정에서 뭔가 조작된 게 있다면 자신에게 유리하게 조작된 것인지 확인하는 게 좋다. 나는 이해할 수 있었다. 나도 그랬으니까. 게임을 하는 것과 같다. 그게 이 업계에서 살아남는 방법이다. 만일 내가 지금 캔디스의 입장이라면, 캔디스의 배낭에 들어 있는 그런 황금 같은 이야기를 손에 넣었다면, 나도 똑같이 행동할 것이다.

"흠, 난 여기 온 목적을 이룬 것 같네." 그녀는 마지막 남은 카메라를 마저 배낭에 넣고 지퍼를 담근 후 어깨에 둘러멨다. "내가 당신이라면 집에 가자마자 소셜미디어부터 끊겠어. 그럼 고통이 좀 덜할 거야."

가슴속에서 뭔가 강렬한 느낌이 일었다. 아테나가 성공하는 모습을 보면서 늘 느꼈던 그런 느낌이었다. 공평하지 않다는, 시큼한 확신. 이제는 캔디스가 내 앞에서 느긋하게 자신의 전리품을 과시하고 있었다. 그녀의 원고를 업계가 어떻게 받아들일지 벌써 눈에 선했다. 그들은 캔디스에게 열광할 것이다. 서사가 너무 완벽하니까. 탁월한 아시아인 작가가 엉터리 사기꾼 백인 작가를 폭로하고, 큰 승리를 거두어 사회정의를 실현하며, 그걸 인류에게 들이대는 이야기니까.

『최후의 전선』 출간 이후, 나는 내내 캔디스와 다이애나, 아델 같은 이들의 희생양이었다. 그들은 그저 자신들이 '억

압'당하고 '소외'되었다는 이유로, 원하는 건 뭐든 할 수 있고 뭐든 말할 수 있다고 생각하는 사람들이다. 그들은 세상이 자신들을 받들어 모시며 아낌없이 기회를 주어야 한다고 생각한다. 그들에게 역인종차별은 문제가 되지 않는다. 나 같은 백인을 괴롭히고, 조롱하고, 깔아뭉개는 건 괜찮다고 생각한다. 왜냐하면 그냥 백인이니까, 백인을 괴롭히는 건 재미있으니까, 그리고 이런 시대에 인종차별주의는 나쁘지만, 백인 여성 차별주의자를 위협하는 건 괜찮으니까.

그리고 내가 아는 사실이 또 하나 있었다.

나는 절대 캔디스가 내 운명을 손에 쥔 채 이대로 그냥 가게 놔두지 않을 거라는 사실이었다.

오랫동안 억눌렸던 분노가 안에서 끓어오르더니 순간 터져 나왔다. 오랫동안 세상은 나를 별로 중요하지 않은 존재로 취급하고, 목소리를 존중해주지 않고, 마치 내 존재는 '백인 여성'이라는 두 단어면 끝이라는 식으로 대하지 않았던가.

나는 캔디스의 허리로 몸을 던졌다. 언젠가 텀블러 사이트에서 읽은 적이 있었다. 무게중심을 공격해라. 누군가 거리에서 공격해 오면 그들의 복부와 다리를 노려라. 균형을 흐트러뜨린 다음 바닥에 쓰러트려라. 그런 다음 무기가 될 만한 것을 찾아라. 캔디스는 180센티미터의 거구가 아니었다. 아주 작았다. 아시아 여자들은 다 정말 작았다. 나는 가끔 아테나를 보면서 누군가 그녀의 허리를 잡고 번쩍 들어 올리는 모습을 상상하곤 했다. 아테나도, 캔디스도, 작은 도자기 인형 같왔다. 그러니 깨는 게 어려워봤자 얼마나 어렵겠는가?

캔디스는 나와 충돌하자마자 비명을 질렀다. 우리는 팔다리가 뒤엉킨 채 바닥으로 넘어졌다. 뭔가 부서지는 소리가 났다. 카메라이길, 나는 바랐다.

"저리 가!" 그녀가 내 얼굴에 주먹을 날렸다. 하지만 밑에서 주먹을 휘두르고 있었다. 손가락 관절은 내 턱까지 와닿지도 않았다. 그래도 생각보다는 강했다. 나는 그녀를 계속 붙잡고 있을 수가 없었다. 그녀는 내 밑에서 계속 욕하고 비명을 지르며, 손바닥과 팔꿈치를 되는대로 마구 휘둘렀다. 스위스 아미 나이프와 후추 스프레이를 가져온 게 기억났지만, 벨트 지퍼를 열 겨를이 없었다. 내가 할 수 있는 건 그저 그녀의 타격에 저항하는 것뿐이었다.

그때 계단이 아주 가까이에 있다는 데 생각이 미쳤다. 혹시 둘 다 굴러떨어지거나, 캔디스가 나를 걷어차기라도 한다면, 아니 내가 그런다면―

젠장, 아니지, 내가 지금 무슨 생각을 하는 거야? 지금도 내가 아테나를 죽였다고 의심하는 사람들이 있는데. 계단 저 아래, 산산이 부서진 캔디스의 몸을 지켜보며 서 있는 나를 경찰이 발견한다면― 그 상황을 어떻게 설명한단 말인가?

작게 속삭이는 소리가 들려왔다. *가볍게 생각해. 그게 방법이야.*

같이 조깅을 하고 있었던 걸로 하자. 둘 다 운동복 차림이니 그렇게 믿기 힘든 얘기는 아닐 것이다. 계단이 얼어붙어 있고 비도 내리는 와중에 캔디스가 발을 헛디딘 것이다. 구급차가 도착하기 전에 카메라를 챙길 시간은 충분해 보였다. 통째로 포토맥강에 던져버리면 어떨까 생각해봤다. 아니, 안 된다. 그러면 너무 많은 걸 운에 맡기게 된다. 조지타운대학 근처에 숨겨뒀다가 나중에 찾는 편이 나을 것 같았다. 캔디스가 말을 할 수 없는데 누가 나를 의심하겠는가?

그래, 쉽지 않겠지. 하지만 경찰 수사에서는 살아남을 수 있어도, 캔디스가 여기서 살아 나가는 순간 내 인생은 끝장이다.

캔디스의 몸부림이 약해지고 있었다. 힘이 빠진 것 같았다. 나도 마찬가지였다. 하지만 나는 더 크고, 더 무겁다. 캔디스를 지쳐 떨어지게 만들면 그만이다. 나는 캔디스의 손목을 바닥에 누르고 무릎으로 그녀의 가슴을 눌렀다. 캔디스를 죽이고 싶지는 않았다. 가만히 있게만 할 수 있다면, 배낭만 벗길 수 있다면, 숨겨놓은 녹음 장치가 있는지 찾아볼 수만 있다면— 그러면 둘 다 무사히 여기서 걸어 나갈 수 있다. 하지만 그렇지 않으면, 상황이 결국 잘 안 풀리면—

캔디스가 비명을 지르고 내 얼굴에 침을 뱉었다. "꺼져!"

나는 꿈쩍도 하지 않았다. "그냥 내놔." 나는 헐떡거리며 말했다. "내놓으라고. 그럼 내가—"

"미친년!"

캔디스가 내 손목을 물었다. 고통이 빠르게 팔을 타고 올라왔다. 그 충격에 몸이 홱 뒤로 젖혀졌다. 캔디스가 물었던 자리에 피가 나고 있었다. 이런, 젠장! 캔디스의 입과 내 팔이 온통 피투성이였다. 그녀가 또 한 번 몸부림쳤다. 내 무릎이 그녀의 가슴에서 미끄러져 내려왔다. 그녀가 밑에서 빠져나와 몸을 굽혔다가 내 배를 걷어찼다.

그녀의 발이 엄청난 힘으로 와닿았다. 그 작은 몸에서 나왔다고는 믿을 수 없을 정도로 강한 힘이었다. 기절할 정도는 아니었지만, 폐에서 공기가 훅 빠져나가는 느낌이었다. 나는 뒤로 휘청거리며 균형을 잡기 위해 팔을 버둥거렸다. 하지만 뒤에 있는 줄 알았던 땅이 없었다.

그냥 허공이었다.

24

의사들은 4일 만에 퇴원을 허락했다. 쇄골과 발목이 고정되고 다른 사람의 도움 없이 차에 오르내릴 수 있음을 증명한 후였다. 수술은 필요 없을 것 같고, 2주 후에 다시 와서 뇌진탕 증상이 해결되었는지 확인하라고 했다. 보험에 가입되어 있는데도 수천 달러의 비용이 들었다. 하지만 이만하길 정말 다행이라는 생각이 들었다.

처음에 깨어났을 때 침대 옆에는 경찰들이 서 있지 않았다. 수사관도, 기자도 없었다. 사람들이 전하길, 내가 조깅하다가 얼음에 미끄러졌다고 했다. 익명의 선한 사마리아인이 나를 발견해서 내 휴대폰의 긴급 전화 기능을 이용해 구급차를 불러줬다고, 구급차가 도착했을 때 그 사람은 사라진 뒤였다고 했다.

캔디스는 이 상황을 완벽하게 연출했다. 내가 어떤 혐의를 제기해도 전혀 근거 없는 비난처럼 보일 정도였다. 겉에서 보기에 우리는 서로에게 낯선 사람에 가까웠다. 우리가 마지막으로 이메일을 주고받은 건 몇 년 전이고, 내 휴대폰에는 캔디스의 연락처가 없었다. 폭행치사를 의심할 만한 여지가 없었다. 도무지 그럴 만한 동기가 없지 않은가? 게다가 며칠째 폭우가 쏟아지고 있었다. 비가 모든 지문과 카메라의 증거를 씻어버렸을 것이다. 어떻게든 그날 캔디스가 그 계단에 있었음을 증명할 수 있다 하더라도 또 다른 구두 증언 다툼으로 바뀔 뿐, 우린 둘 다 수천 달러에 달하는 법정 비용을 치러야할 것이다. 게다가, 분명 캔디스도 타박상 정도는 입었겠지만지금쯤이면 그 타박상에 대한 알리바이를 만들어놓았을 것이다. 내가 이긴다는 보장이 없었다.

그렇다. 지금으로서는 무엇을 하더라도 통속적인 이야기의 영역을 벗어날 수 없는 것이다.

나는 집으로 돌아가는 택시 안에서 캔디스의 이름을 검색했다. 깨어난 뒤로 몇 시간이 멀다 하고 계속 그러는 중이었다. 내가 판단하기에는 시간문제였다. 기사가 뜨는 즉시 보고싶었다. 이번에는 내가 기다리고 있던 헤드라인이 검색 결과맨 위에 떴다.《뉴욕타임스》에서 방금 낸 인터뷰 기사였다. "아테나 리우와 주니퍼 송 헤이워드의 전임 편집자였던 캔디스 리의 인생 고백".

솔직히 깊은 인상을 받았다. 캔디스가 보조편집자에서 편

집자로 직책이 바뀐 사실은 제쳐두고라도, 겨우 4일 만에《뉴
욕타임스》에 기사를 내보내기란 쉽지 않은 일이다. 특히 몇
개월 전에 뉴스 매체에서 사라진 문학계 불화에 관한 기사라
면 더더욱.

아델 스파크스-사토도《뉴욕타임스》에는 기사가 실린 적
이 없었다. 늘《복스》나《슬레이트》,《리덕트리스》정도에 실
리는 걸로 만족해야 했다.

하지만 캔디스는 누구도 갖지 못한 걸 갖고 있었다. 바로
녹화 테이프를.

인터뷰에 뒤이은 마지막 단락에는 캔디스가 사건 전체에
관한 회고록을 집필 중이라고 언급되어 있었다. 빌어먹을, 당
연히 그러시겠지. 이제 막 초고를 쓰기 시작한 단계지만, "여
러 출판사"에서 그 원고를 손에 넣는 것에 "매우 큰 관심"을
갖고 있다고 되어 있었다. 에덴프레스도 캔디스의 에이전트
에게 연락한 출판사 목록에 들어 있었다. 다니엘라의 말이 마
지막 줄에 인용되어 있었다. "물론 우리는 캔디스 리와 일하
길 원합니다. 우리 모두 깊이 후회하고 있는 이 비극에 대해
과거 우리가 했던 일을 바로잡는 이상적인 방법이 되리라고
생각합니다."

드디어 나는, 끝났다.

진통제와 수면 보조제의 도움을 받아가며 일주일, 그리고
또 일주일을 버텨냈다. 생각이 짐처럼 느껴졌다. 나는 그저

먹기 위해 잠에서 깼다. 입 안에 음식이 있어도 맛을 몰랐다. 땅콩버터 샌드위치로 겨우 연명 중이었다. 며칠이 지나자 땅콩버터는 생각조차 나지 않았다. 머리카락은 자라서 추레해졌고 기름기도 끼었다. 하지만 머리 감을 생각만 해도 기진맥진해졌다. 나는 그저 생존해야 한다는 생각만으로 겨우겨우 견뎌나가고 있었지만, 무시무시할 정도로 끊임없이 흘러가는 시간을 살아가는 것 외에는 목표도, 기대할 것도 없었다. 조르조 아감벤이 말한 '벌거벗은 생명'이 이런 거라는 생각이 들었다.

내가 사고를 당했다는 소식이 인터넷에 돈 게 틀림없었다. 마니가 문자를 보내왔다. "그냥 잘 있는지 확인하고 싶어서요. 사고 소식 들었어요. 괜찮아요?" 나는 이 문자를 내가 죽을 경우에 대비해 자신의 양심을 달래려는 것으로 받아들였다. 나는 응답하지 않았다.

그 외에는 단 한 사람도 연락하지 않았다. 엄마와 로리 언니는 내 소식을 들으면 곧장 다 내려놓고 내 침대 곁으로 오겠지만, 그간의 일을 다 설명하느니 내 눈알을 파버리는 편이 나을 것이다. 어느 날 밤 휴대폰이 울렸다. 하지만 주문한 화장지를 들고 온 배달 기사의 연락이었다. 나는 내가 너무 불쌍해서 베개에 얼굴을 묻고 울었다.

진통제도 떨어지고 고통스러운 생각을 마냥 견뎌야 할 때는 멍하니 트위터를 들여다보며 시간을 보냈다. 내 타임라인은 언제나처럼 관심을 구걸하는 작가들로 가득했다. 출간 계

약. 표지 공개. 표지 공개. 별점 리뷰. 굿리즈 증정품. 예약 주
문 신청. 두 명의 백인 주인공이 그려진 어느 로맨스 소설 표
지는 다른 로맨스 소설 표지와 너무 비슷했고, 트위터 이용자
들은 지자, 출판사, 미술팀, 또는 보편적인 백인우월주의 중
에서 어디에다 화를 내야 할지 고민하고 있었다.

모두 절망의 악취를 풍기고 있었지만, 차마 고개를 돌릴 수
없었다. 이건 내가 참여하고 싶은 세계와의 유일한 연결 고리
였다.

고독은 별로 괴롭지 않았다. 나는 혼자인 것에 익숙했다.
늘 혼자였다. 글만 쓸 수 있다면 괜찮았다. 하지만 지금은 글
을 쓸 수 없었다. 앞으로 저작권 에이전트를 또 구할 수 있을
지, 없을지 알 수 없었다. 그리고, 독자가 없는데 무슨 작가란
말인가?

전에 활동이 중지된 작가들, 성희롱이나 인종차별적 발언
같은 이유로 출판계에서 내쫓긴 작가들은 그후 어떤 느낌으
로 살고 있을지 궁금했다. 몇몇은 저급한 독립출판을 시도하
거나 기괴한 컬트적 워크숍을 통해 조심스럽게 복귀를 꾀했
다. 하지만 대부분은 어떤 드라마가 펼쳐졌었는지를 되풀이
해서 요약해주는 피곤한 헤드라인 몇 줄만 남긴 채 홀연히 자
취를 감추었다. 그들은 새로운 직업을 얻어 새로운 삶을 살고
있을 것이다. 사무직이 되었을 수도 있고 간호사나 교사, 부
동산 중개인, 또는 육아에 헌신하는 부모로 살아가고 있을지
도 모른다. 그들은 서점을 지날 때면 어떤 기분이 들지, 자신

을 내쫓은 동화의 나라에 대해 자신을 갉아먹는 욕망을 느낄지 궁금했다.

제프리는 결국 다시 돌아온 모양이었다. 어쨌든 그는 부유하고 매력적인 이성애자 백인 남성이다. 아무리 실패를 반복해도 돌아올 여지가 있다. 하지만 세상은, 내게 그런 관대함을 베풀어주지 않을 것이다.

나는 자살을 고려했다. 밤늦은 시간이면, 계속되는 시간의 압박이 너무나 크게 느껴져서 나도 모르게 일산화탄소와 면도날을 검색했다. 이 숨 막히는 어둠을 손쉽게 탈출할 수 있도록 해줄 방법 같았다. 적어도 나를 미워하는 사람들에게 끔찍한 기분을 안겨줄 수는 있을 것이다. *너희가 무슨 짓을 한 건지 봐. 너희가 그 여자한테 무슨 짓을 했는지 보라고. 부끄럽지 않아? 다 되돌릴 수 있으면 좋겠다고 생각하지 않아?*

하지만 이 모든 게 너무 괴롭고 절망적으로 느껴졌다. 마지막 말 한마디도 남기지 않은 채 세상을 떠나야 한다는 생각을 선뜻 받아들이기 힘들었다.

한 달 후, 캔디스는 일곱 자리 숫자에 달하는 어마어마한 선금을 받고 회고록 계획안을 펭귄랜덤하우스에 팔았다.

나는 출간 계약을 알리는 기사 본문을 지나 아래 댓글창으로 쭉 내려갔다. 어떤 사람들은 열렬히 축하했고, 어떤 사람들은 고통스러운 개인적 비극을 상품화하는 것에 혐오감을 드러냈다. 몇몇은 초짜 작가가 아직 쓰지도 않은 책을 놓고 그렇게 높은 선금을 벌어들인 것에 불신을 표했다.

그들은 이해하지 못한다. 캔디스가 글을 얼마나 잘 쓸 수 있는가는 중요하지 않다. 그녀가 멋지게 단락을 엮어낼 수 있을지 누가 신경이나 쓸까? 아테나와 나는 이제 전국적인 뉴스거리가 되었다. 모든 이들, 그리고 그 모든 이들의 어머니들이 그 폭로 글을 사서 읽을 것이다. 그리고 그 책은 몇 달 동안 베스트셀러 목록 상위권에 머물 것이다. 분명 업계 최고의 화제작이 되겠지. 그렇게 되면, 내 이름은 영원히 나락으로 떨어질 것이다. 언제나 아테나 리우의 유산을 훔친 작가로, 젊은 아시아계 작가의 소설을 훔친 정신병자에 질투심 많은 인종차별주의자 백인 여성으로 남을 것이다.

이보다 종합적이고 뼈아픈 패배를 상상하기란 쉽지 않은 일이다.

그런데 순간, 마음이 이상했다.

나는 절망에 빠지지 않았다. 공황발작의 조짐도 느껴지지 않았다. 실은, 오히려 그 반대였다. 말 그대로 명상하는 사람처럼 차분했다. 나는 살아 있음을 느꼈다. 그리고 어느새 문장 구성과 표현의 전환을 꿈꾸며 반대 담론의 윤곽을 그리고 있었다. 나는 끔찍한 거짓말의 피해자다. 온라인에서 괴롭힘을 당했고, 스토킹을 당했으며, 스스로 미쳐가고 있다고 믿도록 조종당했다. 캔디스는 죽은 친구에 대한 내 우정을 추악하고 끔찍한 것으로 만들어버렸다. 캔디스는 그저 자기 작품을 위해 나를 이용했을 뿐이다.

캔디스가 그 녹화 테이프를 자랑한다면, 내가 사고를 당한 그 밤에 자신도 엑소시스트 계단에 있었음을 밝히는 셈이 된다. 그렇게 되면 구급차를 부른 익명의 신고자가 누구였는지 의문의 여지가 없어진다. 그리고 나는 자책하는 모습을 보일 기회를 얻게 될 것이다.

진실은 유동적이다. 언제나 이야기를 뒤집을 다른 방법, 서사에 던져 넣을 또 다른 고통이 존재한다. 지금 나는 적어도 그걸 배웠다. 이번 라운드에서는 캔디스가 이겼을지 모르지만, 나는 그녀가 내 목소리를 지우는 걸 그냥 보고만 있지는 않을 것이다. 나는 사람들에게 무엇을 믿어야 하는지 말해줄 것이다. 나는 그녀의 모든 주장을 꺾고, 새로운 동기를 부여할 것이며, 사건의 순서를 바꿀 것이다. 사람들이 마음속 깊이 정말로 믿고 싶어 하는 것과 일치하는, 그래서 그야말로 설득력 있는 새로운 설명을 선보일 것이다. 나는 하나도 잘못한 것이 없다고, 못되고 이기적이며 지나치게 요구가 많은 이들이 꾸며낸, 있지도 않은 인종차별 이야기의 또 다른 사례에 불과하다고, 아주 치명적인 캔슬 컬처라고 주장할 것이다. 내 깁스를 보여주고, 내 치료비 내역을 보여줄 것이다.

나는 출판의 압박이 백인 작가, 비백인 작가 모두 어떻게 성공하지 못하게 만들었는지에 관한 이야기를 써서 팔 것이다. 아테나의 성공이 어떻게 만들어졌는지, 어떻게 그녀가 전형적인 아시아계 작가로 규정되었는지 쓸 것이다. 내 거짓말(도둑질이 아니라 거짓말로 프레이밍해서)은 사실 출판산업 전체의 썩어 문드러진 토대를 폭로하기 위한 하나의 방법이었다고 말할 것이다. 그리고 끝으로, 내가 왜 영웅인지에 관해 쓸 것이다.

나는 다음 단계를 계획하기 시작했다. 먼저 제안서를 쓰자. 오늘 안에 완성할 수도 있고, 피곤하면 내일 아침에 끝낼 수도 있다. 어쨌든 주말까지는 형태를 갖춰서 브렛에게 보내자. 브렛이 아직 나를 해고하지 않았다는 가정하에 말이다. 만일 그가 나를 해고한 상태라면, 통화를 요청해서 직접 홍보하면 된다. 미치지 않고서는 거절할 수 없을 것이다.

앞으로 8주 동안 나는 그간 해온 모든 생각과 기억을 끄적이면서 보낼 생각이다. 전에 쓰려고 했던 가짜 자서전의 자료는 재활용할 수 없을 것이다. 그 프로젝트에서 나는 재미를 위해 기꺼이 악당이 되려고 했었다. 하지만 이번 프로젝트에서는 구원이 필요하다. 사람들이 내 입장의 이야기도 듣게 만들어야 한다. 아테나는 나를 놓아주지 않는 거머리이자 흡혈귀, 유령이고 캔디스는 그녀의 정신 나간 에이전트다. 나는 결백하다. 내 유일한 죄는 문학을 너무 사랑했다는 것, 그리고 아테나의 지극히 서툰 작업을 그대로 버려지게 놔두지 못했다는 것이다.

초고는 다소 지저분하겠지만 괜찮다. 이 이야기 자체가 지저분하니까. 중요한 건, 쇠가 뜨거울 때 두드리는 것이다. 브렛과 나는 최대한 오타를 정리한 후 원고를 내놓을 것이다. 누군가 그 이야기를 살 것이다. 아마도 에덴프레스겠지. 나는 기꺼이 다니엘라와 다시 일할 것이다. 그녀가 현금을 잔뜩 들고 와서 납작 엎드린다면 말이다. 하지만 선택의 여지는 남겨두자. 제안해 오는 출판사가 많을 테니까. 그럼 경매에 내놓으면 된다. 솔직히, 이 프로젝트가 이전의 어느 작품보다 더 많은 돈을 벌어준대도 나는 놀라지 않을 것이다.

1년 후면 모든 서점에 내 책이 진열될 것이다. 초기 언론 보도는 잘하면 회의적일 것이고, 나빠도 신랄한 정도에 그칠 것이다. 백인 아가씨가 다 까발렸다! 준 헤이워드는 우리 중 누구도 원치 않았던 회고록을 썼다. 왜냐하면 이 정신병자는 쓰는 걸 멈출 수가 없기 때문이다. 다이애나 추는 분통을 터트리겠지. 그리고 아델 스파크스-사토는 아예 그 빌어먹을 정신을 놓아버리겠지.

하지만 어딘가에서 누군가는 책을 자세히 들여다볼 것이다. 그들은 그와 반대되는 리뷰를 올릴 것이다. 왜냐하면 낚시성 글을 원하는 편집자들은 늘 반대 리뷰를 요청하기 때문이다. 우리가 완전히 잘못 안 거면 어떡하지? 의혹을 심는 데는 이거면 충분하다. 논쟁을 위한 논쟁을 좋아하는 네티즌들은 캔디스의 이야기에서 허점을 찾아볼 것이다. 그리고 인신공격이 시작될 것이다. 우린 모두 진흙탕으로 끌려갈 것이다. 그리고 먼지가 걷힐 때쯤엔 질문 하나만 남을 것이다. 혹시 주니퍼 송 말이 맞았던 거 아니야?

이 이야기는 때가 오면 다시 한번 나의 이야기가 될 것이다.

옮긴이의 말

고통을 말할 권리는 과연
누구에게 있는가?

"(미국의) 유색인종 작가들은 여성 작가들과 유사한 문제에 직면해 있다. 많은 여성 작가들이 남성 작가들과 달리 기꺼이 자신의 이야기를 담지 않으면 작품의 가치를 인정받지 못한다. 이들의 작업은 자전적 고백일 때에만 가치 있는 것으로 받아들여진다."

중국계 미국인 작가인 켄 리우가 2016년 《NBC 뉴스》와의 인터뷰에서 한 말이다. 이 책 『옐로페이스』의 저자 R. F. 쿠앙 역시 2023년 5월 《가디언》과의 인터뷰에서 비슷한 이야기를 했다.

"스토리텔링의 핵심은 무엇보다 자신의 실제 경험 이외의 것을 상상하고, 다른 사람들과 공감하며, 연민을 가지고 다양한 캐릭터를 진실하게 그리는 것이다. 그렇지 않으면 우리가 출판할 수 있는 것은 회고록과 자서전뿐일 텐데, 그런 걸 원하는 사람은 없다. (…) '말할 수 있는 권리'는, 소외된 작가를 위한 지원 수단이 되기도 하지만 소외된 경험만을 쓰도록 만드는 양날의 검으로 작용하기도 한다."

이는 소설 속의 아테나 리우가 처한 상황과 맞닿는다. 아테나는 아시아인이라는 정체성을 바탕으로 자신의 가족사와 중국의 역사를 소재로 써서 엄청난 성공을 거둔다. 하지만 그 화려한 겉모습의 이면에는 인종과 정체성을 활용하려는 출판계의 압력이 자리한다. 그녀는 상품으로 선택받았고, 상품이 될 글을 쓰도록 강요받았으며, 결국 자신도 그걸 최대한 이용한다. 하지만 '별 볼 일 없는 작가'이자 평범하기 그지없는 '백인' 친구 주니퍼 헤이워드에게는 이것이 반대로 작용한다. 우연히 중국의 숨겨진 역사를 소재로 한 아테나의 소설 초고를 손에 넣은 후 그걸 출판해 순식간에 베스트셀러 작가가 되지만 곧 문화적 전유, 문화적 진정성에 대한 문제 제기와 함께 친구의 원고를 훔쳤다는 표절 시비에 휘말린다.

비밀을 숨기려는 주니퍼와 진실을 밝히려는 주변 인물들 간의 갈등이 이어지는 가운데, 이 소설은 우리에게 여러 가지 담론을 제시한다. 문화는 누구의 소유인가? 역사를 이야기할 자격은 누구에게 있는가? 다른 인종의 역사와 문화를 가져다 쓴다면 그것은 문화 착취인가? 표절의 경계는 어디인가? 주인공은 반드시 작가와 같은 인종이어야 하는가? 저작권의 범위는 어디까지인가? 초고를 쓴 작가와 원고를 마무리한 작가가 다르다면, 그 작품의 저자는 누구인가? 작가는 작품을 쓸 때 자신의 경험만을 토대로 해야 하는가?

R. F. 쿠앙이 건드리는 화두는 이뿐만이 아니다. 출판계에서 작가들이 처하게 되는 상황, 편집을 통해 초고가 책으로 완성되어가는 과정, 책 판매량에 따라 달라지는 작가에 대한 대우, 작가들 간의 치열한 경쟁, 신간에 대한 압박감, 대중의 관심에서 멀어지는 것에 관한 불안감, 출판계 내의 인종차별, 비인기 작가와 직원에 대한 처우, 소셜미디어의 영향력과 그 작동 방식 등 출판계에서 벌어지는 온갖 복잡하고 미묘한 일들을 신랄하면서도 유머러스하게 그려낸다.

재미있는 것은, 백인인 주니퍼가 중국인을 주인공으로 내세운 역사소설을 마무리하는 과정이 아이러니하게도 이 소설의 저자인 R. F. 쿠앙이 중국계 미국인 작가로서 백인을 주인공으로 한 소설을 완성하는 과정과 맞물린다는 점이다. 게다가 쿠앙은 주니퍼의 시선으로 중국을 서술하면서 백인의 관점으로 백인의 선입견을 그대로 드러낸다(가령, 차이나타운 장면). 이렇게 '중국계 미국인 작가'라는 틀을 벗어나지 않으면서 백인 작가의 입을 빌려 미국과 백인 사회에 대한 문제의식을 자연스럽게 드러내는 흥미로운 서술은 위에서 인용한 '자신의 실제 경험에서 벗어나 다양한 캐릭터를 진실하게 그리는 것'에 관한 인터뷰 내용과 상통하는 부분이 있다.

이런 아이러니는 주니퍼와 아테나라는 캐릭터에 대한 쿠앙의 설명에서도 나타난다. 쿠앙은 백인인 주니퍼의 입장에서 글을 쓰기가 어렵지 않았다면서, 주니퍼는 자신이 출판을 통해 경험한 모든 부정적인 에너지가 응축된 캐릭터이자 자신의 목소리가 내면화되어 있는 캐릭터이기 때문이라고 밝혔다. 반면 자신의 정체성을 이용하는 법을 잘 알고 그걸 성공의 수단으로 삼은 아테나는 최악의 악몽, 절대 자신에게 진실이 되지 않기를 바라는 캐릭터라는 것이다.

독자들에게 출판과 소셜미디어에 대해, 그리고 어떤 이야기를 누가 해야 하는가에 관한 기준이 존재하는가에 대해 의미 있는 생각거리를 던져주는 이 작품은 콤턴 크룩상 수상작 『양귀비 전쟁』 3부작과 네뷸러상 수상작 『바벨』 등에 이은 R. F. 쿠앙의 다섯 번째 소설이자 판타지를 벗어난 첫 번째 소설이다. 출간과 동시에 《뉴욕타임스》 베스트셀러 목록에 올랐고 《타임》 선정 '2023년 꼭 읽어야 할 책 100권', 아마존 '2023년 올해의 책', 리즈 위더스푼 북클럽 추천도서에 선정되는 등 갈수록 많은 독자들의 사랑을 받고 있다.

현재 쿠앙은 예일대학에서 동아시아 언어 및 문학 박사과정을 공부하며 다섯 번째 판타지 소설을 집필 중이다. 실험하고 싶은 스토리텔링 형식이 너무나 많고 인생의 시간이 충분치 않기에 비슷한 프로젝트를 두 번 하지는 않는다는 그녀는, 이번에는 사후 세계를 배경으로 학계 내 권력관계를 다룰 예정이라고 한다. 장르와 관계없이 놀라운 상상력과 영리한 글쓰기로 시간 가는 줄 모르고 빠져들게 만드는 쿠앙의 문학적 모험이 어디까지 뻗어나갈지 역자로서, 또 한 사람의 독자로서 몹시 기대된다. 모쪼록 이 작품이 독자들을 쿠앙의 모험에 초대하는 반가운 초대장이 되기를 바란다.

2024년 여름,
신혜연

옐로페이스

1판 1쇄 인쇄 2024년 8월 1일
1판 1쇄 발행 2024년 8월 5일

지은이 R. F. 쿠앙
옮긴이 신혜연

펴낸이 임지현
펴낸곳 (주)문학사상
주소 경기도 파주시 회동길 363-8, 201호(10881)
등록 1973년 3월 21일 제1137호

전화 031) 946-8503
팩스 031) 955-9912
홈페이지 www.munsa.co.kr
이메일 munsa@munsa.co.kr

ISBN 978-89-7012-574-9 03840